La vie (pas) très cool de Carrie Pilby

Caren Lissner

La vie (pas) très cool de Carrie Pilby

DARKISS

Bibliothèque de Saint-Constant

Titre original :
CARRIE PILBY

Traduction de l'américain par GÉRALDINE BRETAULT

DARKISS® est une marque déposée par le groupe Harlequin

Photo de couverture
Femme : © LAURENCE MOUTON/PLAINTPICTURE

© 2003, Caren Lissner.
© 2010, Harlequin S.A.
83-85 boulevard Vincent-Auriol 75646 PARIS CEDEX 13.
www.harlequin.fr
ISBN 978-2-2808-1815-5

Loi n°49-956 du 16 juillet 1949 sur les publications destinées à la jeunesse.

1

Au supermarché, la caissière me donne toujours un sac plastique même lorsque je n'en ai pas besoin, lorsque je n'achète qu'un paquet de chewing-gums, une banane ou un sachet de chips déjà emballées. Du coup, je me sens responsable de ce gaspillage de sacs plastiques, mais les articles se retrouvent emballés sans que j'aie le temps de m'en apercevoir, si bien que je ne dis rien. Au vidéoclub, en revanche, on me demande toujours si je veux un sac et, même si en théorie, je devrais pouvoir porter mon DVD sans sac, et que ce sac constitue un autre gaspillage de plastique, je demande systématiquement un sac au vidéoclub ; car, pour des raisons que vous allez bientôt comprendre, je pense que tous les DVD devraient être camouflés.

Le camouflage est vain, aujourd'hui. Je suis à peine sortie du magasin que j'aperçois Ronald, le pingouin grisonnant et insignifiant du café qui fait l'angle, se diriger vers moi.

La vie (pas) très cool de Carrie Pilby

— Salut, Carrie, dit-il en jetant un œil sur mon film. Qu'est-ce que tu as emprunté ?

Je déteste devoir répéter toute l'explication.

— Je ne peux pas te le dire, réponds-je. Et il y a une bonne raison. Imagine qu'un jour, j'aie envie d'emprunter un truc embarrassant, et je ne parle pas forcément de films pornographiques. Ce pourrait être un film trop puéril pour mon âge, ou quelque chose de violent, voire de la propagande nazie — pour de la recherche, évidemment. Eh bien, même si le film que j'ai dans les mains est considéré comme un classique, tout ce qu'il y a de plus honnête, si je te le montre cette fois mais que je refuse la fois prochaine, tu sauras avec certitude que je cache quelque chose. Alors que si je ne te dis jamais ce que j'emprunte, cela sème le doute quant à la possibilité que je cache quelque chose, de sorte que je me sens libre de louer des films pornographiques, des dessins animés, ou de la propagande nazie, ou tout ce qui me passe par la tête, sans craindre d'avoir à révéler ce que j'ai loué. C'est la même chose pour les bouquins. Je veux être libre d'emprunter un roman sans intérêt ou du Dostoïevski. Et je veux aussi pouvoir choisir quelque chose dont personne n'a entendu parler. La plupart du temps, les gens me demandent : « Qu'est-ce que tu lis en ce moment ? » Et si je leur dis le titre du livre et que ce n'est pas Moby Dick, ils n'en ont jamais entendu parler, et me voilà bonne pour une explication. Or si le livre est bon, ce n'est pas quelque chose que je peux expliquer en deux secondes, et je me retrouve à rédiger une dissertation de vingt-cinq pages, sans avoir le temps de finir le livre. Donc les livres que je lis et les films que je loue sont tabous. Ne le prends pas pour toi.

Interloqué, Ronald marque un temps d'arrêt, puis repart.

Mes principes me semblent parfaitement logiques, mais les gens les trouvent curieux. Toujours est-il que j'en ai besoin pour survivre. Je ne comprends pas complètement ce monde, qui ne me comprend pas complètement non plus. Les gens pensent que je suis bizarre, pour une fille de dix-neuf ans (ou une femme, sur le plan technique), que je n'ai l'air ni vraiment d'une gamine, ni vraiment d'une « femme ». En réalité, je me sens asexuée, la plupart du temps, tel un cerveau ambulant avec des lunettes, de longs cheveux bruns et une bouche en état de marche. Pour ce qui est du *sexe* par opposition au sexe civil, j'entends, puisque cela semble être la préoccupation majeure de mes semblables, je dirais que je ne suis pas tellement portée sur la sexualité, et que je n'ai jamais été folle des garçons quand j'étais plus jeune. Ce qui fait de moi un cas pratiquement unique. J'ai bien eu le béguin pour deux de mes professeurs à l'université, dont l'un s'est concrétisé, mais c'est une autre histoire sur laquelle je reviendrai. Toute cette aventure n'a réussi qu'à me perturber, au final. Le monde est tellement obsédé par le sexe qu'il faut être asexuel en pratique pour réaliser à quel point la sexualité est omniprésente et extrême. C'est la motivation principale derrière les agissements des gens, le sujet numéro un de leurs plaisanteries et la force motrice qui anime leur créativité artistique. Et si vous n'avez pas la même libido, vous finissez même par vous interroger sur la légitimité de votre existence. Si le sexe fait tourner le monde, le monde doit-il s'arrêter pour ceux qui sont asexuels ?

J'ai obtenu mon mastère à l'université il y a un an, trois ans avant mes camarades, et depuis, je passe le plus clair de mon temps dans mon appartement en ville. Mon père paye le loyer. Je pourrais sortir davantage de chez moi, voire trouver un boulot, sauf que je manque sacrément de motivation. Mon père aimerait que je travaille, mais il n'a pas voix au chapitre. Je lui rappelle que c'était son idée de me faire sauter trois classes au cours de ma scolarité, de vouloir toujours me pousser pour que je sois la première de ma classe du point de vue des notes, alors que je me situais dans le dernier quart au niveau de la taille, et bonne dernière sur le plan des relations sociales.

C'est aussi mon père qui m'a dit ce que j'appelle personnellement le Grand Mensonge. Là encore, comme pour ce qui s'est passé avec mon professeur, c'est une autre histoire, que je garde pour plus tard.

Quand j'arrive à mon immeuble, Bobby, l'homme à tout faire de notre résidence, me demande comment je vais, puis profite de l'occasion pour reluquer mes fesses. Je l'ignore et gravis les marches du perron. Bobby reluque toujours mon derrière. D'ailleurs, il est trop vieux pour s'appeler Bobby. Il y a certains prénoms auxquels il faudrait renoncer après douze ans. Sally, par exemple. Si vous vous appelez Sally, changez de prénom à la puberté. Aucun homme adulte ne devrait s'appeler Joey, Bobby, Billy, Jamie ou Jimmy. On peut s'appeler Harry jusqu'à dix ans et après cinquante ans, mais pas entre les deux. On peut s'appeler Mike, Joe et Jim toute la vie. On ne peut pas s'appeler Bob pendant la puberté. Stuart, Stefan ou Jonathan sont possibles si on est gay. Christian n'est pas acceptable pour un juif. Moïse n'est pas acceptable pour un chrétien. Herbert n'est acceptable pour personne. Buddy convient pour un chien. Matt est parfait pour un tapis de seuil. Fox pour un renard. Dylan est trop à la mode.

Je franchis la porte d'entrée, la porte de la cage d'escalier puis la porte de mon appartement. Lorsque je suis enfin à l'intérieur, j'éprouve une incroyable sensation de bien-être. Les appartements à New

La vie (pas) très cool de Carrie Pilby

York sont aussi impénétrables que les bouteilles de Tylenol, et presque aussi gros.

Je vois un psychothérapeute, le Dr Petrov, une fois par semaine. Lui et mon père ont grandi ensemble à Londres. Petrov a les cheveux gris, une barbiche, et toujours un léger accent britannique. Je n'ai pas vraiment besoin de le voir, mais j'y vais chaque semaine, histoire de ne pas gaspiller l'argent de mon père.

Le lendemain matin après la location au vidéoclub, je quitte mon appartement pour aller voir Petrov. Dehors, il bruine légèrement. Un vent épais me fouette les joues tandis que les dernières feuilles que possèdent les arbres fléchissent sous le poids des gouttes de pluie, qui restent en suspens une seconde avant de chuter vers leur précipice. Devant mon immeuble, un nid-de-poule les recueille en jouant une symphonie aquatique.

Il y a une chose que j'adore quand je vais chez Petrov : son immeuble se trouve dans un de ces charmants pâtés de maisons qui vous feraient presque oublier combien New York peut être miteux par endroits. Sur les deux côtés, la rue est bordée de majestueux immeubles en grès brun, dont les volets peints de couleurs vives côtoient des bacs à fleurs colorés, tandis que des vrilles de lierre tombent en cascade et s'enroulent autour de tuteurs et de treilles. Les panneaux sur le trottoir sont extrêmement courtois : Prière de ramasser les déjections canines ; cinq cents dollars d'amende en cas de nuisance sonore. Tout est charmant et idyllique. Mais les seules personnes qui peuvent vivre ici ont hérité ces appartements à loyer fixe de leurs riches grand-mères, qui portaient des rivières de bijoux et jouaient au tennis avec Robert Moses.

La salle d'attente de Petrov évoque un salon confortable, avec son tapis élimé aux couleurs mordorées et ses chaises au piètement sophistiqué. Un des murs est couvert de romans classiques, une attention inutile puisque personne n'a le temps de lire Ulysse en attendant l'heure de son rendez-vous. Il faudrait se rendre plus de trois cents fois chez Petrov pour finir le livre, ce qui prouve seulement qu'il faut être fou pour lire Ulysse en entier. Mais une salle d'attente n'est ni le lieu ni la circonstance appropriée pour lire aucun livre. Chaque livre correspond à un lieu et à un moment. Tous les écrits d'Henry Miller, par exemple, doivent être lus lorsque personne ne peut vous voir. Carson McCullers doit être lu à la fenêtre, par une chaude nuit d'été. Sylvia Plath est à lire si vous envisagez de vous suicider, ou si vous voulez que les gens croient que vous êtes sur le point de passer à l'acte.

Sur la table basse de Petrov, d'autres lectures attendent : les catalogues de vêtements L.L.Bean et

La vie (pas) très cool de Carrie Pilby

Eddie Bauer, la revue *Psychology Today*, le rapport annuel des actionnaires de Pfizer. J'admire l'habileté avec laquelle Petrov recycle son courrier commercial au sein de son cabinet.

La porte du bureau de Petrov s'ouvre, et un homme de petite taille sort et passe devant moi à toute allure en baissant le regard. Aucun des individus que j'ai croisés dans ce cabinet ne m'a regardée droit dans les yeux, comme s'il était embarrassant d'être vu sortant de chez son psychothérapeute par quelqu'un qui s'apprête à faire exactement la même chose.

Petrov se tient dans l'embrasure de la porte.

— Comment allez-vous, aujourd'hui, Carrie ? me demande-t-il en me faisant signe d'entrer.

Des livres sont empilés sur son bureau et les murs sont couverts de diplômes. Petrov s'assied dans un siège rouge et pose un bloc-notes jaune sur ses genoux. Je me laisse choir dans le fauteuil inclinable en face de lui.

— Je vais bien.

— Est-ce que vous vous êtes fait de nouveaux amis cette semaine ?

J'imagine que c'est mon père qui lui a mis cette idée en tête. Je n'ai pas beaucoup d'amis, mais il y a une bonne raison à cela, que j'expliquerai prochainement.

— Il a plu cette semaine, lui dis-je, donc je suis restée chez moi à peu près tout le temps.

La vie (pas) très cool de Carrie Pilby

La main de Petrov galope sur la page. Qu'est-ce qu'il peut bien écrire ? Il a vraiment plu toute la semaine.

— Donc vous n'êtes pas beaucoup sortie de votre appartement. Et pour la semaine qui vient ? Des projets de sorties ?

— J'ai un entretien pour un travail aujourd'hui, lui dis-je. Juste après ce rendez-vous.

— C'est formidable ! répond-il. Quel genre de travail ?

— Je n'en ai aucune idée. Je dois rencontrer une connaissance de mon père. Je suis certaine que cet entretien sera inintéressant et inutile.

— Peut-être qu'en y allant dans cet état d'esprit, vous allez aboutir à ce résultat.

— Si vous essayez de me dire que je me conditionne, c'est du baratin de psy, rétorqué-je. Si je vous dis que ce boulot a des chances d'être inintéressant, c'est qu'il peut l'être ou pas. Le résultat n'a aucun rapport avec ce que je peux dire.

— Il pourrait y en avoir un, reprend Petrov. Vous venez de le suggérer.

Il se redresse sur sa chaise et poursuit :

— Je pense que vous agissez souvent contre vous-même. Regardez ce qui se passe avec vos amitiés. Chaque fois que vous avez rencontré quelqu'un, vous m'avez dit ensuite que cette personne était inintelligente ou hypocrite, pour telle ou telle raison.

La vie (pas) très cool de Carrie Pilby

Il se peut que votre définition de l'intelligence soit trop étroite, ou votre définition de l'hypocrisie trop large. Certaines personnes sont vraiment pleines de bon sens.

— On ne peut pas avoir une discussion intelligente avec des gens doués de bon sens, ajouté-je. Quand bien même je pourrais trouver d'autres personnes passablement intelligentes, remarquablement intelligentes, elles seraient probablement toujours hypocrites et malhonnêtes.

Ce qui est vrai. Je suis allée à l'université avec un paquet d'individus soi-disant intelligents. Or ils passaient leur temps à rationnaliser leurs agissements stupides, dangereux ou hypocrites : se soûler, coucher avec d'innombrables partenaires, essayer différentes drogues. Personne ne faisait tout cela en début d'année, mais une fois exposés à la tentation, mes amis ont succombé, puis ont commencé à se chercher des excuses. Même ceux qui avaient des convictions religieuses élaboraient des justifications ridicules. S'ils veulent croire en certaines choses, très bien, et s'ils ne veulent pas, encore mieux, mais ils ne devraient pas se mentir à eux-mêmes sur les raisons qui les poussent à changer d'avis. L'hypocrisie n'est pas moins répandue en dehors de l'université, surtout en ville.

— Je veux que vous me disiez quelque chose de positif, maintenant, demande Petrov. Ce que vous voulez. Dites-moi une chose que vous aimez. Comme par exemple : « J'aime les couchers de soleil », « J'aime Miami Beach ».

— J'aime quand les gens sont joyeux comme des cartes Hallmark.

Petrov soupire.

— Essayez encore.

Je réfléchis un peu.

— J'aime le calme et la tranquillité.

Il me regarde.

— Continuez.

— Je crois que vous n'avez pas compris.

Il soupire de nouveau.

— Donnez-moi un autre exemple.

— J'aime... pouvoir rester allongée dans mon lit, sans entendre de Klaxons, de voix, de télévision, rien que les vibrations électriques dans le mur. Parfois, j'aime bien les bruits de la rue, si je suis d'humeur adéquate.

— Très bien, réplique Petrov. Maintenant, dites-moi quelque chose qui vous rend triste. Mis à part les hypocrites et les gens qui ne sont pas intelligents. Parlez-moi de la dernière fois que vous avez pleuré.

Je réfléchis.

— Cela fait longtemps que je n'ai pas pleuré.

— Je sais.

La vie (pas) très cool de Carrie Pilby

Je déteste quand Petrov croit savoir des choses sur moi sans que je ne lui aie rien confié.

— Comment le savez-vous ?

— Parce que vous êtes sur la défensive. Parce que vous êtes entrée à l'université à quinze ans, alors que tout le monde avait entre trois et sept ans de plus que vous, et qu'à quinze ans, vous n'étiez pas mûre sur le plan des relations humaines ni de la sexualité. Toutes sortes de comportements ont cours à l'université, les gens boivent, perdent leur virginité à droite et à gauche, expérimentent des choses avec Dieu sait qui. Si certains individus réagissent en essayant de s'adapter, vous avez choisi de vous exclure complètement du système. Ce qui était compréhensible. Mais aujourd'hui, cela fait un an que vous avez quitté l'université et vous n'avez toujours aucune expérience pour ce qui est de vous adapter aux relations humaines. Etre intelligent ne veut pas forcément dire être doué en matière d'interactions sociales. Personne n'a jamais dit qu'il était facile d'être un génie.

J'entends la pluie redoubler à l'extérieur. Petrov se lève, ferme la fenêtre puis se rassoit.

— Vous avez mentionné à plusieurs reprises le Grand Mensonge de votre père, poursuit-il. J'aimerais que nous parlions de cela un jour.

— Oui…

— Mais pas aujourd'hui. J'ai une mission pour vous.

J'observe le tapis. Il est plein de petits brins et de filaments.

— J'aimerais que vous soyez plus sociable, pour un temps au moins. Juste pour voir l'envers du décor, pour voir s'il pourrait exister un terrain intermédiaire confortable. Je ne veux pas que vous fassiez quoi que ce soit de dangereux ou d'immoral, mais je veux que vous fassiez des choses comme aller à une soirée, adhérer à une association, ou un club. Une fois que vous aurez fait cela, je veux que vous me disiez comment vous vous êtes sentie en le faisant. Vous n'êtes pas obligée de commencer tout de suite. Vous pouvez attendre de vous sentir plus à l'aise.

— D'accord. Pourquoi pas l'année prochaine ?

Petrov sourit.

— Ce n'est pas une mauvaise idée, répond-il. La Saint-Sylvestre serait une soirée idéale pour passer du temps avec des amis. Vous pourriez aller à un réveillon du jour de l'an.

— Peut-être que je devrais tout simplement aller vomir à Times Square, poursuis-je. Là, je serais intégrée.

Petrov secoue la tête.

— Vous comprenez que je ne suis pas en train de vous suggérer de faire quelque chose de dangereux. Je veux que vous appreniez à mieux gérer les relations humaines. Vous devriez essayer de passer le réveillon de la Saint-Sylvestre avec des gens. Il ne faut pas brûler les étapes. Commençons par un plan en cinq étapes.

Petrov s'empare d'un bloc-cube qui porte la marque Zoloft en relief. Certaines personnes embarqueraient n'importe quoi du moment que c'est gratuit.

— Premièrement, dit-il, je veux que vous m'écriviez une liste de dix choses que vous aimez. Les bruits de la rue étaient un bon début, mais il m'en faut une dizaine. Deuxièmement, je veux que vous adhériez à au moins une association ou un club. De cette manière, vous devriez rencontrer des gens qui partagent les mêmes centres d'intérêt que vous, peut-être même des gens qui vous semblent intelligents.

Il écrit tout cela.

— Troisièmement, acceptez un rendez-vous galant...

— OK...

— Quatrièmement, je veux que vous disiez à quelqu'un que vous tenez vraiment à lui ou à elle. Sans sarcasme.

— Sarcastique ? Moi ?

Petrov déchire un morceau de papier et me le tend.

ZOLOFT®
Faire une liste de dix choses que vous aimez
Adhérer à une association/un club
Aller à un rendez-vous galant
Dire à quelqu'un que vous tenez à lui/elle
Fêter le jour de l'an

— La liste est là pour vous aider à trouver vos marques, poursuit-il. Pas pour vous engager à faire quoi que ce soit de mal, mais pour vous aider à voir qu'il peut y avoir des aspects positifs dans les rapports humains.

— Je n'aurais pas tant de problèmes à m'adapter au monde, lui dis-je, si le monde avait un sens. Ce qui n'est pas le cas. J'ai pu le constater à maintes reprises. Peut-être que c'est au monde de s'adapter à moi.

Il hoche la tête.

— Nous verrons.

Oh, comme j'adore qu'on abonde dans mon sens. J'adore qu'on abonde dans mon sens, et j'adore les couchers de soleil et Miami Beach.

Dehors, je soulève mon manteau au-dessus de ma tête pour me protéger de la pluie battante et je cours jusqu'à la station de métro. Je meurs d'envie de rentrer chez moi, de me glisser sous les draps et de faire un somme. Mais je ne peux pas. J'ai un entretien d'embauche.

La vie (pas) très cool de Carrie Pilby

Alors que je m'approche du métro, un type en imperméable m'invective :

— Souriez !

Je me sens encore plus mal. J'étais perdue dans mes pensées, mes réflexions intimes, et un individu s'arroge le droit de me déranger de cette manière. Ne se rend-il pas compte qu'en condamnant ainsi mon attitude, il m'a définitivement ôté toute envie de sourire ? L'effet produit est l'inverse de ce qu'il recherchait. C'est comme gifler un gamin qui hurle pour qu'il s'arrête de pleurer : nous avons tous déjà vu cela.

Je ne vois pas en quoi ça le regardait, de toutes les façons. Jamais je ne me permets de demander aux gens de modifier l'expression de leur visage. Comment se fait-il que tout le monde se permette de me diriger alors que personne n'accepterait le dixième de ma part ?

Le café où j'ai rendez-vous avec Brad Nickerson se situe deux stations plus loin. Lorsque j'arrive, il est déjà assis à une table. Il a les cheveux blonds, lissés en arrière avec du gel, et un visage quelconque. Il est aussi plus jeune que ce que j'imaginais et je me demande si ce n'est pas un *blind date* déguisé plutôt qu'un rendez-vous d'affaires.

Il se lève et sourit.

— Ravi de vous rencontrer, dit-il.

La vie (pas) très cool de Carrie Pilby

— Moi de même.

Nous nous asseyons. Il croise les jambes — il a de longues jambes — et me demande brièvement comment s'est déroulé mon trajet. Puis son attention se focalise sur son porte-documents.

— Je vais juste vous poser quelques questions à propos de vos qualifications.

— Très bien.

— Votre père dit que vous savez dactylographier, dit-il.

— En effet.

— Quels logiciels de traitement de texte connaissez-vous ?

— Eh bien, à l'école, j'ai utilisé WordPerfect 4.0, 4.1, 5.0, 5.1, 6.0, 6.1, 7.0, 7.1, Microsoft Word 4.0, 4.1, 5.0, 5.1… A quoi riment tous ces points, à votre avis, veulent-ils dire : « Nous avons assez amélioré cette version pour sortir la 5.1 mais pas la version 6, donc quand nous serons arrivés à 6, nous vous le ferons savoir ? »

Il fronce les sourcils. C'est vraiment une chose que je me demande depuis longtemps.

— Quel âge avez-vous, déjà ? demande-t-il.

— J'ai dix-neuf ans.

— Vous semblez très sérieuse pour une jeune fille de dix-neuf ans.

Je ne sais que répondre à cela. Maintenant je me sens mal, exactement comme lorsque ce type m'a crié « Souriez ». Comme si ma simple existence était répréhensible.

Brad ne dit rien non plus, il se contente de me fixer et d'attendre. Lorsqu'ils envoient des gens pour mener des entretiens de recrutement, ils devraient s'assurer que ceux-ci sont au moins à moitié aussi compétents que les personnes qu'ils interrogent.

— Vous pourriez, si vous le souhaitez, me dire en quoi consiste ce travail, dis-je.

— Oh! poursuit-il. Eh bien, ce serait, d'abord, d'être en quelque sorte l'assistante de direction du patron, taper des documents lorsqu'il y a besoin, participer aux tâches administratives. Mais ensuite, cela pourrait déboucher sur de plus hautes responsabilités.

Il saisit sa tasse de café.

— Qu'est-ce que vous en dites ?

Je suppose qu'il n'a que faire de ma sincérité.

— Parfait, dis-je.

— Mmm-hmm, dit-il en sirotant son café. Mmm.

Il réfléchit une seconde.

— Eh bien, si vous me disiez quelles sont vos forces et vos faiblesses ?

Une question pertinente, enfin !

— J'essaie de déterminer ce qui est positif et négatif, puis je m'y tiens. Je ne m'engage pas dans des activités qui sont dangereuses pour les autres ou pour moi-même. J'essaie de ne pas porter de jugement sur les gens.

— Je ne portais pas de jugement sur vous, rétorque-t-il sans à-propos.

— Ce n'est pas ce que j'ai dit.

Nous voici de nouveau dans une impasse. Il regagne un terrain d'entente :

— A quelle vitesse tapez-vous ?

— Soixante à soixante-cinq mots par minute, lui dis-je.

Il n'ajoute rien.

Je demande :

— Vous souhaitez connaître l'équivalent en signes par minute ?

— Oui, répond-il en haussant les épaules.

— Soixante à soixante-cinq mots par minute.

Je souris mais, apparemment, cette tentative pour prouver que je ne suis pas si sérieuse est loin de le satisfaire. Il finit son café.

— Bon, dit-il en se levant, avec un sourire. C'était très agréable de vous rencontrer. Nous vous rappellerons probablement.

— Parfait, dis-je, en le félicitant plutôt pour le tact dont il a fait preuve pour clore cette conversation.

Lorsque j'arrive enfin chez moi, je suis incroyablement soulagée. Dieu merci, je suis sortie de là.

Je ferme la porte de ma chambre, laisse tomber

mon sac par terre et retire mes habits trempés. L'élastique de mon pantalon a imprimé une marque rouge sur ma taille. Je frotte pour l'effacer. Puis je plie mes vêtements sur une chaise et me dirige vers mon lit.

Je peux maintenant m'adonner à mon activité préférée au monde.

Dormir.

Mon lit est un vaste océan ponctué de trois gros oreillers bien rembourrés. Je me glisse doucement sous les couvertures, toute nue. Je sens la fraîcheur des draps m'envelopper. Le coton caresse mon dos. Je ferme les yeux et laisse mes vertèbres se détendre une à une.

Mon esprit est vide, maintenant. Chaque partie de mon corps est molle et déshabitée. Je n'ai plus à penser, entendre, dire, sentir, m'inquiéter à propos de quoi que ce soit. Tout est dilué jusqu'à l'effacement.

Le toit peut bien s'effondrer sous la pluie et m'ensevelir sous le béton. La fissure dans mon mur peut bien se prolonger jusqu'au plafond. Peu importe, je peux rester allongée là pour toujours si je le veux. Personne ne peut m'en empêcher.

Dans mon lit, il n'y a ni psychothérapeutes, ni agents de recrutement, ni hypocrites. Je n'ai pas à faire de listes sur les manières de rencontrer des gens. Je n'ai pas à sourire. Je n'ai pas à justifier mes opinions. Je n'ai pas à porter d'escarpins. Je n'ai pas à jurer allégeance au drapeau. Je n'ai pas à utiliser de crayon de papier numéro deux. Je n'ai pas à lire de clauses. Je n'ai pas à vendre cinquante boîtes de cookies à la menthe. Je n'ai pas à mesurer plus d'un mètre soixante-cinq pour avoir le droit de monter dans tel manège. Je n'ai pas à faire d'économies.

Il est vrai que traîner au lit n'est pas une activité intellectuelle. Il est vrai que c'est improductif.

Mais lorsque quatre-vingt-quinze pour cent des activités qui se déroulent hors du lit sont potentiellement douloureuses, l'absence de douleur est tout simplement le plus délicieux sentiment qui soit au monde.

Je reste allongée une heure, à écouter la pluie délivrer son message humide contre mes fenêtres. Quand la tempête se calme un peu, je relève la tête.

Un léger parfum de cerise me caresse les narines. J'ignore d'où il provient — peut-être de la fenêtre. L'odeur me rappelle le soda à la cerise, une boisson que je n'ai pas consommée depuis des années. Je pense à son pétillement intense, à la manière dont les bulles déferlent dans la gorge.

Je visualise un verre géant et un bouillonnement de liquide. Je me souviens d'un réveillon de la Saint-Sylvestre que mon père avait organisé quand j'étais petite : le soda à la cerise noire était tout ce que les enfants avaient le droit de boire pendant que les adultes descendaient des whiskies. Il y avait un garçon dénommé Ted, qui jetait des M&M's, des chips et des cacahuètes dans son soda à la cerise pour nous écœurer. Il nous avait tant fascinés en nous menaçant de le boire que je ne crois pas qu'il ait eu à passer à l'acte.

Je m'empare d'un calepin posé sur ma chaîne stéréo et commence à écrire la liste des « choses que j'aime » pour le Dr Petrov. Rapidement, je réussis à en rassembler quelques-unes.

Le soda à la cerise
Les bruits de la rue
Mon lit

Le meilleur lit que j'aie jamais eu était un lit à baldaquin bleu pastel, quand j'avais huit ans. J'avais une grande chambre à l'époque. Elle contenait un tapis noir à longues mèches, un jeu des petits chevaux, un tableau périodique géant, un livre de langage BASIC, tous les volumes de l'*Histoire du déclin et de la chute de l'Empire romain*, un schéma de la dialectique de Hegel, une maquette du système solaire, une paire de tableaux abstraits ainsi qu'un sextant.

La couleur bleu-vert d'une piscine couverte
Les étoiles de mer
L'époque victorienne
Les paillettes à gâteau multicolores

La vie (pas) très cool de Carrie Pilby

La pluie dans la journée (c'est plus facile de dormir)

Je réfléchis encore un peu. Je suis à court d'idées.

Si je devais écrire une liste de ce que je déteste, je pourrais remplir trois calepins.

Ça, ce serait drôle. Une liste des choses que je déteste.

Je pourrais commencer par le couple de l'autre côté de la rue.

Le couple de l'autre côté de la rue a une trentaine d'années environ. Ils sont grands et ont un look typique de professions libérales. Je les vois davantage à la fenêtre de leur cuisine qu'à l'extérieur. Ils chahutent souvent devant leur four, se pinçant et se donnant des petits coups ; puis, en un clin d'œil, le spectacle érotique démarre, avant qu'ils ne décident de se replier dans une autre pièce. Vous pourriez penser qu'ils sont assez respectueux envers leurs voisins pour nous épargner leur débauche torride. Mais ce n'est pas la raison pour laquelle je les déteste.

La raison pour laquelle je les déteste, c'est que quand je les croise dans la rue, ils ne me saluent jamais. Ils ne peuvent pas ignorer que je suis leur voisine. Cela fait presque un an que je vis ici.

Il faut dire que je ne leur dis jamais bonjour non plus.

La vie (pas) très cool de Carrie Pilby

*
* *

Je persévère encore un peu, sans parvenir à trouver une neuvième, ni une dixième chose pour ma liste. Je repose le calepin et reste allongée sur le côté, les mains posées l'une sur l'autre telles les pattes d'un grand danois.

Je réfléchis au plan en cinq étapes de Petrov. Adhérer à une association. Accepter un rendez-vous galant. Petrov doit penser que je suis incapable de tout cela. Ce n'est pas du tout que je ne peux pas. C'est que j'ai choisi de ne pas le faire.

Certes, la solitude est parfois pesante, mais pourquoi devrais-je me forcer à sortir et rencontrer tous les gens qui ont revu leurs critères moraux, éthiques et intellectuels à la baisse pour s'adapter aux individus dont les critères moraux, éthiques et intellectuels sont inférieurs ? Voilà ce qui m'attend si je me mettais à sortir.

Je pourrais prouver à Petrov qu'il a tort. Je pourrais lui montrer que le problème ne vient pas de moi, mais des autres. Je devrais le faire juste pour lui prouver combien tout ceci est ridicule.

Sortir avec quelqu'un, adhérer à un club, va me propulser au cœur des situations sociales que les gens rencontrent chaque jour. Je suis sûre que ce n'est pas bien difficile. Et même si Petrov pense qu'il y a 0,0001 pour cent de chances que je rencontre une personne qui me comprenne, je pourrai surtout lui dire que j'ai essayé.

Ça va être ennuyeux, mais ce ne devrait pas être bien difficile. Je serai une espionne parmi les individus sociables. Et je pourrai alors me prouver une fois de plus, ainsi qu'à Petrov, que même lorsque je suis seule, c'est bien mieux que de sortir.

Le même soir, le téléphone sonne. Ce sont peut-être de mauvaises nouvelles. Ou bien mon père qui appelle pour m'annoncer que je n'ai pas obtenu le poste. Ou pire, mon père qui appelle pour me dire que j'ai décroché le travail. Mais ce pourrait aussi être le comité de MacArthur pour m'annoncer que j'ai remporté la Bourse des Génies. Je bondis et décroche à la troisième sonnerie.

C'est mon père.

— J'ai parlé avec Brad, dit-il. Il a l'air de penser que tu n'étais pas intéressée par ce poste.

— Ah, oui, je me souviens, dis-je. Le type immature et ahuri.

— J'ai comme l'impression que tu n'as pas été très agréable avec lui.

— Ce n'est pas moi qui ai sollicité un entretien.

— Il va falloir que tu me dises, à un moment donné, comment tu comptes subvenir à tes besoins.

— En ce moment même, j'utilise un matelas Posturepedic, si tu veux savoir.

La vie (pas) très cool de Carrie Pilby

— Carrie.
— J'ai vu le Dr Petrov ce matin.
La nouvelle semble lui redonner espoir.
— Bien. Et qu'a-t-il dit ?
— Il veut que je fasse une sorte d'expérience de socialisation. Sortir avec quelqu'un. Adhérer à un club.
— Et qu'as-tu répondu ?
— J'ai dit que j'allais essayer.
— J'aime mieux entendre cela.
— Tu sais, tu as une dette envers moi, dis-je.
— Laquelle ?
— Tu sais laquelle.
Silence.
Il sait que je veux parler du Grand Mensonge.
— Je sais, dit-il.
— Bon.
— Alors, s'il y avait un travail qui pouvait t'intéresser, quel serait-il ?
— Quelque chose qui me permette d'utiliser mon intelligence, poursuis-je. Quelque chose où les horaires ne soient pas ridicules. Un boulot où je puisse dormir quand les autres sont réveillés, et être éveillée quand les autres dorment. Un boulot où les gens ne soient pas condescendants…
— Oui…
— Quelque chose que je ne déteste pas.

2

— Vous êtes déjà venue ici ?
— Non.

L'employée derrière le bureau m'observe à travers des petites lunettes rondes. Je ne comprends pas quel est son problème. Tout le monde dans ce bureau est, à un moment donné, entré ici pour la première fois.

Elle me tend trois formulaires à remplir, dont un W-4 pour les impôts et une déclaration de confidentialité, que je remplis en vingt minutes. Si seulement le reste de mes fonctions pouvait ressembler à cela.

Elle me remet deux énormes liasses de documents d'un blanc immaculé.

— L'avocat a besoin que vous les compariez mot par mot, me dit-elle. Une lecture complète. Vous devriez en avoir pour quelques heures.

Papa m'a trouvé un travail comme relectrice juridique, qui selon lui est rémunérateur et assez flexible. Je peux travailler de nuit comme de jour. Je suis plus intelligente que quatre-vingt-dix-neuf pour cent des avocats, donc cela devrait être facile.

J'arrive à mon box, garni d'un bureau sans tiroirs. Ce qui, dans la hiérarchie du mobilier de bureau, le situe plus bas que la planche à dessin. Derrière moi, un vieux type aux lunettes carrées est en train de lire deux documents, ses yeux faisant la navette de l'un à l'autre.

Il a l'air un peu trop âgé pour que je puisse envisager de sortir avec lui. Mais qui sait ? Il est chauve et a un physique non menaçant. Peut-être que je peux le charmer assez pour le convaincre de dîner avec moi, et j'aurai alors rempli la mission de Petrov. Ce qui ne me laisserait plus que trois missions à remplir.

J'inspecte mon bureau. Il est bourré de fournitures. Quelqu'un a pris une grande feuille de papier à lignes jaune et a souligné une ligne sur deux avec un feutre Flair rouge, puis a colorié complètement les lignes restantes avec du correcteur blanc. Cette personne a également dessiné un carré dans le coin inférieur gauche du bureau avec de l'encre bleue. C'est une sorte de drapeau. L'exécution a probablement nécessité une bonne demi-heure.

Un chef d'équipe se déplace pour m'expliquer mes fonctions en détail. Le premier document que je dois examiner est un original. Le second document est une version qu'ils ont obtenue en scannant le premier puis en l'imprimant. Mais parfois, lorsqu'ils scannent les documents, il arrive que les copies imprimées se retrouvent par accident avec des virgules ou des lettres supplémentaires, à cause de l'encrassement du scanner, de marques sur le document original, ou toute autre raison.

Mon travail consiste donc à comparer l'original et la sortie papier mot par mot, et à m'assurer qu'ils sont exactement identiques. Je suis supposée faire cela pour deux cent dix pages.

Il doit bien exister un moyen plus rapide pour effectuer ce genre de travail, à l'ère des progrès technologiques. Pas étonnant que les avocats facturent quatre cents dollars de l'heure. Ils payent des relecteurs pour s'asseoir et jouer au Memory.

Je me redresse sur ma chaise rigide et ferme les yeux. En une minute, j'ai ma réponse. Mais je ne peux pas utiliser mon système simplifié avant que Pépère derrière moi n'aille se chercher un café. Ce que, comme je le note rapidement, il fait toutes les dix minutes. Et cela lui prend dix minutes. Mon père pense que je ne veux pas travailler, mais la vérité est que personne ne travaille vraiment. C'est une grossière imposture. Personne ne dit rien à ce sujet, puisque tout le monde fait la même chose. Si toute cette fraude était automatiquement défalquée de la journée de travail d'un Américain, la journée de travail moyenne d'un Américain n'excéderait pas trois heures. Il y a encore des tonnes de secrets dans le monde dont je commence à peine à entrevoir l'existence.

Pendant que Pépère vaque au loin, je prends la première page du document original, je la place sur la première page du document copié, et je les lève ensemble face à la lumière. Elles se superposent exactement : pas une ligne, un mot ou un point ne débordent. Donc ces pages sont correctes. Je les repose et passe à la paire suivante. Je les soulève dans la lumière, et il n'y a pas une ligne, un filet ou une tache qui dépassent. Ce qui prend probablement deux pour cent du temps qu'il faudrait pour lire la totalité.

Quand j'ai terminé, je laisse le document ouvert au tiers sur mon bureau pour donner l'impression que je suis en plein travail.

Je mets à profit le temps qui me reste pour réfléchir à un tas de choses.

Je me demande pourquoi, si la vitesse est limitée aux Etats-Unis à cent vingt kilomètres/ heure, ils vendent des voitures qui peuvent rouler jusqu'à deux cent quarante.

Je me demande s'il faut appeler le liquide à l'intérieur d'une noix de coco du « lait » ou du « jus ».

Je me demande pourquoi il y a des gares baptisées « Penn Station » à New York et dans le Maryland, et pas en Pennsylvanie.

La vie (pas) très cool de Carrie Pilby

Je réfléchis aux thèses de Michel Foucault sur la modalité panoptique du pouvoir, et me demande si elles sont assez complètes, et si elles pourront jamais l'être.

Derrière moi, Pépère décroche le téléphone et compose un numéro. Il demande une dénommée Edna. Dans l'infime probabilité que cela ne soit pas complètement ennuyeux, j'écoute la conversation.

— Ah, je sais ce que je voulais te dire, dit-il. J'ai appelé Jackie ce matin, mais elle n'était pas là, il n'y avait que Raymond. Raymond m'a dit qu'il était à la maison parce qu'il avait plein de congés maladie en retard, tu sais, comme les professeurs sont autorisés à cumuler leurs jours de congé maladie. C'est le troisième vendredi d'affilée qu'il passe hors de l'école, et il s'apprêtait à partir skier dans les montagnes Poconos. Il s'en vantait presque. Je lui ai dit : « Raymond, c'est de la triche. Les congés maladie, c'est pour quand on est malade. » C'est vrai, il trompe ses élèves. Je sais. Je sais. Donc il se reprend et dit : « Oui, mais je ne le fais que de temps en temps. » Alors je lui ai dit : « Raymond, excuse-moi, mais tu viens de dire que c'était le troisième vendredi d'affilée, donc ne change pas de discours maintenant. » As-tu une idée de ce qui a pu pousser notre fille à épouser un type pareil ? Il est incroyable, à se vanter comme ça. Surréaliste. Je sais. Je lui ai dit : « C'est ce genre d'attitude envers le travail qui mène l'Amérique à sa perte. Parce que tout le monde essaie de profiter de tout. »

Il finit par raccrocher.

Je me retourne :

— Excusez-moi, lui dis-je, je n'ai pas pu m'empêcher d'écouter. Vous êtes ennuyé parce que votre gendre est tire-au-flanc. Mais vous venez d'avoir une conversation personnelle au téléphone pendant vingt minutes alors que vous étiez supposé relire des documents. Est-ce que ce n'est pas un peu hypocrite ?

Il n'y a rien de plus jouissif que d'observer les gens pris au piège devant l'énormité de leur propre hypocrisie.

Notre Pépère est abasourdi.

— Nous avons droit à des pauses, dit-il, avec un tremblement dans la voix.

— Je prends ça pour un oui.

Pépère prend un air indigné :

— Je ne vois pas en quoi cela vous regarde, ajoute-t-il avant de reprendre le travail.

Il n'y a pas de nouvelles missions, donc je me repose les yeux et m'installe contre le dossier de ma chaise. J'entends un télécopieur ronronner derrière moi, ainsi que les sons hachés du radioréveil discordant de quelqu'un. Peu après, un type à l'épaisse chevelure brune passe la tête par la porte. Il jette un regard à la ronde, mais ne trouve apparemment pas ce qu'il cherchait. Il s'apprête à battre en retraite, lorsqu'il m'aperçoit.

— Oh, dit-il. Bonjour. Vous êtes étudiante ?

— Non, réponds-je, j'ai fini mes études. Je suis intérimaire.

Je parviens à peine à cacher mon excitation pour cette diversion. Pépère nous regarde d'un œil sarcastique.

— Vous êtes là seulement ce soir ?

— Pour autant que je sache.

Il me tend la main :

— Douglas P. Winters. Le type de la réception.

Il renifle et s'essuie le nez avec son bras. Il y a quelque chose d'attirant à terminer ses phrases par un reniflement. J'ai aussi l'impression qu'il est intelligent et modeste. Je suis capable de repérer un intellectuel fainéant et sous-employé n'importe où.

— Carrie Pilby, dis-je.

— Vous êtes là jusqu'à demain matin ?

— Je suppose.

— Vous avez dit que vous étiez diplômée. Où avez-vous fait vos études ?

Cette question est toujours un dilemme. Tous les gens qui sont allés à Harvard le savent. Le problème, c'est que si vous répondez Harvard, vous avez l'air de vous vanter. Ou alors au contraire, les gens pensent que vous plaisantez. Beaucoup de diplômés d'Harvard répondent « Boston », puis lorsque l'interlocuteur leur demande de préciser, ils ajoutent, « Cambridge », et enfin, s'il insiste, ils avouent où ils sont allés.

Je décide d'aller directement au but.

— Harvard.

— Vraiment?

Je fais un signe de la tête.

— Dites quelque chose d'intelligent.

Voilà un autre effet dissuasif. C'est comme si l'on découvre que quelqu'un a des origines portoricaines et qu'on lui demande : « Dis quelque chose en espagnol. » Ce n'est pas parce que je sors d'une université prestigieuse que j'ai un axiome mathématique complexe sur le bout de la langue. Enfin, si, c'est le cas, mais pas à cause de l'endroit où j'ai fait mes études.

Je décide de jouer le jeu :

— Je pense que l'influence de Kierkegaard sur Camus est sous-estimée. Je pense que Hobbes n'est qu'un pâle reflet de Rousseau. Je crois, comme Hegel, que la transcendance est absorption.

Doug reste sans réaction pendant une seconde.

— Balèze.

J'omets de lui dire que j'ai piqué toute la réplique à David Foster Wallace, dans Infinite Jest, que j'ai lu un jour où j'avais trois heures à tuer.

Pépère nous scrute tous les deux.

— Vous avez l'intention de travailler, ce soir, tous les deux ?

— Pourquoi n'appelez-vous pas 60 Minutes pour dénoncer votre gendre ? lui demandé-je.

Avec une grimace, il retourne à son travail.

— Venez, sortons, ajoute Doug. Je serai fair-play.

Je suppose que cela veut dire que si j'ai des ennuis, je pourrai rejeter la faute sur lui. Je passe après lui les portes vitrées et le suis jusqu'à la salle d'attente, garnie de superbes chaises et ornée de lettres dorées sur les murs, au nom de la firme. Sophistiqué et tape-à-l'œil. Doug s'installe dans un fauteuil près du bureau de la sécurité, et je m'assieds à côté de lui.

— Bien. Est-ce que vous cherchez un boulot régulier ?

— Plus ou moins.

Cette conversation n'a que trop duré sans que je connaisse le réel mobile.

— Et où avez-vous fait vos études ?

— Hempstead State, répond-il.

Ah, d'accord. Je suppose qu'il n'est pas si intelligent que cela, après tout. Une fois de plus, peut-être que je juge trop rapidement. Du moins, c'est ce que pense Petrov.

— Je n'avais pas envie d'aller à Harvard, ajoute-t-il, en ouvrant un sachet de pistaches, qu'il déverse en partie sur la table. Vous avez un petit ami ?

Je me demande s'il pose la question parce qu'il m'aime bien ou s'il se moque simplement de moi parce qu'il sait que personne ne voudrait sortir avec moi.

— Non, dis-je.

Il fend une pistache contre la table, puis l'ouvre comme une tulipe.

— Vous vous contentez de papillonner ?

— La plupart du temps, je dors.

Doug rit.

— Si je pouvais, je ferais pareil. Tout le temps passé au lit est du temps bien employé.

Nous restons silencieux une minute pendant qu'il avale sa pistache. Puis il en fend une seconde contre le bureau.

— Saviez-vous que les pistaches sont comme des orgasmes ?

C'est répugnant ! Je me retourne et jette un œil aux tableaux accrochés au mur. Je pense qu'ils sont d'Edward Hopper.

Doug saisit la graine verte à l'intérieur de la coque puis l'enfourne dans sa bouche. Il mâche, avale et déclare :

— Une pistache va avoir un goût salé, mais la suivante aura presque un goût beurré. La troisième sera ratatinée et marron, avec une sorte d'aigreur.

Elles sont comme des orgasmes. Chacune est unique à sa manière, mais toutes sont excellentes.

— Fascinant, dis-je en détournant le regard.

Il rit.

— Est-ce que je vous ai embarrassée ? Hé, je suis désolé. Essayez plutôt.

Je tends la main.

— Non, je parlais d'un orgasme.

Je lève les yeux.

— Je plaisante. Tenez.

Il me tend une pistache. Je ne peux pas croire qu'il parle de quelque chose de si intime comme si c'était aussi banal que se brosser les dents. Je marmonne un « merci » et retourne à mon poste.

Je passe le reste de la nuit à lire le Code pénal jusqu'à ce que je ne puisse presque plus rien voir. Dorénavant, je pourrai pimenter mes conversations de *ex aequo et bono* et de *de minimus non curat lex*.

La période de travail s'achève quand les premiers rayons du soleil filtrent à travers les vitres teintées du bureau, qui, j'imagine, ont été créées pour supprimer l'unique gratification qu'apporte ce lieu de travail : la vue. Le départ d'un groupe d'employés et la prise de fonction du suivant suscitent de l'agitation. Entre les bavardages, la lecture des titres des journaux et le café, cela prend une demi-heure. J'ai peut-être sous-estimé l'ampleur de la tricherie qui s'opère sur ce lieu de travail.

Quand on est resté debout toute la nuit, on a la bouche pâteuse et les yeux voilés. J'essuie mes lèvres et me redresse en m'étirant. Mes os me font mal.

Je mets mon sac à dos sur une épaule et me dirige vers le hall d'entrée couvert de moquette. Doug et moi nous serrons la main et je m'étire encore. Dans l'ascenseur, un type pousse un chariot métallique chargé de beignets. Ils sentent très bon. Certains sont recouverts d'une épaisse couche de crème chocolatée, d'autres sont glacés, d'autres saupoudrés de sucre et garnis de confiture, et certains ont un nappage à la framboise et des éclats de noisette. En manger un viendrait à bout de ce goût dans ma bouche. Mais l'homme aux beignets sort au second étage. Je continue jusqu'en bas et me retrouve sous les rayons de soleil.

La journée s'annonce plus agréable que les jours précédents. Dans le parc, des sans-abri émergent de plusieurs boîtes accolées comme des wagons. De vraies résidences en carton. Je me fraye un chemin à travers des escaliers métalliques élaborés et un dédale d'échafaudages et de publicités déchirées pour des magazines, tandis que le soleil se réverbère sur des statues en marbre brillant et s'engouffre par les portes vitrées. Des hordes de banlieusards se rendant au travail envahissent les rues dans leurs uniformes gris et bleu marine, marchant tous, comme c'est souvent le cas, dans la direction opposée à la mienne.

Au coin d'une rue, un individu d'apparence timide et atteint de calvitie hèle les passants pour leur distribuer quelque chose. Tout le monde lui passe devant. Il essaie désespérément de leur remettre un prospectus jaune, mais tous détournent la tête. Je décide de prendre le prospectus quand il me le tendra. Cela doit être horrible de se faire rejeter de la sorte toute la journée. Pourtant, il me balaye du regard, avant de tendre un prospectus à la personne suivante.

Je reste postée là.

Il finit par dire timidement :

— Oh...

Il m'en glisse un dans les mains.

L'Eglise des premiers prophètes, peut-on lire en haut du document. Suit une longue explication sur Joseph Natto, un pasteur de l'Eglise épiscopalienne qui a eu une vision en 1998 lui révélant que ses sermons à l'église manquaient de quelque chose. Une liste de dix principes est soudain apparue dans son esprit.

Une véritable histoire originale.

Je lève les yeux et le Tondu parle très len-te-ment avec une femme hispanique qui le regarde les yeux grands ouverts, comme si plus elle ouvrait les yeux, mieux elle comprenait l'anglais. J'ai remarqué que les fanatiques s'en prennent toujours aux étrangers. N'importe qui d'autre serait trop futé pour gober leurs élucubrations. Je suis tentée d'y retourner pour demander à l'individu pourquoi il ne parle qu'aux gens qui ne maîtrisent pas bien l'anglais. Ces derniers temps, toute ma vie a consisté à dire exactement ce qui me passe par la tête, en particulier aux gens qui devraient changer. Malheureusement, les fanatiques religieux sont l'unique espèce qui adore cela. Lorsqu'ils sont pris à partie, un sourire rêveur anime leur visage, et ils livrent une réponse du genre : « Eh bien, ayez la foi, et quand vous aurez accepté que [insérer le nom du sauveur ici] est dans votre cœur, vous comprendrez. » Alors, ils vous raconteront sûrement leur histoire, ou comment, à une époque, ils étaient exactement comme vous, jusqu'à ce qu'une révélation bouleverse leur vie pour toujours.

La clé de toutes les religions est tout simplement de croire à tout ce qu'on vous raconte sans laisser la moindre once de rationalité pénétrer votre esprit. Aucun de nous n'était là il y a 2 000 ou 5 700 ans (ou 173,5 ans) si vous êtes Mormon — pardon, si vous êtes un membre de l'Eglise mormonne — pour savoir ce qui s'est réellement passé, donc les gens décident de l'histoire qui leur convient, et des principes indéfectibles à respecter, en se basant sur des critères aussi importants que ce que leurs parents les ont forcés à croire durant leur enfance et ce que d'autres proches les ont forcés à croire quand ils étaient petits. Au moins, les Mormons attendent que les enfants aient sept ans pour les baptiser, mais est-ce qu'un gamin de sept ans est plus résistant qu'un bébé ? « O.K., Tucker John, fais comme tu veux. Refuse le baptême. Ta maman, et ton autre maman, et ton autre maman, et ton autre maman sont très en colère après toi. » D'accord, je m'excuse, la polygamie est illégale dans l'Eglise mormone depuis 1896 et, je sais, je ne devrais pas contribuer à perpétuer ce mythe.

Je continue d'observer le Tondu qui parle mas-des-pac-i-o à la femme hispanique, et j'attends de voir s'il va également essayer de me convertir. Cela ne serait pas si mal, s'il pouvait apporter quelques réponses valables à mes questions sur la religion. S'il y parvient, je lui donnerai une chance. C'est un gros « si ».

Soudain, une sensation étrange m'envahit, comme il m'arrive de temps à autre. Comme un vide glacial au plus profond de mes entrailles. Cela me donne envie de me réchauffer de l'intérieur. Je le regarde et me demande si cette religion est tout ce qu'il possède. Qui suis-je pour me moquer de cela ? Peut-être est-ce quelque chose qu'il chérit. Peut-être est-il seul.

La vie (pas) très cool de Carrie Pilby

Quelque chose d'autre me rend triste, mais je n'arrive pas à mettre le doigt dessus.

Puis cette sensation disparaît en quelques secondes. Parfait.

J'attends toujours que le Tondu daigne me parler, mais il m'ignore. Je me demande s'il réalise que, comme il ne fait pas partie d'une minorité, il ne pourrait pas faire partie des gens auxquels il adresse la parole dans la rue. Quelle hypocrisie.

Je renonce, j'emporte le prospectus chez moi et le colle sur le côté de mon armoire. L'adresse de l'église figure en bas du document.

C'est une association, donc si j'y adhère, j'aurai rempli le second objectif de la liste du Dr Petrov. Mais si je me rends à un de leurs services, mon véritable objectif sera d'infiltrer cette organisation afin de révéler que c'est une secte. Je refuse qu'ils abusent des gens. Je prendrai la défense des crédules.

Quelques jours plus tard, j'ai enfin le plaisir de remettre la liste de mes dix choses préférées à Petrov. Même si en réalité c'est une liste à huit points.

Avant que j'aie le temps d'aborder le sujet, Petrov me demande une fois de plus si je me suis fait de nouveaux amis. Je lui réponds que non, mais pour le satisfaire, je rapporte ma conversation avec Douglas P. Winters.

La vie (pas) très cool de Carrie Pilby

— On dirait qu'il a flirté avec vous, commente Petrov.
— Ah oui.
— Etes-vous intéressée ?
— Il m'a paru un peu... obsédé par le sexe.
Petrov se redresse dans son siège.
— Je sais que vous pensez que la plupart des gens sont obsédés par le sexe, dit-il. Même si je ne doute pas que ce soit vrai dans bien des cas, je parie que si vous étiez plus âgée, et si vous aviez plus d'expérience en matière de sexualité, cela ne semblerait pas aussi flagrant.

Evidemment. Petrov pense que je suis vierge. Si vous pensez que le sexe mène le monde, les gens supposent que vous n'avez probablement jamais couché. Comme si le sexe était si dévorant que, une fois que vous y avez goûté, cela justifie complètement le fait que les gens ne pensent qu'à cela vingt-quatre heures sur vingt-quatre. En plus, les gens pensent en général que si vous exprimez des critiques parfaitement cohérentes sur la manière dont la société fonctionne, cela veut dire que vous êtes « coincée » et avez « besoin de vous faire sauter ». Comme si le sexe était un remède universel.

Je n'ai jamais raconté à Petrov mon expérience avec le Pr Harrison.

Je suppose qu'il est vrai, en raison du principe de confidentialité, qu'il ne serait pas autorisé à le dire à mon père, ce qui est un plus. Mais je ne vois pas pourquoi il faudrait qu'il le sache, de toute manière. Du moins, pas encore. J'ai passé plusieurs années à l'université sans parler de Harrison à personne. Je suis très douée pour ça.

— Comment pouvez-vous dire que je n'ai pas d'expérience sexuelle ? demandé-je.

— Ce n'est pas le cas ?

— Je ne vois pas ce que cela vient faire dans une discussion pour savoir si les autres personnes sont obnubilées par le sexe. Je peux avoir des opinions indépendamment du fait que j'aie eu, ou non, des rapports sexuels.

— C'est vrai, dit-il. Mais il est difficile de décrire un vol en avion si vous n'avez jamais quitté la terre ferme. Quoi qu'il en soit, si vous avez eu des rapports sexuels, et que vous souhaitez en parler…

— Pas du tout, rétorqué-je.

Je décide que je ferais mieux de changer de sujet rapidement, pour cette fois en tout cas.

— J'ai envisagé d'adhérer à une organisation, la semaine dernière.

— Vraiment ? répond-il, intéressé.

Je lui parle du Tondu et de l'église, et que cela pourrait être une secte à démasquer.

Petrov répond :

— Vous auriez pris le prospectus de toutes les façons.

La vie (pas) très cool de Carrie Pilby

— Qu'est-ce que vous voulez dire ?

— Même si vous n'aviez pas décidé de révéler que cette église est une secte, vous auriez accepté le prospectus religieux. Vous auriez pris le prospectus pour la même raison que vous continuez à venir me voir même si vous dites que vous n'en avez pas besoin.

Allons donc, ne va-t-il pas m'éclairer sur mes très secrètes motivations derrière tout ce que je fais, qu'il explique certainement par une brillante théorie ?

— Je viens ici pour que mon père en ait pour son argent, dis-je.

Petrov répond :

— Vous venez ici pour me parler. Je suis payé pour écouter. Peut-être que vous avez peu confiance en vous et croyez que les autres personnes ne vous écouteraient pas. Moi, je vous écoute. Si vous souhaitiez réellement arrêter de venir ici, vous refuseriez. Mais vous venez, exactement comme vous avez pris ce prospectus. Qu'est-ce que vous faites ?

— Je regarde votre horloge, dis-je. Je ne l'avais jamais remarquée avant. Vous l'avez stratégiquement placée sur l'étagère derrière ma tête, si bien que quand vous la regardez pour voir combien de temps il nous reste, j'ai l'impression que vous me regardez. Et c'est une grosse horloge. Je suppose que vous n'aimeriez pas que les gens débordent d'une seconde.

La vie (pas) très cool de Carrie Pilby

— Ce n'est pas entièrement égoïste, répond-il. Si un patient déborde sur l'horaire, cela retarde tous mes autres patients.

— Je me suis toujours demandé ce que vous faisiez quand quelqu'un est au beau milieu d'une histoire personnelle importante et que son temps est écoulé, lui demandé-je. Est-ce que vous dites brusquement : « Retenez cette pensée suicidaire jusqu'à la semaine prochaine » ?

— J'essaie de ne rien engager de trop lourd dans les dernières minutes de la séance.

— Ah, bien, ça c'est de la triche. Si seulement quarante minutes sur les quarante-cinq minutes de la séance peuvent être dédiées aux conversations sérieuses, vous arnaquez les gens de cinq minutes.

— Carrie, m'interrompt Petrov, nous sommes ici pour parler de vous.

— Oui, mais parler de vous me fait sortir de ma coquille.

— Ah, répond Petrov, vraiment ?

— Non. Mais je me suis dit que cela vous plairait. Un peu d'autoanalyse. Détourner votre attention m'aide. J'ai pensé que vous aimeriez l'hypothèse.

Petrov soupire.

— M'avez-vous apporté la liste des dix choses que vous aimez le plus ?

Je la sors et lui tends.

La vie (pas) très cool de Carrie Pilby

— Oui, mais c'est une liste à huit points.
— Il faut toujours que vous soyez contrariante.
— Non, je ne le suis pas. Ha, ha. Vous avez compris ?

Le soda à la cerise
Les bruits de la rue
Mon lit
La couleur bleu-vert d'une piscine couverte
Les étoiles de mer
L'époque victorienne
Les paillettes à gâteau multicolores
La pluie dans la journée (c'est plus facile de dormir)

— Dites-moi, dit-il, à quand remonte la dernière fois où vous avez bu un soda à la cerise ?
Je réfléchis.
— Pas depuis que j'étais petite.
— Et les paillettes pâtissières ? A quand remonte la dernière fois que vous en avez mangé ?
Au bord de la mer, peut-être. Papa et moi avions l'habitude de prendre un dessert glacé à la vanille dans un de ces légers cornets beiges à fond plat.
— Pas depuis que j'étais petite, encore une fois.
— Mais ils figurent sur la liste de vos huit choses préférées.
— Je suppose qu'elles ne font pas partie de mes priorités.

La vie (pas) très cool de Carrie Pilby

— Je pense, dit Petrov, qu'une des raisons qui expliquent votre dépression, c'est que vous vous refusez des choses, ou bien vous ne recherchez pas ce qui vous rend véritablement heureuse.

— Depuis quand avons-nous décidé que j'étais dépressive ? Aucun de nous deux n'a jamais évoqué ce terme. Nous avons parlé de ce monde rempli d'hypocrites, du fait que beaucoup de gens ne sont pas intelligents ou ne parlent pas de sujets réellement intéressants, et la dernière fois, vous m'avez dit que vous compreniez que j'étais plus jeune que tout le monde à l'université, ce qui avait compliqué les choses pour moi. Mais maintenant, tout d'un coup, je suis dépressive. Est-ce que le labo Eli Lilly vient de vous envoyer une caisse gratuite de Prozac ?

Il semble vaincu.

— Je ne devrais pas mettre d'étiquettes si rapidement. Mais je pense que vous seriez plus heureuse, et plus en paix avec le monde, si vous recherchiez ce que vous aimez. Rester chez vous à longueur de temps ne peut pas vous rendre très heureuse. Quand vous étiez à l'école, vous avanciez en passant des examens et en obtenant de bonnes notes, et vous aviez sûrement l'impression de progresser de la sorte. Mais maintenant que vous avez terminé vos études, je pense que vous vous trouvez dans une sorte de statu quo. Si vous faisiez davantage d'activités liées à des choses que vous aimez, vous rencontreriez probablement des personnes ayant les mêmes centres d'intérêt, et vous développeriez des relations et des amitiés intéressantes. C'est pourquoi j'ai pensé que cela vous ferait du bien d'adhérer à une organisation.

— Faut-il que je trouve un club de soda à la cerise ?

— Ajoutons une partie B à la première partie de vos devoirs, poursuit Petrov. La première partie était d'écrire une liste de choses que vous aimez. Maintenant, pour la partie 1B, sortez et allez les réaliser. Allez vous acheter une glace saupoudrée de paillettes multicolores. Allez à l'épicerie et achetez du soda à la cerise.

— O.K.

Il examine ma liste de nouveau.

— Vous parlez aussi du sommeil, et vous mentionnez la pluie.

— Dormir quand il pleut, dis-je. Je vais m'y mettre immédiatement.

— Bien.

Cet homme est si négligent.

Quand j'arrive chez moi, ma main plonge immédiatement dans ma boîte aux lettres, que j'aime presque autant que mon lit. Je suis abonnée à quatorze magazines, et la simple vue de la multitude de couleurs dans ma boîte me remplit de joie. Mais surtout, chaque jour apporte sont lo potentiel de surprises. C'est le genre d'espoir qui me fait tenir quand tout le reste va mal. Peut-être que l'attribution de la Bourse des Génies de MacArthur va arriver par courrier.

Mais aujourd'hui, il y a juste quelque chose de mince et de blanc à l'intérieur.

C'est une vraie lettre, ce qui est rare de nos jours, dans notre société dominée par les e-mails. Elle se trouve dans une belle enveloppe en vergé blanc, qui porte mon nom et mon adresse soigneusement tapés en 10 cicéros, comme si elle sortait d'une machine à écrire et non d'une imprimante. Elle provient du bureau du doyen à Harvard. Il s'est enfin décidé à répondre à ma requête, l'animal.

Chère Carrie,

J'espère que vous allez bien. Je suis désolé du temps qu'il m'a fallu pour répondre à votre lettre. Comme toujours, j'apprécie votre sollicitude. Toutefois, comme je l'ai mentionné lors de notre conversation à la réception de votre père l'année dernière, je ne vois pas, comme je ne le voyais pas alors, l'utilité d'un programme honorifique à Harvard. Bien que vous souteniez dans votre lettre qu'il est important de permettre aux « meilleurs des meilleurs » de notre école d'entrer en relation, nous pensons que

La vie (pas) très cool de Carrie Pilby

chaque étudiant à Harvard est déjà le meilleur des meilleurs...

Foutaise. C'est ce que je pensais avant d'y mettre les pieds. Je pensais que tout le monde serait surdoué et ne se moquerait pas de moi quand, par exemple, je souhaiterais parler de philosophie ou de l'actualité au cours des soirées ou dans le salon de la résidence étudiante. Certains étudiants n'étaient pas contre mais d'autres filaient ou faisaient le signe « temps mort » quand je disais quelque chose qu'ils jugeaient trop intellectuel. J'ai aussi rencontré des gens dont les résultats aux tests d'admission étaient bien inférieurs aux miens ; certains avaient des parents fortunés qui étaient anciens élèves, d'autres jouaient à la crosse ou plongeaient très bien, ce qui leur avait sans doute permis d'intégrer l'école. Il y avait aussi beaucoup de buveurs de bière, de crétins et de gens qui parlaient de sexe sans arrêt, ce qui peut sembler étrange dans une école pour laquelle il fallait travailler comme un damné pour entrer, mais je suppose que c'est la raison pour laquelle leurs gonades ont explosé dès qu'ils se sont retrouvés à quatre-vingts kilomètres de chez eux. Je pensais qu'avec un programme honorifique, les étudiants de Harvard réellement brillants pourraient se retrouver.

A de rares occasions, j'ai rencontré des gens intelligents à l'université. De temps à autre, je me suis retrouvée à une soirée avec les autres surdoués, et nous discutions des difficultés d'avoir quinze ans au beau milieu d'une marée de don Juan et d'étudiants majeurs et buveurs d'alcool. Je me sentais des affinités avec eux, mais ils ont rapidement cherché à s'adapter, alors que moi non.

C'est alors que le Pr Harrison a commencé à manifester un intérêt dépassant le cadre académique à mon égard.

Je plie la lettre du doyen Nymczik et la pose en équilibre entre mon ordinateur et l'imprimante. Le doyen Nymczik ne comprend rien. Peu de gens comprennent. Il y a beaucoup de gens qui se pensent intelligents — en fait, je serais bien en peine de trouver quelqu'un qui pense autrement —, mais personne n'est assez intelligent.

Et tel est le Grand Mensonge de mon père.

Le mensonge exact (voyons voir si je m'en souviens correctement) était : « Quand tu entreras à l'université, tu rencontreras plein de gens qui seront exactement comme toi. »

Il disait, le collège, c'est dur, le lycée, c'est dur. A l'université, ils seront exactement comme toi.

Attends juste d'entrer à l'université.

Ils ne l'étaient pas. Et ils ne le sont pas. J'y suis restée quatre ans, et aujourd'hui j'en suis sortie. Quand il m'arrive, rarement, de rencontrer des gens, je découvre qu'ils considèrent le surf alpin comme

La vie (pas) très cool de Carrie Pilby

une activité culturelle et que leur principale lecture est le TVGuide. Et j'ignore comment réagir à cela.

C'est pourquoi je passe le plus clair de mon temps au lit.

3

Il y a une bonne raison pour laquelle je n'ai pas d'amis dans cette ville. Les gens ont rencontré la plupart de leurs amis à l'université. Et la plupart des gens avec qui ils se sont liés à l'université, ils les ont rencontrés en première année. Et la plupart des gens qu'ils ont rencontrés en première année, ils les ont rencontrés au cours des premières semaines de cours.

J'ai bien commencé par me faire quelques amis en première année. Ma camarade de chambre, Janie, était mon amie. Mais elle a quitté l'université en novembre, et j'ignore où elle a atterri. J'étais aussi amie avec une fille qui s'appelait Nora, et qui était surdouée, comme moi. Dans la semaine qui a précédé la rentrée, les réceptions pour les surdoués se sont multipliées. A l'une d'elles, je me trouvais près de la fenêtre, avec une cannette de 7UP à la main, en train de regarder dehors, quand Nora s'est approchée de moi.

La vie (pas) très cool de Carrie Pilby

— Tu as l'air de t'ennuyer, a-t-elle dit. Tu connais quelqu'un ici ? Moi, non.

Puis elle m'a entraînée vers d'autres groupes de gens, et nous sommes restées auprès d'eux jusqu'à ce que nous puissions nous intégrer à la conversation. Il n'a fallu que peu de temps à Nora pour prendre la tête du groupe. Malheureusement, ces qualités relationnelles lui ont permis de devenir rapidement amie avec beaucoup de monde. Elle a commencé à organiser toutes sortes d'activités, notamment pendant les premières semaines de cours. Elle avait une idée de sortie, comme aller faire un tour à Boston, ou aller au cinéma, puis elle appelait tout un tas de gens, dont moi, et nous nous retrouvions pour y aller. Mais ce genre d'individus ne restent jamais longtemps amis avec moi. Ils sont si extravertis, tapageurs et populaires qu'ils se font embarquer par des gens qui leur ressemblent davantage. Je deviens transparente, dans ce genre de compétition. Nora m'a appelée de moins en moins. Je crois qu'elle a eu un petit ami, aussi. Je les ai vus ensemble sur le campus. Au début, même après que nous eûmes arrêté de faire des choses ensemble, quand Nora et moi nous rencontrions dans Harvard, nous nous faisions signe. Au bout d'un temps, un simple signe de tête. Plus tard encore, nous avons commencé à faire semblant de ne pas nous voir. C'est étrange d'observer comment, une fois que vous régressez sous un certain niveau avec les gens, vous ne passez plus le seuil du « dire bonjour », et vous devez faire semblant de ne pas les voir pour que cela ne soit pas gênant. Car vous n'êtes pas sûr qu'ils vous saluent en retour, et s'ils ne le faisaient pas, ce serait gênant. Je me souviens que c'était la même chose avec certains professeurs sur le campus. Les étudiants qui assistaient à un cours magistral en amphi connaissaient évidemment le professeur, mais nous ne savions pas si eux nous connaissaient réellement. Donc leur dire bonjour sur le campus pourrait les contraindre à se souvenir de nous, mais s'ils nous reconnaissaient et que nous ne disions rien, ils pourraient penser que nous étions snobs. C'était un vrai dilemme.

Quand je repense à Harvard, j'ai des sentiments mitigés. Je me souviens du début de chaque semestre, lorsque l'air se faisait plus froid, et que j'observais à travers la fenêtre de ma chambre tous les étudiants déambuler au milieu des feuilles mortes dans leurs sweat-shirts à capuche rouge vermeil. J'étais excitée, car il y avait de nouveaux cours et de nouveaux possibles. Pourtant, mes espoirs retombaient rapidement à mesure que le semestre s'écoulait. Personne ne me parlait en classe. Je mangeais seule dans le réfectoire, et je passais le samedi soir à regarder les autres depuis ma fenêtre, exactement comme au semestre précédent. On ne peut pas dire que j'aurais aimé faire ce qu'ils étaient en train de faire, mais j'aurais voulu qu'ils fassent avec moi des choses que moi j'avais envie de faire. Et ce qui me faisait le plus mal, c'est que j'étais sur un campus que les étudiants du monde entier auraient voulu intégrer à tout prix, donc j'aurais dû être absolument ravie ; au lieu de cela, on aurait dit que ce lieu appartenait à tout le monde, sauf à moi.

Aujourd'hui, je vis à New York dans un quartier branché de la ville où des gens du monde entier voudraient habiter à tout prix, et je me sens exactement dans le même état d'esprit.

La seule période durant laquelle les choses ont été différentes a été quand je sortais avec le Pr Harrison.

Je ne me souviens pas m'être dit grand-chose la première fois que je l'ai vu. C'était en Anglais 203, les Modernistes, second semestre de la seconde année. Nous étions douze dans cette classe ; ils nous ont divisés en deux groupes. L'autre groupe n'a eu qu'un chargé de cours, alors que le mien a eu un véritable professeur. Nous avions de la chance.

Harrison était de taille moyenne, la quarantaine, avec des cheveux bruns qui commençaient à grisonner. Il portait souvent des pulls légers à col en V. Le premier jour, il nous a dit qu'il ne voulait pas que ce soit un cours de lettres anglaises classique, où nous ne ferions que lire des romans en rivalisant pour livrer la meilleure analyse. Il a dit que, une fois ou deux, il nous demanderait d'écrire nos propres textes modernistes. J'étais un peu nerveuse car je n'ai jamais été aussi bonne pour écrire que je le suis dans d'autres domaines. La plupart des gens aiment que l'écriture soit intime et impudique, alors que je déteste devoir raconter les détails les plus secrets de ma vie pour intéresser les gens. En plus, la composition écrite n'est pas aussi exacte que les autres matières. Au lycée, il m'arrivait de commencer à rédiger un devoir de création littéraire et d'avoir l'impression de patiner au milieu de la glace sans rien pour me retenir. Mes matières favorites étaient les maths et les sciences. J'étais aussi assez bonne en philosophie et en littérature, sauf pour ce qui était d'écrire ma propre littérature.

Harrison a circulé dans la salle et nous a demandé de dire à tour de rôle d'où nous venions et quelle était notre matière principale. Je me suis surprise à souhaiter que les autres professeurs fassent cela, car dans la plupart de mes cours, les étudiants ne se connaissaient pas vraiment. C'était une chance pour moi. J'ai dit que j'adorais lire et observer les comportements humains. Quand j'ai eu fini, Harrison a souri, il a fait un signe de tête et a dit : « Bienvenue dans cette classe. »

Nous sommes sortis ce jour-là avec une dissertation

à faire : nous devions nous présenter puis parler de quelque chose que nous n'aimions pas à propos de notre personnalité. Harrison disait que sonder ses propres défauts était une des caractéristiques de l'écriture moderniste. Si je voulais impressionner Harrison dès le début, il fallait que je m'applique. Dans ma chambre d'étudiante, je me suis allongée sur le ventre, rafraîchie par l'air frais qui soufflait à travers une fêlure dans la fenêtre. J'ai agonisé pendant une heure sur la phrase d'incipit.

Finalement, j'ai opté pour : « Des trois classes que j'ai sautées, le CE1 m'a semblé la plus abrupte. »

Voilà. J'avais mis en exergue la chose la plus remarquable à mon sujet. Et elle était un peu révélatrice. Il allait sûrement aimer.

J'ai ajouté : « Soudain, je suis passée du crayon au stylo, des capitales à l'écriture scripte, de la prise de parole aux exposés devant la classe, de récréations passées à fuir les garçons, à observer mes camarades de classe leur courir après. Sauter le CM1 puis la 4e a été un jeu d'enfant. »

Oui, c'était bon.

J'ai ajouté deux ou trois autres choses sur moi, mais trouver quelque chose que je n'aimais pas chez moi s'est révélé difficile. J'ai pensé au premier livre presque moderniste que j'avais lu, les Carnets du sous-sol de Dostoïevski, quand j'avais neuf ans et que ma leçon de français avait été annulée. Le

La vie (pas) très cool de Carrie Pilby

protagoniste devait, semblait-il, tenter de dire toutes les excentricités qui lui passaient par la tête pour voir se qui se produisait. J'étais dépourvue de ce genre de fantaisie. J'ai réfléchi encore. Que pourrais-je écrire pour remettre une bonne dissertation moderniste ? Je pourrais inventer quelque chose. Parfois, je me sens… comme un cafard. Parfois, je me sens comme une balançoire. Nan. J'ai décidé de raconter que j'étais trop studieuse. Ce n'était pas très intellectuel, et n'était guère symbolique. Mais ça irait bien. C'était juste une dissertation.

Pendant le deuxième et le troisième cours, Harrison n'a pas parlé des dissertations que nous lui avions remises. Nous avons disséqué plusieurs auteurs modernistes. Un des élèves du cours, Brian Buchman, était le plus gros fayot que j'avais jamais rencontré, ce qui était une prouesse assez remarquable à Harvard. Il ne faisait que répéter que tel ou tel livre était « superbe ». Personne à mes côtés n'avait l'air de tiquer. Encore une classe pleine de gens avec lesquels je ne pourrais pas m'entendre. S'il avait été sincère, j'aurais pu l'admirer, or son ton sonnait clairement faux. La moitié de ce qu'il débitait était des trucs que j'avais appris au lycée, mais on aurait dit qu'il venait de découvrir l'énergie nucléaire.

A la fin du troisième cours, alors que tous les élèves

rangeaient leurs livres dans leurs sacs à dos noirs très chic, Harrison m'a appelée à son bureau.

J'ai attendu pendant que Brian Buchman le saluait.

— Vous avez quelques minutes ou vous êtes pressée ? m'a demandé Harrison. Est-ce que vous avez le temps de passer dans mon bureau ?

— J'ai le temps.

Nous avons emprunté le couloir jusqu'à un cul-de-sac pentagonal, avec une porte de bois dans chaque mur. Certaines portes étaient couvertes de caricatures de presse jaunissantes. La porte de Harrison était vierge, à l'exception de son nom. Nous sommes entrés dans son bureau et il s'est assis sur sa table en métal rouillé. Quelques coupures de presse étaient accrochées aux murs de béton peints en blanc, et une pile de documents reposait sur une chaise cassée. J'avais entendu dire que les professeurs n'étaient pas respectés, ce que la taille du bureau de Harrison prouvait. Il était un professeur très estimé, et voilà où il devait travailler.

Harrison s'est redressé.

— J'ai trouvé votre introduction très intéressante.

— Merci.

J'ai remarqué qu'il n'y avait pas de photographies sur son bureau.

La vie (pas) très cool de Carrie Pilby

— Vous dites dans votre dissertation que vous étudiez trop.

— Eh bien, peut-être pas tant que cela, ai-je dit en essayant de ne pas céder à la nervosité. Mais certaines personnes le disent.

Je me souviens avoir remarqué qu'il portait un pull marron et avoir furtivement pensé qu'il lui allait bien. Il avait les cheveux légèrement ondulés et des yeux marron intenses. Il a dit :

— Entrer à l'université à quinze ans ne doit pas être facile.

— Disons que ce n'est pas si dur sur le plan académique. Mais...

— Socialement, cela doit être dur.

J'ai hoché la tête.

— Vous êtes sûre que l'on ne vous attend pas quelque part ?

— Non, ai-je répondu. Je veux dire, si. Votre cours est le dernier, le jeudi.

— Vous êtes l'aînée de votre famille ?

— Je suis enfant unique.

— Mmm, a-t-il dit. J'avais un petit frère. Ce qui créait certaines tensions. Les frères et sœurs des surdoués ne le sont généralement pas, ce qui engendre de sérieuses rivalités.

— Vous étiez un enfant surdoué ?

— Pas comme vous. Je n'ai sauté qu'une classe.

Mais j'ai trouvé ça dur. Pour vous qui en avez sauté trois... cela a dû être très difficile.

J'ai acquiescé de nouveau.

— Que pensez-vous de l'école ?

Il me regardait droit dans les yeux. Personne ne s'était intéressé à moi depuis l'entretien d'admission à l'université.

Nous sommes restés à parler plus d'une heure. Nous avons évoqué des choses que je n'avais jamais dites à personne. Je lui ai raconté quand je m'étais retrouvée assise dans ma chambre d'étudiante en première année, après le départ de ma camarade de chambre, malheureuse comme les pierres alors que tout le monde me répétait la chance que j'avais d'avoir la chambre pour moi toute seule ; j'ai parlé des premières choses intelligentes que j'avais dites à des adultes, et qui leur avaient fait écarquiller les yeux, comme lorsqu'à sept ans, j'étais allée voir une dame à la bibliothèque, et que j'avais pointé son exemplaire de L'Or de la Terre promise en disant : « C'est un bon livre. » Je lui ai raconté que j'avais trouvé comment jouer « Lettre à Elise » avec les cordes à l'intérieur du piano à cinq ans. Je me suis arrêtée plusieurs fois, par crainte de l'ennuyer, mais il me poussait à continuer. Parfois, il se lançait à son tour, me racontait une chose intelligente qu'il avait faite étant enfant, ou un moment où il s'était senti décalé, et j'avais l'impression que c'était lui qui cherchait à m'impressionner. C'était étrange.

— Un jour, le garçon qui habitait à côté de chez moi était en train de lire une bande dessinée sur son perron, m'a confié Harrison. Il ne voulait pas me la montrer, alors je me suis mis devant lui et j'ai commencé à lire à l'envers, tout haut. Il était stupéfait, même si ce n'était pas bien dur de lire à l'envers. Il a pensé que j'étais un génie. Alors il est parti en courant chercher ses copains, qui m'ont donné des dizaines de trucs à lire à l'envers. A leurs côtés, j'avais l'impression d'être un super héros.

Je lui ai raconté une anecdote qui s'était passée avec un de mes voisins.

— Quand j'étais en CP, ai-je dit, il y avait un garçon en 6e qui vivait dans le même pâté de maisons que moi et qui est venu me voir dans la cour de récréation à l'école. Il m'a dit qu'il faisait un exposé et avait besoin d'un exemple de cas dans lequel le Premier amendement ne s'appliquait pas. Tous les gamins venaient me trouver pour que je les aide, même ceux qui me tourmentaient. Je lui ai répondu que crier « Au feu » dans un cinéma rempli à craquer était un exemple, même si nous avons le droit de nous exprimer librement selon le Premier amendement. Le lendemain, à la cafétéria, il est venu vers moi en courant, tout essoufflé, et m'a dit : « Carrie,

La vie (pas) très cool de Carrie Pilby

Carrie ! Tu ne vas pas me croire ! J'ai regardé dans l'encyclopédie, et ils ont pris ton exemple ! ».

Le Pr Harrison a lancé sa tête en arrière et a ri. J'ai réalisé à ce moment-là que l'anecdote était drôle, et j'ai ri aussi. Il a ri de plus belle, ce qui m'a fait rire davantage. Plus nous riions, plus il nous semblait simplement drôle de rire, même une fois l'effet de la plaisanterie retombé. C'était un sentiment agréable, qu'un événement de mon enfance que je considérais comme vaguement curieux devienne un truc amusant, une expérience sur laquelle je pouvais revenir, pour en rire avec quelqu'un. J'avais connu plein de mauvaises expériences — ah, si seulement je pouvais les recycler en anecdotes amusantes ! Et le Pr Harrison comprendrait.

Mais cet intermède devait avoir une fin. Harrison a regardé sa montre et m'a dit :

— Bon, je sais que vous devez y aller…

— Pas vraiment, mais…, ai-je répondu.

Il a juste ri et s'est levé. Il m'a serré la main. Sa main était chaude. Je lui ai dit que j'avais apprécié cette discussion, puis je suis partie.

Sur le chemin du retour, mon esprit divaguait dans tous les sens.

Il était intelligent ; non, brillant.

Il aimait m'écouter parler.

Il m'encourageait à parler davantage et avait toujours quelque chose à répondre.

La vie (pas) très cool de Carrie Pilby

J'étais plus excitée par cette conservation que par toutes celles que j'avais eues ces dernières années. Mais je savais aussi que c'était probablement la dernière fois que nous partagions un moment comme celui-ci. Il avait probablement ce genre d'entretien avec chaque étudiant pour discuter de leurs dissertations et tous en sortaient sûrement aussi enchantés que moi. Exactement comme avec mon amie extravertie de première année, j'allais vite disparaître de l'horizon de Harrison, éclipsée par des personnes plus extraverties et plus drôles. En plus, Harrison avait déjà sûrement un cercle de gens qui gravitaient autour de lui en dehors de sa classe. Des anciens étudiants, des connaissances, des collègues. Il était formidable. Comment les gens ne pourraient-ils pas s'agglutiner autour de lui ?

J'en savais encore peu sur lui, mais ce que je savais était exceptionnel. J'avais envie de le coincer quelque part et de le questionner pendant des heures. Et bien sûr, j'avais aussi envie qu'il me demande plus de choses sur moi. J'avais gardé tant de choses pour moi pendant des années dans l'espoir de les confier à quelqu'un qui s'y intéresse, qui se sente concerné.

Harrison ne s'était pas moqué d'une seule chose que je lui avais confiée. Il n'avait montré aucune impatience. Il ne s'était pas offusqué quand j'avais employé des gros mots. Il était d'accord avec ce que je disais et avait parfois même rebondi dessus. Trouver quelqu'un qui comprend qui vous êtes sans que vous ayez à raconter toute votre vie pour l'expliquer est une des découvertes les plus incroyables au monde.

Mais mon tour était passé.

Le cours suivant a confirmé mon impression. Je n'ai reçu aucun clin d'œil ou sourire entendu de la part de Harrison. Il ne m'a pas distinguée d'aucune manière. J'étais déçue. Je continuais de penser que je devais signifier quelque chose pour lui. N'avions-nous pas partagé des secrets ? N'étions-nous pas amis, maintenant, alors que les autres n'étaient que des étudiants, pour lui ? Il m'avait raconté comment il se sentait différent et seul quand il était petit. Etait-ce le genre de choses que l'on raconte à n'importe qui ? Est-ce qu'il l'avait raconté à tout le monde ?

La personne qui a reçu le plus d'attention de sa part en classe ce jour-là était Brian Buchman. Il faut dire qu'Harrison n'avait pas le choix. Buchman revenait sans cesse à la charge, et Harrison gobait tout — d'un génie à un autre. Je crevais de jalousie. Je voulais dire quelque chose d'aussi brillant, mais ni moi ni personne d'autre dans la classe n'a pu sortir un mot au cours de cette joute verbale de haut vol.

Buchman parlait de L'Etranger, The Stranger en anglais. Il disait :

La vie (pas) très cool de Carrie Pilby

— Non pas, d'ailleurs, que la traduction anglaise arrive à la cheville du français…

Et Harrison hochait la tête en signe d'approbation. Buchman a qualifié Camus de « superbe » et a fait le signe « OK » avec son pouce et son index pendant qu'il le disait. Je me demandais si vomir me coûterait un A. Une fille écervelée de notre classe, Vicki, n'a pas arrêté de fixer Brian pendant tout ce temps, la tête penchée sur le côté tel un terrier attentif. Brian n'était pas laid. Mais quel frimeur.

Harrison ne m'a pas regardée une seule fois. J'étais désespérée.

A la fin du cours, Brian et le professeur ont continué de parler. Aucun d'eux ne m'a accordé un regard quand je suis sortie.

J'étais d'une humeur exécrable.

J'ai marché vers la cour centrale de l'école et on aurait dit que tout le monde sur le campus prenait du bon temps. Deux personnes en doudoune se lançaient un Frisbee. Un groupe d'étudiants d'une fraternité jouaient avec un saint-bernard pataud. Une fille et son petit ami chahutaient devant la bibliothèque.

Dans le couloir de ma résidence, j'ai souri en croisant deux filles de mon étage, mais elles ont continué à parler sans me rendre mon sourire. C'était gênant. J'ai ouvert ma porte, déposé mes livres sur la commode, puis je me suis hissée sur mon lit.

La vie (pas) très cool de Carrie Pilby

Je suis peut-être restée une demi-heure en position fœtale, en proie à un mal-être déchirant. Un mois s'était presque écoulé dans le semestre, et déjà, des groupes s'étaient cristallisés par affinités.

J'écoutais l'extrémité d'une branche gratter avec insistance contre le carreau de ma chambre.

Le téléphone a sonné.

— Carrie ? a demandé une voix. C'est le Pr Harrison.

— Ah, bonsoir, ai-je dit en m'asseyant.

— Je me demandais si vous seriez partante pour un dîner ce soir. J'imagine que vous devez avoir des projets...

Quelque chose en moi s'est figé. Un dîner en tête à tête ? Parlait-il d'un rendez-vous galant ou d'une simple discussion ? Est-ce qu'il y aurait d'autres étudiants ? Qu'est-ce qui était à l'origine de cela ? Comment devrais-je me comporter ? Qu'est-ce qui se passerait si je disais quelque chose de stupide ? Au moins, j'avais déjà lu la moitié des livres au programme, donc je pourrais me défendre de ce côté-là. D'ailleurs, Harrison avait apprécié ma conversation la première fois, n'est-ce pas ? Je n'avais pas à être nerveuse.

— Bien sûr, ai-je dit, avec un probable tremblement dans la voix.

— Quelle sorte de cuisine aimez-vous ?

— Euh, ce que vous voulez.

La vie (pas) très cool de Carrie Pilby

Il a ri.

— Avez-vous déjà mangé marocain ?

— Non.

— Alors nous mangerons marocain.

Il semblait apprécier que je n'aie rien proposé. J'allais bientôt l'apprendre : il aimait jouer les professeurs.

J'ai raccroché et réfléchi à ce que j'allais porter. J'ignorais si l'on était supposé se pomponner pour un homme qui vous invite à dîner lorsque c'est un homme mûr et respecté, et non quelqu'un susceptible d'éprouver un intérêt romantique pour vous. D'ailleurs, je ne savais pas vraiment comment me faire belle, car cela implique d'essayer de ressembler aux autres, et il se trouve que je ne perds pas de temps à regarder les autres. J'ai opté pour un chemisier que j'avais porté lors d'un dîner formel avec mon père un an auparavant. J'avais un manteau en laine qui faisait très adulte. J'ai dévalé l'escalier, heureuse de rejoindre les autres individus qui avaient quelque part où aller. Un vent froid soufflait. Je me sentais excitée et nerveuse à la fois.

J'ai attendu sur le gazon. Harrison n'était pas encore arrivé. Je me suis retournée pour observer ma résidence. Elle évoquait une maison coloniale à deux étages. Plusieurs lumières étaient allumées. Elles désignaient des gens reclus à l'intérieur, pas près de connaître le frisson de l'inconnu.

La vie (pas) très cool de Carrie Pilby

La voiture du Pr Harrison était si petite que je n'ai d'abord pas remarqué sa présence les premières secondes. Je suppose qu'Harrison ne m'avait pas vue non plus, car il a sondé son rétroviseur central pendant une seconde avant de réaliser que j'étais en train de marcher vers lui. Il est sorti, a fait le tour de la voiture et m'a ouvert la portière. Un geste superflu, mais galant.

— Bonsoir, a-t-il dit.

— Bonsoir.

Je me suis glissée à l'intérieur et il a refermé la portière. Dedans, il faisait incroyablement chaud. Le chauffage était réglé à fond. Il a fait le tour de la voiture, éclairé un instant par ses propres phares.

Harrison s'est glissé à l'intérieur.

— Une préférence ? m'a-t-il demandé en jouant avec le bouton de la radio.

— Ce que vous…, ai-je bredouillé avant de réaliser que j'étais peut-être trop passive (je l'avais déjà laissé choisir la nourriture). Du classique ?

Harrison a trouvé une station de musique classique, et j'ai pu observer son profil à la dérobée. Son nez était légèrement retroussé, et son visage arborait une expression agréable. Nous avons parlé de compositeurs. Il en savait beaucoup sur leurs vies, encore plus que sur leur musique. J'ai toujours été impressionnée par les gens qui en savent long sur un sujet complètement étranger à leur discipline principale. Cela ne devrait pas être si inhabituel, mais quand on ne fait que rencontrer des personnes que rien ne passionne, rencontrer quelqu'un d'érudit dans trois ou quatre domaines relève tout simplement du miracle. Nous avons parlé d'Edvard Grieg, pour qui j'ai toujours éprouvé une certaine fascination. Harrison a observé qu'il était entré au conservatoire à peu près à l'âge que j'avais en entrant à l'université. Nous avons parlé de lui pendant près d'une demi-heure. Tout ce que je savais, il le savait.

Nous nous sommes garés sur un petit parking à l'arrière du restaurant. A l'intérieur, la salle était sombre mais remplie de convives. Quand le serveur s'est avancé vers nous, Harrison lui a simplement dit « la salle du fond ». Le serveur nous a escortés vers une porte couverte de cabochons bordeaux. La salle du fond était petite, les murs couverts de feutre rouge. Aucune des quatre tables n'était occupée.

— J'espère que cela ne vous dérange pas, m'a dit Harrison. J'apprécie l'intimité.

— Moi aussi.

— Je ne voudrais pas que des étudiants nous voient et pense que je fais du favoritisme, a-t-il ajouté.

— Vous ne les emmenez pas tous dîner ?

— Seulement les meilleurs et les plus brillants, a-t-il répliqué avec un clin d'œil.

La vie (pas) très cool de Carrie Pilby

J'ai examiné le menu, duquel pendait un pompon doré.

— Dommage que vous ne soyez pas en âge de boire, dit-il. Ils ont un vin rouge assez doux, ici...

Mes yeux balayaient la liste de plats sans vraiment déchiffrer quoi que ce soit.

— Vous aimez ce qui est doux ? a-t-il demandé.

J'ai acquiescé. Le serveur est venu remplir nos verres d'eau, puis David a commandé un Coca pour moi et un verre de vin rouge pour lui.

Mais lorsque son vin est arrivé, il me l'a tendu.

— Essayez...

J'ai hésité, puis j'ai bu une gorgée. C'était vif et doux à la fois.

— C'est bon, ai-je dit.

David a bu une gorgée. Il a posé ses lèvres exactement où je venais de poser les miennes, ce qui était légèrement troublant. Il m'a tendu le verre de nouveau. Le serveur est revenu alors que j'étais en train de boire. Il a échangé un regard avec David, sans qu'aucun ne dise un mot.

Après avoir repris son verre, David a posé son menton entre ses mains et m'a observée pendant une minute.

— Cela vous va bien, dit-il.

— Quoi ?

— Le vin. Il vous rosit les lèvres.

Je ne savais pas quoi répondre à cela. J'ai de

nouveau consulté le menu. Comme il était étrange qu'il puisse me fixer du regard de cette manière sans être embarrassé.

Il n'a cessé de me dévisager que lorsque le serveur est venu prendre notre commande. David a demandé si j'avais fait mon choix et j'ai dit que non ; il a demandé si je voyais une objection à ce qu'il choisisse pour moi, car il connaissait certains plats que je devrais essayer.

Une fois le serveur reparti, il a dit :

— Alors, que pensez-vous vraiment de notre classe ?

— J'aime bien, ai-je dit. J'aime la manière dont vous intégrez nos propres écrits.

— Non, pas le contenu, les étudiants.

— Ah. Je suppose... qu'ils sont sympas.

— Et Vicki ?

J'ai haussé les épaules.

— Elle a l'air sympa.

— Dites-moi ce que vous pensez vraiment.

— Eh bien, elle est un peu...

— ...un peu écervelée ? dit Harrison.

J'ai ri.

— Vous êtes d'accord ?

— C'est à cela que je pensais.

— De vous à moi, m'a-t-il dit, nous savons tous les deux garder des secrets, n'est-ce pas ?

— En effet. A peu près tout ce qui me concerne est secret.

Il a souri.

— Il y a quelque chose de si frais chez vous, a-t-il ajouté. Brillante comme vous êtes, vous avez encore cette étincelle juvénile. Je ne m'en lasse pas.

Je regardais la table et sirotais mon Coca.

— Et Brian Buchman ? a-t-il demandé. Un gamin brillant, n'est-ce pas ?

— Il est plutôt intelligent.

— Est-ce que ce n'est pas le plus gros lèche-cul de toute l'histoire de l'université ?

J'ai ri avec jubilation.

— Je pensais que vous l'adoriez !

Il a levé les yeux au ciel :

— Oh, Camus est superbe.

— J'ai trouvé la version française nettement supérieure, ai-je imité.

— Oui, a dit Harrison.

Le serveur est revenu, et je lui ai lancé un regard furibond. Ses incursions commençaient à devenir dérangeantes.

Quant à ce que David avait dit à propos de mon étincelle juvénile, il ne semblait pas en manquer lui-même, bien qu'il soit un professeur respecté. Certaines de ses anecdotes montraient qu'il n'était guère plus sûr de lui que lorsqu'il était jeune, ce que j'appréciais. Il y avait autre chose qui me plaisait :

nous riions ensemble à propos de notre classe, comme s'ils étaient en dessous de nous et que nous les toisions de haut.

Quand les plats sont arrivés, David a pris sa fourchette et a mis un peu de tout sur mon assiette.

— Mangez, a-t-il dit. Ne vous retenez pas. Profitez-en.

Nous avons mangé avec avidité et bu le second verre de vin à tour de rôle. Nous avons ri jusqu'à la dernière goutte. Puis David en a recommandé.

Nous avons mangé, nous avons bu, nous avons ri, et je savais que je me comportais de façon complètement inconsidérée et idiote, et pour la première fois, je m'en fichais. J'étais avec quelqu'un de brillant, qui pouvait me protéger en cas de besoin, et je ne me souciais plus de rien.

Quand nous sommes sortis, l'air froid nous a saisis.

— Ne vous inquiétez pas, a-t-il dit, j'allumerai le chauffage dès que nous serons dans la voiture.

Il a posé sa main contre mon dos pendant une seconde. Un frisson m'a parcouru l'échine. Toutes sortes d'émotions me traversaient sans former un tout cohérent. Je ressentais seulement une sorte d'attente. J'ignorais comment réagir, car c'était nouveau pour moi.

Il est sorti du parking, et j'ai senti la chaleur envahir l'habitacle. A travers le pare-brise, dans l'obscurité, une rangée de pins évoquait une onde sinusoïdale épineuse. Quelques étoiles brillaient. On aurait dit que nous étions à des années-lumière du campus.

— Vous savez, je me sens vraiment à l'aise avec vous, a-t-il dit en s'engageant sur la route.

— Je suis contente, ai-je répondu, incapable de penser à quoi que ce soit d'autre.

— C'est vrai, a-t-il répondu en souriant.

— Etes-vous mal à l'aise, d'une manière générale ?

— J'ignore si aucun de nous deux est à l'aise, d'ordinaire.

Il m'a regardée pendant une seconde. Quelque chose m'a fait frissonner de nouveau.

David a rallumé la radio et m'a dit combien il était impressionné par mes connaissances musicales. J'ai mentionné mes quatre années de piano. Je me suis souvenue que mon père avait affiché un poster Uncle Sam qu'il s'était procuré au magasin de musique local, et qui disait : « JE VEUX que tu t'entraînes tous les jours. » David a évoqué un récital où il était allé, où son cousin avait joué la Cinquième de Beethoven ; juste quand il était arrivé à la dernière note, un panneau du plafond était tombé, recouvrant tout le monde de poussière blanche. La manière dont David décrivait son cousin Stevie, engoncé dans un costume bleu marine étriqué avec un nœud papillon, et qui s'était retrouvé saupoudré de poussière tel un beignet fourré, m'a fait rire. Nous avons tous deux longuement parlé des bonnes et mauvaises expériences musicales durant notre enfance, des professeurs de musique excentriques que nous avions connus à l'école et en dehors, des autres activités extrascolaires, et avant que je n'aie le temps de réaliser, nous étions de retour à ma résidence.

J'ignorais quelle heure il était. J'avais bu beaucoup de vin. Je savais qu'il devait être encore tôt, mais j'avais l'impression qu'il était tard. Seules deux ou trois fenêtres étaient allumées. Je restais assise, sentant l'alcool circuler en moi. J'attendais que ma vision soit nette.

— Eh bien, a dit David. J'ai passé un excellent moment.

— Moi aussi.

— Vous avez vos clés ?

— J'espère, ai-je répondu en commençant à fouiller dans mon sac.

David a saisi ma main gauche à l'intérieur de mon sac. J'ai levé les yeux.

— Vous souhaitez vraiment rentrer ? m'a-t-il demandé.

Il a commencé à masser doucement la paume de ma main avec son pouce, en décrivant des cercles. Je me suis remise à fureter dans mon portefeuille. Je savais qu'il voulait que ce soit moi qui suggère d'aller quelque part. Si c'était mon idée, ce serait moins illégal. Mais je ne savais pas quoi dire.

Avant que je n'aie le temps de me décider, il s'est penché, a pris ma tête dans ses mains et m'a embrassée. Il s'est arrêté une seconde et m'a regardée d'un air interrogatif. Je me suis tournée face à lui et il m'a embrassée de nouveau. Je pouvais entendre le moteur tourner. Peu après, il a posé sa main sur ma nuque.

Puis il s'est redressé.

— Je m'étais juré après notre conversation dans mon bureau l'autre jour que je ne m'autoriserais pas à faire cela.

Il pensait donc à tout cela depuis notre conversation la semaine précédente ! Il n'avait pas pu résister ! Je ne pouvais le croire. C'était la première fois qu'on me désirait autant, et pas seulement pour que je fasse partie d'une équipe d'orthographe.

— Ecoutez, dit-il. Je peux vous laisser partir, ou bien nous pouvons aller quelque part.

J'ai marqué une pause.

Je n'avais pas le choix.

— Partons d'ici.

Certains tableaux dans son séjour étaient les mêmes que dans ma chambre de petite fille. Avant que je n'aie eu le temps de le lui dire, il était dans le couloir et m'appelait pour que je fasse le tour du propriétaire. Son appartement était l'endroit le plus chaleureux que je découvrais depuis mon départ de la maison. Il y avait une cheminée dans le séjour, d'épais tapis partout, et de gros coussins sur les canapés et le lit.

Nous ne nous sommes pas attardés dans la chambre de David. Je l'ai suivi jusqu'à la cuisine.

— Vous voulez boire quelque chose ? m'a-t-il demandé en faisant le tour du comptoir.

— Je crois que c'est fait, ai-je répondu.

Le vin avait adouci ma diction, dont il atténuait les hésitations et les bégaiements.

David a ri, tout en débouchant une bouteille de quelque chose. Il s'est versé un verre puis s'est assis.

— Est-ce qu'il vous arrive d'utiliser la cheminée ? ai-je demandé en revenant sur mes pas, pour m'asseoir sur le canapé.

Elle était de couleur noir charbon, avec des zones sombres et claires là où elle avait été frottée.

— Pas cette année, a-t-il répondu. J'attendais une bonne inspiration.

Comment est-ce que cela va commencer me demandais-je. Allait-il déployer toute une série de stratagèmes pour me conduire jusqu'à sa chambre à coucher ? Ou est-ce que rien n'allait se produire ? Je supposais que si, même si je n'étais pas bien sûre de vouloir que cela se produise. Il savait que j'étais inexpérimentée, n'est-ce pas ? Forcément. Il ne pouvait guère s'attendre à autre chose. Une fois encore, peut-être qu'il aimait l'inexpérience.

— A quoi pensez-vous ? m'a-t-il demandé.

Jamais personne n'avait fait cela auparavant : simplement me demander ce que j'avais en tête. Il a posé son verre désormais vide sur le comptoir de la cuisine puis s'est approché de moi. Il avait l'air grave et intense. J'ai noté une légère hésitation dans sa démarche.

— A votre programme de cours, ai-je menti.

— Ah, a-t-il répondu, en s'asseyant sur le coin du canapé. Ça me fait penser. J'ai publié un article sur La Voix et le phénomène…

Il a commencé à m'en parler, et j'ai aimé que, au milieu de notre conversation dans son salon, il ait toujours son travail à l'esprit. C'était étrange, pourtant, après nous être embrassés dans sa voiture, de nous retrouver à la même distance chaste que précédemment.

Je me demandais s'il allait me proposer de dormir sur le canapé, me border et me lire une histoire avant de dormir. Malgré moi, je le craignais.

— Vous savez, dit-il, quand je dis des choses sur vous, que vous êtes brillante, ou que vous êtes belle avec du merlot sur les lèvres, je le pense vraiment. Je ne dis pas cela pour vous flatter.

J'ai désigné le verre vide sur le comptoir.

La vie (pas) très cool de Carrie Pilby

— Dites donc, ce truc marche du tonnerre.
Il a ri.
— Ce n'est pas l'alcool. Vous êtes juste si…
J'ai incliné ma tête sur le côté.
— Etes-vous nerveuse ? s'est-il enquis.

Sans attendre la réponse, il s'est penché vers moi, m'a soulevé le menton avec sa main et m'a embrassée.

Il a laissé sa main glisser sur mon chemisier, puis descendre sur mon pantalon jusqu'à ce qu'il arrive à mes genoux, qu'il a tenus dans ses mains. Il m'a alors enlacée, et nous avons continué jusqu'à ce que je n'aie plus de souffle. Au bout d'un moment, nous sommes allés dans sa chambre.

Il était heureux de ce qui s'était passé, alors que je n'étais pas complètement satisfaite. Sans que ce soit une surprise. C'était plus scolaire pour moi. C'était quelque chose que je devais expérimenter pour savoir de quoi il retournait. Mais après qu'il se fut endormi, je l'ai regardé, j'ai laissé ma main courir sur l'édredon et je me suis sentie heureuse d'être là.

Désormais, aller en cours me procurait une excitation inédite. David parlait, arpentait la classe, puis s'arrêtait et balayait les allées du regard, le sourire aux lèvres, agissant comme si de rien n'était, alors que nous savions tous les deux ce qu'il en était. C'était notre jeu. Parfois, quand je pensais que c'était sans risque, j'accrochais son regard et levais un sourcil et, très rarement, il me faisait un rapide clin d'œil. Parfois, je sentais monter mon excitation rien qu'à le regarder marcher dans ses doux pulls, sachant que personne d'autre dans cette classe ne s'était blotti contre eux, sachant que plus tard cette nuit, je me blottirais dedans. Et lorsque Brian Buchman pérorait à n'en plus finir, lorsque Vicki minaudait, je me sentais heureuse au lieu d'être démoralisée, car je savais qu'un peu plus tard, David et moi allions en rire.

Une fois, David était en retard de quelques minutes pour son cours, et tout le monde s'était mis à jacasser.

— Peut-être que nous pouvons partir s'il n'arrive pas, a dit un garçon nommé Rob, qui ne venait en cours qu'une fois sur deux, de toutes les façons.

— J'aime ce cours, a dit une fille.

— Moi aussi, a rétorqué Brian.

— Il t'adore, toi, l'a taquiné Rob.

— Oui, et il ignore tous les autres, s'est plainte une fille.

— Il est probablement juste occupé, a dit Vicki.

— Est-ce qu'il est marié ?

— Je ne crois pas.

— Peut-être qu'il est gay.

— Ce serait dommage. Il est si mignon !

La vie (pas) très cool de Carrie Pilby

J'ai raconté cela à David par la suite, et nous avons bien ri.

Dans mes autres cours, je rêvais éveillée. J'étais tout de même capable de prendre des notes, mais mon esprit était ailleurs. Je rentrais à la résidence pour trouver un message de lui sur mon répondeur, ou une invitation à venir le rejoindre, ou juste un appel pour me dire que je lui manquais. S'il n'y avait pas de message, je m'allongeais sur mon lit et parcourais des bouquins jusqu'à ce qu'il appelle. Cela n'était jamais bien long. Puis, il passait me prendre en bas de la résidence et nous allions manger dehors ou chez lui. Les soirées où il devait travailler, je restais dans ma chambre et faisais mon propre travail. Je parvenais à maintenir mes bonnes notes car, quand je n'étais pas avec lui, je ne faisais qu'étudier. Je n'avais besoin de rien d'autre. Pas besoin de me forcer à aller à tel club, telle réunion ou tel bar histoire de faire un effort de socialisation. Pas besoin d'errer à Harvard Square seule, à regarder les autres s'amuser en me demandant comment je pourrais m'intégrer. Quelqu'un tenait à moi et désirait connaître mes pensées, c'est tout ce dont j'avais besoin.

L'hiver a été un tourbillon neigeux d'heures studieuses, de feux de cheminée et de lui.

Quant à l'aspect physique, je n'ai jamais vraiment pigé la Grande Affaire, qui semblait assez inconfortable et s'achevait très rapidement, mais je m'en fichais, car tout le reste était extraordinaire. Le week-end, nous roulions dans le Massachusetts, à travers des villes coloniales et des villages historiques, sur des routes de campagne, nous arrêtant pour boire du cidre ou déguster une soupe aux palourdes ou une tarte. Nous marchions le long du port main dans la main, nous parlions des endroits où nous aimerions voyager, des endroits où nous n'étions jamais allés et des endroits dont nous rêvions quand nous étions petits. Quand nous dînions dans un restaurant sur la jetée, j'observais le reflet des lumières orange qui miroitaient dans le port, et il tendait son bras au-dessus de la table, trempait son pain dans ma bisque et me demandait s'il devrait ajouter tel ou tel livre au programme pour le semestre suivant. Je ne pouvais croire que j'avais une influence sur ce que ses étudiants du semestre suivant allaient lire, ni qu'il me considérait assez intelligente pour proposer des suggestions. Mais il écoutait toujours ce que je disais avec attention et acquiesçait, ou me donnait son avis. C'était merveilleux.

Tout le monde devrait connaître ce sentiment, même si ce n'est qu'une fois dans sa vie, de voir quelqu'un sous son charme au point que le moindre détail insignifiant à son sujet devient un objet de fascination. Les moindres scories qui traînent dans notre âme peuvent être soumises à cette consommation avide.

La vie (pas) très cool de Carrie Pilby

David et moi compatissions sur les inconvénients d'être intelligent, ou de trop penser. Une fois, nous roulions à travers une petite ville, les branches grises et marron des arbres nus emmêlées au-dessus de nos têtes telles des épées, quand je lui ai raconté comment, pendant plusieurs mois en 5e, je n'ai plus pu éternuer.

— C'est venu de nulle part, ai-je dit. J'étais en cours de sciences sociales en 5e, et j'étais sur le point d'éternuer, quand j'ai réfléchi au processus, et je n'ai pas pu. L'éternuement s'est étouffé sous l'arête de mon nez et n'est jamais sorti.

» Chaque fois que j'ai voulu éternuer après cela, j'essayais de ne pas penser au fait d'éternuer, mais plus j'essayais de ne pas y penser, plus il fallait que j'y pense, si bien que je ne pouvais éternuer. Finalement, un soir, j'ai tout raconté à mon père, et il a pris un rendez-vous en urgence avec le psychologue scolaire. Le psychologue a dit à mon père qu'il craignait que je souffre d'un trouble obsessionnel compulsif. Je devais le rencontrer pendant quatre semaines d'affilée. Mais je ne sais comment, j'ai commencé à arrêter de penser au fait d'éternuer pendant que j'éternuais, et le problème a disparu aussi vite qu'il était apparu.

David a souri.

— Si on pense beaucoup à quelque chose, cela peut tout fiche en l'air, a-t-il dit. Si on pense aux baisers, au fait que deux personnes pressent leurs lèvres les unes contre les autres et les bougent de toutes sortes de manières, cela semble complètement étrange.

— Je suppose que c'est pire si on y pense pendant qu'on le fait, ai-je répondu.

— Voyons voir, a-t-il répliqué.

Et il s'est arrêté sur le bas-côté.

Au bout d'un mois environ, alors que je dormais régulièrement chez lui, David a commencé à me demander de faire certaines choses dont il avait envie.

Ce n'étaient que de légères variations par rapport à la norme et je les considérais comme un sacrifice minime à consentir. Du moment que son intérêt pour moi ne faiblissait pas. Tant que cela n'allait pas trop loin.

Mais bientôt, il a commencé à me demander de dire des choses.

Cela m'ennuyait. C'étaient des choses que je n'avais jamais dites auparavant, et que je ne redirai probablement jamais, si je peux l'éviter. Ce n'étaient pas seulement des choses crues ; les mots étaient durs. Je me sentais incapable de prononcer ce qu'il me demandait. Mais je ne voulais pas désobéir.

— Nous allons y aller doucement, m'a-t-il dit gentiment, un soir dans sa chambre. Comme pour

La vie (pas) très cool de Carrie Pilby

n'importe quoi d'autre. Je veux juste que tu me dises cette chose.

J'étais silencieuse.

— Carrie?

Qu'est-ce qui cloche chez toi? me demandais-je intérieurement. Ce ne sont que des mots. Tu sais cela, intellectuellement. Alors quel est le problème?

Mais je savais que même si je parvenais à les dire, cela ne sonnerait pas naturel. Et donc, que cela n'aurait pas l'effet escompté. J'étais sûre de cela.

— Allez, dit-il, le front en sueur. Dis-le.

— Cela ne va... Cela ne me ressemble pas.

— Dis-le juste, a-t-il chuchoté. Dis-le une fois.

Il a embrassé mes lèvres, puis mon cou. Il a promené sa main sur ma poitrine et l'a laissée reposer sur mon entrejambe, avant de commencer à décrire des cercles avec son index.

— Dis-le. Qu'aimerais-tu que je te fasse?

— Je veux... Je veux que tu...

— Continue.

— Je ne peux pas.

Il s'est assis. Il n'avait plus l'air si gentil.

— Quel est le problème?

— Cela ne me ressemble pas. Ce ne sera pas naturel.

— Dis-le de la manière que tu veux.

Il s'est penché vers moi et m'a de nouveau embrassée.

— Allez.
Je le regardais simplement.
— C'est quoi ton problème ?
— Ce n'est pas... Je ne peux pas.
Il s'est assis et a regardé dans le vague.
— David ?
Il m'ignorait.
— Allez, viens. Je...
Il s'est tourné sur le côté puis a remonté la couverture sur lui.
— Oublie ça. A quoi bon ?
— Es-tu en colère après moi ?
Il m'a de nouveau ignorée.
Je me suis également retournée, mais je ne pouvais pas dormir.

Je suis restée allongée, mon dos contre le sien, attendant tranquillement qu'il change d'avis. Je voulais me relever pour enfiler une tenue de nuit, mais je me disais que plus le silence était pesant, plus il aurait envie de le rompre. J'avais même peur de respirer. Je regardais les chiffres défiler sur son radioréveil.

J'ai fini par m'endormir. Au beau milieu de la nuit, je me suis réveillée et j'ai enfilé un T-shirt. Puis je suis retournée me coucher.

Le matin, quand je me suis réveillée, David était déjà dans la cuisine, en train de faire chauffer du café. Je l'ai rejoint doucement, il a fait un signe de tête silencieux, puis a continué à s'occuper du café. Dans la voiture en revenant vers le campus, il est resté silencieux.

Je suis allée en cours perturbée, mais j'ai essayé de me concentrer. Quand je suis rentrée chez moi, le voyant de mon répondeur ne clignotait pas.

J'ai pris mes livres d'introduction à la philosophie et j'ai lu au lit. Une heure a passé sans appel. J'avais peur. Pourquoi avais-je été si stupide ?

Il allait bien me donner une seconde chance, n'est-ce pas ?

J'ai lu *Méditations métaphysiques*, mais mes yeux ne faisaient que parcourir les mêmes mots encore et encore, comme si je cherchais à recouvrir le livre d'une couche de vernis. Rien n'accrochait mon regard. Toutes les cinq minutes, je regardais ma pendule. L'heure du dîner approchait, et j'allais devoir descendre au réfectoire et m'asseoir en bout de table seule. Ce qui me procurait toujours une sensation de vide au creux du ventre. Je ne voulais pas y aller, au cas où il appellerait.

J'avais faim. Ignorant mon estomac, j'ai de nouveau tenté de me concentrer sur les *Méditations* ; puis je me suis dit que j'avais peut-être besoin d'une lecture plus légère. Alors j'ai ouvert *Ainsi parlait Zarathoustra*.

Le téléphone a sonné.

La vie (pas) très cool de Carrie Pilby

Je me suis efforcée de prendre une voix neutre, même si c'était à contrecœur.

— Salut.

Je n'aurais jamais voulu l'admettre, et cela fait très cliché, mais les clichés sont des clichés parce qu'ils se produisent : quand j'ai entendu sa voix, mon cœur a fait un bond dans ma poitrine.

— Je suis sorti chercher du bois pour la cheminée, a dit David. Il me faudrait un peu d'aide pour faire un feu.

Je voulais lui dire combien j'étais heureuse qu'il appelle, combien j'avais eu peur, combien il m'avait manqué, et que je dirais tout ce qu'il voudrait. Mais je ne l'ai pas fait. Je lui ai dit que je le retrouvais en bas dans dix minutes.

Cette nuit-là, nous avons mangé deux gros bols de linguine dans un restaurant italien, puis nous sommes allés à l'appartement de David. Dans son séjour, nous nous sommes allongés sur le tapis devant la cheminée, une bouteille de vin entre nous. David a posé son verre sur les dalles brunes avant de s'allonger sur le côté, les genoux repliés. J'ai posé ma tête sur son jean, tournée vers son buste. Dieu merci, tout va bien, ai-je pensé. C'était si bon d'être allongée là, à l'écouter respirer. J'ai fermé les yeux et nous sommes restés paisiblement comme cela pendant un moment. Puis, j'ai senti ses doigts effleurer mes lèvres rosies par le vin.

La vie (pas) très cool de Carrie Pilby

— Approche, a-t-il chuchoté en attirant mon menton vers son visage. Restons ici, pour changer.

J'ai acquiescé. Très vite, il a dit :

— Dis-le. Ce que je voulais que tu dises hier. S'il te plaît.

Avant son coup de fil, je m'étais dit que je le ferais ; sur le chemin, je m'étais dit que je le ferais ; mais maintenant, je ne pouvais pas. Ces mots me semblaient déplacés. Ils ne me correspondaient pas, ni à nous deux. Et pourquoi voulait-il me les faire dire, alors qu'il savait à quel point cela me dérangeait ?

— Dis-le !

J'ai bredouillé :

— Je... Je...

— Oui ?

Il avait les yeux fermés. Je n'ai pas pu finir.

— Allez, a-t-il dit. Continue.

— David, ai-je dit.

Puis je me suis tue.

Il s'est redressé encore une fois.

— C'est tout ?

— Je...

— C'est le mieux que tu puisses faire ? Tu n'essayes même pas ?

Je le regardais simplement.

— Un compromis ?

Ça ne collait pas.

— Est-ce que je ne t'ai rien appris ? Est-ce que je ne l'ai pas répété encore et encore ? Pourquoi refuses-tu d'apprendre ?

Je ne savais que répondre à cela.

— C'est si dur d'apprendre ?

Finalement, j'ai dit :

— Ce n'est pas quelque chose que je dirais personnellement.

— Mais tu peux apprendre.

— Nous ne sommes pas en classe.

— Dis-le juste !

Je fixais le tapis.

— Ce ne serait pas moi...

— Est-ce qu'il faut toujours que tu sois aussi prude, bon sang ?

Avant que j'aie le temps d'ajouter un mot, il s'est mis debout, a filé dans la salle de bains et a fermé la porte. Je suis restée assise sur le tapis, et j'ai eu brusquement très froid.

Il est ressorti une minute plus tard en disant qu'il allait me reconduire chez moi.

Nous avons roulé jusqu'à ma résidence en silence. Quand je suis sortie de la voiture, il n'a pas prononcé un mot.

Dans ma chambre, je me suis pelotonnée dans mon lit dans le noir, les yeux rivés sur le téléphone. J'étais certaine qu'il allait appeler. J'ai répété différentes répliques dans ma tête, des répliques où je lui disais que peut-être il y avait un moyen de dépasser cela, que peut-être il y avait des choses qu'il ne serait pas capable de dire non plus, si je lui demandais, que j'avais déjà fait des compromis et que j'avais été heureuse de les faire pour lui, mais que ça, c'était quelque chose qui me dérangeait. Et si nous ne pouvions pas dépasser cela, je voulais lui dire pourquoi c'était difficile pour moi d'accéder à sa demande.

Mais je n'ai jamais eu l'opportunité de lui dire un mot de tout cela. Il n'a jamais appelé.

Nous ne parlions plus qu'en cours, lorsque nous débattions des livres au programme. C'était tout.

Le semestre s'est enfin achevé. Lui et moi n'avons jamais eu d'autre conversation personnelle.

J'ai eu un A dans cette matière. Je suppose que David aurait eu peur de me mettre une note inférieure.

De toute façon, je la méritais.

Longtemps après cela, j'ai eu du mal à regarder des couples s'embrasser sur le campus. Leurs vies étaient si normales ; pourquoi fallait-il toujours que la mienne soit étrange ? Ces couples insouciants savaient-ils que tout n'est pas si simple pour certaines personnes ? Est-ce qu'ils appréciaient leur chance ?

Le pire, c'est que je savais que beaucoup de couples

étaient ensemble uniquement pour le sexe. Au moins, David et moi parlions de livres, de musique et de son travail. De quoi parlaient ces gens qui ne faisaient rien de la journée à part se bécoter ? Certaines filles de mon étage avaient des petits copains dont la plus grande prouesse était d'avoir intégré la dernière équipe de la crosse ou de s'être fait recaler en astronomie.

Pendant le reste de mon séjour à Harvard, la situation ne s'est guère améliorée. J'ai beaucoup travaillé, j'ai obtenu mon diplôme puis j'ai emménagé dans l'appartement que mon père a trouvé pour moi.

Après avoir passé quelque temps à réfléchir à ma relation avec David, je me sens triste et insatisfaite, comme je me suis souvent sentie après nos rapports.

Alors je sors pour aller au supermarché acheter de la glace et des paillettes pâtissières.

Je m'achemine à travers l'air pollué de la ville jusqu'à l'univers parfumé à l'ail de chez D'Agostino. Je m'empare d'un pot glacé de Cherry Garcia dans le congélateur et, en déambulant dans les rayons, je prends aussi des paillettes et du soda à la cerise.

De retour chez moi, je me prépare un soda à la glace. Les bulles pétillent très haut au-dessus du verre. Lorsque je goûte, je réalise immédiatement que

La vie (pas) très cool de Carrie Pilby

je n'aurais jamais dû me refuser cela si longtemps. La glace coule lentement dans ma gorge jusque dans mes entrailles. La sensation est merveilleuse. Il n'y a rien de meilleur.

Je passe devant un miroir en revenant dans ma chambre et remarque que mes lèvres sont devenues rouges.

4

Ce matin, je suis déprimée. Je ne sais pas quoi faire. J'ai un autre rendez-vous avec Petrov. Ce qui ne va probablement pas aider. Ou peut-être que si.

Le trottoir est mouillé, mais il fait soleil. Je scrute le sol, le regard aussi bas que mon moral. Lorsque je descends dans la station de métro, il n'y a qu'une seule personne sur le quai. Je ne peux m'empêcher de l'observer.

Son accoutrement me frappe immédiatement. Cet homme porte un chapeau melon gris. Il a l'air d'avoir la trentaine. Il porte aussi un long imperméable, il est rasé de près et semble exceptionnellement soigné. C'est surtout le chapeau qui m'intrigue. Personne ne porte de chapeau à notre époque, encore moins un chapeau melon gris. Il a l'air de sortir d'un vieux film de détective.

Il fait les cent pas devant le mur couvert d'affiches publicitaires pour des spectacles à Broadway : You're a Good Man, Charlie Brown ; Les Misérables ; Phantom of the Opera. De temps à autre, il marmonne quelque chose entre ses dents. Encore un des nombreux individus un peu dérangés qui peuplent cette ville.

Je m'appuie contre le mur et scrute le sol, les bosses de caoutchouc ovales qui sont là depuis si longtemps qu'elles sont devenues noires, ainsi que la crasse, les carreaux et les papiers d'emballage. L'Homme au chapeau continue de faire les cent pas, de marmonner et pour ne pas avoir l'air de le fixer, je détourne les yeux. Il y a tant d'endroits où nous fixons des objets pour éviter de croiser le regard des autres. Nous le faisons systématiquement dans les ascenseurs. Pourtant, il n'y a pas grand-chose à observer, dans un ascenseur. Je devrais créer une société qui fabrique des badges bleus autocollants où il serait écrit : « Fixez ce badge pour ne pas avoir à parler à votre voisin. » Je ferais fortune.

Je me demande de quoi les gens sont censés parler dans les ascenseurs. « Est-ce que ce ne serait pas drôle si ces "chiffres" en braille étaient des gros mots ? » ; « Vous savez, il a été statistiquement prouvé que quatre-vingts pour cent des boutons "fermer la porte" dans les ascenseurs ne marchent pas, en réalité » ; « Hé, vous voulez commander une pizza au service d'urgence ? » ; « Vous savez, la plupart des immeubles n'ont pas de treizième étage parce que les constructeurs étaient superstitieux. Cet immeuble avait bien un treizième étage, mais il s'est effondré l'année dernière lors d'une tempête. » En y pensant, je devrais la ressortir, celle-ci.

Les lumières de la rame de métro émergent du tunnel puis le train apparaît à son tour. L'Homme au chapeau monte, et nous nous dirigeons immédiatement vers les extrémités opposées de la voiture, tels des boxeurs sur un ring.

L'Homme au chapeau sort un long livre tout fin d'un sac en papier et se remet à marmonner. Dans le train, il n'y a pas grand-chose à regarder, hormis les publicités pour des universités publiques. Je pense que la qualité d'une université est inversement proportionnelle à ce qu'elle investit en publicité. Vous n'imaginez pas Yale faire de la publicité dans le métro. Les autres publicités vantent des téléfilms sur le câble. Il y a plusieurs années, vous aviez de la chance si vous trouviez une émission décente sur un des trois réseaux câblés. Aujourd'hui, grâce à la magie du câble, la probabilité est réduite à un contre vingt.

J'arrive chez Petrov avec quelques minutes d'avance ; la porte de son cabinet est fermée. Je me presse contre la porte et colle mon oreille au battant.

J'entends le type à l'intérieur dire : « C'est chaque fois pareil. Dans tous mes fantasmes sexuels, au moment où nous allons... euh, le faire, le téléphone sonne. »

Petrov : Dans vos fantasmes, le téléphone sonne juste au moment où vous allez avoir un rapport sexuel.

L'homme : Oui.

P : Est-ce que vous répondez ?

H : Non. Mais ça gâche complètement l'ambiance, et le fantasme est foutu.

P : Donc vous êtes très excité, en compagnie d'une femme, vous allez avoir un rapport sexuel et le téléphone sonne.

H : Oui.

P : Je pense que vous avez des problèmes d'ordre sexuel.

H : Qu'est-ce qui vous fait dire ça ?»

Quels idiots. Petrov ne devrait même pas me faire payer, après avoir écouté ces âneries toute la journée.

Je l'entends s'approcher de la porte et je recule. Le type qui sort mesure à peu près 1,47 mètre. Je me demande comment les gens comme lui ont des rapports sexuels. Et je n'essaie pas d'être drôle. Comment des gens de taille si dissemblable font-ils pour avoir des rapports sexuels ? J'ai vu des filles de 1,50 mètre avec des types qui doivent bien mesurer 1,90 mètre. Quand ils sont au lit, est-ce qu'elles escaladent pour les embrasser, puis redescendent pour la pénétration, avant de regrimper pour les embrasser de nouveau quand ils ont fini ?

— Bonjour, j Carrie, dit le Dr Petrov. Comment allez-vous ?

— Je vais bien.

J'entre et je m'assieds.

— Y a-t-il un « mais » ? demande-t-il en s'asseyant en face de moi. Vous semblez hésitante.

— Eh bien, dis-je, j'ai comme une sorte de problème.

— Bien.

— Chaque fois que j'ai un fantasme sexuel, le téléphone sonne.

Petrov esquisse un mouvement de gêne.

— J'apprécierais que vous n'écoutiez pas mes séances.

— Je n'ai pas pu m'en empêcher. La porte était juste assez lisse pour y coller mon oreille.

— Voyons voir quels progrès vous avez faits avec votre liste.

ZOLOFT®

Faire une liste de dix choses que vous aimez
Adhérer à une association/un club
Aller à un rendez-vous galant
Dire à quelqu'un que vous tenez à lui/elle
Fêter le jour de l'an

— J'ai mangé une glace, dis-je. Pour remplir la première mission.

— Excellent, dit-il. Avez-vous trouvé des paillettes pâtissières ?

— Oui. Je me suis préparé un gros soda à la glace.

— Et comment vous êtes-vous sentie ?

Je dois être honnête.

— Plutôt bien, rétorqué-je.

Il sourit, comme s'il avait gagné une bataille. Ce qui m'agace, donc j'ajoute :

— Je n'ai fait aucun progrès pour ce qui est de sortir avec quelqu'un. Ou d'adhérer à une association.

— Et ce type de la relecture juridique qui flirte avec vous ?

— Il ne flirte pas avec moi. Et je ne l'ai pas revu depuis. Mais je vais le revoir.

— Bien. Souvenez-vous de ne pas vous renfermer s'il cherche à vous connaître davantage. Même s'il n'est pas exactement comme vous, vous pouvez toujours devenir amie avec lui.

— D'accord.

— Avez-vous trouvé des clubs auxquels vous aimeriez adhérer ?

— Je cherche, dis-je. J'envisage toujours d'adhérer à cette église.

— Vous savez, vous êtes à New York. Si vous lisez

La vie (pas) très cool de Carrie Pilby

le *Weekly Beacon*, il y a une foule d'événements qui sont répertoriés par catégories.

Ce qui me fait penser à un truc. Le *Weekly Beacon* a une rubrique de petites annonces personnelles très populaire. Ce serait un moyen très simple de rencontrer quelqu'un. Je pourrais publier une annonce et me décrire de A à Z. En plus, je pourrais mentionner dans l'annonce que j'ai des principes et que je suis intelligente. Et je pourrais préciser mes restrictions concernant les personnes qui appellent. Comme ça, je pourrais rencontrer quelqu'un qui a des valeurs et des centres d'intérêt intellectuels.

C'est décidé, je vais faire ça. Ce qui me semble aussi plus discret que les annonces sur ordinateur. Je n'aurai pas à publier ma photo. Je devrais commencer par là.

Petrov me demande :

— Est-ce que tout va bien ? Vous me semblez un peu démoralisée aujourd'hui.

Nous parlons de la semaine qui vient de s'écouler, de l'attitude de mon père et de New York en général, mais je ne parle pas du Pr Harrison. Je dis à Petrov que je vais aller louer des DVD de films classiques après la séance. C'est comme ça que j'ai occupé plusieurs de mes soirées, dernièrement. J'ai lu beaucoup de littérature classique, mais je n'ai pas vu assez de films classiques. Les DVD viennent d'une liste des cent meilleurs films que vient de publier l'Association of American Film Reviewers. Ils ont d'ailleurs publié une pléthore de listes, dont les cent meilleurs films, les cent meilleures bandes originales, les cent meilleurs rôles principaux masculins, les cent meilleurs rôles principaux féminins, et les cent meilleurs personnages de cinéma. Si je devais faire ma propre liste de personnages de film, le numéro 1 serait C.F. Kane, le numéro 2, l'infirmière Ratched dans Vol au-dessus d'un nid de coucous, le numéro 3, le Docteur Folamour, et de 4 à 21, Sybil. Il y a des personnages extraordinaires dans les films, bien plus que dans la vraie vie.

En sortant du cabinet de Petrov, je décide de marcher pour rentrer, plutôt que de prendre le métro, comme ça je pourrai emprunter mon DVD en chemin. Ce n'est pas un si long trajet. Sans compter que c'est un bon entraînement pour rester debout toute la nuit le soir de la Saint-Sylvestre.

A quelques rues du cabinet de Petrov, j'aperçois une silhouette familière. C'est encore l'Homme au chapeau. Il disparaît à l'angle d'une rue. Est-ce qu'il me suit ? C'est tout de même étrange de rencontrer deux fois dans la même journée quelqu'un que vous n'aviez jamais vu avant.

Je me demande si mon père lui a demandé de me suivre pour me surveiller. Je décide de le suivre un peu. Je remonte la rue et tourne à l'angle. Il disparaît encore. J'essaie de le rattraper, mais je le perds.

Ou peut-être est-ce mon imagination.

Quand j'arrive à mon immeuble, Bobby est dehors, penché au-dessus d'un des soupiraux de la cave maculé de boue et de feuilles humides. Il m'aperçoit entre ses jambes.

— Hé, beauté, dit-il.

Je fais volte-face sans dire un mot. Je pousse la porte d'entrée et grimpe les marches de l'escalier, qui ont tellement été piétinées depuis des années que le caoutchouc noir sous la moquette a transpercé au bord, et que la couleur jaune de la moquette a viré à une teinte cireuse.

Arrivée en haut, je m'arrête. Je reste là un temps et ressens un vide au creux du ventre. Bobby a seulement dit : « Hé, beauté. » Et il est vieux ; peut-être que dire cela lui procure de la joie. Pourquoi suis-je si mesquine ? Et s'il pensait réellement que je suis belle ? Et si, pour sa part, il cherchait juste à être sympathique ?

Personne d'autre ne me dit régulièrement que je suis belle.

Je reste là et sens la nausée m'envahir.

Puis cette sensation s'évanouit, comme chaque fois.

La vie (pas) très cool de Carrie Pilby

Cette nuit-là, on m'appelle pour de la relecture juridique. Cette mission s'avère encore plus monotone que la dernière. Je prends place avec trois autres relecteurs dans une salle presque entièrement nue. Les bureaux semblent avoir été pillés dans une école élémentaire : le dessus est beige, l'intérieur vert métallisé. Le sol est blanc et poussiéreux. Il gèle, ici. Ce doit être la salle que les clients ne voient jamais.

Les autres relecteurs sont bien plus vieux que moi. Je les observe, mais malheureusement, aucun ne me paraît envisageable pour un rendez-vous. Il faut que je continue à chercher et il faut que je publie cette annonce rapidement.

Nous sommes assis tous les quatre comme des étudiants qui s'ennuient en salle d'étude, en attendant qu'on nous confie du travail. Les autres relecteurs discutent de sujets divers : Walt Disney est-il dépassé ; quels sont tous les ingrédients présents dans une canette de V8 ; les gens qui attachent leur chien à la sortie des magasins puis les oublient ; les enfants qui boivent du lait chocolaté au déjeuner tous les jours ; les personnages de dessins animés japonais qui ont l'air américains ; les mauvaises émissions de télévision. Un homme et une femme affirment que la télévision d'aujourd'hui est bien pire que du temps de leur enfance. Les gens disent toujours cela, mais je suppose qu'ils ne réalisent pas que la télé semble toujours pire aujourd'hui qu'à l'âge de douze ans. En tout cas, j'aime la télévision. J'ai rencontré des gens qui déclarent sur un ton péremptoire ne pas posséder de poste de télévision, comme si cela leur donnait une supériorité morale absolue, comme s'ils déclaraient n'avoir jamais menti ni enfreint la loi. Il n'y a absolument rien d'immoral à propos de la télévision. Ce n'est même pas néfaste pour la santé. Insipide et abrutissant, peut-être. Mais nous en avons tous besoin de temps à autre. En tout cas, moi oui. Mes méninges ont tellement travaillé au cours des dix-huit premières années de ma vie qu'elles ont besoin — et méritent — d'un oreiller virtuel pour se reposer.

Vers 15 heures, la salle est silencieuse. Tout le monde lit le journal. J'ai faim. Du moins, c'est ce que je me dis. Je m'ennuie sûrement plus que j'ai faim. Je me lève, vais dans la cuisine, jette quelques pièces dans le distributeur de snacks et prends un sachet de bretzels. Je retourne à ma chaise et commence à manger. Quelques personnes se retournent vers moi. Je ne peux pas me retenir. Les bretzels croustillent.

J'ai l'impression que tout le monde me regarde. Je pose le sachet et m'assieds doucement. Mais je vois les bretzels, leurs petits nœuds qui m'appellent. L'eau me vient à la bouche. Je sais que je vais saliver jusqu'à ce que le dernier bretzel ait disparu. La psychologie que cela implique est intéressante. Quand la situation devient intenable, je m'empare du sachet, me dirige vers la cuisine et engloutis tous les bretzels. J'ai horreur de la pression sociale.

Quand je reviens à mon siège, je décide de rédiger un brouillon pour mon annonce dans le *Beacon*.
Je prends un crayon et j'écris :

SURDOUÉE CHERCHE GÉNIE — JF blanche célibataire, 19 ans, très intelligente, cherche JH non fumeur, non drogué, très très intelligent, 18-25 ans, pour philosopher et parler de la vie. Hypocrites, mystiques, machos et psychopathes s'abstenir.

J'ai hâte de découvrir les réponses que je vais recevoir. Je sors mon calendrier de poche et écris quelque part la semaine prochaine : « Envoyer annonce perso au *Beacon*. » Je me donne une semaine pour trouver un moyen moins désespéré de rencontrer des gens. Mais si rien ne marche, je pourrai toujours publier cette annonce et répondre à celles des autres.

La nuit suivante, je dois retourner travailler dans le cabinet juridique où travaille Douglas P. Winters. Je suis impatiente. Je me dis que je ferais mieux de chausser mes talons et d'ignorer ses commentaires salaces, car il pourrait bien être ma seule perspective de rendez-vous avant le nouvel an. Mais j'espère qu'il ne me larguera pas avant, quand il aura réalisé, comme David à l'université, que j'ai tout de même des principes.

Après David, je me suis longtemps demandé si tous les hommes seraient comme lui, à vouloir me faire faire des choses que je réprouve, avant de me quitter froidement et sur-le-champ si je n'obtempérais pas. Et je détestais les femmes qui cédaient systématiquement et contribuaient à ce qu'ils soient comme ça. Aujourd'hui, je ne pense pas que tous les hommes soient mauvais, mais ceux qui valent le coup peuvent se trouver une belle femme, si bien qu'une femme non jolie n'a plus qu'à revoir ses critères à la baisse jusqu'à ce qu'ils lui arrivent aux chevilles. Ce n'est pas juste, mais c'est la vie. Je me dis parfois que les femmes sont les êtres les plus hypocrites qui soient. Elles se plaignent toute la journée que les hommes sont des porcs, puis satisfont tous leurs caprices le soir. Je ne pense pas qu'elles le fassent par malveillance. Plus certainement par besoin. J'ai entendu des féministes dire que les femmes ne devraient pas « avoir besoin d'un homme » ; or ce n'est pas que les femmes ont besoin d'un homme. La plupart des gens ont besoin de quelqu'un, et si ce sont des femmes et qu'elles se trouvent être hétérosexuelles, leur choix se limite aux hommes. Et si ce ne sont pas de superbes femmes qui peuvent se permettre de choisir, leur choix se limitera aux hommes égocentriques. Certes, le tableau n'est peut-être pas si noir, mais il serait sans doute moins sombre si les gens avaient réellement des critères et essayaient de s'y tenir, come je l'ai fait en résistant aux exigences de David.

Le soir venu, quand je pousse les portes vitrées de Pankow, Hewitt et Cie, Douglas P. Winters a l'air heureux.

— J'ai des pistaches ! annonce-t-il dans un éclat de rire maléfique.

Je lui réponds que je suis impatiente qu'il m'en offre une. Puis je me dirige à travers les tables jusqu'au chef et prends un petit document. Tout ce que j'ai à faire, c'est de vérifier que la dactylo a bien saisi les corrections du relecteur. Pépère est dans un autre box, donc je n'ai pas affaire à lui.

A mesure que je lis le document, je réalise progressivement qu'il est assez captivant. Il porte un tampon Confidentiel. Il parle de deux grandes banques sur le point de fusionner. Je me demande si je pourrais vendre cette information.

Je finis et le rapporte. Le chef d'équipe me dit qu'il n'y a plus de travail pour l'instant. Donc je vais voir Doug.

La vie (pas) très cool de Carrie Pilby

Les cheveux de Doug sont trempés de sueur. Il se dirige vers un siège.

— Il fait chaud ici ? demandé-je.

— J'ai la crève, répond Doug.

— Est-ce que tu n'étais pas déjà malade la dernière fois que je t'ai vu ?

— Je suis allergique au travail.

— Rentre chez toi.

— Je suis allergique à la famine.

— Je viens juste de lire un document sur une méga-fusion de banques, lui dis-je.

— Ça a l'air passionnant.

— Je me demandais si cette information avait une quelconque valeur.

— Probablement, dit Doug. Mais ce serait un délit d'initié. Beaucoup de types sont allés en prison dans les années quatre-vingt pour ça. As-tu signé une déclaration de confidentialité quand tu es venue travailler ici ?

— Ouais.

— As-tu signé de ton vrai nom ?

— Oui.

— Dommage.

— Je voulais que les chèques portent mon vrai nom.

— C'est vrai, dit Doug. Bon, je n'ai signé aucune déclaration. Tu pourrais me filer les documents.

Si je voulais le pousser pour qu'il me demande de

sortir avec lui, je pourrais ajouter d'une voix gutturale :
« Ou alors toi, tu pourrais me filer quelque chose,
aussi. » Mais je ne suis pas encore aussi désespérée.
Il reste toujours les annonces — en publier une et
répondre à celles des autres.

Je ris à cette idée de « file-moi quelque chose », et
Doug me demande :

— Quoi ?
— Rien.
— Allez…
— Non.

J'ai passé ma vie à rire en solo de mes blagues
secrètes. Pourquoi cesser maintenant ? Je les comprends
mieux que quiconque.

— Allez, insiste-t-il.

Je dois mentir, car je sais que Doug fait partie de
ceux qui ne renoncent jamais. Je lui dis :

— Je ris parce que je viens de me souvenir d'une
blague que deux gamins racontaient dans le métro
hier.

— J'attends, dit Doug.
— Euh… Toc toc.
— Qui est là ?
— La vache qui interrompt.
— La vache qui interr-
— MEUH !

Il rit.

— Pas mal. C'est difficile de trouver de bonnes blagues qui ne soient pas crues.
— C'est vrai.
— J'en ai une, ajoute Doug.
— Est-ce qu'elle est décente ?
— Non. Mais il n'y a aucun gros mot dedans.
— O.K.
— Qu'a dit le Petit Chaperon rouge quand il s'est assis sur la tête de Pinocchio ?
— Quoi ?
— Dis un mensonge ! Dis un mensonge ! Dis la vérité ! Dis la vérité !

Le chef débarque.

— Carrie ? J'ai du travail pour vous.

La mission me prend une heure, puis tout est calme. Je m'empare de la pile de magazines qui ont apparemment déjà été dévastés par l'équipe à temps plein (l'équipe qui a le temps de critiquer ses gendres et, à en juger par le cadeau qui m'attendait sur le bureau, de fabriquer des petits chiens à l'aide d'une gomme et de cinq punaises) ; au sommet de la pile, se trouve un article de magazine sur les papillomavirus humains. Je lis que la majorité des femmes en sont porteuses, qu'ils se propagent par contact sexuel, qu'ils pourraient être la cause du cancer du col de l'utérus, et que même les préservatifs sont une prévention inefficace. Je suppose que c'est une petite plaisanterie de Dieu — les gens se sont mis à se protéger contre le sida, donc maintenant, voilà quelque chose qui se propage quand même via la sexualité. Je parie qu'un jour, il y aura une maladie capable de tuer rien que par le rapport sexuel en soi, et que les gens continueront quand même à coucher ensemble. Peut-être qu'un moratoire sexuel de dix ans sera institué dans le pays pour en venir à bout. Ecrivez là-dessus, Kurt Vonnegut.

A l'heure de la « pause déjeuner », à 2 heures du matin, Doug m'invite à manger dans la cuisine avec lui. Il a l'air fatigué, il n'arrête pas de tirer sur ses manches, et ses cheveux courts sont en désordre. L'éclairage artificiel au néon brille fort au-dessus de nous. Doug ne mange pas, mais il boit du café. C'est dingue le nombre de gens qui sont dépendants du café et refusent de l'admettre. Certaines personnes sont aussi obsédées par le café que par le sexe. Mais j'imagine qu'une obsession ne compte pas pour une obsession si tout le monde a la même. Je suppose qu'il est parfaitement normal de dire : « Oh, je ne peux rien faire avant d'avoir bu ma première tasse de café. »

C'est drôle, on méprise l'ancienne addiction de la Chine à l'opium comme si nous étions bien au-dessus de cela, alors qu'une majeure partie de l'Amérique moderne se dope au café le matin et à l'alcool le soir. Je ne crois pas que nous valions mieux que les Chinois. Peut-être que ces deux substances sont nécessaires pour supporter la vie. Mais si tout le monde a besoin de ces palliatifs juste pour se sentir bien, est-ce qu'il n'y a pas quelque chose qui cloche ?

Bref, je ne dois pas nier pour autant mon problème du moment : prouver que je peux sortir avec quelqu'un. Je continue d'observer Doug à la dérobée pour déterminer si je pourrais l'embrasser. Il a de beaux cheveux et un joli menton bien dessiné. Mais je ne le connais pas encore assez pour être attirée par lui. Là encore, c'est trop tôt. Si c'était juste un premier rendez-vous, je n'aurais pas à l'embrasser d'emblée.

Je parle à Doug de l'article sur les papillomas.

— T'imagines la situation, dis-je, s'il y avait une maladie capable de tuer tout le monde, à moins que les gens n'arrêtent d'avoir des rapports sexuels ?

— Oublie, dit Doug. Je serais sûr de crever !

— Ou l'inverse.

Il boit son café à petites gorgées.

— Est-ce que des hommes peuvent se transmettre ce truc de papillomas ?

— Je suppose.

— Merde. Juste au moment où j'allais consentir à mettre des capotes.

Est-ce que cela veut dire qu'il est gay ?

Je le regarde. Bien sûr, en y réfléchissant, il est homo. Je me sens stupide.

La vie (pas) très cool de Carrie Pilby

— C'est peut-être comme ça qu'a eu lieu la première fin du monde, dit Doug. Peut-être que notre civilisation était aussi avancée qu'à l'heure actuelle, et que le sexe a tué tout le monde. Nous arrivons mieux à contrôler nos centrales nucléaires que nos pulsions sexuelles...

Il poursuit son monologue et je feins de l'écouter, alors qu'en réalité j'essaie simplement d'accepter le fait qu'il est homo. Il faut que je pense à des trucs comme ça sans relâche pour que le choc s'atténue. Il y a beaucoup de choses qui me choquent, même si elles ne devraient pas. De toute évidence, découvrir l'homosexualité de quelqu'un ne devrait pas. Je me demande si je peux tout de même aller au restaurant avec lui et le compter comme un rendez-vous. Est-ce que dîner avec un homo compte comme un rendez-vous ? Qu'est-ce qui fait qu'un rendez-vous est un rendez-vous galant ? Je suppose que c'est la possibilité que quelque chose de romantique se produise. Donc comment appelle-t-on un dîner avec un homo ? Un rendez-vous gay ?

Bon, je crois que je peux publier mon annonce personnelle la semaine prochaine.

A 4 heures du matin, j'ai fini mon service. Le cabinet appelle un taxi pour me reconduire chez moi. Je me demande ce qui se passerait si je demandais au chauffeur de me conduire à Chicago. Je me demande jusqu'où il accepterait de me conduire sans

La vie (pas) très cool de Carrie Pilby

appeler son chef. A partir de maintenant, j'essaierai chaque fois de me faire conduire un peu plus loin. Ça vaut le coup de risquer de me faire exclure de l'agence d'intérim. Atlantic City est peut-être la limite. Quoiqu'un lieu où une poignée de septuagénaires font l'amour à trois machines à sous à la fois et vous hurlent dessus si vous vous approchez de trop est peut-être le dernier endroit où j'ai envie d'aller.

Etre assise à l'arrière d'une voiture avec chauffeur la nuit est un des plus grands plaisirs au monde. De là où je me trouve, la ville a l'air d'un monstre endormi. Le chauffage est allumé à fond. Les roues progressent sans à-coups sur la chaussée lisse. Il n'y a pas de musique, sans doute à cause d'une vieille règle de Giuliani. A cet instant, le monde n'existe que pour moi et les rares habitants de la ville qui sont debout. Il est trop tôt même pour les camions de livraison et les banlieusards les plus anxieux.

Quand j'arrive à mon appartement, je me déshabille dans ma chambre et remarque que la lumière est allumée dans l'appartement du couple de l'autre côté de la rue. Leur grande fenêtre rectangulaire laisse entrevoir une table, un poêle, des tentures et des plantes suspendues. Mais je ne vois pas le couple. Je suppose qu'ils sont dans l'autre pièce. Pendant une seconde, je me sens sur la même longueur d'ondes. Ils sont debout à cette heure étrange, et moi aussi. Je voudrais qu'ils viennent à la fenêtre, qu'ils me fassent un signe et sourient, intrigués par le fait que nous avons quelque chose en commun. Nous partageons un secret, un moment calme au milieu de la nuit.

J'enlève mes dessous, parce que j'avais laissé le chauffage allumé trop fort. Ma gorge est sèche ; je bois un verre de soda. Ensuite, je me glisse dans mon lit et je m'endors. Quand je me réveille plusieurs heures plus tard, la lumière dans l'appartement du couple est éteinte.

Il est 9 heures. Je suis trop fatiguée pour sortir du lit. Je roule sur le dos et remonte les couvertures jusque sous mon menton. Des rayons de lumière bleutée déferlent par-dessus. Je décide de rester simplement allongée un moment, en écoutant attentivement les bruits de la rue, pour voir où mes pensées m'entraînent. J'ai déjà fait ça une fois ou deux, rester allongée pour voir ce qui me vient à l'esprit. C'est fou le nombre de sons très éloignés et de bruits inhabituels que vous pouvez capter si vous vous concentrez.

Dernièrement, certains stimuli ont ranimé d'obscurs souvenirs d'enfance. La raison pour laquelle tant de mes souvenirs récents ont trait à ma petite enfance tient peut-être au fait que je suis à un âge où je ne peux plus être considérée comme une enfant, sans pour autant avoir moi-même des enfants, si bien que la seule manière de retrouver l'enthousiasme de l'enfance est de fantasmer ou de se remémorer. Je suis sûre que Petrov aurait une explication à cela.

Je me détends au maximum et ferme les yeux. Tout est silencieux.

Puis je commence à entendre des oiseaux chanter. Ils sont deux, à échanger des pépiements sur un staccato haut perché. Cela me rappelle quand j'avais trois ans, et que mon grand-père et ma grand-mère me faisaient marcher dans les jardins ombragés près de leur appartement à Londres, et que nous avions découvert un œuf de rouge-gorge fêlé au milieu de brins d'herbes et de racines emmêlées. Il était d'une nuance de bleu si pâle et extraordinaire que j'en ai presque pleuré. Ils m'avaient invitée à le ramasser. Il n'y avait rien à l'intérieur, à l'exception d'une blancheur immaculée, le blanc le plus pur que j'aie jamais vu. Chaque fois que je leur ai rendu visite par la suite, j'ai cherché d'autres œufs, sans jamais en trouver.

A cet âge, j'étais fascinée par tant de choses : les portes à tambour, les miroirs, les horloges, les trains, les ventilateurs, les ascenseurs, les bouches d'incendie. J'ai vite voulu savoir comment tout cela fonctionnait — même chose pour les œufs et les animaux. Résultat, notre maison croulait sous les livres de science que je dévorais et recrachais comme du chewing-gum. Pour compenser, il y avait tous les romans. Je ne me souviens même pas d'avoir lu des livres d'enfant à deux ans, comme me l'a raconté mon père, car j'ai dû rapidement aborder des choses plus élaborées.

L'air à l'extérieur est immobile, à l'exception du bourdonnement éloigné des bus. Maintenant, j'entends des bris de verre. Quelqu'un doit être en train de renverser un sac-poubelle rempli de produits recyclables. Ce son me rappelle les carillons suspendus au porche arrière de nos voisins quand j'étais petite qui, un jour d'ouragan, avaient tourbillonné avec acharnement toute la journée, cliquetant et tournoyant comme un manège hors de contrôle. J'étais restée toute la journée scotchée devant la télévision. Allongée sur le ventre, j'avais analysé la tempête, en me servant de la direction du vent et de sa vitesse, pour calculer le moment où l'ouragan allait frapper le sol, et combien de temps il allait durer. Le soir, il y avait eu une panne d'électricité. Mon père avait allumé une bougie et nous étions restés assis pendant une heure dans la cuisine, à deviser dans l'obscurité. La pluie battait contre les carreaux et le vent soufflait sur le toit, mais nous étions en sécurité à l'intérieur. Je parlais de l'école qui allait reprendre ; Papa me racontait comment se passait l'école à son époque. Nous avons évoqué le premier appartement où nous avions vécu à New York quand j'avais deux ans et demi, juste après avoir déménagé de Londres.

La vie (pas) très cool de Carrie Pilby

Je crois que c'est la plus longue conversation que j'aie eue avec mon père, et une des rares que j'aie eues avec quiconque. Je n'avais pas repensé à cette journée depuis longtemps.

Je reste allongée sur le dos, les yeux toujours fermés. Le son suivant que j'entends vient d'un camion de pompiers, au loin. Quand j'étais petite, chaque année, le Père Noël défilait dans ma rue juché sur un camion de pompiers. Je regardais tous les enfants lui courir après avec un mélange de pitié et de dégoût. Je n'ai jamais cru au Père Noël, même quand j'avais deux ans et demi. Quand mon père avait tenté de me parler de lui, je lui avais donné une douzaine de raisons prouvant que c'était impossible. Mon père m'a raconté que c'est à ce moment qu'il avait compris que j'étais intelligente. Je me demande si je ne me serais pas plus amusée si je n'avais pas été surdouée. Cela aurait peut-être été sympathique de croire au Père Noël un temps. Si seulement j'avais pu échanger quelques points de QI contre un peu de béatitude ignorante. Pourtant, je crois que ce n'est pas vraiment ce que je souhaite. Pas encore.

Dehors, tout est calme de nouveau. La rue m'appartient. Tout le monde est au travail.

Les gens qui ne font pas ça, rester simplement allongés en laissant leur pensée les transporter vers d'autres lieux, passent à côté de la vie. Je ne peux pas croire que la plupart des gens qui partent au boulot chaque matin fassent cela. Ils n'auraient jamais le temps.

Mais, en définitive, est-ce qu'il y a un sens derrière toutes ces pensées ?

J'ai toujours songé que mes réflexions serviraient un jour un grand dessein dans le monde. Pourtant, plus les jours passent, moins cela semble probable. J'ai envisagé de consigner mes réflexions et mes idées dans un carnet, mais je crains, si je le fais, de devoir me ruer sur le carnet dès que j'ai une idée pour la noter, et que cela devienne une obsession. A moins que je me limite à dix idées brillantes par jour. Si ce n'est que devoir choisir les dix meilleures pourrait se révéler difficile.

Je ne suis pas encore prête à me lever. Je fixe le plafond. Il y a une ornementation au milieu, autour d'une ampoule nue. Elle se compose de plusieurs cercles concentriques ponctués des pétales de rose et une fleur de lis aux extrémités nord et sud. L'ensemble est majestueux. Je me demande qui vivait dans mon appartement il y a un siècle. Cela ferait un bon livre, de rechercher tous ceux qui ont vécu dans votre appartement à Manhattan avant vous. Il faudrait raconter toute l'histoire d'une poignée de mondains des années vingt, puis embrayer sur un soldat dans les années quarante pour terminer par le rédacteur adjoint, le coursier ou le bon à rien d'une vingtaine d'années qui vous a précédé.

La vie (pas) très cool de Carrie Pilby

Peut-être est-ce ma vocation, d'écrire ce livre. Je me demande quel serait le meilleur moyen de découvrir qui a vécu ici avant moi. Je sais qu'il a dû y avoir un groupe d'étrangers à un moment donné, car quand j'ai emménagé, il y avait une pile de vieux disques sur une étagère en hauteur dans mon placard, des polkas pour la plupart. Peut-être que les anciens locataires étaient polonais.

Attendez une minute — les polkas sont-elles polonaises, ou est-ce que je pense cela simplement parce que les deux mots commencent par « pol— » ? Il faut que j'aille vérifier dans mon dictionnaire.

Voilà la preuve irréfutable qu'il est important d'avoir du temps pour soi dans la journée, comme moi. Si j'étais prise huit heures par jour par un de ces boulots abrutissants, je n'aurais pas le courage de remonter jusqu'aux racines étymologiques comme en ce moment.

Le dictionnaire décrit son origine de cette manière (et je ne plaisante pas) : « Polka, femme polonaise, féminin de Polak. » Polak ? Mon père m'avait dit, quand nous étions allés voir Un Tramway nommé désir à l'Arts High School, alors que nous parlions de Stanley Kowalski, que « Polak » était une insulte que les gens employaient avant que le monde ne devienne plus politiquement correct. C'est si drôle que « polka » puisse être le féminin d'une insulte.

Maintenant que j'ai cherché polka, je devrais

La vie (pas) très cool de Carrie Pilby

chercher polka dot. Je ne vois pas d'où celui-là peut venir.

Le dictionnaire dit « Un des nombreux points ou pois régulièrement espacés qui forment un motif sur un tissu. » Il n'y a aucune étymologie, ce qui est une vraie arnaque, à mon sens. Ah, pardon, on ne doit plus dire arnaque, car c'est un diminutif de Gypsy[1]. C'est considéré comme une insulte, comme tant d'autres choses.

Je me demande d'où vient l'expression « gypsy moth ». Il faut que je cherche aussi celle-ci. Je reconnais que j'ai un problème.

La définition est : « Un papillon de nuit dont les chenilles poilues mangent les feuillages et sont très destructrices pour les arbres. » Voilà qui est flatteur ! Si j'étais Gypsy, je ne serais pas autant préoccupée par le mot gyp que par l'expression gypsy moth.

Il faut vraiment que je range ce dictionnaire. Il renferme tant de trésors que je ne peux plus m'arrêter de le consulter. Dire que je vais juste regarder un mot, c'est comme prétendre que je ne vais manger qu'une seule chips, ou que je vais ouvrir le catalogue de Noël de NPR et ne commander qu'un seul cahier relié en cuir et un jeu de stylos.

Soudain, mon téléphone sonne. J'espère de tout mon cœur que ce sera quelqu'un que je connais.

---

1. *Gyp* signifie « arnaque », d'où le rapprochement en anglais avec *Gypsy*.

La vie (pas) très cool de Carrie Pilby

Généralement, c'est un vendeur par téléphone ou un mauvais numéro.

J'attends la troisième sonnerie pour décrocher. C'est tout un art de décrocher le plus tard possible. Une sonnerie, c'est désespéré ; deux sonneries, c'est trop rapide ; attendre quatre sonneries est risqué. Je me demande si Cosmo a déjà publié un article sur le sujet.

— Bonjour, madame. Le chef de famille est-il présent ?

— Non, réponds-je. Le Grand Manitou est sur le chantier de construction. Mais ma petite personne peut peut-être vous renseigner.

Sexistes !

— Eh bien, madame, mon nom est John B. Robertson, et j'ai une offre exceptionnelle à vous proposer. En raison de votre excellent historique bancaire, vous êtes invitée à un déjeuner gratuit au cours duquel vous pourrez gagner soit la dernière caméra Sony soit une semaine de vacances pour deux. Tout ce que vous avez à faire, c'est de répondre à quelques questions, puis d'assister à la session de 3 heures. Puis-je avoir votre nom ?

— Mary Jane.

Il rit.

— Puis-je avoir votre vrai nom ?

— Mary Jane est mon vrai nom. Jane est mon nom de famille.

La vie (pas) très cool de Carrie Pilby

— Oh, dit-il. Je suis désolé, madame. C'est que nous rencontrons beaucoup de petits malins. Pourriez-vous s'il vous plaît me dire où vous habitez ?

— A vau-l'eau.

— J'aurais dû me douter que vous ne disiez pas la vérité.

— Si cela peut vous consoler, je ne mentais pas. Je plaisantais.

— Je vois. Pensez-vous pouvoir me dire votre vrai nom ?

— Je pense, oui.

— Bien.

— Anne Sexton.

— Merci.

J'imagine qu'il est en train de l'écrire.

— Adresse ?

Je lui donne l'adresse du bar où travaille Ronald, le garçon de café. Il pourrait apprécier de recevoir du courrier de la part de ses admirateurs.

— Maintenant j'ai besoin de savoir dans quelle tranche se situent vos revenus. Nous allons vous demander de choisir entre deux options. Diriez-vous que c'est A, moins de trente mille dollars par an, ou B, trente mille dollars ou plus ?

— Un milliard de dollars.

— Bien, ce qui fait B, trente mille dollars ou plus. Quand vous partez en vacances, est-ce que vous vous rendez A, à une demi-heure, B, deux heures,

C, à huit heures, ou D, à plus de huit heures de chez vous ?

— La question est mal formulée, parce que si la réponse correcte est A, alors les réponses B et C sont aussi correctes. Si votre lieu de vacances se trouve à une demi-heure, ça veut dire qu'il se trouve aussi à deux heures et à huit heures. Et A est une réponse idiote, de toute façon, car personne ne prend de vacances à une demi-heure de chez soi. En particulier à Manhattan, dans la zone que vous êtes en train d'appeler, où l'indicateur téléphonique est 212. Aux heures de pointe, vous pouvez mettre une demi-heure pour aller de Christopher Street à Canal Street. Est-ce que quelqu'un a déjà répondu A, une demi-heure ?

— Pas très souvent.

— Alors supprimez cette réponse.

— C'est une bonne idée, madame. Je la transmettrai à mon supérieur.

— J'apprécie le geste, John, dis-je. Hé, John, dites-moi quelque chose. D'où est-ce que vous appelez ?

— De l'Arizona.

— Oui, la plupart des vendeurs par téléphone appellent depuis l'Ouest. Il fait déjà froid, ici. Il fait beau chez vous ?

— Pas trop mal.

— Qu'est-ce que vous gagnez, à peu près ?

— Euh…

— Vous avez des enfants ?
— Je n'en ai pas.
— Qu'est-ce que vous pensez de la religion en tant qu'institution ?
J'entends un clic. Il a raccroché.
Je crois que je suis la première personne de l'histoire des télécommunications à s'être fait raccrocher au nez par un vendeur par téléphone. Cela devrait suffire à me faire décrocher le prix MacArthur.

J'aurais bien aimé que John ne raccroche pas, en fait. Pour un vendeur téléphonique, il n'était pas si mal. Peut-être qu'il a raccroché par accident. Peut-être qu'il va rappeler.
Une minute plus tard, le téléphone sonne. Cette fois, c'est mon père.
— Comment vas-tu ? lui demandé-je.
— Je vais bien, dit-il. Je suis à Luxembourg, la ville. Et toi, comment vas-tu ?
— Pas mal, dis-je. Je suis à la maison, dans un petit village aux Etats-Unis que certains appellent « The Village ».
— Ça a l'air charmant.
— Ça l'est, parfois.
— Et à quoi ressemblent les autres habitants du village ? demande papa. As-tu rencontré de nouvelles personnes... sur le plan relationnel ?
Mon père n'a jamais osé m'interroger directement

sur mes relations sentimentales, et je ne lui ai jamais rien confié. Je ne lui ai évidemment jamais parlé du Pr Harrison.

Je me demande ce qu'on peut ressentir, quand on est le père d'une fille et qu'on sait qu'un jour, elle va être souillée d'une manière ou d'une autre. Cela peut prendre treize, dix-sept ou trente et un ans, mais tôt ou tard, votre princesse va se retrouver avec les bijoux du prince sur son oreiller de soie. Je suppose qu'il ne faut pas y penser ou bien prétendre que cela n'existe pas. Comme le fromage de tête.

— Personne en particulier, dis-je.

— Mais tu vas essayer de te faire de nouveaux amis, n'est-ce pas ?

— Bien sûr, réponds-je. Dis, tu rentres quand exactement pour Thanksgiving ?

Il hésite.

Aïe.

— Eh bien, ma chérie, il y a un changement de programme, dit-il. Il faut que je voyage pendant toute cette semaine. Ils ne fêtent pas Thanksgiving en Europe. Je te promets d'être là sans faute pour Noël.

Je suis déçue. Quand j'étais à l'université, j'ai dû rester deux années sur le campus pour Thanksgiving, au lieu de rentrer à la maison à New York, parce que papa était à l'étranger. Il travaille pour une banque d'affaires, pour qui il analyse des sociétés étrangères, et il voyage beaucoup. Rester à Harvard pendant le pont n'était pas si terrible ; j'ai d'ailleurs rencontré des gens sympas dans ma résidence, des étudiants de la côte Ouest pour la plupart, qui ne voulaient pas rentrer chez eux pour quatre jours seulement. Cela dit, je ne peux pas me plaindre, car d'habitude, mon père fait tout son possible pour être là pendant les vacances. Il sait que je ne vois pas beaucoup ma famille et que les vacances font partie des choses qui comptent beaucoup pour moi.

— Tu as ma parole pour Noël, dit papa. Quoi qu'il arrive. Je ne te laisserai jamais tomber pour Noël.

— Je sais.

— Mais je ne veux pas que tu sois seule pour Thanksgiving. J'ai plusieurs amis qui seraient ravis de t'avoir chez eux.

— Je ne veux pas de la charité de qui que ce soit.

— Allez. Je vais passer un coup de fil.

— Je suis ravie au contraire de planifier cette journée toute seule, dis-je. J'ai encore quelques semaines avant Thanksgiving pour y penser.

— Tu es sûre ?

— Oui. Ce sera agréable de faire le pont.

Pas différent, juste agréable.

— Très bien.

En raccrochant, je me demande si mon père semble distant parce qu'il se sent coupable de n'avoir pas tenu sa promesse. Comme pour le Grand Mensonge. Je pourrai sûrement élucider cela à Noël.

Quant à Thanksgiving, ce sera étrange de regarder à la fenêtre tous les proches de mes voisins arriver puis repartir. Je suppose que j'essaierai de cuisiner un repas digne de ce nom. Peut-être que j'irai m'acheter un poulet rôti au supermarché. Quand j'étais petite, personne ne vendait de poulets cuits à la rôtisserie. Les gens devaient cuisiner leurs propres poulets. Dans un four. Et on dit que ma génération connaît une jeunesse dorée.

L'Homme au chapeau a encore son chapeau gris, mais pas l'imperméable. Il fait trop chaud pour supporter un imperméable, je suppose. Il est assis à la fenêtre du café où travaille Ronald, lorsque je passe devant. Il ne pouvait pas savoir que j'allais venir. N'est-ce pas ?

On peut jouer à deux à ce jeu.

Je reviens sur mes pas, rentre dans le café et commande un thé à la canneberge. Ronald prend la commande. Il sourit en me tendant ma tasse.

— Comment ça va ? me demande-t-il.

Je suis trop préoccupée pour lui parler, donc je marmonne quelque chose et m'installe à une table près de la fenêtre, tournant le dos à l'Homme au chapeau. Maintenant, au lieu que ce soit lui qui me file, c'est moi qui le suis.

La vie (pas) très cool de Carrie Pilby

Tout compte fait, je ne crois pas qu'il me suive, car il finit ce qu'il était en train de boire, repose sa tasse et se lève pour partir. J'ai le temps d'apercevoir les livres qu'il trimballe.

En haut de chacun d'eux, il est écrit « Piano/guitare/paroles. » Ce sont des recueils de chansons de Broadway. Le jour où je l'ai vu dans la station de métro en train de marmonner, il devait être en train de répéter des morceaux ou de chanter pour lui-même.

Je me lève pour aller chercher une serviette en papier, ou plutôt pour écouter la conversation entre Ronald et l'Homme au chapeau.

Ronald lui demande :

— Comment est le nouvel appart ?

— Bien, dit l'Homme au chapeau. Il est bien.

Il remet ses partitions en ordre pour ne pas qu'elles tombent.

— A bientôt.

Ronald fait un signe de tête, et l'Homme au chapeau franchit la porte. Je finis mon thé et tends ma tasse à Ronald.

— C'était Cy, dit Ronald. Il habite au coin de la rue.

Je ne réponds rien, il continue.

— Cy vient d'emménager. Il vient de décrocher un rôle dans une pièce off-Broadway. Avant, il fallait qu'il fasse tout le trajet depuis le sud du New Jersey pour les auditions.

Comme je ne dis toujours rien, Ronald ajoute :
— C'est vraiment drôle.

Hé, mon pote, si tu veux mon avis, eh bien, ce n'est pas drôle.

Le soir, tout est calme dans mon appartement, et je me sens seule. Je sais que c'est ma faute. Il faut que je me pousse au train.

Il doit bien y avoir quelque chose ou quelqu'un dehors capable de me stimuler.

J'ouvre ma fenêtre en hissant le panneau coulissant et sors la tête pour respirer de l'air frais. Je remarque un vieil homme qui marche avec un costume et une casquette démodés. Il me rappelle ce gamin à l'école élémentaire, Jimmy Miller, qui s'était présenté une année pour Halloween habillé comme le directeur, avec un costume et un chapeau miteux. Il avait été renvoyé chez lui. Je crois que nous nous souvenons toujours de nos camarades d'école élémentaire pour ce qu'ils ont fait de mal, ou pour les ennuis qu'ils ont eus. Même si je m'efforçais d'être la première de la classe, celle qui pouvait réciter tous les grands discours présidentiels et qui était la seule à connaître les quatre versets de l'hymne national, je me souviens aussi des autres élèves pour leurs titres de gloire : David Rosner, le garçon qui a vomi pendant le cours de sport ; Sandi Anthony, la fille qui a dû aller à l'hôpital après qu'un projecteur lui est tombé sur la tête ; Ken Meltzer, le garçon qui a fait pipi dans sa culotte deux jours de suite. Personne n'oublie jamais les gosses qui ont vomi ou fait pipi à l'école. Un jour, je vais apercevoir l'un d'eux dans la rubrique Mariages du *New York Times*, et je me demanderai si leur futur conjoint connaît l'anecdote, et si je devrais lui écrire pour leur raconter. Je me demande ce que cela fait de savoir quelque chose sur quelqu'un que son propre conjoint ignore, comme par exemple de quoi il avait l'air en CP.

J'inspire une dernière bouffée d'air. L'air est frais, vif et inexplicablement hésitant, comme si une subtile dureté s'était infiltrée. J'ai presque l'impression que l'air essaie de se transformer en solide.

5

Le lendemain soir, les présentateurs de journaux télévisés annoncent une forte tempête de neige.

Les bulletins sont de plus en plus pessimistes. A la radio, l'animateur de la station de jazz annonce de sa voix réconfortante que nous pouvons nous attendre à dix ou quinze centimètres de neige. Au journal de 18 heures, ils parlent de quinze à vingt centimètres. A 23 heures, trente centimètres. Tout cela me plonge dans une certaine excitation. Je me remémore combien j'aimais, quand j'étais petite, le répit qu'offraient les jours de neige, même si je commençais à me sentir coupable vers midi. Une année, j'ai tracé une strophe de « Après une première lecture de l'Homère de Chapman » dans la neige, devant notre maison, pour la mémoriser. J'imagine que tout le monde a des souvenirs d'enfance heureux associés aux jours de neige.

Avant de me coucher, je lève les yeux vers le réverbère. Il ne neige pas encore, mais cela ne saurait tarder. Je me blottis et sombre dans un sommeil

La vie (pas) très cool de Carrie Pilby

confiant. Je suis impatiente de voir à quoi ressemblera le monde demain matin au réveil.

Le matin, tout est calme à l'exception de bruits de moteur au loin. Une lumière blanche limpide filtre à travers ma fenêtre et je comprends immédiatement ce que cela veut dire : tout est annulé.

Je regarde les arbres nus dehors et les minces forteresses de neige en suspens sur chaque branche. Je dois l'admettre, c'est magnifique. Je m'installe dans mon bow-window, que j'ai aménagé avec des coussins noirs moelleux il y a quelque temps, et entoure mes genoux de mes bras. Mon dos repose contre le côté du bow-window. Je perçois à peine l'appartement en face, tellement la neige tombe dru. De minuscules flocons virevoltent rapidement en formant des zigzags. Bien que je ne puisse pas voir mes voisins d'en face, je pense à la chance qu'ils ont d'être blottis chez eux, à écouter de la musique, boire du cidre chaud ou lire sur le canapé. J'ai une pensée pour David et sa cheminée, malgré moi. Je me demande ce qu'il est en train de faire, s'il lui arrive de penser à moi, de temps à autre, et à ce que nous avons fait ensemble. Je me demande si je devrais l'appeler, un de ces quatre, pour voir. Mais chaque fois que je l'ai croisé sur le campus après notre histoire, il m'a ignorée. L'espace d'un instant, maintenant que je suis plus âgée, je me demande si je serais capable de dire les choses qu'il souhaitait me faire dire. Je ne crois toujours pas que j'y arriverais. C'est le genre de choses que quelqu'un d'autre dirait, quelqu'un de différent. Et c'est une question de principe, de toute façon. Si je cédais et acceptais de faire quelque chose qui me gêne uniquement par contrainte, je ne vaudrais pas mieux que tous les autres.

D'ailleurs, si c'est ce qu'il recherchait avant tout dans une relation, je suis sûre qu'il aura trouvé son bonheur avec quelqu'un d'autre, à l'heure qu'il est. Ou peut-être pas. Après tout, il était toujours célibataire à quarante ans passés.

Je suppose que je ne devrais pas avouer qu'il me manque. Ou pire, que mon état d'esprit à l'époque me manque.

J'ai lu à ma fenêtre une partie de la matinée. L'après-midi, quand j'allume la télé, il neige dans *General Hospital*. Le talent des producteurs de feuilletons télévisés en matière d'anticipation est inimaginable. Je me demande s'ils ont leurs propres météorologues.

A l'écran, les personnages gèrent leurs infidélités, leurs bébés illégitimes et leurs anciens amants amnésiques tandis que des caractères blancs défilent lentement au bas de l'écran :

La vie (pas) très cool de Carrie Pilby

L'alerte à la tempête de neige reste valable jusqu'à 20 heures ce soir...
Restez sur notre chaîne pour plus d'informations...

Puis l'incrustation « Flash Spécial » apparaît. Tandis qu'un présentateur déblatère sur le « blizzard », des images de gens qui font la queue devant les supermarchés défilent derrière lui. Je ne me souviens d'aucune tempête de neige au cours de mes dix-neuf années de vie qui ait interrompu l'acheminement du lait et des œufs ou empêché les gens de se rendre à l'épicerie la plus proche. Pourtant, ils agissent comme s'ils devaient stocker un mois de provisions. Ce qui a dû se passer, j'imagine, c'est qu'une forte tempête de neige a dû empêcher les gens de s'approvisionner pendant plusieurs jours dans les années 1930, et désormais, dès que de fortes précipitations sont annoncées, les gens se comportent comme si Armageddon allait débarquer. C'est un peu comme les personnes âgées qui cachent tout leur argent sous leur matelas parce qu'elles ont grandi pendant la Grande Dépression, quand les banques ont volé leurs économies. Mais je crois que la raison la plus probable, c'est que les gens aiment se comporter comme s'il y avait une crise dans le seul but de montrer qu'ils sont bien préparés. Hé! Regardez-moi! Les planches devant mes fenêtres sont plus grosses que les vôtres ! J'ai un 4x4 devant mon garage, et des conserves de patates douces plein mes placards !

Je décide de profiter du reste de la tempête, aussi banal cela soit-il. Les prévisions météo disent que la neige pourrait continuer de tomber toute la nuit. Je ne vais pas en perdre une miette. Je vais me faire un chocolat à la crème ; je vais me blottir sous des montagnes d'édredons, allumer une paire de bougies, laisser la télévision allumée et me tenir à l'abri des dégâts.

Aux bulletins d'information de 17 heures, 17 h 30, 18 heures, 18 h 30 (corrigez-moi si je me trompe, mais n'y a-t-il pas trop de bulletins ?), le maire semble ne plus pouvoir se détacher des micros. « Nous conseillons à tous ceux qui le peuvent d'éviter de sortir dit-il. Les routes sont verglacées et glissantes et plusieurs accidents graves se sont déjà produits. » Il porte la tenue du parfait Politicien en Situation d'Urgence Prêt à remonter ses Manches. Pour ceux qui ne connaissent pas cet uniforme, la tenue du Politicien en Situation d'Urgence Prêt à remonter ses Manches (PSUPM) consiste en un accessoire informel destiné à montrer à l'audience combien ce politicien est décontracté en temps de crise, à quel point le problème qu'il affronte est complexe, et combien il est prêt à remonter ses manches et travailler auprès du peuple. Dans le nord-est du pays, le PSUPM standard est une casquette de base-ball portant le nom de l'équipe locale favorite, avec un jean et une chemise rentrée dedans. Dans le sud, c'est plutôt un polo. Et nous voyons des PSUPM pas seulement pendant les tempêtes de neige, mais aussi pendant les « ouragueins », comme ils disent en Louuusiâne.

Le téléphone sonne.

J'espère que c'est quelqu'un que je connais. J'ai envie de parler à quelqu'un pendant la tempête. J'attends, je décroche le combiné à la troisième sonnerie.

— Bonsoir, dit l'interlocuteur. Etes-vous Carrie Pilby ?

— Qu'est-ce que j'ai gagné ? m'enquiers-je avec lassitude.

— En réalité, j'appelle de la part de l'agence d'intérim Lerman. Nous sommes à la recherche de plusieurs intérimaires pour les semaines à venir, car nos clients sont très occupés. Seriez-vous libre pour venir travailler de nuit mercredi ou vendredi ?

Oups !

— L'un ou l'autre, répondé-je rapidement.

J'ai froid aux pieds, alors je les remonte sous l'édredon. Je suis engagée pour ce mercredi.

Dans World News Tonight, Peter Jennings parle de la tempête. Parfois, j'ai l'impression que les actualités nationales sont trop centrées sur le nord-est du pays. J'aimerais faire une étude pour voir si des tempêtes équivalentes dans le Connecticut ou en Géorgie sont couvertes de la même manière. Il y a beaucoup de choses que j'étudierais, si j'avais le temps, les moyens et l'argent nécessaires. C'est dommage que je ne puisse pas. Je me demande si d'autres gens sont contrariés par cela, cette envie incessante d'approfondir un million de choses, et l'incapacité de pouvoir étudier correctement une seule d'entre elles.

Une fois l'excitation un peu retombée, je décide que j'ai assez repoussé la publication de mon annonce. Il y a un distributeur de numéros gratuits du *Weekly Beacon* au coin de la rue. J'enfile un manteau par-dessus mon jogging et je sors.

Dehors, il fait un froid de canard. Je m'arrête quelques secondes au milieu de la chaussée, entourée de congères blanches striées. La ville est plus paisible que jamais. Quand les flocons tombent devant les réverbères, ils s'éclairent de jaune pendant une seconde. J'observe les fenêtres de plusieurs appartements, leur éclairage tamisé et le faisceau bleu des télévisions. Ces gens sont mes voisins et je ne sais rien d'eux. Pourquoi ?

De retour chez moi, je me glisse sous l'édredon et ouvre les dernières pages du *Beacon*. Il y a toutes sortes d'annonces pour des services de call-girls, ainsi que des photos de femmes aux gros seins qui font semblant d'aimer poser devant l'objectif. Je n'ai jamais compris comment les hommes pouvaient être excités par quelque chose de si ostensiblement faux. Et il y a des tonnes d'annonce, ce qui veut dire littéralement des centaines d'hommes prêts à payer pour ce genre de frisson futile et bon marché. Il s'agit peut-être même d'hommes avec lesquels je suis allée à l'école ou que je côtoie dans la queue au supermarché. Impossible de le savoir. C'est déprimant, mais je suppose que cela prouve juste que les hommes viennent vraiment d'une autre planète. Je n'ai jamais voulu croire cela. Pourtant, il y a certaines choses qui ne sont vraiment pas justes, ou pas comme vous le souhaitez, dans la vie. Comme ce truc qu'il existe une personne idéale pour chacun d'entre nous dans le monde entier. J'y croyais quand j'étais petite, mais ce n'est pas scientifique, et même si j'ai encore quinze ou vingt ans devant moi pour en être sûre, j'ai passé quatre ans à l'université et n'ai rencontré personne. Il est plus juste de dire, mathématiquement, qu'il y a -4 personnes au monde qui correspondent à quelqu'un comme moi, et à peu près +6 personnes pour une fille de vingt-deux ans à forte poitrine, belle, vive et ouverte, ce qui revient à un partenaire idéal en moyenne par personne. Mais ça ne marche pas comme ça.

La preuve la plus évidente que les hommes

La vie (pas) très cool de Carrie Pilby

viennent d'une autre planète est la différence entre les annonces des femmes et des hommes. Alors que je parcours la rubrique « Femmes cherchent hommes », je remarque que les femmes emploient les qualificatifs suivants pour se décrire : intelligente, sensible, qui aime les animaux, les longues balades sur la plage, les musées, les livres. Elles ont l'air de personnes douces et intéressantes. Les hommes ne mentionnent pas leurs passe-temps ; ils s'en tiennent à ce qu'ils recherchent, à savoir quelqu'un de « sexy » et « dynamique ». Le plus drôle, c'est qu'ils ne prennent même pas la peine de cacher leurs propres imperfections physiques. Deux d'entre eux disent « ressembler à Anthony Edwards », ce qui veut juste dire qu'ils sont chauves. Heureusement pour eux qu'un type chauve est devenu célèbre à la télévision, ce qui leur permet de l'avouer de manière indirecte. Je remarque qu'un des hommes recherche une femme aux formes généreuses. Il y en a pour tous les goûts.

Je parcours les différentes rubriques. Il y a une rubrique pour les hommes mariés. Je me demande comment un journal peut accepter cela. Je suppose qu'il y a un marché, et qu'ils sont les seuls à le satisfaire. Il n'empêche, cela n'excuse rien.

J'examine de plus près les annonces. Quelque chose d'autre me semble étrange.

La vie (pas) très cool de Carrie Pilby

C'est le nombre très élevé de personnes qui déclarent « aimer entretenir leur corps ».

Hein ?

Je peux comprendre qu'on apprécie la pratique d'un sport, le cinéma ou les voyages, mais il n'y a — je ne plaisante pas — absolument rien d'appréciable concernant la gym. Je ne parle même pas d'une différence d'opinion ou de goût ou de choix d'activité. Je dis juste que la gym est quelque chose que l'on fait pour tonifier ses muscles. Ce n'est en rien agréable. Et cela n'a rien à voir avec la compétition, mais uniquement avec la répétition. C'est absolument inintéressant. Tout au plus peut-on éprouver de la joie quand la séance est terminée, car on sait qu'on a fait quelque chose de bon pour soi. Ou encore, on peut ressentir une certaine joie quelques semaines plus tard quand on contracte ses abdos devant le miroir et que l'on fantasme en imaginant les représentants de l'autre sexe se ruer sur nous à la plage. Mais il n'y a rien d'agréable dans le processus même des exercices. Ecrire qu'on aime s'entretenir revient à écrire « aime les vitamines » ou « aime faire son bilan médical annuel » ou « aime les coloscopies ».

J'ai aussi remarqué que les gens ne parlent que de cela, de nos jours, s'ils se sont entraînés ou pas, combien de temps ou, plus important, de leur culpabilité s'ils ne se sont pas entraînés, et comment ils vont s'entraîner le lendemain. Une telle mention dans les annonces vise peut-être à insinuer que vous êtes en forme. Ou bien c'est un indice signifiant le contraire.

Il y a beaucoup de codes dans ces annonces.

Je poursuis ma lecture. Je sais tout sur les hommes qui cherchent des femmes dynamiques, les hommes qui cherchent des femmes sexys, les hommes qui aiment le sport, les hommes qui aiment la musique (qui n'aime pas ?) et les hommes qui aiment « sortir ». Toutes les annonces ne sont pas déplaisantes, mais certaines sont si banales qu'elles semblent toutes identiques. Comment vais-je pouvoir me distinguer ?

Soudain, quelque chose attire mon attention.

Une annonce dit : « JH, 26 ans, fiancé… cherche autre chose. J'ai rencontré ma moitié pour la vie. Maintenant, je veux juste m'amuser. »

Quelle horreur !

La pauvre fille. Elle est si sûre d'avoir trouvé son prince charmant. Et lui ? Pourquoi l'épouse-t-il s'il n'est pas attiré par elle ? Est-ce qu'il a un flingue braqué sur la tempe ?

Je continue à chercher quelqu'un d'intéressant au milieu de ces annonces. En vain. A la fin, j'ai envie de jeter le journal. Mais je ne peux pas m'ôter le « fiancé » de l'esprit.

Je sens la moutarde me monter au nez.

La vie (pas) très cool de Carrie Pilby

Je dois pouvoir faire chose pour y remédier. Mais quoi ?

Je m'allonge et imagine une scène dans laquelle j'apporte l'annonce le jour du mariage de ce couple. Au moment où le prêtre demande s'il y a des objections, je lève le journal en l'air et dis : « Il met des annonces pour la tromper ! » En réalité, je crois que cela ne se fait plus. Probablement parce qu'aujourd'hui, il y a tellement de tromperies et de mensonges que tout le monde aurait une objection.

Ils devraient annoncer les mariages à l'avance dans les journaux, comme les annonces officielles qui informent le citoyen que l'Etat va saisir telle ou telle propriété si personne ne se présente.

Je déchire cette annonce.

Je vais y répondre. Je vais prétendre que je suis fiancée et je vais rencontrer ce type. Je ne peux pas changer tous les hommes — ni les femmes, d'ailleurs (je me demande si d'autres femmes vont répondre à cette annonce, et pourquoi) — mais je peux changer ce type, qui est le plus gros dégueulasse que j'aie jamais rencontré. Et je ne l'ai même pas encore rencontré !

Je déplace le téléphone dans mon lit. Un souvenir très vif de mon enfance me revient à la mémoire. Lorsque j'avais cinq ans, ma meilleure amie Lisa et moi avions grimpé sur mon lit en prétendant que le lit était un bateau, et que nous étions en carafe

La vie (pas) très cool de Carrie Pilby

au milieu de l'océan. Nous avions embarqué mon téléphone miniature dans le lit, avec un bol de chips que mon père nous avait donné, ainsi que mon sextant, un compas, un hydromètre, un pluviomètre, un télescope et des cartes de navigation indiquant les latitudes et longitudes. Lisa était contrariée parce que je voulais absolument utiliser les cartes pour calculer notre position. Je lui avais expliqué comment nous pourrions fabriquer un filtre pour transformer l'eau salée en eau potable, et comment nous pourrions survivre bien plus longtemps sans nourriture que sans eau ; et que si nous n'avions ni l'un ni l'autre, nous passerions plusieurs jours sans que nos intestins se manifestent, puis sans uriner, jusqu'à ce que nous soyons déshydratées et que nos organes défaillent un par un pour aboutir à notre mort. Elle voulait simplement que nous jouions à rencontrer des sirènes et à trouver des messages dans des bouteilles. Quelle banalité !

Je compose le numéro 900 pour les annonces personnelles.

— Bienvenue au service des petites annonces du *Weekly Beacon*. Vous devez avoir dix-huit ans ou plus pour utiliser ce service. Si vous avez moins de dix-huit ans, merci de raccrocher maintenant.

Hem, il s'en est fallu de peu. Je ne me suis pas sentie aussi bien depuis que j'ai atteint les demi-finales du concours de sciences de Westinghouse.

La vie (pas) très cool de Carrie Pilby

— Quand vous entendrez un bip, cet appel commencera à être facturé. Bip. Ecoutez attentivement les instructions avant de faire votre choix.

Par pitié. Cela me coûte 2,50 dollars par minute et ils veulent que j'écoute les instructions. Quelle arnaque !

— Pour répondre à une annonce, tapez 1.

Je m'exécute.

— Je suis désolé, je ne reconnais pas ce caractère.

Je presse 1 de nouveau.

— Bienvenue au service des petites annonces du *Weekly Beacon*.

Ils sont en train de m'extorquer de l'argent. Je ne sais pas quoi faire. Si j'essayais seulement de rétablir tout ce qui ne fonctionne pas dans ce monde, je n'aurais rien le temps de faire d'autre. Je suppose que quelqu'un d'autre va se plaindre à propos de cette arnaque, sauf que c'est sans doute ce que tout le monde pense, et c'est pour cela que rien ne change jamais.

Je me demande ce qui fait de quelqu'un le genre de personne qui essaie de changer les choses. Peut-être suis-je destinée à être cette personne d'exception. Ce serait une démarche positive. Petrov ne l'a pas mis sur ma liste, mais je sais que chercher un

La vie (pas) très cool de Carrie Pilby

moyen de rendre le monde meilleur m'aiderait à en faire partie.

Remettre ce type fiancé sur le droit chemin pourrait être un bon début.

Je reste en ligne, je patiente pendant les deux minutes d'instructions puis presse la touche 1. Ensuite, on me demande de saisir la référence de l'annonce.

— Bonjour, dit une voix amicale. Mon nom est Matt. J'ai vingt-six ans et, comme je le dis dans mon annonce, je suis sur le point d'épouser une fille super.

Il a l'air normal. Je me retiens de le trouver sympathique. Je ne dois pas oublier que c'est un porc.

— Je crois que je suis heureux, mais aussi trop jeune pour ne plus m'amuser. Vous êtes peut-être dans la même situation. Evidemment, la discrétion est de mise. Si vous souhaitez me parler, laissez-moi un message.

Bip.

Je réfléchis une seconde.

— Salut, Matt, dis-je. Tu as l'air vraiment sympa. Je compatis entièrement avec ta situation. Je sors avec un type super, simplement il n'y a pas d'alchimie sexuelle entre nous. Je voudrais savoir ce qu'il en est. Quand j'ai vu ton annonce, j'ai pensé que cela serait... disons, un moyen discret de le vérifier, comme tu dis. Appelle-moi pour en parler.

La vie (pas) très cool de Carrie Pilby

Je laisse mon numéro, sous le nom de Heather. C'est un prénom populaire et passe-partout. Je parie qu'il est impossible de ne pas être rappelée quand on s'appelle Heather.

Je me fiche que Matt connaisse mon vrai numéro, parce que s'il me crée des ennuis par la suite, je dirai qu'Heather était ma colocataire et qu'elle a déménagé en Namibie.

J'ai un dernier coup de fil à passer ce soir à Petrov. Normalement, j'ai rendez-vous demain. Mais il fera sûrement encore trop mauvais pour ma consultation. Je tombe sur le répondeur et dis : « Bonjour, c'est Carrie Pilby, j'appelle juste pour m'assurer que le rendez-vous de demain est annulé en raison de la tempête. Je considère donc que je n'ai pas à venir si vous ne me rappelez pas avant 9 heures ce soir. A bientôt. »

Allez, je lui donne une heure entière. Sinon il faudra que je prévoie autre chose. Peut-être que le Matt des petites annonces, qui était probablement le président du Club-des-Futurs-Infidèles-d'Amérique au lycée, appellera et voudra me voir au petit déjeuner, pendant que sa fiancée, future présidente des Femmes-qui-ne-veulent-rien-voir, le croira au boulot.

Avant de me coucher, je relis ma propre annonce.

La vie (pas) très cool de Carrie Pilby

SURDOUÉE CHERCHE GÉNIE

JF blanche célibataire, 19 ans, très intelligente, cherche JH non fumeur, non drogué, très très intelligent, 18-25 ans, pour philosopher et parler de la vie. Hypocrites, mystiques et machos s'abstenir.

J'ai décidé d'ôter « ou psychopathes » car cela ne servirait qu'à inciter les psychopathes à se camoufler. Je la glisse dans une enveloppe que je posterai demain matin. Je suis sûre que je vais recevoir des réponses prometteuses. Et alors je rencontrerai des gens vraiment formidables. C'est sur cette pensée réjouissante que je sombre dans le sommeil.

Les chasse-neige sont restés dehors toute la nuit et les rues sont dégagées au petit matin. Petrov m'appelle et s'excuse de ne pas m'avoir rappelée la veille. Il m'informe que notre rendez-vous est maintenu. Zut.

Le métro circule normalement. Je me demande ce que Petrov a fait hier soir pendant la tempête. Il est divorcé. Il a deux filles adultes. J'ai vu leurs photographies sur son bureau. Je me demande s'il était seul, ou s'il a une petite amie ou autre. Ou peut-être qu'il n'a pas de compagne et qu'il est secrètement attiré par moi. Ce qui expliquerait qu'il soit toujours aussi curieux à propos de ma vie sexuelle.

Imaginons qu'il devienne mon partenaire et que je passe le réveillon du Jour de l'an avec lui. Est-ce que ce ne serait pas une conclusion torride ?

Certes, il connaît mon père, ce qui est rédhibitoire. A moins que cela ne soit une source d'excitation perverse pour lui. Peut-être que nous sortirons ensemble le 31 décembre au sommet de l'Empire State Building, perchés au-dessus des mille trois cent trente-six ampoules rouges, blanches et bleues, avant de rentrer chez lui deviser sur le gestaltisme jusqu'à l'aube.

— Vos souvenirs d'enfance sont intéressants, me dit Petrov au cours de notre séance.

— Merci. C'est parce que je suis très intéressante.

— Assurément, dit Petrov. Mais c'est le genre de souvenirs que vous évoquez qui est intéressant. Ils sont très liés aux émotions et aux sensations. Je pense que cela montre une fois de plus que vous vous faites du mal en vous refusant ce que vous aimez. A savoir des choses qui sollicitent vos sens en profondeur et pas seulement votre esprit. Des choses qui vous rendent vraiment heureuse.

— Hmm.

— Regardez ce qu'il y avait sur votre liste, dit-il. Du soda à la cerise. Le goût. Les étoiles de mer. Des trucs bosselés et orange. Regardez vos souvenirs.

Les œufs bleus des rouges-gorges. Les camions de pompiers rouges. Vous avez besoin de satisfaire vos sens autant que votre esprit.

— Peut-être.

— Ce qui m'amène à notre liste d'objectifs. Vous l'avez avec vous ?

— Ouais.

ZOLOFT®

Faire une liste de dix choses que vous aimez
Adhérer à une association/un club
Aller à un rendez-vous galant
Dire à quelqu'un que vous tenez à lui/elle
Fêter le jour de l'an

— Où en êtes-vous de vos objectifs ?

— J'ai fait quelques légers progrès à propos du rendez-vous, dis-je.

Je repense à mon annonce personnelle et au message que j'ai laissé à Matt l'Infidèle.

— Il faut que je travaille sur l'adhésion à une association.

— Bien. Donc, que faites-vous pour obtenir un rendez-vous ?

Je ne crois pas qu'il apprécierait de savoir que je publie des annonces personnelles. Ni que je réponds à des annonces d'hommes fiancés qui veulent tromper leur femme. Mon père n'aimerait pas non plus, d'ailleurs.

— Je n'ai pas à vous le dire. Un rendez-vous est un rendez-vous.

— Soit, dit Petrov. Alors, quoi de neuf à part cela ? Qu'avez-vous fait pendant la tempête hier soir ?

— Vous d'abord.

Il soupire.

— Un ami est venu chez moi et nous avons regardé un film.

— Un ami ? Femme ou homme ?

— Euh... une femme.

— C'est votre petite amie ?

— Revenons-en à vous.

— Quel film ?

Il se tait.

— C'était un porno ?

— Carrie. Ecoutez. Vous devez savoir qu'il y a des limites. Je ne vous demande rien de très personnel, mais j'ai besoin d'avancer et de trouver comment vous aider à rencontrer des gens, à sortir et à être plus heureuse. Il ne s'agit pas de moi. Il s'agit de vous. Vous vous sentiriez plus à l'aise pour vous ouvrir aux autres si vous vous ouvriez un peu à moi. Or vous refusez de me parler, alors que vous me payez pour cela.

— Mon père. Mon père vous paie. Je n'ai pas à vous dire comment j'ai passé la tempête de la nuit dernière, la tempête du nordet d'octobre dernier, la tempête de neige de 1996 ou l'ouragan Andrew.

— Je sais que c'est personnel.

— Ce n'est pas le problème, dis-je. Vous me demandez cela uniquement parce que vous espérez que j'ai passé la nuit dernière seule, comme ça vous pourrez me réciter votre cours de psycho. Vous vous délectez de mes problèmes. Si je suis malheureuse, alors cela veut dire que les principes et les codes moraux auxquels je me réfère ne sont pas valables. Et cela vous aide à vous sentir mieux dans votre vie, et dans tout ce que vous faites, comme passer la nuit dernière avec machine. Alors peut-être que j'ai passé la tempête seule, mais si je l'ai passée seule, c'est que je l'ai choisi. Exactement comme vous avez choisi le contraire.

— Ce qui est intéressant, c'est que je ne vous ai absolument pas demandé si vous aviez passé la soirée avec quelqu'un, dit-il. Je vous ai demandé ce que vous avez fait.

— Mais c'est là que vous vouliez en venir.

Il ne répond rien, assis dans son fauteuil. Ses cheveux sont mouillés par la neige. Il a dû arriver à son cabinet juste avant notre séance.

— Bon, voilà la vérité, poursuis-je. Vous, comme tout le monde dans cette ville, avez passé la nuit dernière blotti sous la couette avec quelqu'un, à parler de sports d'hiver et des noëls passés et à emmêler vos langues imbibées de chocolat, pendant que j'étais toute seule sous mes couvertures. C'est ça que vous voulez entendre ?

Petrov soupire.

— Croyez-le ou non, Carrie, je voudrais juste vous voir heureuse, dit-il. Je voudrais que vous veniez ici un jour en me disant : « Bonjour, docteur Petrov, la vie est belle. Et je vais vous raconter tout ça. » Si vous étiez heureuse, je suis sûr que nous aurions toujours beaucoup de choses à nous dire, pas nécessairement pour travailler dessus, mais des choses que vous auriez envie de me dire à propos de votre vie car, en dépit de ce que vous pensez, c'est tout simplement humain d'avoir envie de parler à quelqu'un, que les choses aillent très bien ou terriblement mal. En ce qui vous concerne, je n'ai pas l'impression que les choses aillent si bien. Or vous pourriez potentiellement être quelqu'un d'extraordinaire et avoir un grand impact sur le monde. Pour cela, vous méritez de trouver au plus vite comment vous sortir de cette tristesse. Tout décortiquer en évitant soigneusement de vous attarder sur vos émotions ne va pas vous aider. Est-ce que vous avez vraiment envie de vous réveiller à vingt-cinq ans en vous demandant pourquoi vous avez été malheureuse pendant toutes ces années ?

— Mais je ne suis pas malheureuse.

La vie (pas) très cool de Carrie Pilby

— Vous seriez déjà plus convaincante si vous arriviez à me regarder en disant cela.

Lui me regarde. Il poursuit :

— Vous savez quoi ? Non seulement je n'aime pas vous voir bouleversée, mais je ne crois pas non plus que vous pensiez que cela me plaît. Je crois que vous vous cachez derrière vos derniers retranchements.

Je le regarde. Je n'arrive pas à déterminer s'il a les yeux bleus ou gris.

— Un de ces jours, il faudra bien que vous vous décidiez à laisser quelqu'un vous approcher, dit-il. Vous pourriez commencer par me faire confiance. Vous et moi n'avons pas à être des adversaires. Rien de ce que vous me dites ne franchit ces murs. Je ne raconte rien à votre père. Je ne raconte rien à vos voisins. Je ne raconte rien à mes amis, ni à mes collègues. Si vous le souhaitez, vous pouvez passer toute une séance à me repousser, voire m'insulter, et je resterai assis là sans vous juger. Je suis ici pour être utilisé. Profitez de moi. Faites-le parce que je vous le demande.

— Et si j'avais commis un crime ? Vous auriez à le dire à mon père, dans ce cas.

— Mon devoir serait d'en faire part, si c'était grave, dit Petrov. Oui, c'est vrai.

— Donc ce que je vous dis n'est pas confidentiel à cent pour cent.

— Un point pour vous. Mais je vous propose un marché. Pour toutes les activités non criminelles, je ne dirai rien à votre père ni à qui que ce soit d'autre. Alors confiez-vous à moi.

— D'accord.

— Dites-moi quelque chose de personnel que vous n'avez jamais dit à personne.

— J'ai couché avec mon prof d'anglais.

Il se fige.

Je parie qu'il ne s'attendait pas à quelque chose d'aussi énorme.

Il attend que j'en dise plus, mais je me tais. Laissons-le gamberger un peu.

— Vous avez couché une fois avec votre professeur d'anglais ?

— Non, pas une seule fois, dis-je. Je crois… euh, il y a sept jours dans une semaine, sauf qu'il nous arrivait de ne pas nous voir pendant un jour ou deux…

— Vous n'avez pas besoin d'être aussi précise.

Ah, ah, imbécile.

— Ensuite, dit-il, s'agissait-il juste de coucher dans le même lit, ou…

Je lui adresse un regard interrogateur.

— O.K., vous avez eu des rapports sexuels.

Brillant.

— Et comment vous sentez-vous à propos de cela ?

La vie (pas) très cool de Carrie Pilby

— Bien.

Il me regarde.

Intéressant comme il suppose naturellement que cela ne s'est pas bien passé. Intéressant comme il suppose naturellement que je ne l'ai pas assumé. Il est si condescendant.

Il me demande :

— Avez-vous eu des relations sexuelles avec d'autres personnes ?

— Ce type qui a sa séance juste avant moi, très petit, je l'ai aguiché après sa dernière séance avec vous, dis-je. Nous sommes allés tous les deux à South Street Seaport et avons couché ensemble près des docks. Dans le recoin derrière le centre commercial.

— Je vous en prie.

— Je suis désolée, mais c'est vrai.

— Pourquoi ?

— Parce que si vous allez devant le centre commercial, la vue n'est pas aussi bonne. Derrière, vous voyez le pont et tous les bateaux...

— Carrie...

— O.K., je plaisante à propos des docks, mais je lui ai bien couru après. Je me suis dit qu'il était seul, comme moi. Je me trouvais des excuses pour passer devant son appartement et, pour finir, je l'ai abordé et je lui ai parlé. Et nous sommes sortis. Puis nous

sommes revenus à son appartement. Et enfin, si je puis me permettre, dans sa chambre.
— J'espère que vous plaisantez.
— Pas du tout.
— Et vous avez couché avec lui ?
— C'est-à-dire que nous étions sur le point, quand le téléphone a sonné.
— Pfff.
Petrov se frotte les yeux. Puis il sourit.
— Très bien, dis-je. Je plaisante. Mais pas à propos de mon professeur.
— Bon. Alors je vous le demande de nouveau. Est-ce la seule personne avec qui vous soyez sortie ?
— Oui.
— Bien.
— Et Rudy Giuliani.
— Arrêtez-ça.
— O.K., c'est la seule personne.
— Et... Pourquoi à votre avis n'avez-vous pas rencontré quelqu'un d'autre depuis ? Est-ce qu'il vous a blessée ?
— Vous reconnaissez votre obsession ? Le négatif. J'étais heureuse quand j'étais avec lui. Puis ça s'est terminé. La plupart des gens ne sont pas aussi intelligents et cultivés qu'il l'était. C'est tout.
— Est-ce qu'il était marié ?
— Non.
— Pensez-vous, et je le demande uniquement

pour comprendre comment cette relation vous a affectée, pensez-vous que vous vous soyez renfermée à cause de cette relation avec lui ?

— Je crois que j'ai eu cette relation avec lui parce que j'étais renfermée.

Il hoche la tête et note quelque chose.

— Où est-il maintenant ?

— Toujours à l'université, je suppose.

— Qu'est-ce qui a mis un terme à votre relation ?

Je ne sais pas si j'ai envie de répondre à cela.

— Parce que... comme tout le monde... il voulait que je sois quelqu'un que je n'étais pas.

— Pourtant, il savait qui vous étiez dès le début, n'est-ce pas ?

— Il m'aimait bien au départ. Il disait que j'étais fraîche, et jeune. Il aimait mon innocence. Puis il a voulu que je ne sois plus si innocente. Tout le monde veut le beurre et la crémière. C'est comme les gens qui voudraient tant que quelqu'un de non politisé se présente aux élections. Mais dès que cela se produit, alors ils ne sont plus apolitiques du tout.

— Je vois ce que vous voulez dire. Mais vous avez eu des rapports sexuels avec lui.

— Pour voir à quoi cela ressemblait. Comme ça, les gens ne pouvaient plus me reprocher de critiquer quelque chose que je ne connaissais pas. Des gens comme vous, qui supposent que je n'ai jamais rien fait. Ce n'est pas parce que j'ai des principes que je n'ai rien fait.

— Exact.

Quelque chose de curieux se produit maintenant. Il semble se raidir un peu. Et on dirait qu'il me parle comme à une adulte et non une enfant. C'est incroyable, mais j'ai vraiment l'impression qu'il me respecte, désormais. Et pourquoi ? Parce que j'ai eu des rapports sexuels ?

C'est incroyable comme le sexe amène les gens à vous respecter davantage. Comme si vous connaissiez leur secret. Vous avez aperçu leur univers. Vous avez partagé une expérience, et ils n'ont rien besoin de savoir de plus à votre sujet. Tout cela est vraiment ridicule. Je pense que faire la guerre, être un enfant battu ou même assister à un accident de voiture vous en apprend davantage sur la condition humaine.

Je tourne en rond chez moi, agacée parce que j'ai une mission de relecture juridique ce soir. C'est nul, de travailler la nuit, parce qu'on y pense toute la journée jusqu'au moment où on doit y aller. Cela revient à travailler jour et nuit, en réalité.

Le métro est calme. En face de moi dans la voiture, se tient une femme aux traits fatigués, les cheveux bruns bouclés, avec un immense sac à main rempli. La taille du sac à main d'une femme est inversement proportionnelle à sa fortune. Plus une femme est pauvre, plus son cabas est gros, et plus elle est riche, plus son sac à main est petit. On pourrait croire l'inverse, mais l'argent ne prend pas beaucoup de place. En revanche, les vêtements, les papiers et ce qu'on accumule dans la vie en prennent.

La femme descend une station avant moi et je me redresse contre le dossier rigide. Je sens la vibration de la rame lorsqu'elle redémarre.

J'émerge des boyaux de la ville à plusieurs rues de mon travail, dans un quartier désaffecté près des quais. Je passe devant un terrain vague, puis j'aperçois un vieux bâtiment en brique où il est écrit Eglise des premiers prophètes, pasteur Joseph Natto.

Je me souviens du prospectus jaune que m'a remis le Tondu. J'aimerais jeter un œil à l'intérieur de l'église, mais les fenêtres sont trop hautes. Qu'à cela ne tienne, j'examine les alentours et remarque un rebord gris au pied de l'immeuble qui pourrait me permettre de prendre appui.

Je grimpe dessus et regarde à travers une petite lucarne que devancent des barreaux. Les rideaux roses vaporeux sont presque fermés, mais j'aperçois un réfrigérateur miniature avec des aimants dessus. Sous l'un d'eux, un tract indique : « Sermons le dimanche à 10 h 30. »

Je décide de me rendre prochainement à l'église. Je m'assiérai dans la dernière rangée de bancs pour observer ce qui se passe. Ils devraient me nommer

La vie (pas) très cool de Carrie Pilby

Commissaire de la brigade des fraudes religieuses de la circonscription de Manhattan. Il en faudrait un, d'ailleurs. Ce titre ne serait pas plus incongru que celui d'avocat public.

Alors que je m'approche du centre de la ville, un bâtiment en marbre brillant émerge progressivement. Le cabinet juridique occupe les neuf étages de ce dernier. On sent qu'il y est question de gros sous. Je reconnais le nom d'un des partenaires, un ancien conseiller municipal.

J'emprunte l'ascenseur vacant jusqu'au sixième étage, où se trouve un hall de réception désert. Il y a un plateau de fruits et des biscuits sur la table. J'imagine que ce sont les restes d'une réunion. J'ai envie de prendre un biscuit, mais j'ai peur qu'on me dise qu'ils ne sont pas pour moi. J'attends une minute. Personne ne vient. Je tapote des doigts sur le comptoir. Je patiente encore une minute puis je m'empare d'un biscuit.

— Bonsoir, dit une femme en entrant dans la pièce.

Je bondis.

— Désolée, dit-elle.

Un chef d'équipe m'informe qu'il n'y a pas encore de travail et me conduit vers une petite pièce sans fenêtres garnie d'un tapis blanc et de deux bureaux seulement.

J'ai apporté tout un sac à dos de magazines et de

courrier. Je m'assois à un bureau face au mur, et jette un coup d'œil à l'autre bureau, derrière moi. Il est en désordre, couvert de documents éparpillés. Certains sont agrafés avec des pinces d'architecte noires assez grosses pour étrangler un furet, tandis que d'autres sont compilés dans des chemises marron. Même la poubelle est en désordre.

Je parcours mon courrier et tombe sur une carte postale rouge où je lis : « Soirée des jeunes Anciens du Club de Harvard. » Le Club de Harvard : voilà un endroit où je n'ai pas pensé à adhérer, alors que j'aurais probablement dû. Ils ont des locaux en plein cœur de Manhattan. J'aurais sûrement mieux fait d'y adhérer dès que j'ai obtenu mon diplôme, au lieu de chercher partout des gens intelligents. S'il y en a, ils sont sûrement au Club de Harvard, n'est-ce pas ? Et adhérer à une association figure sur ma liste. Celle-ci me correspond peut-être mieux que l'église de Joseph Natto.

Je sors la liste d'objectifs de Petrov de mon sac à dos et je la relis attentivement.

Faire des choses de la liste des dix choses que vous aimez
Adhérer à une association/un club
Aller à un rendez-vous galant
Dire à quelqu'un que vous tenez à lui/elle
Fêter le jour de l'an

La vie (pas) très cool de Carrie Pilby

**
* **

En tout cas, mon annonce personnelle va paraître dans le *Beacon* de cette semaine. Il me faut au moins une réponse décente. Quant aux réponses *indécentes*, je n'ai toujours pas eu de nouvelles de Matt l'Infidèle. Mais je sens que je vais en avoir.

Soudain, quelqu'un se présente dans l'embrasure de la porte. Une fille qui doit avoir à peu près mon âge. Elle a de longs cheveux raides, un sourire avenant et des yeux brillants. Je me sens désarmée et à la fois instantanément apaisée.

— Salut, dit-elle. Tu es intérimaire ?

— En théorie, oui.

Elle s'appuie contre la porte.

— Je travaille de l'autre côté. Je m'ennuyais.

Je lui demande :

— Tu es aussi intérimaire ?

— Oui, je suis en intérim, répond-elle, mais je suis là tous les jours. Cela fait quatre mois que je « fais de l'intérim ». Ils ne veulent pas m'engager à plein temps parce qu'ils devraient payer six mille dollars à l'agence.

— Ce n'est pas exactement six mille dollars, répondé-je, mais pas loin. Le montant est basé sur le salaire fixe multiplié par les trois cents heures de travail que l'agence dit perdre en nous cédant.

Soit quelque chose comme cinq mille huit cent cinquante dollars.

— Quelque chose comme cinq mille huit cent cinquante dollars, dit-elle. Comme si tu n'avais pas fait le calcul !

— J'ai dû le faire.

J'ignore pourquoi je me sens si nerveuse.

— Je m'appelle Kara, dit-elle en me serrant la main.

Ses doigts sont longs et effilés, comme ses cheveux. Elle regarde mon bureau.

— C'est quoi, ça ?

— Une liste, dis-je en la retournant rapidement.

— Ça a l'air intéressant.

— C'est personnel.

— Tu finiras bien par me la montrer.

— Peut-être.

Un silence s'installe.

— Ils nous ont appelés trois fois pour du traitement de texte ce soir, dit Kara, alors qu'il n'y a pratiquement aucun travail pour nous.

— Pourquoi font-ils ça ?

— Ils ne veulent pas nous renvoyer chez nous plus tôt, parce que si quelque chose se présente et que personne n'est là pour travailler dessus, c'est la Bérézina.

La vie (pas) très cool de Carrie Pilby

Elle aperçoit la chaise pivotante vide près de l'autre bureau.
— Ça te dérange si je m'assois ?
— Non.
Elle rapproche la chaise de mon bureau et s'assied.
— Pourquoi ils ont appelé des relecteurs externes, je me le demande. Mais ça te fait de l'argent.
— Y a bon argent.
Elle rit, et ses cheveux retombent devant ses épaules. Je suis sûre qu'elle fait partie de ces personnes dont tout le monde apprécie la compagnie, car elle rit en permanence. Elle est aussi grande et jolie, et a probablement beaucoup de succès auprès de la gent masculine.
— Alors, c'est quoi ton nom ? demande-t-elle.
— Carrie. Pilby.
— Ah, dit-elle. Tu habites dans le coin ?
— Greenwich Village.
Ma réponse semble l'intéresser vivement.
— Mon ex-copain habite là. Dans Jones Street. Il a une nouvelle copine qui n'est pas du tout son genre.
Je ne sais pas quoi répondre à cela, mais c'est définitivement plus intéressant que mon courrier.
— Tu le vois de temps en temps ?
— Malheureusement non, mais il joue au CBGB ce week-end, dit-elle.

La vie (pas) très cool de Carrie Pilby

Je suis étonnée qu'elle me trouve assez intéressante pour me raconter sa vie dans les détails.

— J'essaie de trouver quelqu'un pour m'accompagner, mais mes amis en ont marre d'entendre parler de lui. J'irai seule s'il le faut. Je vais passer deux heures à la salle de gym demain et deux heures vendredi.

Pauvre fille. Elle croit réellement que cela va servir à quelque chose. Même si les quatre heures de gym pouvaient lui faire perdre cent grammes ou l'embellir d'une manière ou d'une autre, ce qui n'arrivera pas, cela ne fera pas changer d'avis son copain, pour qu'il lui demande de revenir. Même si je ne connais pas beaucoup les hommes, je sais que perdre trois kilos n'a aucune incidence sur leur désir pour nous.

— Comment s'appelle-t-il ?
— Mark, dit-elle.

Quand elle le dit, ses lèvres s'entrouvrent joliment.

— Il est si… incroyable, dit-elle en se rapprochant. Tu sais comment, quand on craque pour quelqu'un, rien de ce qu'il fait au lit ne peut nous déplaire ?

Je suppose que c'est une question de pure forme.

— Eh bien, il aurait pu tenter ce qu'il voulait, parce qu'il savait y faire. Mais je m'en fiche. Les femmes connaissent mon corps bien mieux que les hommes.

Donc non seulement elle vient de me confier les pratiques sexuelles de son ex-copain, mais aussi qu'elle est bisexuelle. Je me demande ce qu'elle va m'annoncer maintenant. Qu'elle a l'utérus rétroversé, par exemple.

— T'as un petit copain ?
— Non, dis-je.

Elle attend une explication. Comme si je devais m'excuser pour cela.

— Je… je sais, c'est étrange, mais j'aime uniquement…

J'allais dire les mecs intelligents, mais je ne peux pas dire mecs. C'est un mot qui donne l'air stupide et adolescent. Même si, techniquement, je suis encore une adolescente. D'un autre côté, je ne peux pas dire « hommes » non plus. Cela me donne l'air d'avoir quarante ans.

— Je n'aime que les hommes… intelligents, dis-je pour finir. C'est une lubie.

— C'est probablement parce que tu es intelligente, dit-elle.

Je hausse les épaules.

— J'aime les types intelligents aussi, dit-elle. Mark est intelligent. Il n'est pas forcément cultivé, mais il est plein de bon sens. Tous les groupes ne jouent pas au CBGB. Mais peut-être que je n'irai pas. Il est égoïste, comme tous les musiciens.

— Tu ne vas pas avoir des ennuis si tu restes ici ?

— Non. Ils savent que je suis dans le coin s'ils ont besoin de moi. En plus, il faut absolument qu'on te trouve un copain intelligent. Ou une copine. Je ne voudrais pas avoir l'air de présumer que tu es hétérosexuelle.

— Je le suis, dis-je. Sauf qu'en réalité… je ne suis sortie avec personne… depuis mon prof d'anglais.

Je n'ai jamais parlé de cela à quiconque, et voilà que je l'ai dit à deux personnes dans la même journée. Mais je sais que cela va l'impressionner. Peut-être même me placer sur un terrain d'égalité, ce qui semble le seul moyen.

— Très bien ! dit-elle en levant la main vers moi.

Je tape dans sa main avec hésitation.

— Tu es étudiante ?

— J'ai eu mon diplôme l'année dernière.

— Tu as l'air si jeune, dit-elle en continuant de m'observer.

Cela me met mal à l'aise, alors je détourne le regard.

— Oui, j'ai eu mon diplôme tôt pour mon âge.

Elle sourit.

La vie (pas) très cool de Carrie Pilby

— Tu es intelligente. C'est pour ça que tu aimes les types intelligents. Où as-tu fait tes études ?

— A Harvard. Pour de vrai.

Elle rit.

— Est-ce que les gens pensent que tu mens quand tu leur dis ?

— Parfois, ils pensent que je plaisante.

— C'est parce qu'ils n'ont pas de cervelle. Beaucoup de gens n'ont jamais entendu parler de mon école, alors qu'elle est réputée.

— Où es-tu allée ?

— Smith.

Je fais un signe de tête.

— Je me demande à quoi je pensais, en choisissant un établissement pour filles. Un peu de diversité aurait été appréciable.

— Pour sûr.

— Ma mère y était allée, alors j'ai fait pareil. Mais je n'y suis restée que deux ans. Puis je suis partie. Je n'étais pas idiote, ni rien… Je m'ennuyais. J'avais d'autres choses à apprendre, en dehors des cours. C'est quoi ta liste ?

Je hausse les épaules.

— Rien.

— Tu n'as pas cru que j'allais renoncer, dis-moi ? dit-elle, les yeux très sombres. On ne se débarrasse pas de moi comme ça. Allez, vite, il y a quoi sur cette liste ?

— Rien.

Elle me taquine en faisant mine de l'attraper. Je me lève pour essayer de l'en empêcher et, pendant une seconde, son bras effleure ma poitrine. Elle se rassied.

— Eh bien, dit-elle, pendant le temps que nous avons passé à bavarder, nous avons gagné cinq dollars. N'est-ce pas incroyable ?

J'aime sa manière de penser. Je me demande si je devrais lui faire part de mes théories sur le travail. Du moins certaines de mes théories. Peut-être que je perdrais son amitié si elle était au courant de mes croisades morales. Je ferais peut-être mieux de garder ces pensées pour moi. Est-ce que ce serait un mensonge ? Pourquoi devrais-je attendre pour partager des choses qui sont une part importante de ma personnalité ?

— Je pense que tout le monde triche au travail, dis-je. Cela fait tellement partie du système que c'est implicite. Je n'ai pas vu un seul lieu de travail où les gens ne passaient pas le maximum de temps à boire du café et lire le *New York Post*.

— Sans rire, dit Kara. C'est carrément une des qualifications requises, de ne rien foutre au boulot. Surtout ici.

Elle pose ses coudes sur mon bureau et se penche en avant. Nous nous retrouvons face à face.

— Bon, dis-moi ce que j'ai vraiment envie de

savoir. Comment était-il, ce monsieur Professeur ? Raconte-moi tous les détails, du début à la fin. Je veux connaître toute l'histoire.

Je me demande si elle daignerait me parler si je n'avais pas eu cette expérience.

Je lui raconte l'histoire du début à la fin. Je m'excuse même d'avoir fait cela avec mon professeur d'anglais. Je réalise combien c'est banal, étant donné que personne n'a jamais d'aventure avec son professeur de maths. Je suppose que ce que les professeurs de maths racontent en classe n'a rien de séduisant. Sauf lorsqu'ils expliquent comment la ligne AB se déploie gracieusement devant l'intersection Y.

Je ralentis un peu lorsque j'arrive à la raison de ma rupture avec David.

— J'ai juste senti que ça ne me correspondait pas, de dire ça, dis-je.

— Tant pis pour lui, dit Kara. Qu'il aille se faire voir. Il y a un film où on demande à quelqu'un si le sexe est sale, et il répond : « Seulement si on le fait normalement. » Eh bien, il n'y a vraiment rien de sale à moins d'être forcé de le faire. Il ne devrait y avoir aucune règle en matière de sexualité, sauf d'être en accord avec soi-même. Si ce n'est pas le cas, peu importe ce que l'autre souhaite. Si dire « hou ! » te met mal à l'aise, alors tu ne devrais pas avoir à dire « hou ».

Je fais un signe de tête.

La vie (pas) très cool de Carrie Pilby

— Même si je me doute bien que cela a dû être douloureux de rompre avec lui, poursuit-elle. On se sent seul à l'université si on n'a pas de petit ami. Ou de petite amie.

— C'est vrai.

— T'as déjà embrassé une fille ?

— Euh… non.

— J'ai une copine qui a embrassé une fille et ensuite juré ses grands dieux que c'était arrivé uniquement parce qu'elle était soule. Mais dans quatre-vingt-dix-neuf pour cent des cas, l'alcool n'est qu'une excuse pour faire ce qu'on avait vraiment envie de faire.

— Les gens sont toujours comme ça, dis-je. Ils font des choses pour la simple raison qu'ils en ont envie, puis ils se cherchent des excuses. Parfois, ils sont vraiment hypocrites. J'ai vu des gens faire des choses qu'ils réprouvaient deux secondes plus tôt, puis pondre une justification derrière. Ça me rend dingue.

— Les gens peuvent être d'une hypocrisie phénoménale, dit Kara.

— Oui.

— Et c'est ce qui rend la vie merveilleuse.

— Hein ?

Elle se rapproche.

— On ne sait jamais ce qui va se passer, poursuit-elle. On peut se sentir comme ci un jour et complètement différent le lendemain. On peut faire des erreurs. On comprend alors qu'on se trompait. On peut faire des choses uniquement parce que c'est agréable ou décadent. On peut changer d'avis, tout essayer, puis se caser quand on en a envie. Nous ne savons pas comment nous réagirons avant de nous trouver confronté à différentes situations. C'est merveilleux.

Son visage est très près du mien. Je pourrais la contredire à ce sujet, mais j'ai envie qu'elle continue de parler.

Pourtant, elle reste silencieuse.

Je poursuis :

— Je pense que si on décrète que quelque chose est mal ou dangereux, et qu'on sait que c'est mal ou dangereux, on devrait vraiment s'efforcer de ne pas le faire. Et s'il y a une bonne raison de le faire, sans que cela blesse quelqu'un, alors ce n'est pas mal. C'est aussi simple que cela. Je ne dis pas que ce qui est « décadent » est toujours mal. « Mal » et « décadent » ne veulent pas dire la même chose. Personne ne t'empêche de manger un sundae au caramel. Mais si tu penses et si tu déclares que voler c'est mal, et que tu vois un gamin avec un sundae au caramel, tu ne peux pas le lui voler et dire que ce n'est pas grave parce qu'il t'en fallait un absolument. Voilà ce que je dis.

— Je te l'accorde, fit Kara. Mais dis-moi, tu crois à la vérité absolue ?

— Oui.

— Tu crois que l'avortement est absolument mal, ou absolument bon ?

— Il y a des situations où il est plus légitime que d'autres, dis-je. Par exemple, quand une femme s'est fait violer, qu'elle est traumatisée et refuse de porter le bébé du violeur.

— Et là, tu ne tues pas un bébé innocent ?

— Peut-être, dis-je. Je suppose que tu marques un point. Pour revenir sur ce que j'ai dit avant, je crois qu'il y a des vérités objectives, mais je ne sais pas bien lesquelles. Je n'ai pas d'avis arrêté concernant les fœtus avant leur naissance. Je ne sais pas exactement quand la vie commence. Il y a peut-être une réponse et je ne suis pas une forme de vie assez évoluée pour la connaître. Il y a une réponse.

Elle réfléchit à cela.

Je poursuis :

— Je ne sais pas avec certitude si telle ou telle chose est bonne ou mauvaise. Je suis toujours en train de chercher des réponses. En revanche, je n'agis pas simplement en fonction de mes envies. Ou si c'est le cas, je l'admets. Si c'est quelque chose de malsain, de dangereux ou de stupide, j'essaie de ne pas le faire. Si c'est mal ou dangereux et que cela blesse les gens, ou même si ça me blesse, j'arrête. On dirait que personne n'est capable de prendre une décision et de s'y tenir. Il y a des choses immorales, des choses qui sont dangereuses, et des choses qui sont les deux. Et même si les premières sont pires que les dernières, le truc, c'est que c'est beaucoup plus logique de ne pas les faire. Mais dès que ça devient un tout petit peu plus difficile, les gens modifient leur raisonnement. J'ai entendu des gens qui mangeaient casher dire qu'on pouvait manger du porc si c'était de la cuisine chinoise ; j'ai connu un type à l'université qui était contre le piratage informatique mais qui avait une centaine des cassettes audio qu'il avait repiquées sur la radio dans sa chambre. Ce sont des broutilles, certes, mais il y a des hypocrisies encore plus importantes. La moitié des gens qui vont à l'église sont là parce qu'ils ont fait quelque chose de mal et veulent l'absolution. Si tu es contre quelque chose, sois assez fort pour respecter tes croyances.

— Il devrait y avoir une frontière entre ce qui est dangereux et ce qui est immoral, dit Kara. Tu crois vraiment que faire des choses qui ne blessent que toi est immoral ?

— Ce n'est pas aussi grave que de blesser d'autres gens, dis-je. Mais au final, c'est possible, pour d'autres raisons. Ce n'est même pas ça le problème. Ce que je veux dire, c'est que l'on doit agir selon la logique, puis s'y tenir, et non pas agir en fonction de ce que l'on ressent à un moment donné. Et si la plupart des gens respectaient la logique, ils remettraient en question une grande partie de leurs actes.

— Ouah ! dit-elle. J'aime cette discussion. C'est... intéressant.

Elle pose sa tête sur le bureau.

— Je suis rarement stimulée sur le plan intellectuel, d'habitude.

— Qu'est-ce que tu fais dans la journée ? dis-je en posant également ma tête sur le bureau.

— Je suis actrice, dit-elle. Mais je ne tourne qu'une pub par-ci par-là. J'essaie de décrocher un rôle dans un film indé.

On dirait presque qu'elle essaie de m'impressionner. C'est une drôle de sensation.

— C'est bien les films indés, lui dis-je, mais dernièrement, j'ai passé beaucoup de temps à regarder de vieux films.

— Est-ce que tu as vu New York-Miami ? C'est le meilleur.

— S'il n'est pas sur ma liste des cent meilleurs films de tous les temps, je ne le verrai sans doute pas, dis-je.

— Et tu crois à cette liste ?

— C'est un bon point de départ. Les critiques sont tous des professeurs et des spécialistes du cinéma.

— Quel genre de films aimes-tu ?

— Les films avec une intrigue, dis-je. Pas les films d'aujourd'hui, où le couple se rencontre et se retrouve au lit dans la scène qui suit.

— Mais c'est réaliste.

— Pas dans ma vie.

Elle rit.

— Je me charge de cela. Je t'emmène au CBGB et je vais te faire découvrir mon univers marginal et dépravé.

— Très peu pour moi, dis-je, bien que j'hésite à la laisser faire.

A des fins de recherche, bien entendu. Pour le plan en cinq étapes de Petrov.

— Tu sais, j'ai réfléchi au problème avec ton professeur d'anglais, dit-elle en inclinant la tête. Le problème, c'est que tu étais jeune. On fait tous des erreurs lors de nos premières relations amoureuses. Une des choses que nous mettons du temps à apprendre, c'est comment dire non sans que les hommes se désintéressent de nous. Il faut autant de talent que pour dire oui. On peut trouver une manière de le dire qui leur permet de l'accepter sans qu'ils nous le reprochent.

— Ah bon...

— Voici un exemple : comment échappe-t-on à une fellation ?

Je hausse les épaules.

— En mangeant du beurre de cacahuètes ?

La vie (pas) très cool de Carrie Pilby

Elle secoue la tête.

— Essaye encore.

— En disant non ?

— Tu ne peux pas dire non. Si tu dis non à cela, tu les perds pour de bon. Il te faut une raison.

Elle désigne son nez.

— Ton nez est trop long ?

— Non, dit-elle. Tu dis : « J'ai une déviation de la cloison nasale. » Une déviation de la cloison nasale peut obstruer ton nez au point de devoir respirer par la bouche. Par conséquent, tu ne peux rien mettre dans ta bouche sous peine de suffoquer. Ça marche, crois-moi. J'ai une amie qui respire vraiment par la bouche. C'est dur pour elle d'aller chez le dentiste, parce qu'ils te mettent plein d'instruments dans la bouche. Ils pourraient l'étouffer.

— Oh !

— Déviation de la cloison nasale. Leçon numéro un pour ce soir.

Désormais, j'associerai toujours Kara à la Déviation de la cloison nasale.

Une femme d'âge mûr aux cheveux courts et portant de petites lunettes rondes se présente dans le bureau.

— Vous avez un travail en cours ? me demande-t-elle.

— Euh, non… pas pour le moment.

— J'ai une mission pour vous.

Je déteste son ton accusateur. Ce n'est pas comme s'il y avait du travail et que je tentais de m'y soustraire.

Kara retourne à son bureau.

Je n'arrive pas à me concentrer sur mon travail. Je suis plus distraite que d'ordinaire. Je ressens toutes sortes d'émotions positives, sans parvenir à les ordonner.

La mission m'occupe à peu près une heure, puis je m'ennuie. J'attrape un crayon rouge et essaie de recopier le tableau périodique des éléments de mémoire. Mais je ne peux pas dépasser le molybdène. Bon sang. Je décline.

Quelque temps plus tard, Kara repasse sa tête par la porte.

— Nous ne devrions pas avoir d'ennuis si je ne reste que quelques minutes.

— J'espère que non.

— La Sorcière est en pause. Je ne t'interromps pas au milieu de ton travail, au moins ?

— Non.

Elle s'assied.

— Alors, c'est quoi cette liste ?

— Tu ne renonces jamais.

— Je m'en vais dans une seconde si tu me donnes un indice.

Autant être honnête avec elle.

— Je vois un psy de temps en temps.

La vie (pas) très cool de Carrie Pilby

Bon, ce n'est pas exactement honnête, puisque je le vois cinquante-deux fois par an.

— Et il a rédigé cette liste pour m'aider à rencontrer des gens.

Je lui parle de Petrov et de sa liste stupide.

— L'association, je peux le faire, dis-je. Mais c'est difficile de rencontrer quelqu'un quand on n'aime pas sortir en boîte.

— Je vais te trouver quelqu'un, dit Kara. Donne-moi ton numéro de téléphone.

— O.K.

Cette nuit-là, je dors plus profondément que ces derniers mois. Le lendemain matin, je me réveille heureuse. Je ne sais pas bien pourquoi, mais je sens que, pour une fois, quelque chose de positif va m'arriver.

6

Je ne reçois aucune nouvelle de Kara le jeudi, ni le vendredi. Le samedi, le soir où elle était censée aller au CBGB avec des amis, j'imagine qu'elle va appeler pour me demander si je veux les accompagner. Mais les heures défilent sans qu'elle n'appelle. J'aurais dû me montrer plus enthousiaste à ce sujet. Il faut que j'arrête d'être si passive.

Ou peut-être qu'elle n'a pas eu une très bonne impression à mon sujet. Peut-être qu'elle a des amis plus intéressants. Elle est comme Nora, mon amie de première année à Harvard. Kara est le genre de personne dynamique et drôle que les gens aiment côtoyer. Comment ai-je pu être assez stupide pour penser que je pourrais être l'un d'eux ?

Je ne peux pas continuer à repousser cette histoire de rendez-vous en attendant qu'un miracle ce produise.

J'enfile mes chaussures et cours chercher un exemplaire du *Beacon* à l'angle de la rue. Mon annonce est la quatrième dans la rubrique « Femmes cherchent hommes ».

SURDOUÉE CHERCHE GÉNIE — JF blanche célibataire, 19 ans, très intelligente, cherche JH non fumeur, non drogué, très très intelligent, 18-25 ans, pour philosopher et parler de la vie. Hypocrites, mystiques et machos s'abstenir.

Je m'assois dans mon bow-window et compose le 900 pour enregistrer une présentation. « Bonjour, je m'appelle Heather. Si vous écoutez ce message, c'est que vous avez lu mon annonce. Merci de laisser votre nom et de vous présenter. Veuillez également indiquer votre score aux tests de QI de Stanford-Binet. Si vous ne le connaissez pas, vous pouvez donner vos notes aux examens d'entrée à l'université. Merci. » Je prends la résolution d'accepter un rendez-vous coûte que coûte, même si je ne reçois que des réponses provenant d'hommes de Neandertal. Pour atteindre mon objectif.

Je raccroche et je remarque que le couple de l'appartement d'en face est en train de manger dans la cuisine. Ils sont assis l'un en face de l'autre, en train de parler et de grignoter quelque chose. Il y a une bouteille de vin sur la table, et on dirait que le verre capte un rayon de lumière. Je rêve d'être à leur place à cet instant précis : en train de manger une tranche de rôti ou autre, arrosée d'un verre de vin rouge, à discuter bien au chaud. Ils ne doivent pas être beaucoup plus vieux que moi. Pourquoi ne sommes-nous pas amis ? Pourquoi n'invitent-ils jamais leurs voisins ?

Je décide de leur poser la question. Mais il me faut leur nom et leur numéro de téléphone.

Trouver le numéro de téléphone de ses voisins n'est pas difficile. J'ai une technique. Je mets mon manteau et mes bottes et traverse la rue pour aller consulter leur boîte aux lettres.

Je risque un pied dans le vestibule du couple, ce qui dépose des flocons de neige sur leur tapis noir crasseux. Leur boîte aux lettres indique Guarino. Je me demande si la moitié masculine de ce couple trompe la moitié féminine. Comme le Matt des petites annonces.

Quand j'étais petite, j'étais romantique, comme tout le monde, et je pensais que le mariage était quelque chose qui arrivait parce que « c'était le destin ». Plus tard, je me suis demandé si ce n'était pas qu'une convention sociale fondamentale. Peut-être y sommes-nous attachés car si vous n'avez pas au moins une personne dans ce monde pourri qui soit contractuellement contrainte de vous soutenir quand tout le monde veut vous passer dessus avec un rouleau compresseur, vous finirez par vouloir vous tuer. Donc vous signez ce contrat avec quelqu'un en jurant que vous allez prendre soin de lui et le soutenir et ne pas lui planter de couteau dans le dos, quoi qu'il se passe dans la vie, même quand il sera vieux, moche et ridé ; et ce quelqu'un est supposé faire de même. Si un grand nombre de personnes ne faisaient pas cela, le monde deviendrait invivable, et on s'y sentira certainement encore plus seul qu'à l'heure actuelle.

Je rentre chez moi, j'accroche mon manteau et je cherche Guarino dans l'annuaire. Il y a un Thomas et une Jocelyn Guarino à cette adresse. J'éteins les lumières de mon séjour et pose ma tête sur le bow-window, allongée sur le lit, pour ne pas qu'ils me voient. Je décroche le téléphone. Je compose d'abord *67 pour que mon numéro soit masqué.

Je vois Tom se lever de table et disparaître. Jocelyn le suit.

Tom décroche.

— Allô ?

Sa voix est plus grave que je ne croyais. J'imagine que lorsqu'on observe quelqu'un, on en déduit automatiquement beaucoup de choses sur cette personne, notamment sa voix.

— Pourquoi n'invitez-vous pas vos voisins à dîner un jour ? demandé-je.

— Qui est-ce ?

— Qu'est-ce que cela peut faire ?

Il y a un silence à l'autre bout du fil.

La vie (pas) très cool de Carrie Pilby

Puis je raccroche. Je n'ai pas assez réfléchi. J'ai besoin d'un plan plus détaillé.

Environ dix minutes plus tard, mon téléphone sonne.

C'est peut-être Kara. Elle va peut-être m'inviter au CBGB, finalement. Je sais que l'heure est trop tardive pour les vendeurs téléphoniques. Ce doit être un appel personnel. Pourvu que ce ne soit pas un faux numéro, me dis-je. Pourvu que ce ne soit pas mon père non plus, cette fois. O.K., Dieu, je l'avoue : je me sens seule, à cet instant précis. En effet, j'ai besoin d'amis de temps en temps. Es-tu satisfait ?

C'est une voix masculine.

— Bonsoir… Est-ce qu'Heather est là ?

Le temps d'une seconde, je suis persuadée qu'il s'agit d'un mauvais numéro. Puis je me souviens que j'ai laissé mon numéro à Matt, le type « qui veut s'amuser ».

— En personne, dis-je.

— Oh, bonsoir. Je suis Matt.

Il a l'air un peu nerveux. C'en est presque touchant. Il faut que je me reprenne. Si je me laisse attendrir aussi facilement, je suis aussi nulle que tous les autres. Mais est-ce que le simple fait que Matt ait rencontré sa fiancée au lycée ou à l'université implique que personne d'autre ne peut passer du temps avec lui ?

La vie (pas) très cool de Carrie Pilby

Qu'est-ce qui me prend ? Suis-je en train de chercher des arguments en faveur de l'infidélité ?

— Vous m'avez appelé, dit Matt. Sur, euh…

— Ah, le *Beacon*, poursuis-je. Exact. Je crois que je voulais juste voir… je ne sais pas.

— C'est un peu embarrassant, dit Matt. Eh bien, vous avez lu l'annonce. Quelle est votre situation personnelle ?

— J'ai un petit ami.

— C'est vrai, vous l'avez déjà dit.

— Je ne sais pas, dis-je. Vous aviez l'air d'un type intéressant et, quelque part, j'ai les mêmes idées que vous : est-ce que je n'ai plus le droit de m'amuser ?

— Exactement ! dit Matt. Et si on veut les deux ? Et si on a rencontré la personne que l'on veut épouser, mais qu'on veut continuer à voir de temps à autre, secrètement, quelqu'un d'autre qui nous attire ? Si les deux membres d'un couple le savent, ça peut être inconfortable. Si c'est fait discrètement, ça ne blesse personne. En fait, le ménage peut même y gagner. Avec tous les divorces qu'il y a de nos jours…

— Exactement, lui dis-je. On ne vit qu'une fois. Il vaut mieux avoir un bon mariage et se permettre des écarts, plutôt que détruire son mariage ou ne jamais se marier.

— Oui ! poursuit Matt. La plupart des gens n'aiment pas parler de cela. Mais beaucoup de gens trompent leur partenaire. Ils vous diront probablement tous que c'est mal. Sauf pour eux-mêmes. Ou dans leur situation particulière.

Donc Matt n'est pas un hypocrite, et même, il n'aime pas les hypocrites. On ne peut pas dire qu'il soit très honnête non plus. Il dit qu'il croit au mariage, sauf qu'il ne croit pas au partage de ses convictions avec sa fiancée.

— Et si ta future femme voulait faire exactement la même chose ? lui demandé-je.

— Eh bien…, dit-il.

Ah ! Il essaie sur-le-champ de justifier pourquoi ce qui est bon pour lui ne vaut pas pour elle. Le voilà pris dans son propre piège de malhonnêteté.

Je réalise alors que je ferais mieux de faire marche arrière. Le but de tout ceci est de le rencontrer, avant de tout révéler à sa copine, n'est-ce pas ? Elle n'aura qu'à le remettre à sa place elle-même. Pourquoi faudrait-il toujours que ce soit moi ?

— Je ne voudrais pas le savoir, dit Matt.

— Mais tu penses que c'est mal, dis-je, incapable de me contrôler. Et pourtant, tu veux la tromper avant même d'être marié.

— Oui, mais je vais être discret.

— Tu as raison, dis-je.

Ce que je voudrais lui dire, en réalité, c'est : si tu fais si peu confiance à ta femme, si tu penses que tu peux la tromper en toute responsabilité et elle non, alors pourquoi l'épouses-tu pour commencer ? Si elle n'est pas le genre de personne à y prêter attention, peut-être que vous n'avez pas autant de choses en commun que tu le penses.

Par ailleurs, même s'il prétend qu'il gérera son infidélité avec précaution, pourquoi serait-il le seul à décider de tout ? Il pourrait commettre une erreur de jugement un jour, attraper une maladie et la transmettre à sa femme. Il la trompe déjà alors qu'ils ne sont même pas mariés. Dans cinq ans, il décidera peut-être que d'autres tabous méritent d'être brisés. Cinq ans plus tard, d'autres encore. Une fois que vous avez franchi la ligne que vous vous êtes fixée, il est bien plus facile de la franchir encore et encore, jusqu'à ce qu'il n'y ait plus de ligne du tout.

Je me répète que des reproches ne serviraient qu'à l'effrayer, et que je ne pourrais plus le voir ensuite. Tout repose sur la crédulité de sa copine, qui le pense parfait. Il faut qu'elle connaisse sa véritable conception du mariage. Elle en a le droit. N'est-ce pas ?

Matt et moi devisons sur les hommes ; et sur les femmes, l'engagement, l'amour, le divorce et les parents, puis il me demande si je veux le voir « pour boire un café » et poursuivre notre conversation. Je me demande pourquoi les gens proposent toujours de se rencontrer autour d'un café. Matt réussit à me demander à quoi je ressemble, soi-disant pour pouvoir me reconnaître. Mais il me pose un tas de questions sur mon apparence. Je suppose que, tant qu'à tromper sa femme, il préférerait que ce soit avec quelqu'un de sexy.

Mon téléphone sonne. Croyez-le ou non, j'ai deux appels en même temps ! Matt et moi convenons de nous retrouver pour dîner dans le resto mexicain près de Times Square, le lendemain soir. Puis je bascule sur l'autre ligne.

— Allô, Carrie ?

Je suis ravie d'entendre cette voix.

— Oui ?

— C'est moi, Kara. De Dickson, Monroe !

— Oui, salut !

— Je me demandais si tu avais des projets pour vendredi.

— Ce vendredi ? Non, je ne crois pas.

— J'ai prévu de sortir avec une copine, un genre de sortie entre filles, si tu veux venir avec nous. Ma copine me pose souvent des lapins, mais si personne ne vient, j'irai de toute façon.

— Je viendrai.

Balèze ! Je me retrouve avec un rendez-vous avec Matt demain et un plan avec Kara vendredi.

Je me renseigne sur le lieu où nous devons nous retrouver et je sens que je suis en train de faire des progrès. Des progrès concrets ! Je savais que cela ne serait pas si difficile.

La vie (pas) très cool de Carrie Pilby

*

Le lendemain matin, au réveil, je suis assaillie par des émotions contradictoires, la plus forte étant l'appréhension. Je redoute de rencontrer Matt ce soir. C'est une grosse responsabilité. J'ai hâte de voir Kara. Peut-être parce que cela n'implique pas de dîner avec un homme fiancé uniquement dans le but de le démasquer aux yeux de sa fiancée. Mais si je n'assume pas cette responsabilité, qui le fera ?

Je m'agenouille sur mon lit, ouvre mes draps et regarde dans la rue. La lumière du soleil est aveuglante. Les appartements se reflètent dans les fenêtres les uns des autres.

En regardant vers le bas, j'aperçois sur le trottoir un punk avec les cheveux bruns en pétard, et des vêtements moulants. Il attend une fille un peu plus bas dans la rue. Elle a les cheveux courts d'un rouge flamboyant, et porte un pantalon moulant avec des rayures horizontales roses et orange. Je me suis souvent interrogée à propos de ce genre de filles. De nos jours, la plupart des femmes luttent pour ressembler aux top models, et pourtant, à l'autre extrémité du spectre, vous avez des filles qui concourent pour la médaille d'or du look bizarre. Or elles semblent toujours avoir des petits amis, voire plus que les top models. Il faut dire que leurs partenaires ont souvent un look aussi étrange que le leur, sauf que ce n'est pas parce qu'un homme a des piercings aux lèvres qu'il est attiré par les filles qui en portent aussi. Je me demande comment nous sommes supposés deviner ce que quelqu'un recherche. J'imagine que l'idée est d'être nous-mêmes, même si cela n'est pas toujours possible.

Je poursuis mon observation. Mes amis punks rockers ont disparu, et j'aperçois deux types avec une jolie fille. Les types portent de grosses lunettes de « ringards » qui font fureur dans le Village. Ce n'est pas juste pour ceux d'entre nous qui étaient réellement ringards à l'école élémentaire et qui se faisaient épingler pour cela : maintenant que nous sommes tirés d'affaire, les gens populaires vont jusqu'à copier les accessoires de notre accoutrement, en transformant quelque chose qui nous avait fait souffrir pendant des années en un attirail qu'ils étalent comme de la chirurgie esthétique. Comment se fait-il qu'il soit cool d'être ringard une fois que cela n'a plus aucune importance ? J'entends régulièrement des célébrités raconter qu'elles étaient le vilain petit canard, à l'école. Si tous ceux qui prétendent avoir été impopulaires à l'école l'avaient réellement été, la notion même n'aurait jamais existé.

A quelques mètres derrière le type aux grosses lunettes, une femme promène un bouvier bernois. Ce chien semble trop gros pour supporter de vivre dans un appartement new-yorkais, et serait probablement mieux — enfin je n'en sais rien — dans les montagnes suisses dont il vient. Puis je vois trois personnes sortir d'un bâtiment quelques portes plus bas, un bâtiment avec une super porte-tambour. Parmi eux, il y a une femme avec une poussette et une jeune femme accompagnée de son petit copain. La jeune femme porte un jogging et a une queue-de-cheval qui se balance d'avant en arrière. Une grande partie des femmes de mon quartier lui ressemblent.

Soudain, quelqu'un attire mon regard. L'Homme au chapeau, alias Cy, passe juste sous ma fenêtre. Ronald a mentionné que Cy vivait dans le coin. Il porte une tasse de café. Il marche très lentement. Il semble habillé en tenue de sport. Un élan curieux me saisit. J'ai envie de descendre en courant pour le prendre dans mes bras. Il a dû rester debout toute la nuit pour répéter, ou quelque chose de ce genre.

Seulement, je ne suis pas habillée. Le temps que je sois à moitié présentable, il sera parti.

Ce qui me décide à m'habiller enfin. Je ne vois pas Cy dans le métro, quand je finis par sortir.

Petrov semble perturbé aujourd'hui. Il m'ouvre la porte de son cabinet, puis retourne vers son bureau pour regarder quelques livres en me disant à peine bonjour.

Je m'assieds dans le fauteuil habituel.

La vie (pas) très cool de Carrie Pilby

Il continue de déplacer des livres.

— Etes-vous en colère après moi ? demandé-je.

— Non, dit-il. Je suis désolé. Je suis à vous dans une seconde.

Je jette un coup d'œil à l'horloge de Petrov, puis à ma montre. Son horloge avance de trois minutes. Ce qui veut dire qu'il mettra fin à la séance trois minutes en avance. Ce qui signifie qu'il arnaquera mon père de six dollars. Excusez-moi, je n'ai pas le droit de dire gypping. C'est un si beau mot, pourtant. Gyp, gyp, gyp. Il fonctionne si bien en haïku :

Gyp gyp, gyp gyp gyp
Gyp gyp gyp gyp gyp gyp gyp
Gyp, gyp, gyp, gyp, gyp

— Je suis désolé, Carrie, dit Petrov, en se retournant. Je vous accorderai deux minutes supplémentaires.

Il s'assied.

— Il faudrait aussi que vous reculiez votre horloge de trois minutes, dis-je. Elle avance.

— Par rapport à quoi ?

— Ma montre.

— Et votre montre est réglée sur l'horloge nationale de Washington, D.C. ?

— Non, vous avez raison.

Je sais que lui accorder un point va éveiller son attention.

— Bien, dit Petrov. J'ai réglé mon horloge sur la

station de radio 1010 WINS, qui est plutôt fiable. Aucun de mes patients ne s'est plaint à ce jour.

Je me contente de hausser les épaules, tandis que j'étudie le tapis. Il doit comporter un million de couleurs. La couleur dominante est le jaune.

— Vous comprenez ? dit Petrov.
— Maintenant, cela fait six minutes.
— Qu'est-ce qui fait six minutes ?
— Vous venez de gaspiller une minute supplémentaire avec un argument stupide que je n'ai pas relevé. Vous aviez deux minutes de retard et votre horloge avance de trois minutes ; vous venez de gaspiller une minute. Cela fait six au total.
— Mais vous venez de m'accorder que c'étaient trois minutes, en réalité.
— Maintenant cela fait sept.
— Sept ?
— Nous arrêterons dans cinquante minutes. Commençons.

Il me regarde dans les yeux, semblant hésiter entre poursuivre cette dispute ou admettre que cela n'en vaut pas la peine.

— Huit, dis-je.
— Oh, par pitié.
— Je me sentais mal, ce matin, quand je me suis réveillée, lui dis-je, pour que les choses avancent.
— Et pourquoi vous sentiez-vous mal ce matin ?

— Parce que vous n'étiez pas près de moi.

Il a l'air surpris.

— Je plaisante. Je me sentais mal parce que j'ai un rendez-vous ce soir, une… soirée à laquelle je dois me rendre.

Je ne vais pas lui dire que je dois dîner avec Matt.

— Et je n'ai pas vraiment envie de parler de cette soirée. C'est une vague connaissance de l'université qui l'organise.

— Si vous ne voulez pas y aller, pourquoi y allez-vous ?

— Parce que cela fait partie de tout votre plan de socialisation de prouver que je peux le faire. Mais cela ne veut pas dire que je vais m'amuser.

— J'espère que vous passerez un meilleur moment que vous ne le pensez. Si ce n'est pas le cas, au moins, vous saurez que vous avez essayé.

— J'aurais juste préféré me réveiller heureuse, et pas malheureuse comme les pierres.

— Il faut dire qu'il n'y a pas beaucoup de choses que vous appréciez au quotidien, dit Petrov, donc lorsque l'unique sortie que vous avez à l'horizon est quelque chose qui vous fait peur…

— Exactement. De la peur. Je ressens de la peur. Une peur sans nom.

— Il faut que vous ayez davantage de choses prévues dans votre agenda pour combattre cette peur, dit-il. Vous savez, je viens de lire un livre (il jette un coup d'œil vers son bureau) ; je ne crois pas l'avoir ici, mais c'est un livre de développement personnel qui dit que nous devrions tous avoir au moins cinq projets à tout moment. Il peut s'agir d'un repas, d'un voyage, d'une fête, d'un rendez-vous… Il précise que, le cas échéant, vous devriez prévoir quelque chose de manière à ce que cette pensée vous remonte le moral. C'est une des raisons pour lesquelles vous avez votre liste des dix choses que vous aimez le plus : pour vous rappeler qu'il y a des choses dans la vie que vous aimez vraiment. Pas seulement des préoccupations intellectuelles.

— Mais certaines des choses sur ma liste ne sont pas évidentes, dis-je. Je ne peux pas rester assise à manger de la glace à la crème toute la journée. Je me sentirais grosse et pleine de bourrelets.

— Il existe des plaisirs sans inconvénients.

L'amour en est un, me dis-je. Si ce n'est qu'il ne s'achète pas à l'angle de la 77ᵉ Rue et de Lexington.

— Alors comment fait-on, si ce sont des plaisirs que l'on ne peut s'accorder en permanence ? m'enquiers-je.

— Eh bien, dit Petrov, il y a sûrement de petits plaisirs que vous apprécieriez, qui ne sont pas sur votre liste. Par exemple, hier matin, j'ai pris une douche, je suis allé dans ma chambre et j'ai mis une nouvelle paire de chaussettes qu'un... ami m'avait offerte.

— Votre compagne, dis-je.

— Ma compagne. Et c'était agréable de les porter. Elles m'allaient bien et complétaient ma tenue. Et je me suis dit, voilà une chose curieuse. C'est si agréable de porter une paire de chaussettes neuves, alors que je ne m'en achète pratiquement jamais. Je continue de porter les mêmes vieilles paires usées. Pourquoi est-ce que je n'achète pas plus de chaussettes ? Je peux me le permettre. Ce n'est pas si cher. Mais chaque jour, je fouille dans mon tiroir à chaussettes à la recherche d'une paire de vieilles chaussettes ternes qui vont à peine ensemble. Je pourrais facilement aller au magasin et m'acheter une vingtaine de paires de chaussettes. Personne en Amérique n'achète vingt paires de chaussettes. Nous achetons un paquet de trois paires, puis nous nous demandons tous les matins pourquoi nous avons un tas de chaussettes qui ne vont pas ensemble, au lieu de nous dire simplement : « Je vais m'acheter assez de paires de chaussettes pour en avoir une tous les matins », et même plus.

Je ne sais pas si j'ai mon mot à dire, dans ce domaine, mais ce type est-il en train de m'expliquer à moi comment je pourrais m'amuser ?

— Le problème, c'est que nous nous excluons nous-mêmes du bonheur, poursuit-il. Nous ne prêtons pas attention aux petites choses qui nous rendent heureux. A quand remontent vos derniers achats de vêtements ?

Je hausse les épaules.

— Rester dans une cabine d'essayage toute la journée à enfiler des vêtements me donne mal à la tête.

— Est-ce que vous n'aimez pas porter quelque chose de neuf, pourtant ?

— Si. Mais c'est un tel supplice.

— Et des chaussettes alors ?

— Cela fait longtemps que je n'ai pas acheté de chaussettes.

— Achetez des chaussettes.

— D'accord.

— Vous pouvez vous le permettre ?

— Oui.

— Bien.

— De la lingerie, ajouté-je. C'est encore plus agréable de porter de la lingerie neuve.

Le temps d'une seconde, Petrov me jette un regard que je ne lui ai jamais vu auparavant. Il a presque l'air affamé. Est-il en train de se demander quel genre de lingerie je porte ?

— Aujourd'hui, je porte de la lingerie de soie noire, et c'est très agréable. J'ai acheté cet ensemble parce qu'il était sur la table en vrac, donc je savais que je pourrais le prendre et partir. Je n'aime pas passer beaucoup de temps à regarder la lingerie, parce qu'il y a des enfants qui accompagnent leurs parents, et qui vous fixent du regard. Vous pourriez choisir ce déshabillé vaporeux avec de gros renforts doux et pleins pour vos seins, qui se lace autour du buste, et où l'on voit un peu à travers. Sauf que tout ce que l'on verrait à travers, c'est le petit Timmy qui vous zieute.

Petrov a l'air troublé. Je suppose que depuis que je lui ai parlé du Pr Harrison, il a dû m'accepter en tant qu'adulte, et maintenant je lui révèle le genre de lingerie que je porte. Je n'ai certainement pas la taille mannequin, mais un certain nombre d'individus, en particulier des hommes mûrs, ont apprécié mon apparence, par le passé. On m'a dit que j'avais l'air plus jeune que mon âge, et je suis déjà relativement jeune.

Je porte des lunettes, mais je n'ai pas de défaut physique majeur : pas de grand nez, ni d'oreilles pointues. J'ai les cheveux longs, bruns, et je suis mince, pour 1,65 mètre. Mon unique difformité est mon désir de vérité et de justice.

— Carrie, dit Petrov, en abaissant son stylo. Y a-t-il une raison qui explique ce goût soudain pour la provocation au cours de cette séance ?

— Non, dis-je. Ce doit être l'heure tardive.

— Bien, dit-il. Revenons à votre liste d'objectifs. Où en êtes-vous à ce sujet ?

La vie (pas) très cool de Carrie Pilby

— Je m'apprête à adhérer à une association et à me rendre à un véritable rendez-vous, dis-je. Ensuite, je pourrai passer à l'étape : « dire à quelqu'un que je l'apprécie » et au nouvel an.

— Vos sentiments ne doivent pas être sarcastiques, me rappelle Petrov.

— Je n'ai pas oublié.

Sur le chemin du retour, je m'arrête au café. Ronald le pingouin est occupé au comptoir. En regardant de plus près, je vois qu'il empile des gobelets métalliques les uns sur les autres, pour voir quelle hauteur il peut atteindre.

— Salut, dit-il en levant les yeux.

Puis il sourit.

— Tu avais peur que ce soit quelqu'un d'autre ? lui demandé-je.

— Mon patron, dit-il.

— Elle est haute, cette pile.

— J'ai fait mieux jeudi, dit Ronald. Je n'arrive pas à le refaire aujourd'hui.

— C'est peut-être à cause de la température ambiante. Ou de ce que contenaient les gobelets. Peut-être qu'ils ont été lavés à l'eau froide et que ça les a élargis.

— Nan, j'ai juste les doigts qui glissent.

Il s'essuie les mains.

— Hé, regarde qui vient là !

Derrière moi, se tient l'Homme au chapeau, alias Cy.

Nous parlons en même temps.

— J'ai vu…, dis-je.

— Vous…, dit Cy.

— Carrie habite dans le coin, dit Ronald à Cy.

— J'habite dans le coin, me dit Cy.

— C'est ce que j'ai entendu dire.

Nous parlons, et je découvre que nous n'habitons qu'à trois immeubles l'un de l'autre. Je ne peux m'empêcher de remarquer comme il a l'air propre sur lui, dans tous les sens du terme. Ses cheveux sont soigneusement peignés en arrière. Ses yeux sont d'un bleu étincelant. Ils sont si profonds qu'ils doivent receler beaucoup de choses.

— Est-ce que vous sortez parfois sur les escaliers de secours ? me demande-t-il.

— Pas souvent. Personne n'inspecte les escaliers de secours. J'ai peur, si je monte dessus, qu'ils s'effondrent, et alors comment pourrais-je m'enfuir en cas d'urgence ?

Ronald rit.

— Et si un feu démarre dessus ? dit-il. Tu aurais besoin d'un escalier de secours pour l'escalier de secours.

Ronald est un peu lent. Je parie que je pourrais obtenir un rendez-vous avec lui. Sauf qu'il n'est pas très intéressant.

La vie (pas) très cool de Carrie Pilby

— Comment ferais-tu pour jeter une poubelle ? demandé-je à Ronald.

Il rit.

— Il faudrait une poubelle de poubelles.

— Et si ton téléphone ne marchait plus ? demande Cy à Ronald. Comment appellerais-tu la compagnie de téléphone ?

Ronald sourit.

— J'appellerais d'ici.

Un vrai client entre, je les salue tous les deux. A peine sortie, je me sens stupide. Pourquoi ne suis-je pas restée à parler avec eux ? Parce que j'avais tellement peur de paraître idiote que je suis partie tant que je dominais la conversation. Stupide, stupide, stupide. Voilà comment je joue contre moi-même.

Petrov a raison : j'ai besoin de pratique dans les relations sociales. J'étais réellement au centre de l'attention de deux hommes, et je n'ai pas réussi à le gérer.

J'ai apprécié que Cy soit capable de parler à Ronald sans paraître condescendant. Il a vraiment l'air sincère et gentil.

Je me tourne vers la devanture et regarde à l'intérieur. Ronald parle à Cy, et Cy acquiesce aimablement, avec un sourire sur son visage.

Je pourrais peut-être trouver une excuse pour revenir et continuer à parler avec eux. Je tourne le dos à la vitre et je réfléchis.

La vie (pas) très cool de Carrie Pilby

Je sais. Je vais dire que j'ai oublié quelque chose. Un stylo. Je vais dire que j'ai oublié un stylo. Je fais mine de partir au coin de la rue, puis je reviens vers le café. Au moment où j'entre, Cy ramasse quelque chose sur le sol.

— Est-ce que c'est le vôtre ? demande-t-il en tenant un stylo.

Argh ! Je suis coincée.

Je regarde Cy, interloquée, et il me rend mon regard, en essayant de comprendre mon étonnement. Hors de question que je lui dise.

— Où l'avez-vous trouvé ? lui demandé-je.

Ronald répond :

— Il était par terre.

— Ah, dis-je en prenant le stylo. Merci.

Me voilà vraiment à court d'excuses. Zut. Pourquoi fallait-il qu'il y ait un stylo par terre ? Quelle était la probabilité que cela arrive ?

— Cy connaît mon petit cousin, me dit Ronald.

— Oui, dit Cy, je faisais du bénévolat dans un programme de théâtre pour les enfants, et il se trouve que son cousin y allait.

— Est-ce que ce cousin ressemble à Ronald ? demandé-je.

— Il n'a pas cette chance, dit Cy.

Ronald rit.

— Ouais, il aimerait bien me ressembler, dit Ronald.

La vie (pas) très cool de Carrie Pilby

Un autre client arrive, et je les salue de nouveau, car il faut que je rentre me préparer pour le dîner avec Matt. J'admire la manière dont Cy parvient à faire rire Ronald. Un type plein d'enthousiasme.

Quand l'heure arrive, je prends le métro vers le nord de la ville et j'arrive au Port Authority, d'où j'émerge pour remonter la Huitième avenue. Je n'étais pas venue dans ce quartier depuis longtemps. En dépassant la 42e Rue, je me souviens qu'ils ont remplacé les sex-shops par le plus grand cinéma, le plus grand resto mexicain et le plus grand magasin Disney jamais vus. Je suis censée retrouver Matt au resto mexicain, mais il me reste quinze minutes à tuer. Je continue de marcher et passe devant les types debout sur des cartons, en train de prêcher une sorte de judaïté afro-américaine que les passants ne se donnent jamais la peine de chercher à comprendre. Chaque fois que je passe devant, des touristes sont en train de discuter avec eux, sans savoir qu'une centaine de touristes s'arrêtent chaque jour pour faire de même. Je me dis que les prêcheurs de rue sont probablement une meilleure attraction touristique que l'Empire State Building, car tous ces touristes pensent qu'ils sont courageux et intelligents de s'arrêter pour débattre avec eux. Puis ils retournent ventre à terre à Shaker Heights, dans l'Ohio (patrie de trois membres de ma résidence en première année) se vanter auprès de leurs amis : « Biff a discuté avec ces types noirs à New York sur la religion. » Il est probable que les prêcheurs de rue apprécient qu'on discute avec eux, mais je crois avoir déjà mentionné que c'est souvent le cas avec les religieux.

J'aperçois un panneau publicitaire où il est écrit, en noir, « Pour être un parent efficace, vous devez travailler », puis en dessous, en blanc, « Pour être un parent efficace, vous devez rester à la maison ». Il y a un numéro vert écrit en petit dessous, trop petit pour que je puisse le lire. Je suppose que c'est celui du numéro d'urgence de Parental Catch-22. Ce serait plus utile s'il était assez gros pour que les gens puissent le lire.

Je passe maintenant devant un groupe de garçons qui jouent « Soul Man » sur des pots, des casseroles et des poubelles retournés. Certains de ces musiciens de rue sont si talentueux que je suis surprise qu'ils n'arrivent pas à gagner leur vie dans le circuit professionnel. Peut-être gagnent-ils plus d'argent dans la rue. Je me demande s'il est déjà arrivé qu'un sans-abri déclare l'argent qu'il a gagné dans la rue aux impôts. Voilà qui serait une personne honnête. Un saint. Je doute même qu'il existe quelqu'un d'honnête à ce point. C'est intéressant de se dire que dans notre monde, il y a des choses tellement honnêtes qu'on ne peut pas imaginer quiconque les faisant. Même s'il m'arrive de penser que le monde est dur pour moi en vertu des principes que je me suis fixés et auxquels je tiens, il y a des degrés d'honnêteté que je suis loin d'atteindre. Par exemple, si je faisais du baby-sitting, je ne le déclarerais probablement pas. J'imagine qu'il doit être difficile de rester honnête en toute situation. Je me demande si l'on pourrait prouver que dans certains cas la malhonnêteté pure et simple est une bonne chose. Cela ne devrait pas être possible, par définition, mais est-ce le cas ? Par exemple, dire à une femme à l'agonie qu'elle est jolie est malhonnête, mais nécessaire. Ou dire à quelqu'un qui a les cheveux coupés trop court que ça lui va bien. Ou prétendre que le borchtch de votre belle-mère est délicieux.

Et qu'en est-il des mensonges des parents ? Quid de tous ces parents qui parlent du Père Noël à leurs enfants ? Est-ce qu'ils ne mentent pas, et même, ne commettent-ils pas un péché ? Quatre-vingt-dix-neuf pour cent des Chrétiens ne sont-ils donc pas des pécheurs ?

C'est un mensonge. Cela revient à cautionner les faux témoignages.

Si bien que les parents chrétiens sont des pécheurs dès le début.

Il faut que j'arrête avec ça. Mais je veux absolument trouver la chose la plus honnête que quelqu'un pourrait faire. Je dirais que déclarer aux impôts l'argent que l'on trouve dans la rue est peut-être la chose la plus honnête. Pouvez-vous imaginer quiconque faisant cela ?

Je pourrais même en faire un numéro.

Elle est si honnête.

En quoi est-elle si honnête ?

Elle est si honnête qu'elle déclare l'argent qu'elle trouve sur le trottoir aux impôts. [Applaudissements.]

Je me demande si c'est comme ça que Johnny Carson s'y prenait.

Je reviens sur mes pas et me dirige vers le restaurant mexicain pour retrouver Matt. Je suis encore en avance de quelques minutes. C'est dur de tuer le temps, sauf lorsque vous rechignez à travailler, auquel cas il vous vient à l'esprit un nombre infini de choses que vous avez à faire. Peut-être est-il lui aussi en avance. Je vois que devant le restaurant, deux femmes et un homme attendent du monde. L'homme porte une sacoche noire en bandoulière. Il est plutôt petit, mais beau. Il a les cheveux raides, bruns. Il regarde dans ma direction, je souris avec hésitation, et il me rend mon sourire. Il marche vers moi en appelant :

— Heather ?

J'ai presque envie de lui dire : « Tu n'as rien de spécial. Tu n'as rien d'un tombeur. Pourquoi ne restes-tu pas avec ta copine ? » Mais malgré moi, je le trouve bourré de charme. Et agréable, immédiatement. C'est injuste.

— Je suis Matt, dit-il en me serrant la main.

Il fronce légèrement les sourcils.

— Vous avez faim ?

— Oui.

Nous entrons à l'intérieur.

— Où est-ce que vous travaillez ? demande-t-il en me jetant un coup d'œil.

Un serveur aux cheveux en bataille, qui n'a pas l'air un gramme mexicain, nous conduit vers une table.

Nous nous asseyons et nous dévisageons mutuellement. Il est beau. Sans être d'une beauté intimidante.

— Je suis relectrice juridique, lui répondé-je.

— Vous avez étudié le droit ?

— Non.

Je suis contente qu'il puisse me croire aussi âgée.

— Je relis des documents d'avocats, mais il suffit que je connaisse l'anglais ; je n'ai pas besoin de connaître le jargon juridique.

— Je suis sûre que vous excellez. Vous avez l'air d'être douée avec les mots.

J'accepte le compliment en silence. Notre serveur s'approche et Matt me demande si je veux boire quelque chose. Je lui réponds que je vais en rester à l'eau.

— Ce n'est pas pour être rabat-joie, dis-je.

— Pas du tout, dit Matt. En fait, je ne bois pas. Je suis un des rares.

— Vraiment ?

Matt hausse les épaules.

— Je n'ai jamais vu l'intérêt.

— Impressionnant. La pression pour s'y mettre est pourtant forte, à l'université.

— Je sais, dit-il. On m'a traité de tous les noms à ce sujet. J'ai mieux à faire que de me souler.

C'est drôle que certaines personnes se fichent réellement de ce que les autres peuvent penser. Ce sont ceux qui se sentent bien dans leur peau depuis leurs cinq ans. Je n'en fais certainement pas partie.

Le serveur nous apporte de l'eau puis s'éclipse.

— Donc vous travaillez dans la relecture juridique, dit-il. Où avez-vous fait vos études ?

— Près de Boston, dis-je.

— Boston... College ?

— Harvard.

— Oh, acquiesce Mark. J'ai fait Cornell.

J'imagine qu'il est intelligent.

— Une bonne école, rétorqué-je.

— Oui, contrairement à Harvard, rit Matt. Je suis surprise que quelqu'un de Harvard puisse lire les annonces personnelles du *Beacon*.

— Pourquoi ? Parce que nous devrions tous être occupés à résoudre le théorème de Fermat ?

— Le théorème de Fermat a été résolu en 1993, poursuit-il.

Je ris :

— D'ordinaire, je m'en sors avec ce genre de pirouette.

— Moi aussi, dit Matt. Vous avez du mal à rencontrer des gens intelligents ?

— Oui. Et vous ?

— Absolument, parfois.

— Et qu'en est-il…

Je m'interromps.

— Ma fiancée ? Shauna est intelligente.

Je ne peux pas croire qu'il prononce son nom alors qu'il dîne en tête à tête avec quelqu'un d'autre.

— Elle est intelligente, répète-t-il. Elle est allée à l'université de Binghamton, et tout. Mais je ne me sens pas en compétition, la majeure partie du temps. Je suis plus intelligent qu'elle. La plupart de mes amis sont aussi les siens. J'ai besoin de davantage… d'ouverture sur l'extérieur.

— C'est ce que vous disiez.

Matt rit, l'air embarrassé. Une gêne curieuse pour quelqu'un qui a publié une annonce racontant qu'il cherche à s'amuser.

Je l'imagine se réveiller aux côtés de Shauna, chaque dimanche, enfiler une chemise écossaise,

La vie (pas) très cool de Carrie Pilby

mettre une casquette de base-ball et sortir avec elle au café du coin pour bruncher. Alors qu'ils sont assis l'un en face de l'autre près de la fenêtre, un rayon de soleil illumine leur table et ils chahutent et redisposent les pots de sirop d'érable. En dégustant des œufs, du jus d'orange et des toasts, ils échafaudent des plans pour l'avenir. Puis ils grimpent dans la voiture de Matt et roulent vers la campagne pour aller voir ses parents à elle.

— Comment l'avez-vous rencontrée, si elle est allée à Binghamton ?

— Au lycée, dit Matt.

— Ouah ! dis-je. Vous n'avez rencontré personne d'autre à l'université ?

— On peut se sentir assez seul à Cornell. Shauna est venue me rendre visite à de nombreuses reprises. Cela m'a aidé. L'endroit est plutôt froid.

— Je vois.

— Vous y êtes déjà allée ? me demande-t-il.

— Non. J'ai entendu dire que le campus est superbe.

— Il l'est, dit Matt. Nous pourrions y aller un jour.

Le serveur réapparaît et me fait sursauter.

— Vous êtes prêts à commander ?

Matt fait mine d'acquiescer, puis il s'interrompt.

— Et vous ? demande-t-il.

— Je vais prendre... deux tacos.

La vie (pas) très cool de Carrie Pilby

— Bœuf ou poulet ?

— Bœuf.

— Je vais prendre des quesadillas avec du chor-i-zo, dit Matt, en prononçant le mot doucement.

— C'est noté.

Matt se tourne vers moi.

— Shauna déteste la cuisine mexicaine. Elle ne veut pas y goûter.

— Pourquoi ?

— Elle n'aime pas, tout simplement. Si bien que je ne peux jamais en manger. Alors que c'est ma cuisine préférée.

— Est-ce qu'elle boit ?

— Non. Enfin, parfois, on boit un petit peu de vin aux vacances. A Thanksgiving.

— La pression de la société pour boire est incroyable, dis-je. Même de la part des familles.

— C'est vrai, dit Matt. Et les gens ne veulent pas admettre que c'est une forme de pression sociale. Ce qui est curieux, c'est qu'ils se comportent comme si vous étiez anormal parce que vous ne faites pas ce qu'ils veulent, alors que vous n'avez exercé aucune pression sur eux.

— Oui ! dis-je. C'est vrai !

Je l'admire d'avoir remarqué cela.

— C'est drôle, quand même, dit Matt, en faisant tomber un bout de l'emballage en papier de sa paille de la table, tout le monde est accro à quelque chose. Certaines personnes ont une vie de famille épanouie, et elles sont accros à leur conjoint, à leurs enfants.

— Cela paraît logique. A quoi êtes-vous accro ?

Matt sourit.

— Aux défis, je crois.

— Ce n'est pas mal.

— Cela peut être bien, dit-il.

Il continue de m'observer. Je suppose que c'est un bon signe.

Un groupe d'adolescents bruyants, sans doute des lycéens, s'assied à la table voisine. Matt me lance un regard.

— Nous aurions dû nous installer dans une alcôve, dit-il.

— C'est ce que j'étais en train de me dire.

— Est-ce que je suis le seul, dit Matt, ou est-ce que vous trouviez aussi presque tout le monde déficient au lycée ?

— Oui, dis-je. En fait, ils étaient si déficients que si vous aviez employé le mot *déficients* devant eux, ils auraient crié : « Hou, le gros mot ! »

Matt éclate de rire.

— « Attention, gros mot ! » Je me souviens de cela. Les profs étaient nazes, aussi. Bon, certains étaient passables. Deux de mes anciens profs vont venir à mon mariage.

J'ignore ce merveilleux détail embarrassant.

— Je suis sûre que vos professeurs vous adoraient.

Matt prend un air penaud.

— Eh bien, dit-il, ils ne me détestaient pas.

— Etiez-vous le premier de la classe ?

Matt acquiesce.

— Et vous ?

— La première.

Un des adolescents à la table voisine traite un autre de « pauvre blaireau », sans que je sache ce que cela veut dire, et j'adresse à Matt un regard confus.

— Il m'a eu, dit Matt. Nous disions « abruti ».

— Nous avions un élève dont le nom de famille était Abruti. Mais il s'en fichait, parce qu'il était mignon. Il avait de la chance.

— Il avait surtout de la chance que son prénom n'ait pas été Brutus ou quelque chose du genre, ajoute Matt.

— Mais si.

— C'est cela ?

— Vraiment.

Matt sourit.

— Je vais devoir me rendre chez vous pour vérifier sur votre photo de classe.

Pourquoi est-ce si facile avec quelqu'un qui est déjà pris ? Suis-je condamnée à devoir jouer les numéros deux ?

La vie (pas) très cool de Carrie Pilby

— Au lycée, dit Matt, est-ce que vous deviez choisir une citation à écrire sous votre photo de classe ?

— Ah, vous voulez dire notre citation préférée ? Non. Nous n'avions pas cela.

— Nous, si. Mes camarades de classe mettaient tous des paroles de chanson. Je suis le seul à avoir cité un philosophe. La fille à ma gauche avait choisi un extrait de « Don't Worry Be Happy », et la fille à ma droite, « Paradise By the Dashboard Light ».

Nous picorons dans nos assiettes. C'est à la fois épicé et salé, mais je goûte à peine. Je suis nerveuse et excitée à la fois.

Soudain, Matt me regarde et me demande :

— Quel est votre mot préféré ?

Voilà une grande question. Personne ne m'a jamais demandé cela.

— Eh bien, euh… ce n'est pas un mot, mais une expression, dis-je : fraude par tirage à découvert.

— Fraude par tirage à découvert ?

Il fronce les sourcils, mais je devine qu'il est intrigué.

— Oui, ça veut dire ce que ça veut dire. C'est une incroyable métaphore.

Il répond :

— Je devrais le savoir, mais de quoi s'agit-il exactement ?

— Oh. C'est, quand vous payez un chèque avec un autre, puis vous payez ce chèque avec un autre,

La vie (pas) très cool de Carrie Pilby

puis ce chèque avec un autre, et vous gardez l'argent en circulation sans jamais réellement le posséder. Les chèques se multiplient, mais ce ne sont que des bouts de papier sans valeur, des chèques sans provision. C'est cool.

— C'est cool, en effet, dit Matt.

— Et vous, quel est votre mot préféré ? lui demandé-je.

— Saperlipopette, dit-il. C'est un mot amusant.

— Et d'où vient-il ?

Il réfléchit.

— Je ne sais pas. Il faudrait que je regarde.

Comptez sur moi pour chercher.

Il commande un dessert à partager — de la glace caramélisée avec des rondelles de bananes frites. Matt dit qu'il ne peut jamais prendre de dessert quand il est avec Shauna parce qu'elle a peur de grossir.

— Elle est un peu dérangée, dit-il.

— Visiblement pas assez.

— Pas assez dérangée pour quoi ?

— Pour que… vous la quittiez.

Il me regarde.

— C'est un détail de rien du tout, dit-il. Il y aura toujours des choses que vous n'aimez pas, chez quelqu'un. A vous de faire la part des choses entre ce qui est assez insignifiant pour être ignoré, et le reste.

La vie (pas) très cool de Carrie Pilby

— Ah.

— Par ailleurs, c'est sûrement une bonne chose qu'elle essaie de rester mince. Je veux dire, je ne vais pas m'en plaindre.

J'ignore s'il plaisante ou pas.

— Vous n'avez pas peur de rencontrer quelqu'un que vous pourriez aimer davantage ? m'enquiers-je. Vous êtes encore jeune.

— J'ai rencontré des filles à droite à gauche, dit Matt. Je n'ai aimé aucune d'entre elles davantage. Et puis ce n'est pas aussi simple que cela. Peut-être que je râle ou que je me plains, mais ne vous méprenez pas. J'aime profondément Shauna. Elle est douce. Elle est incroyablement prévenante avec les gens. Si un sans-abri venait nous demander de l'argent dans la rue, elle lui en donnerait tout de suite ou bien passerait dix minutes à lui expliquer pourquoi elle ne peut pas.

Il reste un petit monticule de glace à la vanille sur notre assiette, avec des filaments de caramel fondus dessus. Aucun de nous deux ne veut être celui qui avalera la dernière bouchée.

— Je sais que ce n'est pas ce que vous aviez envie d'entendre, dit Matt. Des compliments sur Shauna.

— Non, dis-je. Je cherche juste à comprendre. Comme ça je saurai comment me comporter, si je rencontre quelqu'un un jour. Je veux savoir comment vous savez qu'elle est celle avec qui vous devez vous marier. Surtout si vous êtes toujours capable d'éprouver des sentiments pour d'autres personnes.

— Disons que quand je m'imagine dans vingt ans, c'est nous que je vois, dit-il.

— Et si vous rencontrez quelqu'un dont vous tombez follement amoureux l'année prochaine ? demandé-je. Après vous être marié ?

— Et si ce n'est pas le cas ? dit-il. Elle ne va pas m'attendre éternellement et j'ai envie de certaines choses. Je pourrais attendre d'avoir quarante ans, la perdre et ne jamais fonder de famille. Or j'en ai envie depuis toujours. Et j'ai toujours pensé qu'elle et moi pourrions fonder une famille ensemble. Ce qui ne veut pas dire que je n'ai pas de besoins.

Des besoins. J'en ai aussi. Et si Matt et moi sortions ensemble de temps en temps ? Sauf que si je l'apprécie, je vais avoir envie de parler avec lui, de lui confier mes problèmes et d'écouter les siens. Sauf, il raconte déjà les siens à Mlle Sensible tous les jours. Donc il n'a pas besoin de quelqu'un d'autre pour cela. L'unique raison pour laquelle il a besoin de quelqu'un, c'est, somme toute, pour « ses besoins ».

Ou alors il faudrait que j'arrive à le convaincre qu'il serait mieux avec moi. Moi aussi, je peux parler aux sans-abri, n'est-ce pas ? Je peux même sortir et en dégoter un immédiatement.

La vie (pas) très cool de Carrie Pilby

— Que fait-elle ? dis-je, en prenant la moitié de la dernière cuillère.

— De la pub, du graphisme, me répond Matt. Elle a travaillé pour une agence publicitaire pendant cinq ans, et aujourd'hui, elle est indépendante. Je suis très fier d'elle. Elle trouve que c'est dur, par contre. C'est difficile de trouver le premier client. Ses parents l'aident en lui prêtant de l'argent.

— Mais vous allez subvenir à ses besoins, n'est-ce pas ?

Il sourit.

— Oui.

Après que Matt a payé et que j'ai donné le pourboire, il dit :

— Donc est-ce que nous pourrions nous revoir ? Je sais que la situation est étrange, mais j'aimerais vous connaître davantage, si vous êtes d'accord avec les conditions. Je veux dire, j'aimerais beaucoup.

— Bien sûr, dis-je.

Il me tend sa carte de visite. Je sais que, avec son nom de famille, je peux le retrouver, ainsi que sa petite amie.

Mais je ne sais pas si je veux le démasquer tout de suite. Est-il possible que quelqu'un qui trompe sa fiancée ne soit pas un horrible personnage ? Et si c'était vrai, que ce qu'elle ne sait pas ne la blesse pas ? Peut-être vaut-il mieux que je lui épargne cela. Je ne serai sûrement pas la dernière avec qui Matt va faire cela. Je suis même peut-être la première d'une longue liste. S'il s'apprête à le faire maintenant, il le fera certainement encore dans dix ans. Il va évoluer à travers différentes relations dans sa vie, exactement comme un type qui papillonne. Et même si ce n'est pas évident, il trouvera toujours des femmes pour le faire. Elles seront comme moi, c'est-à-dire qu'elles sauront qu'il est difficile de trouver quelqu'un d'aussi intelligent et prévenant que Matt, et accepteront le fait que, bien sûr, il a rencontré une fille dans sa jeunesse et n'allait pas nous attendre, si bien que nous ne pouvons que jouer les numéros deux dans sa vie.

Si je révélais ses agissements à Shauna, ils se disputeraient probablement puis raccrocheraient les wagons. Je me demande si cela inclurait une promesse de ne jamais recommencer, de sa part. J'ignore si Matt serait capable de promettre une telle chose. Il serait peut-être honnête. Ou bien elle pourrait décider de rompre. Quoi qu'il en soit, il ne me parlerait plus jamais.

Pourquoi est-ce que cela m'ennuie ? Bon, je dois l'admettre, j'ai apprécié cette soirée en sa compagnie. Il est brillant et sympathique, et je ne me suis pas sentie nerveuse ou embarrassée à ses côtés. En plus, il a eu l'air de m'apprécier. L'expérience ne peut pas faire de mal. Je ne suis pas encore prête à renoncer à le voir.

La vie (pas) très cool de Carrie Pilby

Y ai-je pris trop de plaisir ? Je refuse d'être si facilement tentée de faire quelque chose de mal. Il n'est pas honnête. Aussi charmant soit-il, il doit payer pour ses actes.

Je rentre perdue dans mes pensées, ne reprenant pied avec le monde qu'en sortant du métro près de mon immeuble, lorsqu'un froid glacial me saisit.

Quand j'arrive chez moi, je trouve un message de Matt disant qu'il voulait juste me redire qu'il avait passé un très bon moment et me rappellerait bientôt. Il a dû appeler de son portable juste après que je l'ai quitté. Même David ne m'a jamais appelée juste après un rendez-vous pour me dire qu'il avait passé un bon moment. Pourquoi n'ai-je pas rencontré quelqu'un comme ça à l'université ? Je peux accepter à la rigueur de ne pas avoir rencontré quelqu'un comme lui au lycée. Même si c'est arrivé à Shauna.

Il faut vraiment que j'aille à cette soirée-rencontre du Club de Harvard. Il y aura sûrement des jeunes gens intéressants aptes à me détourner des relations impossibles.

Je suis aussi censée sortir avec Kara vendredi, et je devrais recevoir quelques réponses à mon annonce personnelle d'ici là. Dont au moins une qui vaudra la peine, j'espère.

La vie (pas) très cool de Carrie Pilby

Je ne peux plus rester chez moi sans rien faire. Je vais sortir d'ici et être la Shauna de quelqu'un avant que ce soit trop tard et que ce tête-à-tête avec moi-même dure toute la vie.

7

Vendredi après-midi, six heures avant mon rendez-vous avec Kara à la discothèque, j'appelle le 900 pour connaître les réponses à mon annonce.

Je m'assieds à mon bureau avec un carnet pour noter les informations.

— Vous avez cinq messages, m'informe la voix enregistrée.

Ce qui n'est pas mal. A condition qu'ils existent en vrai.

— Alors, quoi de neuf ? dit le premier.

Ah, non. J'ai dit que j'accepterais de sortir avec n'importe qui, mais déjà, là, je ne peux pas.

— Je m'appelle Jimmy et je mesure 1,77 mètre pour 84 kilos, je suis brun aux yeux marron. Je cherche une fille sympa, mignonne, chaleureuse [il prononce châleurôse], qui aime danser, écouter de la musique, s'amuser. Si ça te dit, tu peux m'appeler au 718…

J'appuie sur le bouton pour passer au prétendant suivant.

La vie (pas) très cool de Carrie Pilby

— Salut, je m'appelle Michael. Je ne réponds pas à ce genre d'annonces, d'habitude.

Voilà qui est encourageant.

— Mais votre annonce a attiré mon attention. Que vous dire. J'habite dans le Queens, je suis dans la vente…

Probablement Dunkin' Donuts.

— Je viens d'une famille nombreuse, j'aime jouer au tennis et je bois beaucoup de café.

Je veux des chiffres.

— J'aime aller au cinéma et passer du bon temps. En tout cas, vous avez l'air sympathique. Peut-être pourrions-nous discuter davantage. Appelez-moi. 718…

Je note son numéro. Même si nous n'avons pas grand-chose en commun, il a l'air normal. C'est un critère assez triste : il n'a pas l'air d'un psychopathe, donc je vais sortir avec lui. Toujours est-il que Michael est le célibataire numéro un.

Je passe au suivant.

— Bbbonjour, je m'appelle A-Adam et, euh, je crois que jjje réponds à vos critères. Je suis allé à l'université T-Tufts, près de B-Boston, et je ne connais pas mon QI, mais j'ai eu 1280 points aux examens d'entrée. P-Pas mal, non ? J'ai vingt-deux ans et je vvv-iens d'emménager d-dans la ville.

J'ai envie de raccrocher. Et je m'en veux. Ce type est intelligent, donc, quel est le problème ?

La vie (pas) très cool de Carrie Pilby

De toute évidence, je suis aussi superficielle que tous les autres. Il bégaye et donne l'impression de postillonner quand il parle. Je suis tentée de le rejeter exactement comme les gens me repoussent parce que je ne suis pas une fêtarde ou parce que j'ai des principes moraux. Est-ce que c'est juste ?

Non.

Et pourquoi faudrait-il que sortir avec quelqu'un soit juste ? Je suis fatiguée de me sentir décalée, et si la première personne avec qui je sors est également bancale socialement, je n'en serai que plus marginale. Est-ce que je ne mérite pas, pour une fois, d'être du côté des gagnants ?

Néanmoins, je dois à A-Adam de lui donner sa chance. Je vais m'en tenir à mon code moral. Ne pas juger les gens sur des critères superficiels est un point fondamental.

— Je-euh-je sais que vous n'avez pas posé de questions sur l'apparence, ce qui explique sans doute pourquoi j'ai tant apprécié votre annonce…

Soit. Adam n'est pas superficiel, et il a réellement lu l'annonce. Un point pour lui.

— Mais pppour votre information, je mesure 1,75 mètre et j'ai les cheveux bruns ondulés. Ma m-mère pense que je suis mignon.

Un point pour l'humour.

— J'aime le cinéma, d-dîner dehors, mais pas vraiment aller en b-boîte, et j'adore discuter. J'espère vraiment avoir de vos nouvelles. Ah, je l'ai peut-être déjà dit, mais mon nom est Adam. Bref… euh… oui. Je suis mieux en personne, si tu acceptes de me rencontrer. Mon numéro est le 212…

Bon. Entre ces deux types, j'aurai forcément un rendez-vous. Ils ont l'air assez désespérés. De quoi m'inquiétais-je ? Et il en reste deux.

J'appuie sur le bouton pour passer au suivant.

— Salut, H-Heather. M-mon nom est A-Adam. Je v-viens juste de laisser un message, mais je crois que j'ai été trop l-long, j'ai été coupé, et je ne sais pas si tu l'as eu. Enfin, d'ordinaire, je ne suis pas aussi impulsif. Hé, hé. C-ce que je di-disais, c'est que j'espère te rencontrer…

Je passe à la dernière annonce.

— Bonjour, je sais que vous allez penser que c'est inhabituel, mais vous n'avez pas précisé d'âge dans votre annonce, alors peut-être pouvons-nous au moins être amis. Je m'appelle Don, j'ai quarante-six ans, et je possède deux ou trois magasins d'informatique en ville. Je ne me souviens plus de mes scores, mais je ne m'en tire pas mal quand je regarde La Roue de la fortune. Je cherche tout simplement une dame à sortir, avec qui passer du bon temps. J'aime l'opéra et les choses raffinées, et j'aimerais dépenser mon argent avec une dame classe comme vous. Donc appelez-moi.

Je raccroche. Quelque chose à propos du mot

La vie (pas) très cool de Carrie Pilby

« dame » me gêne. Je sais qu'il n'est pas politiquement correct de dire « fille » de nos jours, mais « femme » me fait penser aux tableaux de statistiques dans les brochures qui nous étaient distribuées en éducation sexuelle en primaire, et qui s'intitulaient « Ton corps et toi ». Et « dame » est encore pire. Il devrait y avoir des tranches d'âge. « Fille » convient de un à trente ans. « Femme », entre trente et un et cent ans. « Dame » convient de quarante à cent ans, si elle travaille dans un casino.

Je crois que j'ai assez travaillé pour aujourd'hui. J'ai envie de ranger les numéros et de remettre tout cela à plus tard.

Je continue de penser à Matt. Il avait l'air mieux que tous ceux-là. Je dois avouer que j'ai envie de le revoir.

Je prends mon dictionnaire pour chercher son mot préféré. « Saperlipopette. » Il indique que cette expression à la forme diminutive viendrait plutôt du flamand saperloot, un juron synonyme de De Drommel, que l'on peut traduire par « diable ! » ou « diantre ! ». Je l'ai déjà entendu dire dans les vieux films. C'est vraiment cool. J'aimerais en parler à Matt. Mais je sais qu'il ne faut pas.

Michael ou A-Adam des petites annonces sont peut-être tout aussi intéressants. Ça vaut le coup d'essayer. Je tape donc *67 sur mon téléphone pour préserver mon intimité, puis je rappelle les deux.

Bien évidemment, aucun n'est chez lui puisque j'appelle pendant les heures de bureau. Je ne laisse pas de message. Je ressaierai plus tard.

Le soir, je ne sais pas trop comment m'habiller pour rejoindre Kara en discothèque. Il est hors de question que je m'habille comme les filles qui sortent en boîte : elles portent des vêtements si fins qu'elles gèlent. Elles passent leur soirée à marcher courbées en avant, les bras croisés. Je porterai des vêtements chauds et pas sexy.

Quand j'arrive à la discothèque, l'endroit est sombre et bondé. Je me sens nerveuse, mais juste à ce moment-là, j'aperçois Kara, alias Déviation de la cloison nasale, qui m'attend à l'angle de la rue.

— Traci m'a laissée tomber, dit-elle. Elle est barjo. J'en ai marre des gens comme ça. Allons en haut.

Nous devons nous déplacer en file indienne tellement il y a de monde. J'ai peur de perdre Kara, mais elle se retourne régulièrement vers moi. Tant mieux. Tout le monde a l'air grand, et beaucoup de gens sont vêtus de noir. A l'étage, l'atmosphère est plus calme, et une étrange lumière bleue imprègne tout, traversée par des volutes de fumée de cigarettes. Les tables sont éclairées par de petites bougies rouges. A l'une d'elles, un homme enserre les mains d'une femme au centre de la table, en la regardant dans les yeux. Ils ne disent rien. Ils sont soit éperdument amoureux, soit complètement souls. Si tant est qu'il y ait une différence entre les deux.

Kara s'assied, ouvre une pochette d'allumettes et en gratte une. Un grand serveur noir au crâne rasé s'approche et se penche vers nous.

— Que prendrez-vous, mesdames ?

Kara me regarde.

— Je vais prendre un Cosmopolitan, dit-elle.

Devant mon silence, elle ajoute :

— Un Sex on the Beach vierge.

— Qu'est-ce qu'il y a dedans ?

— Tu vas aimer.

Elle secoue l'allumette pour l'éteindre et tire une bouffée sur sa cigarette.

— Je suppose qu'il existe une version sans alcool, mais quel sens ça a, un « Sex on the Beach » vierge ?

Je hausse les épaules.

— Comment ça va chez Dickson et Monroe ?

— C'est la fête, dit Kara, avant d'éclater de rire.

— Je n'aurais pas dû demander.

— Non, mais j'admire ton optimisme, dit-elle en jetant un regard à la ronde. Pas de mecs mignons ce soir. Ni de filles.

— J'ai rencontré quelqu'un hier.

— Fille ou garçon ?

— Un type. On a dîné ensemble. Je ne sais pas trop quoi penser. Il... en pince encore pour son ex.

— Oublie, dit Kara. Tu ne feras jamais le poids. Et ne le crois pas non plus s'il essaie de dire qu'il veut rester ami avec elle.

Le serveur apporte nos boissons.

— Le type avec qui j'ai dîné ne boit pas du tout, dis-je.

— Un taré, dit Kara.

Elle renverse son verre par mégarde, puis le redresse.

— Comme tu peux le constater, dit-elle, j'ai déjà commencé à boire.

Je me retourne pour regarder le couple qui se fixait des yeux. Je réalise soudain que l'un d'eux porte une bague. Est-ce une alliance ? Le type remarque que je les observe, si bien que je détourne le regard. Je demande à Kara :

— Qu'est-ce que tu penses des gens qui sont infidèles ?

Elle secoue la tête.

— Je trouve ça minable, les tromperies.

— Tu es contre ?

Elle fait tomber la cendre de sa cigarette dans un cendrier marron clair.

— Non. J'ai l'esprit large, comme tu le sais, mais les infidèles sont les derniers des derniers. Je veux dire, comment peut-on justifier cela ?

Je me contente de hausser les épaules.

— Si tu veux être infidèle, ne te marie pas. N'aie

pas de petit copain. Personne ne te braque un flingue sur la tempe. Les personnes qui se plaignent à propos de leurs moitiés me rendent malades. Personne ne te force à te mettre en couple.

Je suis surprise. Même les gens comme Kara, qui semblent défendre à peu près tout, n'en ont pas moins des règles avec lesquelles ils jugent les autres. Je suppose que respecter certaines règles morales leur donne bonne conscience, même s'ils en méprisent un paquet d'autres.

— Tu sais comment savoir si une fille sort avec quelqu'un ? me demande Kara.

— Non.

— Demande-lui si elle connaît le deuxième prénom du type.

— Ah ?

— Ça marche à tous les coups. Quand les gens sont amoureux de quelqu'un, ils veulent toujours connaître leur deuxième prénom. Surtout les femmes. Les hommes, moins. Les femmes veulent toujours connaître les autres prénoms des hommes avec qui elles sont pour pouvoir ensuite les taquiner. Quel était le second prénom de ton prof d'anglais ?

— Lance.

— Tu vois ?

Je souris.

— Tu dois avoir raison.

— Tu lui as demandé ?

— Son deuxième prénom ? Je suppose.
Elle rit.
— Une fois je sortais avec un type, et j'ai découvert que son second prénom était Seymour. Ça m'a coupé tous mes effets. Depuis, je ne pose plus la question.

Elle dispose deux pochettes d'allumettes en forme de tipi. C'est marrant de voir ce que les gens font avec du papier quand ils n'ont rien d'autre à faire.

— Ce type que tu as rencontré hier, demande Kara, tu as couché avec ?

— Non, dis-je.

— Tu en as envie ?

— Je… je ne sais pas.

— Souviens-toi, dit Kara en me montrant son nez. Déviation de la cloison nasale.

— C'est noté.

— Mais tu n'es jamais pressée de le faire, n'est-ce pas ? dit-elle. Tu n'es sortie avec personne depuis le professeur… c'est quoi son nom ?

— David. Harrison.

— Comment fais-tu ? Ça remonte à plusieurs années.

Je hausse les épaules.

— Je suis asexuelle, je suppose. Je ne suis pas obsédée par ça.

— Tu n'as rencontré personne depuis dont tu

aies eu envie d'arracher les vêtements pour grimper dessus ?

— Non. Et beaucoup trop de gens font ça. Si on fait ça juste pour le faire, qu'est-ce que cela veut dire ?

— Pourquoi faut-il qu'il y ait un sens ?

— Parce que… il faut.

Kara attend la suite.

— Parce qu'on peut attraper des maladies. Parce que ça réduit cet acte à rien du tout. Et on peut toujours tomber enceinte à cause de ça. C'est immoral, en plus. Pas seulement dans la Bible, et je ne suis pas croyante, de toutes les façons.

Un type qui trébuche le long du mur cogne dans ma chaise, puis continue à marcher. La musique en bas diminue un peu.

Kara hausse les épaules.

— Tu as dit que tu étais asexuelle. Mais alors, si tu ne ressens pas le besoin de faire des choses, comment sais-tu si tu es vraiment morale ?

— Si j'en ressentais le besoin, j'essaierais de me contrôler.

Kara secoue la tête.

— Tout dans ce monde est régi par les émotions, ou les degrés d'émotion. Si tu avais une libido plus développée, tu ne penserais pas que les gens sont obsédés par le sexe.

— Peut-être. Peut-être pas.

La vie (pas) très cool de Carrie Pilby

— Que dis-tu de cela ? poursuit-elle. Il paraît censé d'agir en respectant la logique, sauf que personne en ce monde ne le fait. Personne. Peu importe ce que les gens disent. Si nous réfléchissions à tout et que nous agissions en fonction de nos conclusions, le meurtre n'existerait pas. Pourquoi est-ce qu'un type tue, vole ou viole ? Parce que son instinct ou son désir de le faire le dépasse. Il ne pense pas que c'est bien. Bon, dans certains cas, il le pense peut-être, mais généralement, il sait au fond de lui que c'est mal. Il y a certaines choses élémentaires que nous faisons qui sont dépourvues de sens. La prochaine fois que tu ressentiras une envie pressante de faire quelque chose, même un truc dérisoire, comme allumer la radio, interdis-toi de le faire. Vois ce que tu ressens. Peut-être que tu pourras t'en empêcher quelques secondes. Mais si tu as vraiment très envie d'écouter la radio, tu ne pourras pas t'en empêcher très longtemps. Maintenant, il y a certaines choses pour lesquelles nous avons heureusement développé une aversion morale, si bien que nos pensées s'intègrent à nos émotions. Nous trouvons que tuer quelqu'un sans raison est non seulement cruel et immoral, mais aussi répugnant. Si je te dis que je vais écraser un bébé, tu auras une réaction viscérale. Tu n'aurais pas besoin d'y réfléchir mathématiquement pour me dire que c'est mal. N'est-ce pas ?

— Non.

La vie (pas) très cool de Carrie Pilby

— D'où est-ce que cela vient ? De la socialisation ? Peut-être. Ou bien ça fait tout simplement partie de nous. Nous avons tous des instincts différents. Certains de nous adorent cuisiner. D'autres adorent nager. Nos différences contribuent à faire tourner le monde. Certains d'entre nous ont des besoins sexuels incontrôlables. Certains d'entre nous peuvent vivre sans. D'autres sont attirés à la fois par les femmes et les hommes. D'autres encore ne sont excités que par les jeunes garçons.

— Es-tu en train de dire que c'est bien ?

— Pas du tout, réplique-t-elle. Parce que ce n'est pas juste pour les enfants. Mais pense une seconde à celui qui n'est excité que par les jeunes garçons. Que se passe-t-il si c'est vraiment la seule chose qui l'excite sexuellement au cours de toute sa vie ? Imagine quelqu'un qui doit passer quatre-vingts ans sur terre sans satisfaire aucune sorte de désir envers quelque chose qui l'excite. Et crois-moi, être excité, et vraiment satisfaire cet élan, c'est la plus extraordinaire expérience intersidérale qui soit au monde. Que faire si, tel que tu es, la seule chose susceptible de t'emmener vers ces hauteurs est interdite ? Que peux-tu faire ?

Je ne sais que répondre à cela.

— Aller voir un conseiller ? Peut-être. Si la seule chose qui t'excite est quelque chose qui peut blesser une autre personne, oui. Cependant, quelqu'un qui abuse sexuellement les enfants, dans notre société, est considéré comme la plus basse catégorie d'être humain imaginable. Le genre pour lequel aucune âme n'éprouve de compassion.

— Alors que toi, oui.

Elle secoue la tête.

— Non.

— Donc… je ne vois pas où tu veux en venir.

— Je veux dire qu'il y a des situations où les instincts peuvent blesser des personnes innocentes, et que nous devons y prêter attention, mais il y a aussi toutes les situations intermédiaires. Et il arrive parfois que les principes moraux ne puissent pas tout gouverner. Comme l'ancien « attends de te marier pour coucher ». Comment peut-on reprocher aux gens de vouloir se faire du bien ?

Les couvertures de différents journaux new-yorkais sont encadrées sur les murs du bar. L'une d'elles montre les Yankees qui remportent le championnat. Il y a une photo des astronautes qui se sont posés sur la Lune. Il y a aussi la couverture d'un journal espagnol avec une photo de Mike Tyson lors de son procès pour avoir arraché un bout d'oreille de son adversaire.

— Je ne sais pas, dis-je.

— Dis-moi, dit-elle. Dis-moi une chose qui t'excite vraiment.

Je suis lasse que les gens m'interrogent sur ma vie

sexuelle et mon intimité. Comme si je leur devais quelque chose.

— Pas forcément quelque chose de sexuel, poursuit Kara. N'importe quoi. Pourquoi te lèves-tu le matin ?

Je réfléchis.

— Je ne me lève pas, dis-je.

Un sourire éclaire son visage.

Elle se penche vers moi. Elle a un nez mutin. Mutin est l'unique manière de le décrire.

— Est-ce que tu n'aimerais pas ouvrir les yeux le matin, chuchote-t-elle, avec une bonne raison pour décoller ta tête de l'oreiller ?

Le volume de la musique au rez-de-chaussée augmente.

— Comme quoi ?

— Comme une envie monstrueuse et irrépressible que tu n'arrives pas à contrôler.

Elle me fixe du regard une seconde, puis se mord les lèvres.

— Réponds à ma question. Dis-moi quelque chose qui t'excite réellement… Pas sur le plan sexuel. Simplement des choses que tu aimes.

Je pense à ma liste de dix points pour Petrov.

— Les étoiles de mer. Le soda à la cerise.

— Bien, dit-elle. Et si je te disais que tu ne pourras jamais plus voir d'étoile de mer, ni boire de soda à la cerise. Que se passerait-il si ça devenait subitement immoral ?

— Tu fais comme si j'avais dit que les gens ne doivent pas avoir de rapports sexuels. Si on est prudent à ce sujet, et qu'on ne blesse personne, ni ne trompe personne, alors je ne le condamne pas. Si tu bousilles ton corps, ce que la société paiera plus tard, ou que tu exerces une pression sur d'autres personnes pour qu'elles fassent ce que tu veux en abaissant les critères pour tout le monde, alors il y a un problème.

— Tu dis pourtant que les gens sont trop obsédés par le sexe, réplique-t-elle. Alors penses-tu que nous sommes aussi obsédés par la nourriture ? Ou par le sommeil ?

— Etre obsédé par le sommeil ne blesse personne.

— Le sexe, si ?

Je sais qu'il y a une réponse à cela, mais elle ne me vient pas à l'esprit.

— Non, dit Kara. Si ça se passe entre adultes consentants, ça ne blesse personne.

— Si tu transmets une maladie à quelqu'un...

— Alors oui. A part ça, non. On ne devrait rien faire qui blesse d'autres êtres humains, je suis d'accord avec toi. Mais il faut éprouver du plaisir, pendant nos quatre-vingts ans de vie, même si cela offense les gens qui se raccrochent à des principes

La vie (pas) très cool de Carrie Pilby

qui datent de l'époque victorienne, lorsque les gens croyaient des choses erronées comme le fait que la masturbation faisait pousser des poils dans la paume de la main ou que Dieu s'oppose à ce que nous grimpions aux rideaux. Tu ne crois pas en Dieu. Si c'était le cas, les arguments seraient différents, parce que tu dirais que tu crois en la Bible et que la tentation vient de Satan. Sauf que tu ne crois pas en Satan. Tu crois en la réalité.

— Satan ? dit un type qui se tourne vers nous.

Il lève sa main en imitant les cornes avec l'index et l'auriculaire, puis sourit et se remet à manger.

Kara lève les yeux au ciel.

— Tu veux aller ailleurs ? Je veux dire, je sais que je t'ai complètement offensée…

— Non, je suis contente de parler de tout ça avec toi.

— J'accepte une partie ce que tu me dis, dit-elle. Je ne suis pas d'accord sur tous les points, mais j'apprécie que tu veuilles en parler avec moi. Je pense juste que tu devrais vivre un petit peu, arrêter de te fixer des barrières aussi rigides. Tu te sentirais mieux.

Kara se lève, paie le serveur alors que j'avais proposé, et j'enfile mon manteau. J'enroule mon écharpe autour de mon cou. Kara la regarde.

— C'est une belle écharpe, dit-elle.
— Merci.

La vie (pas) très cool de Carrie Pilby

— Elle a dû couter cher.
— C'est un cadeau de mon père.
Nous descendons l'escalier puis sortons.
— Tu t'entends bien avec lui ? demande Kara.
— Pas mal, dis-je. Je ne le vois pas beaucoup. Il est en Europe en ce moment.

Je n'ai pas envie de déballer toute mon histoire familiale.

— Tu parles à tes parents ?
— Non, dit-elle. Sans vouloir… euh, je n'essaie pas d'attirer ta compassion, mais je ne leur parle plus depuis l'université. Ils n'ont fait que m'utiliser l'un contre l'autre, et j'ai finalement décidé qu'ils se méritaient mutuellement plus qu'aucun d'entre eux ne me méritait. Ils n'ont même plus voulu payer mes études au bout d'un moment. Je ne leur parle plus. C'est dur pendant les vacances, mais d'une certaine manière, c'est plus facile.

— J'ai aussi passé des vacances sans parents, dis-je.

Elle sourit.

— Peut-être que la prochaine fois, nous pourrions organiser une fête et réunir quelques orphelins de notre genre.

Il fait froid dehors, mais il n'y a pas de vent. Beaucoup de gens titubent dans la rue, et certains crient.

— Parfois, au moment de me coucher, dis-je,

j'entends tous les gens dehors qui sortent dans les bars, et je sais qu'ils ont à peu près mon âge. Ils ont l'air si épanouis et joyeux que je me sens coupable d'être à l'intérieur.

— Tu ne devrais pas.

Un type avec un sweater gris à capuche nous dépasse et manque de tomber. Il doit être bourré. Ou défoncé.

Je demande à Kara :

— Tu t'es déjà droguée ?

Elle secoue la tête.

— Uniquement des joints.

Je comprends qu'elle tient pour acquis que je suis d'accord avec elle que l'herbe ne compte pas.

— Et toi ? me demande-t-elle.

Je secoue vigoureusement la tête.

Kara rit.

— J'aurais dû m'en douter. Même des joints ?

Je hausse les épaules.

— C'est une drogue.

— Certes, dit-elle. Mais qui ne rend pas dépendant. Si tu n'en prends que de temps en temps, c'est comme voyager quelque part.

— Non, ce n'est pas pareil. Il y a une raison, si c'est illégal.

— C'est à cause des gens qui en abusent, et à cause de toutes les activités illégales que cela génère, dit-elle. Il n'y a absolument rien de mal à cela si tu es responsable, ce dont le gouvernement nous suppose naturellement incapables. C'est comme le jeu. Ou la prostitution. Cela n'a vraiment rien à voir avec la morale. Comme d'habitude.

— Sauf que nous payons tous pour les problèmes de santé publique que la cigarette ou les drogues peuvent engendrer, dis-je.

— Peut-être, dit-elle.

Son quartier est tranquille, avec ses trottoirs bordés d'arbres qui émergent d'innombrables petits massifs ronds et fleuris. Plusieurs panneaux peints à la main indiquent « Pas de chiens ».

— Tu veux voir mon appartement ? dit-elle. Il ne paie pas de mine, mais nous pourrons parler. Le seul bruit qu'on entend, c'est lorsque Pat et Stephen chantent.

— Pat et Stephen ?

— Ouais. Ils habitent la porte à côté. C'est un couple homo. Stephen est un pianiste bourré de talent, et ils reçoivent des gens une fois par semaine pour chanter en chœur. C'est très drôle. Mais le mieux, c'est qu'une fois que tout le monde est parti et qu'ils se retrouvent tous les deux, un silence de mort retombe, et tu sais qu'il se passe quelque chose à côté, parce que tu n'entends plus rien. C'est si romantique. Tu sais qu'ils ont passé la soirée à attendre que tout le monde parte pour pouvoir poser leurs mains partout sur le corps l'un de l'autre.

La vie (pas) très cool de Carrie Pilby

J'ébauche une grimace.

— Allez…, dit-elle en me caressant la joue avec sa main. Admets que tu trouves ça mignon.

— Oui, c'est mignon.

— C'est là. C'est mon perron.

Elle sort sa clé extérieure et sa clé personnelle et monte les marches. Elle ouvre le verrou du haut et le verrou du bas.

— Nous y sommes.

Chaque pièce est peinte dans des tons pastel clair, et au mur, une fresque peinte représente la lune et les étoiles. La chambre est la plus grande pièce. Elle comporte un grand lit, une télévision et une table ronde devant un bow-window qui donne sur la rue. Kara a laissé la fenêtre légèrement ouverte, et les rideaux pâles ondulent devant.

— Tu veux quelque chose à boire ?

— Euh…

— Je vais nous servir un petit remontant.

— Un petit remontant ?

Elle fait un signe de tête et se lève d'un bond. J'observe la décoration. Les lampes sont éteintes et je vois mieux à l'extérieur de sa chambre que dedans.

Kara revient avec deux mini-bouteilles de vin et deux verres.

— Ah, vivre seule, dit-elle. Impossible de s'y faire, et impossible de s'en passer.

La vie (pas) très cool de Carrie Pilby

Elle pose les bouteilles de vin sur la table placée dans le bow-window.

— Elles sont vendues par packs de quatre, dit-elle. Du vin pour une personne.

J'ouvre la mienne et verse son contenu. Elle fait de même. Le vin jaillit contre les parois du verre. Je me sens soudainement gaie. Je n'ai pas bu beaucoup d'alcool depuis ma déconvenue avec David. Je revisse le bouchon. Kara allume de petites bougies, qu'elle place sur le rebord du bow-window.

— J'adore les bougies, dit-elle. Elles réchauffent l'atmosphère.

— En effet.

Nous entendons une porte grincer à côté.

— Oh, Pat et Steve doivent être chez eux, dit-elle.

Elle allume une cigarette. Son visage s'éclaire une seconde. Malgré tout ce qu'elle a bu et fumé, son rouge à lèvres est toujours impeccable. J'ignore comment les femmes font cela. Cela doit faire partie de ces choses qu'elles se sont transmises en 4e, et que j'ai ratées en sautant cette classe.

Je lève mon verre et bois une gorgée de vin.

— Donc, tu penses vraiment que les gens sont obsédés par le sexe ? me demande-t-elle.

— Je ne sais pas, dis-je. Simplement, on dirait que c'est une grosse priorité.

— Oui, c'est un véritable moteur, c'est vrai,

dit-elle. Tu dois probablement penser que je suis obsédée par le sexe, parce que j'en parle sans arrêt. Mais je te jure que parfois, je préférerais m'asseoir dans mon lit et lire un livre. En fait, après ma dernière rupture, j'étais sincèrement ravie de rester à la maison, de manger chinois, d'engloutir un pot de Ben & Jerry's et de regarder de vieux films. Je choisissais un vieux film romantique que je regardais seule. Le film était vraiment poignant et je me retrouvais toute mélancolique.

Elle s'interrompt.

— Carrie ?

— Désolée, dis-je. J'étais nostalgique.

— Tu vois ?

— Non, à propos de Ben & Jerry's. J'adore la Cherry Garcia.

Elle rit.

— Tu es hystérique.

Elle se penche au-dessus de la table. Son nez est vraiment parfait. Je n'ai jamais vu un nez pareil. Je me demande s'il a été sculpté.

— Je parie que tu as envie de m'embrasser, dit-elle.

— Sais-tu combien de verres j'ai bus ?

— Je parie que tu en as envie de toute façon.

— Je veux sortir avec Pat et Stephen.

— J'imagine que ton David tenait la route, mais

je suis sûre qu'il y a des choses pour lesquelles il ne savait vraiment pas s'y prendre.

— Il avait… quarante ans passés. Il devait savoir ce qu'il faisait.

— Il pensait qu'il savait. Mais visiblement, ce n'est pas le cas, s'il ne te contentait pas. Certaines personnes, surtout si elles n'ont pas connu de relations de longue durée, ne dépassent pas le niveau de leur médiocrité sexuelle.

— David m'a raconté qu'il était censé se marier juste après l'université, dis-je. C'est tombé à l'eau.

— Il était ignare, dit Kara. Tu es restée avec lui tout l'hiver et il n'a jamais réussi à faire en sorte que tu l'apprécies.

— J'aimais bien parler avec lui.

— Tu aimes parler avec moi?

— Oui.

Elle me fixe du regard.

— Parler, j'ajoute.

Avec son index, elle décrit un cercle autour de mes lèvres. Ça me chatouille.

— Le vin te rosit les lèvres.

— David le disait souvent.

— Et est-ce qu'il faisait ça? dit-elle en laissant glisser son index sur ma nuque, puis autour de mes seins, en cercles concentriques.

Elle se penche puis m'embrasse.

Je l'interromps et m'essuie la bouche.

La vie (pas) très cool de Carrie Pilby

— Il ne m'a jamais mis de rouge à lèvres.

— C'est un rouge à lèvres très haute tenue, normalement, dit-elle.

— Je crois que je devrais y aller, dis-je. De toute évidence, nous avons trop bu.

— Je suis désolée.

Je me lève.

— Cela m'a fait du bien de te revoir et de parler.

— Il est tard. Tu penses que tu peux rentrer seule ?

— Je vais appeler un taxi.

Je recule et trébuche contre une pile de papiers et de revues.

— Le *New York Review of Books* ?

— C'est mon ex-petit ami qui l'achetait.

— Il devait être intelligent, dis-je. Tu as son numéro de téléphone ?

— Tu es encore en train de nier ton orientation sexuelle.

— Je ne suis pas homosexuelle.

— Peut-être pas. Mais tu es au moins bisexuelle à dix pour cent. Voire vingt pour cent.

— Je vais appeler un taxi. Merci pour tout.

Je pars et dévale l'escalier en courant. Je veux oublier tout cela avant demain matin.

8

Au réveil, je me sens bien mieux qu'il y a quelques jours, mais un peu bizarre, évidemment. C'est un sentiment curieux, intéressant même. Il ne s'est pas passé grand-chose, en définitive. J'ai laissé les choses en plan.

Il faut que je m'occupe l'esprit pour ne pas être tentée d'analyser dans les détails ce qui s'est passé hier soir. J'ai décidé de me rendre à l'église de Natto demain. Mais pas aujourd'hui.

Aujourd'hui, je pourrais par exemple acheter un cahier pour tenter de comprendre ce qui s'est passé. Cela fait longtemps que j'ai envie de tenir un journal intime. Ce qui est agréable, lorsque l'on habite Greenwich Village, c'est que l'on se trouve près de New York University, or NYU compte l'une des meilleures papeteries au monde, à cause des étudiants en littérature et en cinéma, je suppose. On y trouve quarante-deux couleurs de trombones ; vingt-trois tailles d'enveloppes ; soixante-seize sortes de stylos ; des feutres à encre dorée, encre argentée, encre verte, encre invisible, encre qui disparaît, encre à la menthe, encre brillante, encre rose, encre parfumée, et encre collante. Cela fait trop longtemps que je n'ai pas acheté de fournitures. Le problème, c'est que j'ai subitement besoin de tout ce que je vois. Prenons ces longues gommes roses. Tous mes crayons sont dotés d'une gomme, donc je n'ai pas besoin d'acheter une gomme rose, mais elles sont si lisses et nubiles que j'ai envie de les caresser. Oubliez ce que Nabokov a dit : le vrai plaisir dans la vie, c'est de caresser des fournitures de bureau. Je pourrais mordre dans ces gommes roses.

Petrov serait fier de moi, si j'achetais de nouvelles fournitures. Je céderais à une envie qui me rend heureuse. Pendant que je suis dehors, je pourrais aussi m'acheter quelques paires de chaussettes neuves. C'est agréable d'avoir des chaussettes propres et chaudes le matin. D'ailleurs, tant que j'y suis, je pourrais tout simplement succomber à une débauche de petits plaisirs.

Je m'arrêterais aussi acheter quelque chose dans un de ces magasins comme Balducci qui vendent des produits d'épicerie pour gens fortunés, même s'il m'en coûterait six dollars pour une livre de viande ordinaire. Qu'est-ce que cela peut faire ? J'ai l'argent.

Oui, je sais, il y a quelque chose de risible chez quelqu'un qui pense s'encanailler en achetant des fournitures. Qu'à cela ne tienne, rigolez bien. Vous pouvez regarder vos pornos, fumer votre herbe et monter sur votre toit vous soûler en hurlant à la lune, pendant que je CARESSE MA GOMME ROSE NUBILE EN SOUPIRANT D'EXTASE. Surtout que je ne me réveillerais pas avec la gueule de bois ni avec des suçons disgracieux dans le cou.

Une fois habillée, je sors dehors, l'âme au beau fixe. Il fait anormalement bon pour la saison. Je croise une fille asiatique qui porte des mitaines, et abrite ses doigts sous son manteau. Je lui souris et elle me sourit en retour, avant de détourner timidement les yeux. Incroyable, un sourire entre deux inconnues. Je me demande combien je pourrais en décrocher aujourd'hui. Je me dirige vers l'Avenue of the Americas et souris à beaucoup d'autres personnes, qui me sourient en retour. C'est étrange de voir à quel point mon humeur est variable. Certains jours, j'ai de vraies raisons d'être de bonne ou de mauvaise humeur, mais la plupart du temps, il n'y en a aucune. Je me demande si les autres se sentent *tout le temps* aussi bien que moi aujourd'hui. Si oui, suffit-il que je me renseigne sur ce qu'ils font, pour faire de même ? S'il s'agit de drogues, devrais-je prendre les mêmes ? Et si c'était quelque chose de chimique qu'ils ont et pas moi ? Est-ce que je peux me le procurer ?

La vie (pas) très cool de Carrie Pilby

Une odeur d'ail s'échappe de la porte vitrée d'une épicerie fine de luxe et passe sous les Marines. Ce n'est pas Balducci, mais elles se ressemblent toutes plus ou moins — des mélanges terriblement alléchants à vingt dollars la livre, des nuées de femmes aisées qui encombrent les rayons. Un des must de New York, ce sont les vieilles dames fortunées qui se croient encore séduisantes. Elles portent la même couche épaisse de maquillage que lorsqu'elles avaient vingt-cinq ans, se font coiffer une fois par semaine ; elles tiennent leurs pochettes délicates à la main plutôt qu'en bandoulière ; elles portent des manteaux aux manches en fourrure et se comportent comme si elles étaient des chars de la parade de Macy's. Leurs cheveux sont gris et parsemés ; leur maquillage coule dans leurs rides, et leurs lunettes de soleil ne suffisent pas à cacher leurs yeux sombres et plissés, mais il y a une certaine beauté en elles. Elles sont New York.

— Est-ce bien treize dollars la livre ? demande une femme à une autre devant une vitrine.

Je remarque une sorte de pâté rouge proposé à la dégustation. Il est présenté dans une petite coupe en métal à côté d'une pile de sachets de thé.

— Chez Gristede's, répond la femme à son amie, ils ont le même, mais en plus foncé.

Le nez de son amie se retrousse.

— S'il est plus foncé, cela ne peut pas être le même, Lucille.

Je suis tentée de partir sans rien acheter. Je regrette de devoir quitter les deux vieilles dames. J'aime les personnes âgées. J'aime écouter le babil de leurs voix râpeuses. Ceci est lié au fait que j'ai peu connu mes grands-parents. Mon père et moi avons déménagé de Londres quand j'avais deux ans et demi, et nous sommes rarement revenus leur rendre visite, quelques fois seulement. Nous avons déménagé aux Etats-Unis la même année, peu de temps après le décès de ma mère. J'imagine que j'aimais ma mère, cependant je ne sais pas si l'on peut honnêtement aimer quelqu'un que l'on n'a jamais connu. Parfois, nous éprouvons le besoin de dire que nous aimons les gens simplement parce que nous sommes censés les aimer, sans ressentir cet amour au plus profond de nous. Lorsque je regarde une photographie d'elle, bien sûr que je ressens de l'amour — j'ai une photo d'elle le jour de son mariage avec mon père, aux côtés du Dr Petrov et de son épouse. Les deux femmes sont superbes. J'aime aussi entendre des anecdotes à son sujet. Je la respecte et la chéris, et je suppose qu'elle fait partie de moi. Mais puis-je dire que je l'aime, sincèrement ? Autrefois, j'envoyais chaque année une carte pour Noël à mes grands-parents, que je signais « Je vous aime », alors que je les connaissais à peine. Je pense que chacun de nous peut employer le mot amour à sa guise.

J'ai enfin réussi à vous confier brièvement cette histoire triste. Pleurez quelques secondes puis séchez vos larmes.

Le reste de ma journée se déroule normalement. L'expédition pour l'achat du cahier me vaut un beau carnet beige relié de cuir avec une carte du monde sur fond blanc intégrée dans sa couverture. J'achète également quatre paires de chaussettes et trois ensembles de sous-vêtements. Je n'ai rencontré aucun garçon avec une casquette de base-ball pendant que j'avais le nez fourré dans les petites culottes.

En revenant vers mon pâté d'immeubles, je tombe par hasard sur le Dr Petrov !

— Salut ! dis-je.

— Ah, bonjour ! dit-il, l'air étonné.

Je ne lui en veux pas. Vous n'êtes pas supposé rencontrer votre psy en dehors de son cabinet. C'est dans le Talmud.

— Qu'est-ce qui vous amène dans mon quartier ? Vous m'espionnez ?

Petrov éclate de rire.

— C'est ici que vous habitez ?

— Dans ces bâtiments.

— Ah, dit-il. Eh bien, non, j'ai un ami dans le quartier que je n'ai pas vu depuis un moment. Et vous ? Vous portez beaucoup de paquets.

La vie (pas) très cool de Carrie Pilby

— ... Ce sont des cadeaux de Noël, lui dis-je, en tentant de cacher les sacs derrière mon dos.

Hors de question que je lui avoue que ce sont des chaussettes et de la lingerie.

— Bien ! répond Petrov. Je vous vois la semaine prochaine.

— C'est ça, dis-je.

Je monte dans mon appartement à toute allure et déballe mes fournitures et mes vêtements sur le tapis.

Le lendemain matin, lorsque je me réveille, je dois reconnaître que Petrov a raison. Je suis assez excitée et pressée d'enfiler mes chaussettes bleu marine bien chaudes et ma lingerie couleur crème. Pour le reste, je m'habille strictement, car on ne plaisante pas avec l'église.

A 10 heures, nous sommes plusieurs regroupés dans un auditorium, et je peux entendre les fauteuils claquer lorsque les gens se lèvent et se rassoient. On distingue quelques murmures. Je suppose que chaque week-end, ils recrutent de nouveaux adeptes. Je me trouve dans l'avant-dernière rangée, près d'un homme d'une quarantaine d'années, maigre, avec de grands yeux. Un petit homme en costume défraîchi s'avance sur l'estrade.

— Bonjour, dit-il. Je suis heureux de vous accueillir dans l'Eglise des premiers prophètes. Comme vous le savez, nous sommes une église non conventionnelle. Nous croyons en un dieu, nous croyons en Jésus-Christ, mais nous croyons aussi qu'à chaque époque, il faut que quelqu'un interprète la parole divine. Nous savons que certaines personnes interprètent la parole de Dieu selon leurs désirs. Le président l'utilise. Les prêcheurs du Sud l'utilisent aussi. Tel lobby s'en sert, tel autre aussi. Joe Natto, que je vais vous présenter, a eu une vision un jour, qui vous est racontée dans les brochures sur la table du fond ainsi que dans son prochain livre. Pourquoi devriez-vous faire confiance à Joe Natto ? Après l'avoir écouté aujourd'hui, vous verrez qu'il ne retire aucun profit des interprétations qu'il donne ou de la sagesse qu'il partage. Des gens sont souvent venus me voir après ses sermons, pour me dire : « Eppie, il est vrai. Joe Natto est authentique. Cela se sent. »

Eppie croise les mains et poursuit.

— Lorsqu'il parle, il s'adresse à vous. Lorsqu'il prie, il prie pour vous. Et avec vous. Nous sommes une église qui pense que chacun de ses membres est essentiel pour répandre la bonne parole de Dieu. Et l'œuvre de Dieu. Joseph Natto était instituteur. Il a enseigné en ville. Il a eu affaire à des centaines d'enfants. Il a démissionné pour diriger cette église, où il pourra désormais atteindre des centaines d'enfants et leurs parents, et leurs voisins, et nous tous grâce

La vie (pas) très cool de Carrie Pilby

à des collectes de fonds qui pourront permettre un jour de construire des centres communautaires et de développer des programmes pour la communauté. Joe ne croit pas seulement dans les mots, mais dans l'action. Et maintenant, le voici, merci d'accueillir Joseph Natto.

Avec ce genre d'introduction, on s'attendrait à de la musique. Mais tout est calme lorsque Joe pose le pied sur l'estrade. Puis, des applaudissements fusent. La salle s'échauffe. Il s'incline. De taille moyenne, il a les cheveux foncés, la raie sur le côté. Il doit avoir une quarantaine d'années. La plupart des gens dans la salle semblent plus âgés. La moitié sont des femmes, qui ont l'air grasses et flasques. Je me sens mal, comme si c'était une église pour les gens qui n'ont rien d'autre dans leur vie. C'est peut-être le cas de toutes les églises. Je reste assez longtemps pour m'assurer que ces gens ne sont pas abusés.

— Heureux de vous retrouver, pour ceux qui sont de retour, affirme Natto.

— Bienvenue, disent les gens dans le public, avec un mouvement de la tête pour certains.

— Bienvenue aux nouveaux.

— Bienvenue.

— Il fait plus chaud que d'habitude dehors, dit-il. Donc nous n'avons pas besoin de nous occuper des sans-abri, n'est-ce pas ?

Personne ne dit mot.

La vie (pas) très cool de Carrie Pilby

— C'est l'hiver, nous sommes au chaud, à l'intérieur. Eux, non. Nous sommes entre amis. Ils n'en ont pas. Lorsque nous passerons devant eux en sortant d'ici, aujourd'hui, donnons-leur notre monnaie afin qu'ils puissent partager la chaleur que nous éprouvons en cet instant.

D'autres applaudissements éclatent. Je remarque un homme, dans les dernières rangées devant moi, qui est probablement un sans-abri. Une mince cicatrice boursouflée s'étend de son front à sa paupière, et il a un sac en plastique déchiré à ses côtés.

— Nous devons arrêter de nous chercher des excuses, dit Natto.

Il commence à scruter le public, puis change de direction et revient au microphone.

— Cet individu a l'air bien portant. Ce type est gros, donc il ne meurt pas de faim. Cet individu est un ivrogne. Je vais garder ces dollars pour moi, jusqu'à ce que mon portefeuille soit percé. J'achèterai peut-être une livre de gésiers au supermarché.

Maintenant, je me sens coupable. Le type qui a chauffé la salle avait raison. J'ai réellement l'impression que Natto s'adresse à moi personnellement.

Soudain, il s'arrête. Se fige. Puis, presque aussi subitement, il s'empare du micro.

— Vous n'êtes pas comme cela ! dit-il.

L'audience est captivée.

— Qu'est-ce que j'en sais ?

Il se tient immobile.

— Qu'est-ce que j'en sais ? Au premier rang, comment puis-je en être sûr ?

La femme, qui porte une sorte de boîte sur ses genoux, balance doucement la tête d'un côté à l'autre. Elle est clouée sur place.

— Parce que vous êtes là, dit-il. Beaucoup de gens trouvent des excuses pour ne pas venir à l'église. « C'est dimanche, je travaille toute la semaine. Je suis fatigué. »

La bouche de Natto s'affaisse.

— Je ne veux pas rater l'émission The McLaughlin Group. J'ai de l'eczéma, donc c'est aux autres de prier pour moi. Mes serviettes hygiéniques fuient. Mon genou me fait mal. Mon fils doit aller à un goûter d'anniversaire. Vous souvenez-vous, quand nous étions enfants, que rien n'était ouvert le dimanche ?

Quelques personnes dans le public font un signe d'approbation.

— Je m'en souviens. Il n'y avait pas d'excuse, à l'époque. Aujourd'hui, vous pouvez construire une maison entière avec piscine et cabine de bain le dimanche. Vos enfants ont foot. Votre groupe de discussion de lecture se réunit à 15 heures. Vous ne pouvez pas aller à l'église !

Il jette un regard circulaire dans la salle. J'ai l'impression qu'il me regarde une seconde, mais il enchaîne avec la même vivacité. J'ai vraiment l'impression de faire partie d'une minorité. Pas seulement raciale, bien que dans cette salle, je sois une minorité raciale. Je me sens également en minorité parce que je suis quasiment la plus jeune de la salle. J'aperçois un gamin hispanique gringalet qui doit avoir seize ou dix-sept ans ; il est assis à côté d'une femme obèse.

— Or vous êtes venus ici. Vous ne cherchez pas d'excuses. Vous vous sentez concernés. Vous donnez une heure ou deux de votre temps. Dieu vous respecte.

Natto marque une pause.

— Dieu VOUS respecte !

Quelqu'un éternue.

— Dieu vous bénit. Il vous respecte, vous, et vous aussi, et vous.

Natto désigne plusieurs personnes du doigt.

— Et quand vous sortirez et distribuerez mes prospectus, vous persuaderez d'autres personnes à venir ici, à parler de la parole de Dieu, à agir au lieu de simplement parler. Et lorsqu'on demande aux gens de donner à l'église, de continuer, afin que la parole de Dieu se répande et aide d'autres gens ici même dans nos communautés, quand nous aurons gagné de l'importance, ils ne chercheront plus d'excuses pour ne pas venir à l'église. Ils seront fiers de venir. Ils seront fiers de donner. Ils seront fiers de faire tout ce qu'ils peuvent. Et le Seigneur les respectera.

Une personne commence à applaudir, suivie de plusieurs autres, puis les applaudissements crépitent dans toute la salle. J'aperçois Eppie, le chauffeur de salle, qui tape dans ses mains sur des marches à gauche de l'auditorium, et je devine aussitôt que c'est lui qui a lancé les applaudissements.

— Je vous aime tous, dit Natto. Vous avez renoncé à quelque chose pour être ici. Tout comme Dieu vous donne Son amour. Vous avez donné de votre temps et de votre cœur pour venir ici. Quand vous partirez aujourd'hui, vous pourrez faire un don à l'église, et prendre quelques tracts à distribuer à d'autres fidèles comme vous-mêmes. Nous œuvrons pour la foi, mais aussi pour des résultats concrets. Nous ne sommes pas une de ces églises où vous vous asseyez pendant une heure et suppliez Dieu d'aider les pauvres avant de rentrer chez vous pour manger du gâteau. C'est une église où l'on apprend à agir en accord avec le chemin de Dieu. Pour votre présence ici, je vous respecte !

Eppie déclenche de nouveau les applaudissements — je ne le quitte plus des yeux — et la clameur gagne en ampleur. Natto aborde un sujet plus précis. Il s'agit aujourd'hui de la pauvreté. Ensuite, il part après avoir lancé un dernier appel aux dons. C'est si triste que personne ne fonde d'église pour des raisons purement altruistes. Il y a des formulaires sur les tables derrière nous pour commander le prochain livre de Natto. Il coûte douze dollars quatre-vingt-quinze. Eppie et quelques acolytes collectent les formulaires et l'argent.

Une autre pile de formulaires d'adhésion nous encourage à ouvrir nos portefeuilles de nouveau : l'adhésion à l'église coûte vingt-cinq dollars en période d'essai. Vous pouvez aussi venir gratuitement à l'église, mais si vous adhérez et réglez la cotisation, vous pourrez faire partie du groupe d'étude de la Bible, du groupe de jeunes, du groupe des célibataires ou du groupe de discussion.

Joe Natto a disparu. Au fond de la salle, je tombe nez à nez avec le Tondu, le type qui m'a distribué le prospectus jaune la première fois. Je constate qu'il est seul. Il n'a pas amené de petite amie ou de fils avec lui. Il plie un billet d'un dollar et le glisse dans la fente. Puis il s'en va. Je veux connaître l'histoire de cet homme. C'est étrange. Il y a deux mois, je pensais que j'étais l'unique solitaire de cette ville. Mais plus je sors, plus je me rends compte que beaucoup de gens sont seuls. Seulement, ils n'ont pas l'air d'être normaux. Ils ont tous une sorte de problème. J'ai l'impression d'être la seule personne normale à être seule. Comment se fait-il ?

Je me dis que je ne devrais pas quitter cette église comme ça. J'ai une mission ici, n'est-ce pas ? Je veux parler à Natto. Je veux me lever et crier : « Vous n'êtes là que pour vendre votre bouquin ! Allez chez Letterman ! » Je veux dire aux gens de donner leur argent directement à un gamin dans le ghetto. Mais si cela aidait vraiment les gens à se sentir bien, de croire en Joseph Natto ?

Regardez-moi, encore en train de me dégonfler. De chercher une raison pour ne pas coincer Natto. Je m'entête sur la même pente. Je n'ai rien fait pour révéler à la petite amie de Matt son attitude, et maintenant, je me dégonfle aussi pour l'église. Des choses que je réprouvais il y a un mois ne me semblent plus si terribles. Serais-je en train de devenir comme tous les autres ? D'aller vers la facilité en me justifiant ? Peut-être que je devrais continuer de venir dans cette église pour empêcher les fidèles de se faire dépouiller.

J'apprendrais sûrement des choses au catéchisme, d'ailleurs. Je pourrais dire que la raison pour laquelle je ne vais jamais à l'église en général, c'est qu'on n'y raconte que des sornettes. Je pourrais prétendre que cela s'adresse aux idiots. Mais la vérité, la raison pour laquelle je ne vais jamais à l'église, c'est que me lever à 9 heures un dimanche matin est vraiment une corvée.

— Carrie !

Je me retourne brusquement, tandis qu'une femme court vers un homme muni d'une canne.

La vie (pas) très cool de Carrie Pilby

— Harry ! Dépêche-toi, nous sommes en retard !

Mon ouïe semble me jouer des tours.

De retour chez moi, le soleil inonde l'appartement de ses rayons et compose des motifs carrés sur mon tapis. Je pends mon manteau et me blottis par terre à cet endroit. Il fait bon, ici. Je faisais ça tout le temps, quand j'avais quatre ans ; je cherchais un coin ensoleillé et je m'y blottissais. J'avais un chat qui adorait faire ça, également. Il aimait me rejoindre et s'allonger dans les rayons du soleil à mes côtés. Il était noir, et s'appelait Minuit. Nous étions supposés le garder un mois, pour des amis, lesquels amis ont prolongé leur absence de trois mois, si bien que j'ai commencé à le considérer comme *mon* chat. Pourtant, un jour, quand je suis rentrée de l'école, il n'était plus là. Ses propriétaires étaient venus le chercher. Je me sentais seule, désormais, sous les rayons du soleil.

Après cette séance sur mon tapis, je décide d'aller au vidéoclub. Je n'ai pas avancé sur ma liste de films classiques, dernièrement. Je fouine à droite à gauche, avant de tomber sur *Main basse sur la télévision*, de Sidney Lumet. Mais il m'aura fallu une demi-heure pour trouver quelque chose que j'ai envie de voir. Je crains qu'ils n'arrivent pas à sortir les films assez rapidement pour occuper mes nuits solitaires.

Je tombe aussi sur Out of Africa. Je les rapporte à la maison, m'allonge sur le ventre et les regarde l'un après l'autre.

A la fin d'Out of Africa, je me sens vidée. Il fait sombre. Je regarde par la fenêtre, quand quelque chose attire mon attention.

Il y a des guirlandes de Noël autour de la fenêtre des Guarino de l'autre côté de la rue ! Nous n'avons pas encore passé Thanksgiving, qu'ils ont déjà commencé à accrocher leurs décorations de Noël. J'apprécie la gratuité du geste, en tout cas. Les ampoules de Tom et Jocelyn s'adressent à leurs voisins, pas à eux-mêmes. Ils nous souhaitent un joyeux Noël en silence.

Et si la saison des fêtes me mettait de bonne humeur, pour une fois, au lieu de ma morosité ordinaire. Peut-être que Tom et Jocelyn organiseront une soirée pour leurs voisins et que je pourrai connaître les gens qui vivent près de moi.

Je suis heureuse que les vacances approchent. Je ne sais pas ce que je ferai à Noël, à part voir mon père, ce qui est déjà une source de joie. Les vacances sont l'occasion de retomber en enfance.

La soirée au Club de Harvard le lendemain me ramène dans les environs de Times Square. Les prêcheurs de rue sont dans une grande forme, désignant et alpaguant les touristes. Je tourne à l'angle de la 44e Rue et j'aperçois plusieurs bannières des

La vie (pas) très cool de Carrie Pilby

plus grandes universités qui flottent au-dessus des auvents de leurs clubs. Le drapeau de Harvard est rouge carmin avec un grand H dessus. La façade du club est en brique, non pas les habituelles briques rouges bosselées, mais une variété de briques roses plus lisses, avec des bordures en pierre beige. Ça me plaît. Un tel moment de béatitude, même s'il est fugace, est sûrement de bon augure. J'aime les vieux bâtiments. J'aime aussi leurs intérieurs. J'adore les papiers peints en lambeaux, les hautes fenêtres, les poignées de porte en cristal et les colonnes intérieures. Cet immeuble a tous les indices qu'il renferme de tels trésors.

Je grimpe les marches vers la porte d'entrée, qu'un jeune homme ouvre pour moi. Je me sens coupable. Je ne suis pas encore inscrite au club que déjà je me fais attendre.

A l'intérieur, un ancien élève se tient derrière un podium doré. Il est chauve, vêtu d'un costume rouge carmin. Il me demande :

— Puis-je vous aider ? Je suis là pour la réception.

Il me sourit et me conduit vers ma gauche. Que croyait-il, que j'allais entrer par effraction ?

Les murs sont d'une sorte de rouge plus rubis que carmin, et sont couverts de photographies en noir et blanc de vieux messieurs en costume. Je traverse une petite salle de lecture qui contient des exemplaires

La vie (pas) très cool de Carrie Pilby

du journal du campus. Cela me rappelle quand, en dernière année, j'avais écrit une lettre au journal. Ils avaient réalisé un entretien avec un professeur de philosophie sur l'éthique de la situation, dans lequel il avançait un argument que j'étais en mesure de réfuter assez facilement. La lettre que j'avais écrite était claire, et je leur suggérais d'apporter une correction. Sans réponse de leur part, j'avais appelé le rédacteur en chef, qui m'avait répondu qu'ils ne validaient aucune correction à moins que quelque chose soit purement et simplement faux, ce qui était le cas. Il avait argué que c'était un point complexe. Je suppose que la rédaction pensait qu'il était plus simple de laisser quelque chose d'archifaux dans le journal. Parfois, on dirait que même les gens qui devraient être épris de vérité se contentent en réalité d'un certain degré de vérité, et qu'à part cela, ils veulent juste faire bien.

Je reviens vers le couloir et continue vers la salle où se tient la réception. A mesure que j'approche, la basse me résonne dans les oreilles et une cacophonie de voix s'en échappe. A l'intérieur, la salle est remplie de jeunes gens en costumes sombres, un verre à la main, qui parlent tous en même temps. Je ne parviens pas à prononcer une phrase intelligible.

Je jette un regard à la ronde et je ne me sens pas assez habillée. Je suppose que tous ces gens sont venus directement après le travail. Certains portent des sacoches en bandoulière. Quel âge ont-ils, vingt-trois ans ?

Même si je pensais, ou j'espérais, que certaines personnes viendraient à cette réception seules, tout le monde semble faire partie d'un groupe. Certains se tiennent en cercle, d'autres sont amassés autour du bar, et d'autres encore sont assis sur les divans rouges.

Si je parviens à gagner un angle de la pièce, le refuge traditionnel des timides, je pourrai faire le point sur la situation. Je me dirige vers le mur, que je longe. J'arrive à un angle, près d'un groupe de gens en train de rapprocher deux divans autour d'une table. « Parle-moi de ton nouveau boulot ! » lance une fille aux cheveux longs à un type. Dans le même groupe d'amis, deux autres individus se donnent une accolade. Je réalise que, pour autant que je sache, les huit personnes sur ces divans étaient dans ma promotion, et que je ne connais aucune d'entre elles. J'imagine qu'il y a des milliers de personnes à Harvard que je n'ai jamais rencontrées. Mon père m'a demandé une fois si je pensais que j'aurais été plus heureuse dans une petite école. Honnêtement, je ne sais pas ce qui est le mieux : être sur un campus avec des milliers d'étudiants et n'avoir l'occasion d'en rencontrer aucun, ou côtoyer quatre cents personnes seulement sans parvenir à rencontrer quelqu'un avec qui l'on partage des affinités, puisque toutes les personnes avec qui vous auriez pu avoir des affinités se trouvent avec les milliers qui sont allés ailleurs.

Je me tiens en retrait et j'observe. La lumière est faible. La salle est enfumée et saturée de parfums. Il y a vraiment trop de parfums à New York. Il y en a même dans les journaux et les magazines.

Le groupe de gens le plus proche de moi est tourné vers une fille qui ne cesse de parler et qui fait rire tout le monde. L'auditoire est essentiellement masculin, et je suis impressionnée que cette fille parvienne à capter l'attention de quatre hommes à la fois. Je serais trop nerveuse. Je renverserais probablement ma boisson ou je me marcherais sur les pieds. Je me rapproche pour entendre ce qu'elle raconte. « Alors je leur ai dit, eh bien, je ne vais pas rester là à vous regarder gâcher ce que vous avez de mieux dans la vie. Donnez-moi ce foutu Garfield en terre cuite ! » Les rires fusent. Bien que j'ignore de quoi elle parle, je peux rire aussi. Je me rapproche du cercle. C'était tout le talent de Nora, à l'université : l'art d'entrer dans un cercle. Un type en face de moi m'adresse des regards curieux, mais personne ne fait le premier pas. Je décide de compter jusqu'à dix. Si personne ne me parle avant que j'arrive à dix, je pars. Une seconde de plus serait humiliant.

Personne ne m'adresse la parole.

Je regagne mon coin. Je lève les yeux. Personne ne

vient vers moi. Je fouille dans ma pochette, trouve un reçu du distributeur que je chiffonne pour le jeter plus tard. Je lève les yeux de nouveau. Toujours personne en vue.

Je balaye la salle du regard. Elle est sombre et étouffée par le bruit des conversations. Même les types ringards et empotés qui portent de grosses lunettes sont en groupe. Même chez les losers, je suis une paria. J'aperçois par terre un formulaire d'adhésion au Club de Harvard, auréolé d'une empreinte de pied, que je ramasse.

Je finis de le lire et regarde par-dessus. On pourrait penser, avec tous les types au monde qui se plaignent de ne pas trouver de petite amie, qu'ils pourraient saisir l'opportunité que représente une fille seule dans un coin. Ou alors ils manquent juste de courage.

Le volume de la musique augmente. La fumée me pique les yeux. La basse m'abrutit les oreilles. Le son est si fort dans la salle que je n'ose imaginer comment ces gens font pour avoir une discussion rationnelle. Ils ne peuvent sûrement pas rencontrer de nouvelles personnes. Comment feraient-ils ? Tout le monde se ressemble : pourquoi l'un d'eux viendrait me voir plutôt que qui que ce soit d'autre ? Comment choisir ? Comment deviner avec qui on a quelque chose en commun ? Il s'agit normalement d'une soirée-rencontre, alors qu'en réalité, les gens retrouvent ceux qu'ils connaissent déjà.

Je me dirige vers le bar. Plusieurs personnes se pressent déjà contre le comptoir, et tendent le bras pour attirer l'attention du serveur. Je suis bousculée et ignorée. Je dois bloquer mon coude sur le comptoir pour conserver ma place. Enfin, un serveur me demande ce que je veux. D'ordinaire, j'essaie de commander une boisson gazeuse pour éviter de payer les prix exorbitants au bar. Cette fois, je suis mortifiée, et je m'autorise un verre de vin rouge, même s'il coûte huit dollars. Quand je tiens enfin le verre dans ma main, je me sens un peu mieux. La raison pour laquelle je ne parle à personne d'autre, c'est que je suis en train de boire. C'est tout.

Je porte le vin à mes lèvres et regarde autour de moi. Je remarque que de temps à autre, quelqu'un disparaît en descendant quelques marches. Quand une quatrième personne disparaît de la sorte, je décide de descendre voir ce qui s'y passe.

Je me faufile à travers les groupes de costumes et descends en trottinant. C'est une confortable alcôve moquettée, qui dessert des toilettes. Cinq femmes font la queue à l'extérieur des toilettes pour dames, et un seul homme seulement côté hommes. Typique. Je me place dans la queue des femmes. Je repense aux moments que j'ai passés assise dans les toilettes à l'école primaire pour me sortir de situations sociales embarrassantes. J'ai toujours détesté lorsque les professeurs nous demandaient de choisir des partenaires, des équipes, quoi que ce soit. Tous les enfants se regroupaient immédiatement, comme par réaction chimique, et je me retrouvais seule. Donc je demandais à aller aux toilettes, où je restais assise un moment.

Me voici maintenant au Club de Harvard, une nouvelle fois incapable de m'intégrer.

Pourtant, je remarque que le type à l'extérieur des toilettes pour hommes reste à l'extérieur.

En appui contre le mur, les bras croisés, il fixe le sol. Il a un air bon enfant. Petit, les cheveux ondulés clairs, et un nez retroussé. J'aperçois des filles qui le regardent de haut en raison de sa petite taille. Peut-être est-il là pour la même raison que moi : se cacher de la foule.

La fille à l'avant de ma file entre. Bientôt, ce sera mon tour. Je dois trouver quelque chose à dire à ce type rapidement. Je lève les yeux et souris.

Un bref sourire éclaire son visage, puis il détourne le regard. Probablement plus par timidité que par snobisme. J'ai déjà été accusée de snobisme, alors que le problème était la timidité.

— C'est plus calme, par ici, lui dis-je.
— En effet.
— En planque ?
— Pour l'instant.

Nous restons silencieux une seconde.

— Tu es déjà allé à d'autres trucs du Club de Harvard ?

Il secoue la tête.

— C'est ma première fois.

— Ça a l'air d'aller pour l'instant, lui dis-je en souriant.

— Ouais.

Il me sourit en retour.

— Toujours mieux que de rester chez soi, je suppose, poursuis-je.

Puis une fille sort des toilettes. Elle dit au type « Tu y es ? », et il acquiesce. « A plus », me dit-il, et ils disparaissent dans l'escalier.

Je me sens si bête. J'entre dans les toilettes à point nommé et m'enferme dans une cabine. Je m'assieds sur la cuvette et observe les encoches et les éraflures dans la porte beige. Je les fixe des yeux jusqu'à ce qu'elles se fondent dans un flou beigeasse.

Pourquoi suis-je assez stupide pour croire qu'il existe d'autres individus seuls au monde comme moi ?

J'ai déjà dit que j'avais rencontré beaucoup de personnes seules dernièrement. Seulement toutes ces personnes sont étranges d'une manière ou d'une autre : Bobby, l'homme à tout faire lubrique de ma résidence, un type chauve docile, Ronald le pingouin. Personne de normal. Une fois de plus, c'est peut-être moi qui ne suis pas normale. Il y a peut-être quelque chose qui cloche chez moi, que j'ignore. Si j'étais folle, je ne le saurais probablement pas, n'est-ce pas ? Par définition, non. Les gens qui sont fous ne le savent pas, o, alors ils se comporteraient autrement. Ils pensent que tout va bien et que ce sont les autres qui ont un problème. Tout comme je pense que je vais bien et que tout le monde a un problème.

Le serial killer Unabomber, qui se trouvait être diplômé de Harvard, était incroyablement intelligent, et il pensait détenir toutes les réponses. Il croyait vraiment qu'il faisait le bien en envoyant des explosifs par courrier. Il était certain que personne d'autre ne comprenait l'importance de ce qu'il était en train de faire, et qu'il devait le faire.

Suis-je folle ? Et si je l'étais ? Que devrais-je faire ?

Je me fais peur toute seule. Rester assise dans les toilettes, avoir ce genre de pensées, est peut-être une preuve supplémentaire de ma démence.

A noter que je m'interroge sur ma salubrité d'esprit, ce qui veut peut-être dire que je suis tout à fait normale. Seule une personne rationnelle ferait cela. Je doute, donc je suis.

Unabomber n'a probablement jamais cru qu'il n'était pas fou. S'il avait examiné ses actes sous l'angle de la logique, ils n'auraient pas tenu la route. Rien de ce que je fais ne blesse les gens. Mais qu'est-ce qui me fait dire que je devrais me conformer à la logique ? Ce n'est écrit nulle part. J'en ai juste décidé ainsi. D'ailleurs, est-ce que Petrov ne le saurait pas, si j'étais dérangée mentalement ? Je ne suis même pas sous médicaments. Bon, tout va bien. Du calme.

Je vais me ressaisir, sortir de ces toilettes la tête haute. Qu'est-ce que ça peut me faire, si les automates qui sont ici ne veulent pas de moi ? Cela prouve seulement que j'ai eu raison de passer autant de temps seule dans mon appartement.

Je remonte et joue des coudes jusqu'à ce que j'arrive à la porte.

Times Square est une débauche de lumières de toutes les couleurs imaginables : violet, orange, bleu. Je me demande à quoi ça peut ressembler, de travailler ici, avec des lumières roses ou vertes qui clignotent en permanence sur votre bureau. Je m'engouffre dans le métro et regagne mon appartement. Que c'est bon d'être loin de la foule, du bruit et de la fumée.

Je sors dehors sur l'escalier de secours de mon appartement, avec mon journal intime. Il règne une odeur de feuilles brûlées. J'inspire profondément.

Je m'assois sur le métal froid. La lune est dans le ciel. J'ai toujours aimé la vue de derrière. On ne voit que la façade arrière d'autres immeubles d'appartements, mais peu importe. Ici, rien n'est astiqué ou rénové ; tout n'est qu'une jungle de métal, de béton, de briques et de pierres, comme il y a à peu près cent ans. La plupart des escaliers de secours ont une pancarte peinte indiquant qu'une amende sera exigée si quiconque dépose un objet susceptible de gêner la circulation. J'aimerais savoir si cette loi a quelquefois été appliquée.

Un puissant fumet de tomate me chatouille les narines. Quelqu'un doit être en train de remuer une sauce en bas. J'en inspire une bonne bouffée. Je me demande si je pourrais aller voir cette personne et frapper à sa porte. Et si elle m'inviterait à dîner. Est-ce que cela ne serait pas super ? Ou alors je découvrirais qu'elle est une vieille tante perdue de vue et nous discuterions pendant des heures pour rattraper les années perdues.

Je pourrais raconter cette proposition dans mon journal intime. Je pourrais même en faire une nouvelle. Je n'ai jamais rédigé de nouvelle complète, même à l'université. Sauf que mes doigts sont trop gelés pour écrire. Je cale mon journal entre mes pieds pour réfléchir un peu.

La soirée de Harvard était supposée me permettre de rencontrer des gens intelligents. Je ressens comme un échec. Pourtant, il suffisait d'une personne. S'il s'était trouvé une personne à Harvard pour penser que j'étais exceptionnelle au cours de ces quatre ans, tout se serait bien passé. Nous aurions formé un couple heureux et épanoui, et nous aurions attiré les autres autour de nous par extension. Si j'avais rencontré ne serait-ce qu'une connaissance à cette soirée, qui se serait dévouée pour rester à mes côtés toute la nuit, nous aurions pu nous intégrer facilement à d'autres groupes.

Malheureusement, je ne connaissais personne.

L'épisode avec le type dans les toilettes me rappelle une anecdote embarrassante similaire au cours de ma première année. Il y avait une soirée étudiante organisée dans un des salons. J'avais traversé tout le campus pour y assister. La salle fleurait bon les grandes universités de la côte Est, avec ses fausses colonnes de bois sombres encastrées dans les murs et ses longues fenêtres ornées de tentures blanches encore plus longues. Certaines personnes étaient assises à des tables, tandis que d'autres tournaient en rond ou traînaient près des buffets. Personne n'avait l'air d'être venu seul. Aucun visage ne m'était familier. J'avais décidé de me poster à une petite table vide à proximité de la nourriture. De cette manière, quelqu'un finirait peut-être par s'asseoir à côté de moi.

J'étais assise à ma table à observer les gens, le menton posé dans mes mains, essayant maladroitement d'avoir l'air disposée à parler. Il y avait une table à environ 45° de la mienne où étaient assis trois types et une fille. J'avais remarqué du coin de l'œil que, de temps en temps, le type le plus près de moi me regardait au lieu d'écouter ses amis. J'avais fait semblant de ne rien remarquer et je continuais de regarder droit devant moi, alors que je sentais son regard.

Il m'avait regardée de nouveau. Je gardais les yeux fixés sur le buffet.

Il me regardait toujours.

Je ne savais comment réagir. J'avais ôté mes cheveux de derrière les oreilles, car mes cheveux sont mieux lorsqu'ils ne sont pas tirés en arrière. Je m'étais assurée que mes pieds étaient cachés sous la table, comme je portais de vieilles chaussures usées (Je ne peux pas parcourir des kilomètres en talons, désolée).

Je gardais un œil sur le buffet.

Finalement, le type m'avait tapoté l'épaule.

— Salut, avait-il dit.

J'avais souri.

— Est-ce que nous pouvons vous emprunter une chaise ?

Il avait pris une chaise autour de ma table et l'avait tirée vers lui pour qu'une fille puisse s'y asseoir.

Je m'étais sentie misérable.

Je m'étais demandé : quand vais-je être celle pour qui quelqu'un ira chercher une chaise ? Est-ce que je suis destinée à être éternellement celle qui donne la chaise ?

Je me le demande encore aujourd'hui.

Je ne peux pas être la seule dans cette ville à ressentir cela, n'est-ce pas ?

Tout le monde doit commencer quelque part. Il y a forcément des gens qui emménagent à New York en ne connaissant personne. Comment rencontrent-ils des gens ? Ou alors tous les autres connaissent le secret pour se faire des amis. Ils ont dû apprendre ça au cours d'une des années que j'ai sautées.

Ou alors, je ne sors pas assez, tout simplement. Petrov a peut-être raison. Il faudrait peut-être que je me force à assister à des mondanités pour m'entraîner, ce que je ne faisais pratiquement jamais à l'université. D'accord, cette soirée a attiré tous les yuppies du coin, mais peut-être que la prochaine attirera les timides et les gens de mon espèce. Je ne peux pas renoncer aussi facilement. Il y aura d'autres soirées, d'autres événements. Et tout ce qu'il faut, c'est amorcer une conversation avec quelqu'un d'amical, qui pourrait en déclencher d'autres.

Si ce n'est que la seule pensée de devoir en repasser par là me glace le sang.

Pourquoi la simple idée d'assister à d'autres d'événements de ce genre m'effraie-t-elle ? Cela n'a rien à voir avec mes principes moraux. Il est vrai que je trouve que beaucoup de gens sont dépourvus de valeurs morales, mais ce n'est pas la raison pour laquelle j'ai du mal à les rencontrer au départ.

Peut-être que j'ai peur d'aller en soirée parce qu'il y a une part de risque.

C'est ça, non ? Je pars sans avantage dans ce genre de situations. A l'école, les professeurs m'aimaient bien. Je me suis toujours sentie très à l'aise en présence d'adultes. Ils me trouvaient intelligente. Ils me connaissaient à travers les travaux que je leur rendais. Tout ce que j'avais à faire, c'était de m'asseoir à mon bureau chez moi et de m'appliquer à mes devoirs pour gagner leur affection. J'avais le contrôle sur la situation. Ce qui explique sans doute pourquoi j'attache une telle importance aux notes et aux résultats de tests. Ça date de cette période.

Aujourd'hui, tout le monde s'en fiche. Dans un bar ou en soirée, je suis seule avec moi-même. Et personne ne peut me connaître avant de m'avoir adressé la parole. Or j'ignore comment amorcer une conversation.

Je devrais peut-être commencer par écouter Petrov. Il a des idées.

Je ne suis pas obligée d'admettre devant lui que ses idées sont bonnes. Il suffit que je m'en serve dans ma vie.

C'est si dur de se forcer, pourtant. Et si mes pires craintes étaient fondées, si je me révélais incapable d'entrer en contact avec qui que ce soit ?

La vie (pas) très cool de Carrie Pilby

A cet instant précis, assise sur l'escalier de secours gelé, un élan de joie m'envahit. Je repense à quelque chose.

J'ai bel et bien parlé au type des toilettes.

Certes, il avait une copine, et l'anecdote s'est révélée plutôt humiliante. Mais je suis capable de parler à des étrangers.

Je vais persévérer. Je vais parler aux gens. Ça finira par porter ses fruits, tôt ou tard.

Je me lève. Il fait froid. Je regarde si j'aperçois Cy. Il a l'air d'être un type bien, avec une certaine douceur dénuée d'artifice. Il n'est pas sur son escalier, ce soir. Mais j'ai le sentiment que je finirai par le voir.

Il n'y a rien qui puisse me faire penser cela, et pourtant, j'en suis certaine. Je crois que si l'on ne se drogue pas, que l'on ne passe pas son temps à s'empiffrer, et que l'on n'est pas amoureux, la seule chose qui reste, c'est l'espoir. L'espoir que peut-être il y a quelque chose d'autre dans ce monde. Si vous n'avez aucune espoir, c'est là que les antidépresseurs entrent en scène.

Ce soir-là, je reçois un appel de Matt, et nous convenons de dîner ensemble le lendemain soir. Je suis excitée comme une puce. J'ai envie de danser dans ma chambre. Mais pourquoi ? Je ne peux pas avoir de relation avec lui. De toute évidence, ce serait mal. Je détourne son attention de Shauna, sur qui il devrait se concentrer.

Je devrais faire ce que je m'étais dit au départ : aller trouver Shauna pour lui révéler les agissements de Matt. Ou alors, je devrais rencontrer Matt une dernière fois uniquement pour le sermonner. Mais je dois avouer que j'ai un faible pour lui. J'ai passé un bon moment en sa compagnie. Pourquoi devrais-je toujours être celle qui renonce aux bons moments ? Personne d'autre ne se comporte ainsi. Pourquoi faudrait-il que ce soit ma responsabilité de changer les gens comme lui ?

Peut-être que je devrais coucher avec lui. Shauna a de la chance, elle. Elle n'ira jamais à une soirée pour rester dans un coin à contempler ses tickets de caisse. Aucun psychologue ne lui rédigera jamais de listes pour qu'elle apprenne à s'intégrer. Elle ne sera jamais seule chez elle pour Thanksgiving parce que sa famille se résume à une personne, et que cette personne est au Luxembourg. Simplement parce qu'elle est allée dans le bon lycée, elle a une vie normale. Toutes les pièces se sont mises en place. Elle a remporté le super voyage, la nouvelle voiture et tous les superbes lots. Je n'ai rien. Je ne peux rien y faire. J'ai été sage pendant dix-neuf ans et cela n'a pas marché. Désolée.

C'est stupide, pourtant. J'ai au moins dix ans devant moi avant de devoir m'inquiéter à ce sujet.

La vie (pas) très cool de Carrie Pilby

Pourquoi est-ce que je renonce déjà ? Parce que le type le plus normal dans les petites annonces du *Beacon* est fiancé.

Bon, je vais réfléchir à la meilleure chose à faire. J'ai un peu de temps devant moi, je suppose.

Simplement pour voir s'il y aurait une alternative à Matt, je ressors les numéros de téléphone de Michael et Adam, les types qui ont répondu à mon annonce. Je les appelle tous les deux, mais aucun n'est chez lui. Cette fois, je laisse des messages sur leurs répondeurs.

Vers 11 heures du soir, je reçois un appel pour faire de la relecture juridique dans un cabinet où je ne suis jamais allée. Comme il est tard, ils m'envoient une voiture. Dans les bureaux du cabinet juridique, ils m'installent avec une femme plus âgée à une table au milieu d'une bibliothèque silencieuse et bien chauffée. Pendant deux heures, nous restons assises l'une en face de l'autre et écoutons le bourdonnement distant d'un réfrigérateur ou d'une photocopieuse. J'exécute un travail qui me prend une vingtaine de minutes, puis ils nous renvoient toutes les deux chez nous.

A l'arrière d'une autre voiture avec chauffeur, à 2 heures du matin, j'observe les lumières dans les appartements. Une fois de plus, je fais partie de la communauté restreinte et secrète des gens qui sont debout à cette heure. Je ne les vois pas réellement, toutefois, seulement leurs lumières. Certains bow-windows sont ornés de plantes vertes, d'autres sont percés d'une petite porte ; certains sont décorés ou contiennent des produits de nettoyage ; mais tous luisent du même silence endormi.

Matt a l'air nerveux lorsqu'il arrive chez Pellerico's à 7 heures. Il ne voit pas que je l'attends à une table. Il reste à l'entrée, près de la caisse, puis se regarde dans le panneau métallique accroché au mur et rejette ses cheveux en arrière. Soudain, il me remarque. Il a l'air penaud.

Après qu'on nous a distribué les menus, il me dit :
— Je sais que je ne bois pas, mais es-tu sûre que tu ne veux rien ?
— Je crois que j'apprécierais un verre de vin.
— Du vin blanc, dit-il au serveur, et je devine qu'il en connaît encore moins sur l'alcool que moi, ce qui est décidément curieux.
— Alors, dit-il, comment s'est passé le boulot aujourd'hui ?
— Tranquillement.

Il ne peut pas savoir à quel point c'est vrai.
— Personne n'a fait de bêtises ? sourit Matt. Est-ce que c'est mauvais pour toi, quand il n'y a aucune erreur ? Est-ce que ça te rend nerveuse ?

La vie (pas) très cool de Carrie Pilby

— Oui, dis-je. C'est terrible à admettre, mais je suis contente quand je repère une erreur. S'il n'y en a aucune, j'ai peur d'avoir mal relu.

— Je pige, dit-il.

Je déteste quand les gens disent « je pige ». Ils ne le disent que quand ils n'ont rien à ajouter, ou qu'ils n'ont pas compris une blague. Puis Matt commence à énumérer les plats du menu pour lui-même. Horripilant. C'est peut-être mieux que je n'aie pas de petit ami. Comment peut-on passer autant de temps avec une autre personne, alors que tout le monde a des petites manies capables de vous rendre dingue ? Je suis peut-être moins tolérante que les autres.

— Qu'est-ce que tu prends ? me demande Matt.

Je déteste quand les gens commandent en fonction de ce que l'autre personne prend.

— Qu'est-ce que tu prends ?
— Toi d'abord.
— Non, toi.
— Toi
— Toi
— Toi
— Toi
— Toi.

Il met les mains sur ses oreilles et répète « Toi,

toi, toi, toi, toi, toi ! », puis je ris et suis de nouveau sous le charme.

Le serveur revient.

— Il vous faut encore un peu de temps ?

— Non, il est prêt, dis-je. Vas-y, chéri.

Je lui souris gentiment.

— Allez, commence, dit-il. J'insiste.

— Je vais me décider en fonction de lui.

Matt soupire, vaincu.

— Je vais prendre des « peines » à la vodka. C'est de la vraie vodka corsée ?

Oh, pitié. Un des avantages d'avoir grandi avec un père qui voyage, c'est que j'ai beaucoup dîné dehors. Matt n'a visiblement pas connu ça.

— On ne la sent pas beaucoup, répond le serveur. Il y en a dans la sauce.

— Parfait.

— Je vais prendre un sandwich portobello-mozzarella, dis-je.

— Moozzzarèlllle, dit Matt, en m'imitant.

— Je n'y peux rien si je sais prononcer l'italien, dis-je lorsque le serveur repart. Et on ne dit pas « peines », mais « penné ».

— Je suppose que j'ai la tête dans le caniveau, dit Matt.

— C'est peut-être là qu'elle devrait être, dis-je.

— Ce sera certainement le cas dans une heure, dit-il.

La vie (pas) très cool de Carrie Pilby

Je me sens crispée. Il a les yeux qui brillent. Le serveur nous apporte une corbeille de pain, que nous attaquons tous les deux. Je crois que nous sommes nerveux, car nous engloutissons une miche et demie avant que notre plat arrive. Nous finissons également deux petites coupes en porcelaine blanche qui contenaient une sorte de beurre qui n'en est pas vraiment, mais qui n'est pas non plus un fromage à tartiner.

— Désirez-vous un autre verre de vin ? me demande le serveur en déposant nos assiettes.

— Oui, certainement, dis-je.

— Je n'ai déjà presque plus faim, dit Matt, en regardant son assiette.

— Je vais t'aider.

— Tu mangeras mes « pénis » pour moi ?

— Tu devrais boire, dis-je. Comme ça, tu aurais une excuse pour sortir des âneries pareilles.

— Je ne cherche pas d'excuse, dit-il.

Il me serre le genou sous la table. Je regarde autour de moi pour voir si quelqu'un a remarqué son geste, mais tous les convives sont en pleine conversation, perdus dans leurs pensées lubriques ou vaquant à leurs occupations.

Puis je réalise quelque chose. Je viens juste de lui dire qu'il devrait boire. Il y a quelque chose qui cloche chez moi. Je suis en train de devenir celle qui fait pression au lieu de rester l'objecteur de conscience.

La vie (pas) très cool de Carrie Pilby

Je suis en train de faire, à dix-neuf ans, exactement ce que faisaient les autres à l'université quand eux avaient dix-neuf ans. Mon problème pendant tout ce temps était peut-être simplement que je n'étais pas encore arrivée à l'âge bête. A douze ans, les seins poussent, à treize, on a ses règles, à dix-neuf, les méninges se déglinguent et ne récupèrent qu'à trente et un ans. C'est impossible. J'ai raison. Je veux dire, j'avais raison. Avant le dîner de ce soir. Mon ancien moi me manque. Je ne peux pas trahir mon ancien moi. Personne n'était gentil avec lui. Il doit rester authentique et défier les forces tentatrices qui l'entourent. Mais pourquoi faut-il que je sois la seule dans ce monde à souffrir ? Etre l'ancien moi ne m'a menée nulle part. Les seuls moments excitants que j'ai connus au cours des trois dernières années ont été lorsque j'ai pris des risques : avec mon professeur, avec Kara et maintenant avec Matt. Oui, j'aime les activités tranquilles comme lire, chercher des mots dans le dictionnaire, philosopher et dormir. Surtout dormir. Mais Matt est intéressant. Vais-je renoncer à passer du temps avec lui ? Il n'est même pas encore marié. Je ne déroge à aucune règle.

Je vais continuer à boire et m'agripper à Matt sans perdre une minute parce que, d'une part, je me dois à moi-même d'être avec quelqu'un comme lui avec qui je me sens heureuse. Le fait qu'il n'est pas marié signifie que la situation n'est pas dramatique — Shauna ne l'apprécie probablement pas du tout, et pense certainement que c'est facile de trouver un petit ami et que les gens comme moi qui n'en ont pas sont des losers. D'autre part, s'il mérite qu'elle découvre la vérité, alors il faut que je traîne avec lui assez longtemps pour mener ce plan à son terme. Ou alors je la préviendrai de façon anonyme.

Quand je termine mon vin, un serveur m'apporte un autre verre sur la table. Son ménisque translucide oscille, puis s'immobilise. Je vois les dernières lueurs du crépuscule se refléter dedans depuis l'extérieur. Matt pique des pennes avec sa fourchette, mais certaines retombent.

— Je suis un piètre mangeur de pâtes, déclare-t-il.

— Ce n'est pas grave, dis-je. Je parie que tu es très bon dans d'autres domaines.

Il se redresse et baisse les sourcils.

Nous dégustons nos plats en silence. J'aime les champignons portobello et j'aime la mozzarella, mais je pense qu'ils ne vont pas ensemble, si bien que je les retire du sandwich ramolli pour les manger séparément. Matt semble vouloir m'interroger à ce sujet avant de se raviser. Il ne pouvait rien avaler il y a une seconde, alors que maintenant il dévore à toute allure. Quel appétit.

La vie (pas) très cool de Carrie Pilby

Comme s'il lisait dans mes pensées, il lève les yeux et sourit, puis recommence à manger.

Quand il aura passé assez de temps avec moi, il quittera peut-être Shauna. Suis-je juste aussi stupide que toutes les femmes qui pensent ça ? Est-ce un piège dans lequel nous tombons toutes ? S'il voulait la quitter, il l'aurait fait il y a longtemps. Je suis sûre qu'il a rencontré beaucoup de monde, par-dessus le marché. Si ce n'est que toutes ces filles n'ont pas accepté de n'être qu'un passe-temps. C'est la seule raison pour laquelle j'ai pu l'avoir. La seule raison pour laquelle j'ai pu le rencontrer. C'était à condition que je ne sois jamais la première.

Pas question. Je mérite de m'amuser. Pour mon plus grand bien, une fois de plus.

— Un dessert ? demande Matt, avec un sourire espiègle.

— Tu n'avais plus faim il y a cinq minutes, dis-je.

Son assiette est encore à moitié remplie.

— On pourrait partager.

Je consulte le menu puis lui demande :

— Tu aimes le tiramisu ?

Il hausse les épaules.

— J'en ai entendu parler, mais qu'est-ce que c'est exactement ?

— Un genre de gâteau mouillé, au rhum.

— J'aime ce qui est mouillé.

La vie (pas) très cool de Carrie Pilby

Je suppose qu'il se croit charmant. Nous commandons, et on nous l'apporte, nageant dans une crème blanche parsemée de copeaux de chocolat. Il y a deux longues cuillères effilées sur le côté. Je leur mets un A pour la présentation.

Matt prend sa cuillère, la pose sur le doux carré beige et coupe un coin mousseux.

— Hum, dit-il, c'est bon.

— Tu vois ?

Dingue. Pour une fois que c'est moi qui ai de l'expérience.

— D'abord la vodka, maintenant le rhum, dit Matt. Je crois que tu es en train de me corrompre.

— D'habitude, c'est moi qui me fais corrompre, dis-je. Je suis plutôt naïve.

— Et en ce moment, tu l'es ?

— Oui.

Je me sens un peu vulnérable. Et exubérante, à la fois.

Matt finit sa part et fait résonner sa cuillère une fois sur la table.

— On a fait du bon boulot, dit-il. Un vrai travail d'équipe.

Lorsque la note arrive, Matt tapote sa carte de crédit. Il dit :

— Tu veux voir mon annuaire du lycée, avec toutes les citations débiles ?

Aussi artificielle notre entrevue soit-elle, puisque

tout a démarré avec les petites annonces et tout, il a tout de même besoin d'une excuse pour m'attirer dans son appartement.

— Où est ton annuaire ?

— Chez moi.

— Tu ne vis pas avec...

— Shauna, dit Matt. Elle ne vient pas ce soir. Elle est dans le New Jersey parce que sa sœur joue dans une pièce.

C'était donc ça. L'unique raison pour laquelle Matt m'a appelée ce soir, c'est parce que Shauna n'était pas en ville ; nous avons pris un dessert, parce qu'il ne peut pas en prendre avec Shauna ; et la dernière fois, nous avons mangé mexicain parce que Shauna n'aime pas ça. Je ne suis que sa doublure.

Matt habite un vieil immeuble en brique. Dans le couloir, il règne une odeur de renfermé, mais la moquette verte est propre, et les gens qui vivent au rez-de-chaussée ont un paillasson orné de houx qui porte le mot *Joie*. Matt me conduit au second étage par l'escalier.

L'appartement est arrangé avec goût. Le séjour est noir et blanc, avec une table basse, un meuble audio-vidéo complet (soit le cadeau d'un de leurs parents, soit le signe que les gens des vingt ans gagnent bien trop d'argent) et des photos de Matt et Shauna partout dans l'appartement. Eux au bal de fin d'année, l'air ambitieux et jeunes ; eux au moment du bac, dans leurs toges ; eux assis sur la plage en hiver, vêtus de sweat-shirts à capuche.

Je regarde Shauna et je me dis : « Tu sais exactement avec qui tu partiras en vacances. Tu lui fêteras son anniversaire et te réveillera sà ses côtés tous les matins et iras te coucher à ses côtés tous les soirs. Tu danseras avec lui pour vos cinquante ans de mariage. Quand il sera assez riche grâce à sa société de consulting en informatique, tu rayonneras à ses côtés. Tu connais tous ses secrets. Tu te souviens à quoi il ressemblait quand il était jeune. Tu l'auras toute ta vie à tes côtés, jusqu'à votre mort. Toute ta vie. C'est très long. » Est-ce que je devrais leur en vouloir ?

— Mon annuaire est ici, dit Matt.

Je le suis dans sa chambre. Il y a un lit double avec un dessus-de-lit en crochet, une grande télévision et des piles de livres. Matt s'assied sur son lit et ouvre l'annuaire sur ses genoux. Le matelas s'enfonce. Je m'assieds à côté de lui.

— N'oublie pas que je viens du New Jersey, dit-il, en désignant la coupe de cheveux de certaines filles.

— On dirait que celle-ci porte une perruque, dis-je.

— Tu crois qu'elle est rebelle, regarde ici, dit-il en tournant la page.

Je ris. Matt ajoute :

— Regarde sa légende : « Don't worry, be happy. »

J'aime la manière dont ses doigts glissent sur la page, rapides mais déterminés.

— On voit que cette fille a cherché longtemps quelque chose de profond, dis-je.

Pus il passe à une fille qui est blonde d'un côté et brune de l'autre.

— Voilà une coiffure intéressante ! m'exclamé-je.

— C'était la deuxième de la classe, dit Matt.

— Non ?

— Si, je t'assure.

— Tu mens.

— O.K., je mens, dit-il. Tiens, c'était elle.

Et il tourne plusieurs pages.

— Elle a beaucoup de cheveux aussi.

— Je te l'ai dit, c'est le New Jersey.

Il me regarde :

— J'aime beaucoup tes cheveux.

— Ce ne sont que des cheveux, dis-je.

— Mais ils sont naturels, dit-il.

Il saisit une mèche entre son pouce et son index et l'enroule autour de ses doigts.

— J'aime les cheveux lisses.

Puis il prend une autre mèche. Je me rapproche.

Rapidement, nous nous engageons dans un baiser fougueux.

Finalement, je regarde une des innombrables photos de Matt avec cette fille quelconque, placée en équilibre précaire au-dessus de son imprimante laser, et je me redresse.

— Je devrais y aller, dis-je.

— Allez, viens, dit-il, allongé sur le dos. La nuit ne fait que commencer.

— Oui, mais je dois travailler demain.

— Moi aussi. Et alors ? Nous n'aurons pas beaucoup d'occasions.

— Ce n'est pas parce que tu dépends de l'agenda de Shauna que c'est mon cas.

Il se redresse.

— Ce n'est pas juste, dit-il. Tu connaissais les règles dès le départ. Et tu m'as dit que tu étais dans la même situation.

— En fait, j'ai rompu avec mon petit ami. Parce que je savais que si j'étais capable d'avoir des sentiments pour quelqu'un d'autre, alors je n'avais rien à faire avec lui.

Matt se tait une seconde.

— Tu es jeune, dit-il. Tu apprendras en vieillissant que tout n'est pas toujours aussi noir ou blanc.

— Eh bien, peut-être que ça devrait l'être.

— Ce serait bien, dit Matt.

— C'est faible de ta part de renoncer aux choses.

— Je ne renonce à rien du tout. C'est justement de cela qu'il s'agit.

Le truc, c'est que je n'ai vraiment pas envie de partir. J'ai envie qu'il me convainque de rester. Je l'apprécie beaucoup et j'aime bien cette idée que l'on peut faire quelque chose comme ça sans blesser personne. Est-ce que c'est vraiment le cas ?

— Tu es en colère après moi ? demande Matt.

Il se rapproche et me prend le bout des doigts.

— Je n'en ai pas le droit. Au sens propre. Je n'ai aucun droit sur rien.

— Viens ici, dit-il.

Et nous reprenons où nous en étions. La barbe naissante qui repousse autour de ses lèvres me chatouille.

Il déplace ses mains sur mes bras, mes épaules, puis saisit mon menton.

Pourtant, je m'arrête. Je me dégage avant que quelque chose d'important ne se passe. Il dit qu'il m'appellera la semaine prochaine.

Malheureusement, je le quitte avec l'envie de le revoir le plus tôt possible.

De retour dans mon quartier, je croise les Guarinos, le couple qui habite de l'autre côté de la rue. Je les reconnais pour les avoir vus à la fenêtre de leur cuisine.

Presque sur une impulsion, je leur dis « Salut ! ». Tous les deux ont l'air perplexe, et Tom murmure « Salut ». Une fois au bout de la rue, je me retourne pour voir s'ils vont se retourner vers moi pour essayer d'apercevoir qui je suis. Ça ne rate pas. Je ris. Ils ont l'air confus, puis agacés que je les ai eus. Je continue de marcher triomphalement. Je dis bonjour à mes voisins ; ça doit vouloir dire que je progresse. Je suppose qu'à ce stade, si je ne me force pas avec les gens, je ne rencontrerai jamais personne. En réalité, j'ai l'impression que le moindre geste sociable que je fais est forcé. Avec un peu de chance, un jour, je trouverai assez de personnes que j'apprécie et de choses à faire pour ne plus avoir à me forcer à rencontrer quiconque. Peut-être que la plupart des gens en sont déjà là, ce qui explique pourquoi ils ne me rencontrent pas moi : parce qu'ils ont rencontré assez d'amis très jeunes, et se sentent bien maintenant.

C'est vrai, non ? N'est-ce pas la raison pour laquelle personne n'a fait ma connaissance à la réception de Harvard ? Parce qu'ils se sont trouvés un groupe tôt et n'ont plus bougé ? N'est-ce pas la raison pour laquelle Matt est fiancé avec Shauna ? Parce qu'il n'a pas envie de passer davantage de temps à chercher une épouse potentielle ? N'est-ce pas la raison pour laquelle tous mes voisins restent sur leur quant-à-soi au lieu d'organiser une soirée entre voisins ?

Peut-être que tout le monde devrait aller voir Petrov. Les gens sont paresseux socialement. Je ne suis pas la seule. Et au moins, quand je le suis, c'est pour de bonnes raisons : je n'ai pas envie d'être confrontée à l'hypocrisie, au mensonge et aux tromperies qui sont le tout-venant. En fait, réfléchissons à ce que m'a apporté la liste de Petrov jusqu'à maintenant. A cause d'elle, j'ai embrassé un type qui est fiancé et je me suis retrouvée à embrasser une fille qui est une fille. Devrais-je rester seule et arrêter de me forcer, ou me forcer en renonçant à mes critères, comme tout le monde ?

Une fois chez moi, je sors mon nouveau journal intime et m'affale sur le lit. Peut-être que ça m'aiderait, de coucher mes dilemmes moraux sur le papier.

« Comportements acceptables », écris-je d'un côté de la page, et de l'autre côté, « Comportements inacceptables ».

Mais pour quoi faire ? Et si je ressens le désir impérieux l'année prochaine, ou dans cinq ans, de faire quelque chose dans la seconde colonne ? Qu'est-ce que tout ça veut dire ? Des élèves de CE2 qui apprennent en classe que l'alcool et la cigarette sont nocifs et dangereux pour la santé diront que c'est mal d'en consommer ou de forcer les autres à le faire. Mais après un laps de temps, ils sont de moins en moins opposés à cette possibilité. Et au lycée, ils s'y mettent sans réfléchir à deux fois. Quand nous sommes petits, nous ne nous disons pas : « Un jour, je serai grand et je tromperai mon conjoint. » Nous savons que ce n'est pas bien. Pourquoi savons-nous ce qui est moral et sage à sept ans, mais plus à vingt-sept ans ? Nous devrions en théorie devenir de plus en plus intelligents et non de plus en plus bêtes, en vieillissant. Nous devenons sans doute aussi plus faibles.

Or ce n'est pas le cas, non ? Je veux dire, nous ne sommes certainement pas plus faibles physiquement. Quelque chose d'autre doit être en jeu. Peut-être que c'est réellement Satan. N'est-ce pas comique, que ce soit la réponse qui paraisse la plus sensée ?

Mon Dieu. Les bigots ont raison. Tout ce qui est mal est la faute de Satan.

C'est stupide, évidemment. Il y a plein de choses auxquelles nous pouvons résister : tuer, voler. Mais ces choses sont assez extrêmes pour qu'il ne devienne pas plus difficile de leur résister avec le temps.

Bon, je peux toujours dire ça : je ne suis qu'un être humain. D'ailleurs…

Le diable m'a entraînée.

L'alcool m'a entraînée.

Je n'ai pas pu m'en empêcher.

C'est l'unique fois de tout le mois.

J'ai été créée pour répandre ma semence.

La vie (pas) très cool de Carrie Pilby

J'ai été élevée de cette façon.
Je suis italienne.
Je suis juive.
Je suis catholique.
Démence temporaire
J'ai eu une mauvaise journée.
Mes parents me disaient que je ne valais rien.
J'ai subi beaucoup de stress.
C'est juste un truc comme ça.
J'ai un trouble déficitaire de l'attention.
Ils font ça tout le temps en Europe.
Il ne manque qu'un peu de musique…
Je ne suis qu'un être humain.
Le diable m'a entraînée.
L'alcool m'a entraînée.
Je n'ai pas pu m'en empêcher.
C'était l'unique fois de tout le mois.
J'ai été créée pour répandre ma semence.
J'ai été élevée de cette façon.
Je suis italienne.
Je suis juive.
Je suis catholique.
Démence temporaire
J'ai eu une mauvaise journée.
Mes parents me disaient que je ne valais rien.
J'ai subi beaucoup de stress.
C'est juste un truc comme ça.
J'ai un trouble déficitaire de l'attention.

La vie (pas) très cool de Carrie Pilby

Ils font ça tout le temps en Europe.

Approchez, faites-vos excuses. Excuuuses. Faites vos excuses !

Et on dit que le base-ball est le passe-temps national.

9

Le lendemain de mon rendez-vous avec Matt, je décide d'essayer de rappeler Michael, qui avait répondu à ma petite annonce, même s'il n'a jamais répondu au message que je lui avais laissé. Je m'allonge sur mon lit avec mon téléphone et compose le numéro. Cette fois, il décroche à la troisième sonnerie. Il est en retard juste ce qu'il faut, comme moi. Déjà une chose que nous avons en commun.

— Est-ce que c'est Michael ?

— C'est lui, répond-il.

Pas top en grammaire. Un point en moins.

— C'est Heather, dis-je. Tu m'as appelé... suite au *Beacon*.

— Exact, dit-il. Les petites annonces.

Deuxième point en moins. Il l'admet facilement, au lieu de se montrer hésitant à ce sujet, comme le serait toute personne normale.

— Donc, dit-il, quoi de neuf ?

C'est une question un peu vague.

— Considérant que tu ne me connais pas, dis-je,

je vais t'épargner le compte rendu opératoire de Fluffy.

— Wouah, dit-il. Tu as un chat ?

— C'est une blague.

— Ah. Désolé.

— De toute façon, ce genre de situation est toujours un peu étrange. Tu as dit que tu n'avais jamais répondu à une annonce avant celle-ci ?

— A quelques-unes seulement, dit-il. Tu semblais différente.

— Disons que j'ai mis l'accent sur l'intelligence. Voilà ce qui est différent.

On dirait qu'il était allongé et qu'il se lève seulement maintenant, car j'entends des grincements.

— Disons que je lis beaucoup, alors je me suis dit…

— Qu'est-ce que tu lis ?

— Euh, je veux dire, je ne lis pas tout le temps, dit-il. Mais ça m'arrive.

— Aimes-tu un genre en particulier ?

— Oui, j'aime bien les auteurs de science-fiction.

— Quelqu'un en particulier ?

— Asimov ? dit-il.

— J'ai lu Fondation.

— Tu plaisantes ! Il est excellent !

— C'est pas mal.

La vie (pas) très cool de Carrie Pilby

— C'est cool. Les filles n'aiment pas la science-fiction, en général.

Au moins, il ne m'a pas appelée « dame ».

Pendant que nous parlons, mon opinion à son sujet fluctue. Il a l'air plutôt normal, mais pas très intelligent. Je me demande si je suis censée suggérer que nous nous rencontrions. Je suppose que oui, puisque j'ai passé l'annonce. Seulement je n'ai pas l'habitude.

— Bien, dis-je. Nous pourrions poursuivre notre conversation, un de ces jours.

— Euh… ouais.

— Nous pourrions nous rencontrer quelque part.

— Tu veux prendre un café ? demande-t-il.

Et un de plus. Pourquoi faut-il toujours que ce soit du café ? Pourquoi est-ce que personne ne dit jamais : « Tu veux boire un jus de carotte, un de ces quatre ? » ou alors : « Je connais un super endroit pour boire du nectar de pêche. » Ces boissons sont bien plus saines qu'un café, et meilleures, de surcroît. Si je rencontre un jour quelqu'un qui me propose de le retrouver pour boire un jus de fruit, je l'épouse sur-le-champ.

— Bon, dis-je. Il y a une librairie Barnes & Noble dans mon quartier. Comme tu aimes les livres.

— Bonne idée, dit-il. Je ne suis pas là le

week-end prochain, mais pourquoi pas le week-end d'après ?

— Bien, samedi me va, dans la journée. Ou pour déjeuner. Ils ont des sandwichs.

— Super.

Le Barnes & Noble auquel je pense est en fait près du commissariat. C'est pour ça que je l'ai choisi. Je repense à la fille qui avait rencontré un étudiant sur internet à New York il y a quelques années ; elle s'était rendue dans son appartement, et il l'avait soi-disant attachée, bâillonnée puis retenue contre son gré pendant des heures. C'était un individu tranquille, intelligent, et voilà ce qui était arrivé. On ne sait jamais.

Une fois que j'ai raccroché avec Michael, ma chambre est de nouveau silencieuse. Très silencieuse. J'entends à peine le bourdonnement à l'intérieur de mon mur.

Retour à la normale, je suppose.

Je me demande pourquoi je n'ai aucune nouvelle de A-Adam. Peut-être qu'il a la trouille. Je décroche mon téléphone et appelle le 900 pour vérifier si j'ai eu d'autres réponses à mon annonce. Le répondeur m'informe qu'il y en a une. Plusieurs secondes de silence s'écoulent, puis quelqu'un raccroche.

Je réalise que si je mourais dans mon appartement le lendemain de mon rendez-vous avec Petrov, personne ne s'en apercevrait pendant une semaine.

La vie (pas) très cool de Carrie Pilby

Mon père essaierait peut-être de m'appeler, mais il ressaierait plus tard, et il lui faudrait plusieurs jours pour réaliser que quelque chose n'est pas normal. Je suis sûre qu'il y a des gens dans le monde qui ne pourraient pas disparaître plus de quelques heures sans que quelqu'un ne remarque leur disparition. Et il y a des gens qui pourraient décéder un vendredi après leur journée de travail, sans que personne ne s'en aperçoive avant le lundi. Or, dans mon cas, il faudrait une semaine entière. C'est peut-être un moyen de connaître votre cote d'affection en ce monde : en fonction du temps qu'il faudrait aux gens pour s'apercevoir de votre disparition. A l'heure actuelle, je ne vaux pas grand-chose.

Puis le réveillon de Thanksgiving arrive. Cet après-midi, les rues commencent à se remplir. Les gens sont sortis tôt du travail, sans doute. Je remonte quelques rues jusqu'à ma supérette de quartier. Je pense que je vais m'offrir un poulet rôti et un dîner de Thanksgiving improvisé demain. Alors que j'imaginais trouver le comptoir où se trouvent les poulets rôtis désert, la queue s'étend jusqu'au rayon des surgelés. Je me demande pourquoi tous ces gens ont décidé d'acheter du poulet rôti au supermarché pour Thanksgiving au lieu de la dinde habituelle. C'est presque un sacrilège.

La vie (pas) très cool de Carrie Pilby

Au moins, j'ai une excuse. Se pourrait-il qu'il y ait d'autres personnes seules ?

Quand je les observe, j'en doute. Ils sont dans l'ensemble bien habillés, pressés, et parfois, accompagnés de leur moitié. Peut-être qu'ils n'aiment tout simplement pas la dinde, ou qu'ils mangent du poulet ce soir pour ne pas avoir à cuisiner. Mais qui pourrait manger du poulet la veille d'une orgie de dinde ?

Tous ont l'air impatient. Je sais que certains sont sur le point de se débarrasser de leur costume de travail et de leurs talons hauts inconfortables pour sauter dans leur voiture et quitter la ville. Je repense, quand j'étais petite, à l'habitude qu'avaient les gens de banlieue d'emmener leurs enfants en ville pour rendre visite à leurs grands-parents durant les vacances, alors qu'aujourd'hui, les gens d'une trentaine d'années vivent en ville ; si bien qu'ils emmènent leurs enfants en banlieue, où ils ont grandi, pour rendre visite aux grands-parents de leurs enfants. J'imagine que la tendance va continuer à s'inverser jusqu'à ce que les banlieues ressemblent à des villes et les villes à des banlieues, de sorte qu'on ne verra plus aucune différence.

Je traverse les allées, et prends de la sauce à la canneberge, de la bière au gingembre, du vin (autant faire ça dans les règles), du maïs à la crème, de la guimauve, des patates douces et un sachet de petits pois surgelés avec des carottes au beurre. Je ne reconstitue pas le premier repas de Thanksgiving consommé par les Pèlerins (qui, contrairement à la croyance américaine populaire, étaient des séparatistes anglais et non des puritains ordinaires, un fait qui n'a guère d'importance si ce n'est que c'est ennuyeux qu'on enseigne des choses erronées à l'école), mais je recrée le premier Thanksgiving que mon père et moi avons célébré ensemble. Nous ne l'avons pas fêté avant mes cinq ans, parce que mon père ne l'a jamais fêté au cours de son séjour en Angleterre, et que je n'y avais jamais prêté attention avant que de participer à des activités sur ce sujet en dernière année de maternelle aux Etats-Unis. Cette année-là, nous avions tracé le contour de nos mains pour dessiner des dindes ; nous avions rédigé sur de grandes affiches vertes avec des lignes toutes les choses pour lesquelles nous étions reconnaissants ; nous avions découvert l'histoire des Pèlerins (nous n'avions pas appris qu'ils étaient séparatistes) et des Indiens (qu'on a commencé à appeler les Amérindiens quand j'étais en CE2) et ce qu'ils mangeaient, à savoir sûrement pas de la volaille vendue avec le thermomètre à viande inclus. Quand, en dernière année de maternelle, j'ai dit à mon père que je souhaitais célébrer Thanksgiving, il avait passé quelques coups de fil et s'était débrouillé pour rassembler toute une liste d'ingrédients qui se sont transformés en un repas abondant. Hormis quelques exceptions à l'université, il a fait de même tous les ans.

Sur le chemin de la maison, je m'achète plusieurs parts de pizza pour éviter de saliver en pensant au festin gargantuesque du lendemain.

Tout est calme quand je me réveille le lendemain.

J'entends quelques portières de voiture s'ouvrir et se fermer. J'entends quelqu'un crier « Bonjour ! ». Mais le vrombissement des bus, les Klaxons des taxis sont absents. Je regarde dehors, et la rue est si déserte que la mince pellicule de verglas qui la recouvre les matins de grand froid est pratiquement intacte.

Je regarde l'heure. 8 heures et demie. Trop tôt pour manger. Trop tôt pour faire quoi que ce soit.

Je ne sais pas ce que je vais faire ce matin. Impossible de regarder la télévision. Il n'y a que des émissions de sport ou la rediffusion de la parade de Macy's. La parade est une tradition. Je n'en raffole pas. Difficile d'apprécier : « Et voici le char de Snoopy. Regardez-le passer. Il faut cinq hommes pour le gonfler. Il mesure cinq étages de haut. Son museau mesure deux mètres de circonférence. Sa température intérieure est de 280 degrés Kelvin. » Ils devraient organiser des parades sponsorisées par les marques de vêtements les plus bas de gamme, avec des chars comme « Polly Esther » et « Rippy Longstocking » puis les faire défiler dans les banlieues les plus snobs du pays.

Ces rêveries ne parviennent pas à me détourner de mon ennui ni de ma solitude. Mon estomac est vide. Je l'entends gargouiller.

Il est trop tôt pour mon repas de Thanksgiving. Pourtant j'ai l'eau à la bouche en pensant à mon oiseau juteux, succulent, épicé et chaud.

Je décide de nettoyer à fond les étagères de ma cuisine, ce que je n'ai pas fait depuis un moment. Je me mets debout sur un tabouret et commence à frotter, en enlevant ce qui colle sur mes tubes de Ketchup et de sirop d'érable. Mais cela ne fait que me faire penser davantage à la nourriture.

Puis je me dis, je suis seule, après tout : pourquoi pas ?

Je n'ai personne à attendre pour le déjeuner.

L'idée de manger mon dîner à 9 heures du matin pourrait en écœurer certains alors qu'en réalité, il n'y a absolument aucune contre-indication. Le fait qu'un acte sans conséquence pour notre santé puisse nous sembler écœurant révèle simplement l'emprise psychologique de notre culture sur nous.

Ce n'est pas comme si je faisais ça tous les jours.

Je sors à la hâte le poulet du réfrigérateur, qui a suinté d'une sorte de gel innommable mais pas complètement rébarbatif, et je le place sur la plaque du four pour le réchauffer. J'ouvre avec joie les conserves de maïs et de patates douces. Je place les bols et les plats en plastique sur la table. J'apporte un poste de radio dans la cuisine et le règle sur ma station de musique classique préférée. L'animateur à la voix douce parle de Thanksgiving et ça me réjouit. Il est seul, également. Nous sommes au moins deux dans cette situation.

Le temps d'une seconde, je me souviens que Kara avait parlé de réunir tous les orphelins de notre espèce. Je me demande ce qu'elle est en train de faire. De toute façon, je me suis déjà faite à l'idée de manger seule. Quand je suis dans un certain état d'esprit, j'ai du mal à en changer. Je ressens un petit pincement de culpabilité, mais surtout un grand bonheur d'avoir oublié d'appeler Kara, parce que je préfère vraiment être seule aujourd'hui. Peut-être que l'année prochaine, c'est moi qui inviterai tous les orphelins.

Je réchauffe les patates douces et la guimauve et fais bouillir l'eau pour la farce. Je plie ma serviette et la place à côté de mon assiette. L'assaisonnement de la farce sent très bon.

Et ça, mes amis, c'est la beauté, la merveille, la joie — la récompense d'être seule ! Je n'ai pas à m'asseoir dans le séjour à sentir pendant des heures le fumet de la dinde et à attendre que quelqu'un enfourne un gant carbonisé dans le four pour en sortir l'Oiseau. Je n'ai pas à regarder la parade ou tel événement sportif en prétendant que je pense à autre chose qu'à la viande blanche, tendre et juteuse. L'Oiseau est pour moi ! Tout l'Oiseau rien que pour moi !

Je peux le dévorer toute la journée. Je peux manger du poulet au petit déjeuner, au déjeuner et au dîner. C'est mon Oiseau.

Le tintement des touches de piano à la radio accompagne le cliquetis de mon verre et de ma vaisselle tandis que je mange et que je bois. Je suis assise à la table à manger de bois noir de l'appartement dans lequel j'ai grandi — en fait, une grande partie de notre ancien mobilier se trouve dans mon appartement (nous avons vendu ou donné le reste). J'ai mis une nappe rose, que je retourne quelques secondes, pour observer les encoches et les éraflures sur la table. Je me souviens que chacune d'elles a été réalisée dans mon enfance au cours d'une cérémonie ou d'un dîner de Thanksgiving, puisque c'est pratiquement la seule occasion où nous mangions à la table de la salle à manger. Sinon, nous mangions sur une petite table ronde dans la cuisine, que nous avons jetée depuis. Celle-ci était celle des grands jours. Chaque entaille a dû être réalisée à un âge différent, à un stade différent de ma vie, dans le

La vie (pas) très cool de Carrie Pilby

même appartement avec la même personne. Je passe mon index dessus.

Le poulet est délicieux, tendre et savoureux, bien meilleur que si je l'avais cuisiné. Mon père dit que ma mère était un cordon-bleu, et il est possible que j'aie hérité de son talent, mais je n'ai jamais essayé de vérifier. Bien que le talent soit inné, il requiert une certaine inspiration. Je n'ai pas besoin de cuisiner des crevettes cacciatore avec du fenouil pour moi toute seule. Je ne sais même pas à quoi ressemble du fenouil.

J'engloutis le maïs, la canneberge, la farce et les pommes de terre. Quand j'ai fini, et que la vaisselle est débarrassée, je m'affale sur le canapé du salon tel un clebs repu. En certaines occasions, rien ne vaut une tête vide et un estomac plein.

A midi, mon père appelle.

Il me souhaite un joyeux Thanksgiving. Il me demande de nouveau si j'aimerais qu'il appelle quelques amis en ville à qui je pourrais rendre visite. Je décline sa proposition.

Il me demande ce que je vais manger.

— Euh, je crois que je vais manger le poulet rôti que je me suis acheté, dis-je, avec du maïs, de la sauce à la canneberge, et probablement des pommes de terre et de la farce.

— On dirait que tu t'es inspirée de notre tradition, dit-il. J'aurais bien aimé être là.

Je sais qu'il ne dit pas ça en l'air. Je me demande parfois s'il n'est pas resté à l'écart parce que c'était plus simple pour lui.

— Peut-être que tu peux les convaincre de fêter Thanksgiving à Luxembourg, dis-je.

— Je ne m'y risquerais pas, répond-il. Mais je suis tout de même reconnaissant aujourd'hui. Je suis reconnaissant de t'avoir.

Quand je raccroche, tout est calme. Plus encore que d'habitude, car il n'y a aucune raison que le téléphone sonne de nouveau. Même les vendeurs téléphoniques n'appelleront pas aujourd'hui. Matt n'appellera sûrement pas. Il doit être assis à une table animée, à l'heure qu'il est, et il ne pense sûrement pas à moi.

Tout ce que j'ai aujourd'hui, ce sont des livres, quelques DVD et des restes. Je lis un peu, puis nettoie ma baignoire et range les étagères supérieures de mon placard où j'avais trouvé les disques de polka en emménageant.

Soudain j'ai envie d'entendre quelque chose. Un tel degré de silence est trop absolu, même pour moi. Je ne peux pas passer le reste de la journée sans entendre un son.

La vie (pas) très cool de Carrie Pilby

Alors je grimpe sur une chaise et je dis à voix basse « Aaahhhh ».

Puis, je dis plus fort « Aaaaah ».

Puis je hurle « Aaaaaah ! ».

Rien ne répond.

Je me souviens d'une anecdote similaire quand j'étais petite.

A l'âge de neuf ans, j'ai réalisé que tout ce que nous faisons au cours de notre vie, y compris nous asseoir ou chantonner, est peut-être prédestiné. A cette pensée, j'avais contracté mon bras dans un geste soudain pour effacer ces effets, voire débarrasser le reste de ma vie de cette course prédestinée. Mais après cela, je m'étais demandé si le fait de contracter mon bras avait pu être prédestiné. J'avais alors poussé un petit cri. Puis j'avais réalisé que peut-être que ce cri était prédéterminé lui aussi. Alors j'avais tourné la tête rapidement. J'avais réalisé que ça aussi pouvait avoir été prédestiné. Ensuite, j'avais tapé sur la table. Avant de réaliser que ce coup aussi pouvait avoir été prédestiné. Pour finir, j'avais renoncé.

Je décide d'appeler Kara, en fin de compte. Elle est probablement chez elle, n'est-ce pas ?

Je me dirige vers la table de la cuisine. Après délibération, je compose son numéro. Pas de réponse. Bien sûr, elle a trouvé quelque part où aller. Qui ne l'aurait pas fait ?

Je suppose que j'aurais dû faire pareil. J'aurais pu

rendre visite à des amis de mon père. Cependant, j'aurais toujours été seule. Se sentir seul n'a rien à voir avec l'envie d'être entourée de gens. Mais plutôt d'être avec des gens qui tiennent à vous.

A court d'idées, je m'assieds sur mon canapé.

Je passe le temps en réfléchissant à des tas de choses.

Je me demande quel pourrait être le pluriel de « walkman ».

Je me demande pourquoi la plupart des gens trouveraient épouvantable de demander dix centimes à un étranger alors que ça ne les dérange absolument pas de réclamer une cigarette.

Je réfléchis à la grosse énigme de Thanksgiving : quelle est exactement la différence entre la patate douce et l'igname ?

Le dictionnaire indique qu'une patate douce est « une plante grimpante américaine tropicale cultivée pour sa racine tubéreuse orange et charnue ». Il indique qu'une igname est « la racine féculente comestible d'une plante grimpante tropicale ». Peut-être que la patate douce désigne la plante et la partie comestible, tandis que l'igname n'est que la partie comestible. Sauf qu'il est précisé que la patate douce est américaine quand l'igname est tropicale. Oh, tant de mystères.

Avant de m'endormir, je repense aux vacances,

La vie (pas) très cool de Carrie Pilby

à la famille, à Matt, à Kara, aux bandes dessinées, aux ignames, à la maternelle, aux séparatistes, au poulet, à la dinde, et cet ingrédient dans la dinde qui est supposé vous fatiguer, et enfin, j'essaie de me rappeler de sa composition chimique, en vain.

Le samedi, je reçois un appel pour me rendre chez Dickson & Monroe. Je reconnais immédiatement que c'est le cabinet où travaille Kara. « J'y suis déjà allée », dis-je rapidement à la responsable des missions de relecture juridique, histoire de conclure l'affaire si jamais elle changeait subitement d'avis à propos de mon mérite. J'ignore si Kara sera là, et mon cœur s'emballe. Je m'apprête avec soin. Sans savoir pourquoi. Peut-être simplement pour l'impressionner. Ou alors peut-être que j'aime l'idée qu'elle me regarde sans penser instantanément que je suis marginale. C'est comme si j'avais réussi quelque chose.

Quand j'arrive au cabinet, je suis ravie de voir que Kara est là. Ainsi que deux autres relecteurs : un type sérieux d'une vingtaine d'années et une fille aux cheveux courts qui doit mesurer 1,52 mètre. Kara m'adresse un grand sourire. « Carrie ! » s'exclame-t-elle. Elle vient apparemment de régaler le garçon et la fille d'anecdotes sur la routine quotidienne de Dickson & et Monroe, et elle leur dit : « Et voici Carrie. Elle assure. »

Le garçon me demande si je suis une actrice, et

quand je lui dis que non, lui et la fille me disent
« Tant mieux ». Le garçon, qui s'appelle Billy, semble
être un acteur qui s'essaie au comique de stand-up.
La fille, Tina, est actrice et mannequin de détail,
pour ses mains.

Notre chef débarque :

— Ce que nous pensions vous confier n'est pas
encore prêt, nous dit-il. Nous avons quelque chose
de moins intéressant, si vous voulez. Nous avons
des fascicules à reliure spiralée et nous voudrions
nous assurer qu'il ne manque aucune section. Donc
tout ce que vous avez à faire, c'est de feuilleter toutes
les pages pour vous assurer qu'il n'en manque
aucune. Je sais que vous êtes des relecteurs, alors
si vous pensez que ce travail est inférieur à vos
qualifications, vous n'avez pas à le faire. Mais si
vous restez, vous serez payés l'intégralité de votre
salaire de relecture.

— Je suis partant, dit Billy.

— Je suis partante, dit Tina.

— Je suis partante, dis-je.

— Bien.

Le type installe un bureau avec des piles de boîtes
puis il sort. Kara se tient en face de moi, dans mon
champ de vision ; elle a l'air enjouée et vive aujourd'hui, avec ses lunettes en amande ultra-tendance.
Billy se tient à côté de moi.

— C'est quoi son nom déjà ? demande Tina après le départ de notre chef.

— Eric, dit Kara.

— *Eric the bee* ? réplique Billy.

— *Eric the half bee*, dit Kara. Il a eu un accident.

Oh non. Je suis sûre que c'est encore un sketch comique dont je n'ai jamais entendu parler, et que ni Kara ni Billy ne vont l'expliquer. Les gens n'ont jamais envie de vous dire ce qu'ils citent quand vous leur demandez. Vous leur demandez trois fois, et après vous avez l'air stupide. C'est ce qu'ils cherchent. Cela dit, je les comprends, parce que la plaisanterie tombe à l'eau, si vous devez citer vos sources.

Tina demande :

— D'où est-ce que ça vient ?

Fidèles aux lois du genre, Kara et Billy ignorent la question.

— Tu peux chanter la chanson ? demande Kara à Billy.

— Bien sûr, répond Billy.

— Attends, dit Tina. Stop. Une minute. Tu ne peux pas chanter la chanson sans nous dire d'où elle vient.

— Des Monty Python, répond Billy avec lassitude.

Bon sang ! C'est toujours les Monty Python. Il faut vraiment que je loue des films des Monty Python.

La vie (pas) très cool de Carrie Pilby

Tout le monde cite ces foutus trucs et je me retrouve muette comme une carpe.

Ils chantent la chanson tous les deux. Je suis jalouse de leur complicité.

Notre chef Eric revient et nous confie le reste du matériel dont nous avons besoin.

Il repart, et nous nous mettons au travail.

— Carrie, combien d'argent avons-nous déjà gagné ? me demande Kara.

— Sept dollars cinquante.

Billy et Tina éclatent de rire.

— Elle n'a même pas regardé sa montre ! rit Tina.

— Je venais de la regarder avant qu'elle me pose la question, dis-je.

— Ouais, Carrie est fortiche, dit Kara. Dis, combien avons-nous gagné pendant cette conversation ?

— A peu près vingt-cinq centimes de plus.

— Très bien ! Et là, combien ?

— Deux centimes de plus.

— Il y a pire comme moyen de gagner sa vie, dit Kara.

— En effet, dit Tina. Je viens juste de jouer du Shakespeare à Detroit.

— Ouille, dit Billy. Ça, c'est horrible.

— Je préfère Shakespeare à Central Park, répond Kara.

— Non, ça, c'est horrible.

— Tu sais ce qui est impossible ? dit Billy. Mercutio.

— Oh, je sais, répond Kara. Je serais incapable de mémoriser ce rôle.

— Mon ami le fait pour des auditions.

— C'est comme de courir ton premier marathon avec des encyclopédies suspendues aux chevilles.

— Plutôt pervers.

— Ah !

— Dis, connaîtrais-tu quelqu'un qui fait de belles photos de portraits ?

— En parlant de pervers.

— Non, sérieusement.

Ils parlent du métier d'acteur un temps. J'observe Kara, qui réussit à avoir l'air enjouée quel que soit le sujet.

Soudain, elle me sourit.

— Quoi ?

— Alors, on en est à combien ?

— Quinze dollars.

— Excellent !

Elle me tape dans la main.

— J'ai eu les pires professeurs de comédie à l'université, dit Billy.

— Ah, moi, je me suis assurée qu'ils soient bons, dit Kara. Surtout que j'ai payé mes études de ma poche.

— C'est toi qui as payé pour tes études ?

— Enfin, j'ai surtout décroché des bourses, précise-t-elle. Mes parents ne pouvaient plus m'aider, à un moment donné, alors j'ai dû payer le reste.

— Est-ce que tu as dû te déclarer mineure émaciée ? demande Tina.

Billy et Kara éclatent de rire au même moment.

— Mineure émaciée ! dit Billy, en s'écroulant sur la table. Ouais. Elle a demandé à Abraham Lincoln de signer sa Proclamation d'émaciation.

— Je voulais dire éman-ci-ée, ou peu importe, dit Tina.

Je suis surprise que Kara et Billy aient ri, alors que je me suis entraînée pendant des années à ne pas me moquer des gens qui employaient le mauvais terme.

— Je n'ai pas eu à me déclarer, répond Kara sérieusement. J'ai juste expliqué la situation à un conseiller financier. Mes parents étaient en conflit, et aucun d'eux ne voulait payer. Pas un pour racheter l'autre.

— Terrible, dit Tina, d'un ton grave.

Soudain, Kara dit :

— Oh, mon Dieu ! J'ai oublié de nourrir ma tarentule !

— Quoi ?

— Mon ex-copain m'a donné sa tarentule la semaine dernière. Je l'ai eu au téléphone, et il a mentionné cette tarentule qu'il ne pouvait plus garder. J'étais plutôt remontée contre lui d'une manière générale, mais je me suis dit, allez, une tarentule gratuite.

Chez elle, ce genre de truc sort de nulle part. Je souris.

— Je vais me remettre avec mon ex, dit Tina.

— Je t'en aurais dissuadée il y a deux mois, dit Kara. Mais aujourd'hui, je sais ce qu'être seule veut dire. C'est désespérant de n'avoir personne pour qui se raser les jambes.

Billy lève les yeux au ciel.

— Quoi ? demande Kara.

— Je n'avais pas besoin de savoir ça.

— Que les femmes se rasent les jambes ? Quand tu auras une relation sérieuse un jour, tu ne pourras pas y échapper.

— Super, dit Billy.

Nous continuons à nous raconter nos vies, et Kara se dévoile de plus en plus.

— Mon psy dit que je parle trop, dit Kara.

— Eh bien, peut-être que tu donnes trop d'argent à ton psy, dit Billy.

— C'est une des choses qui m'ont le plus frappée quand je suis arrivée à New York, dit Tina, le fait que tous les gens admettent facilement qu'ils consultent un psy.

— C'est parce qu'il y a probablement quelque chose qui cloche chez toi si tu n'y vas pas, dit Kara.

— Je n'y vais pas, dit Billy.

— Moi non plus, dit Tina. Mais je devrais sûrement.

— Pourquoi ? demande Kara. Quel est ton problème psychologique ?

— Chaque fois que je sors de chez moi, il faut que je remonte en courant au moins deux fois pour vérifier que j'ai bien verrouillé la porte d'entrée.

— Où est-ce que tu habites ? demande Kara.

— Avenue C, dans East Village.

— Bon, ça craint, dit Kara. Déménage ! Ça fera cinquante dollars. Au suivant !

Elle se tourne vers Billy.

— Quel est ton problème psychologique ?

— Eh bien, chaque fois que je vois un flic, je rêve de lui piquer son flingue.

— Fais-toi amputer les mains, dit Kara. Ça fera cent dollars.

Puis elle me regarde.

— Et toi, quel est ton problème ?

— J'en ai trop pour les citer, dis-je.

— Tu as gagné, dit Kara. Il n'y a aucun espoir pour toi. Tu fais partie du club, comme moi.

Elle s'approche et m'enlace, puis retourne de son côté de la table. Je ne peux m'empêcher de me sentir heureuse. J'ai beau ne pas être aussi à l'aise ou rapide que Billy, je gagne quand même.

Pendant toute cette conversation, nous continuons de feuilleter nos fascicules.

— Je regarde à peine ce que je fais, avoue Tina.

— Je n'ai pas lu un seul mot au cours de la dernière demi-heure, rit Billy.

— Oh, mon Dieu, poursuit Tina. Lesquels ont été relus et lesquels pas encore ?

Nous nous arrêtons tous.

— Cette pile…, dis-je.

— J'ai mis ceux que j'ai vérifiés ici, dit Billy.

— Ceux-là sont ceux que je n'ai pas regardés, je pensais, dis-je.

— Tu as vérifié ceux que j'avais vérifiés.

— J'ai vérifié ceux-là, dit Tina.

— Tu as vérifié ceux qu'elle avait vérifiés, dit Billy.

— Oh, non, dit Kara.

Nous nous regardons. Le temps d'une seconde, je suis sûre que nous envisageons tous de désigner au hasard ceux qui ont été vérifiés pour les mettre de côté. Mais il nous reste tout de même un brin de conscience. Il faut qu'on recommence de zéro. Nous serons payés pour notre temps, de toutes les façons.

Billy soupire, et nous les repoussons au centre de la table pour recommencer de zéro.

Nous restons six heures au total. Kara et Billy font de l'improvisation. Puis ils estropient Shakespeare. Je finis par me demander s'ils vont sortir ensemble,

La vie (pas) très cool de Carrie Pilby

bien que Billy ait une fiancée. Tina semble un peu en dehors du coup, mais elle est très souriante.

Lorsque Billy, Tina et moi sommes prêts à partir, Eric demande à Kara de rester deux heures supplémentaires. Je suis un peu déçue. J'espérais secrètement déjeuner avec elle et je n'ai pas de plan B. Je ne sais pas de quoi il retourne, mais elle est juste drôle. Et elle dit tout ce qui lui passe par la tête. Je ne pourrais jamais être comme ça, même si je le voulais. Je manque de courage. Je suppose qu'être proche d'elle est une manière de vivre ça par procuration.

Quand je pars, elle me dit qu'elle va m'appeler.

En rentrant chez moi, je me sens confuse. A propos du baiser, et de tout. Je pourrais en parler à Petrov, mais je ne veux rien lui dire à propos de la soirée dans son appartement. En fait, j'évite même d'y repenser. Non pas que ce soit mal ou quoi que ce soit ; ce n'est pas immoral, et d'ailleurs, ça ne blesse probablement personne. C'est juste une chose à laquelle je ne suis pas habituée. Et qui me fait me sentir différente des autres une fois de plus.

Lors de mon rendez-vous suivant avec Petrov, j'évite toute allusion au baiser. Je lui parle simplement de Kara en général et du fait qu'elle me semble être une personne intéressante. Je lui parle aussi de ma journée de relecture juridique.

— Ce que vous venez de décrire, dit Petrov,

ressemble à un après-midi d'intégration avec les autres.

— Hein ?

— D'après ce que vous racontez, vous ne vous êtes jamais sentie déplacée, dit-il. Vous n'avez jamais ressenti que les gens autour de vous étaient supérieurs ou inférieurs à vous. Vous avez tous passé un bon moment.

— Je crois, dis-je. Mais, vous voyez, ça confirme ce que je pense. Nous étions dans une situation où tout ce que nous pouvions faire, c'était discuter. Et c'était une situation où les gens, comme nous sommes relecteurs, devaient être plus intelligents que la normale. Ce qui prouve que pour que je me sente à l'aise quelque part, il faut que ce soit une situation inhabituelle.

— C'est possible, dit Petrov. C'est peut-être aussi un nouveau départ pour vous. Cette fille, qui ne connaissait pas la différence entre émacié et émancipé, sa présence n'a pas eu l'air de vous déranger.

— Non, elle n'était pas désagréable.

— Plus vous allez vous habituer aux gens, plus vous allez accepter leurs différences, dit Petrov. Il faut que vous compreniez que même chez ceux qui sont différents de vous, il y a des choses à admirer.

En rentrant chez moi, je me dis qu'une partie de ce qui m'attire chez Kara est le fait que je me sens bien avec moi-même.

La vie (pas) très cool de Carrie Pilby

En effet, tous les gens que j'ai embrassés m'ont dit qu'ils me trouvaient intelligente. Mais d'habitude, ils disent ça uniquement parce que c'est important à leurs yeux, ce qui veut dire qu'ils partagent mes priorités.

Le dimanche matin, à l'Eglise des premiers prophètes, le sermon concerne Noël et les cadeaux de Noël. C'est intéressant. Natto ne critique pas le matérialisme des fêtes de Noël, comme certaines personnes ; il propose des manières de convertir le matérialisme en geste spirituel, par exemple en achetant des cadeaux supplémentaires pour les offrir à un sans-abri. Ou en choisissant un de nos cadeaux pour en faire don à quelqu'un qui en a besoin. Natto ne fait aucune allusion à son livre.

Cependant, je ne suis toujours pas certaine que sa « religion » ne soit pas une secte. Je pourrais poursuivre mon investigation en venant à l'église plus régulièrement. En plus, j'accomplirais ainsi mon objectif d'adhérer à une organisation. Ce serait bien d'avoir rempli officiellement au moins un objectif. Je ne suis pas certaine que mes rendez-vous avec Matt comptent comme de vrais rendez-vous, puisqu'il est pris, donc cet objectif n'est pas encore bouclé ; quand je verrai Michael des petites annonces au Barnes & Noble dans quelques jours, ça comptera. Mais il est temps d'adhérer à un groupe.

La vie (pas) très cool de Carrie Pilby

— C'est Eppie Bronson, de l'Eglise des premiers prophètes. Vous avez rempli un formulaire exprimant votre intérêt pour le groupe des célibataires et le groupe d'étude de la Bible ?

— Oui.

— Bien, dit la voix au téléphone. J'ai noté que vous étiez plutôt jeune, et nous avons pensé à lancer une sorte de groupe intermédiaire entre les adolescents et les célibataires, parce que beaucoup de nos célibataires ont quarante ou cinquante ans. Nous voulons lancer une sorte de groupe de jeunes, qui serait composé de gens, pas nécessairement célibataires, mais qui peuvent l'être, d'une vingtaine ou une trentaine d'années. Est-ce que vous seriez intéressée ?

— Pourquoi pas, dis-je.

— Qu'est-ce que vous faites dans la vie ?

— De la relecture. Et je suis une sorte de philosophe.

— Ne le sommes-nous pas tous, dit Eppie, et il rit.

Il a un rire aigu.

— Vous savez, nous avons besoin de quelqu'un pour animer un nouveau groupe de jeunes de vingt, trente ans. Nous avons peu de jeunes dans notre église, et Joe espère en attirer davantage. Seriez-vous prête à discuter de cette opportunité ?

La vie (pas) très cool de Carrie Pilby

— Peut-être, dis-je. Je voudrais en savoir plus sur votre philosophie. Je veux dire, je ne…

— Je sais, dit Eppie. C'est une nouvelle église, et vous ne voulez pas être impliquée dans quelque chose que vous pourriez désapprouver. Joe adore convertir les cyniques. Et honnêtement, nous ne souhaitons pas que vous preniez tout ce que nous disons pour parole d'Evangile. Décortiquez notre message, mettez-le à l'épreuve. C'est exactement la mission des premiers prophètes. Nous ne sommes pas là pour faire du bourrage de crâne. Nous avons besoin de nouvelles voix, comme la vôtre.

— Bon, je vais y réfléchir.

— Nous pouvons convenir d'un rendez-vous avec Joe Natto, si vous voulez.

Ça me semble plutôt rapide. Ils doivent être désespérés. Ou juste nouveaux. Si je rencontre Natto, va-t-il deviner mon petit manège ?

— Ça a l'air intéressant, dis-je.

— Nous aimerions vraiment attirer davantage de jeunes à l'église, dit Eppie. Il y a des tonnes de jeunes gens qui viennent de s'installer en ville et qui se sentent coupables de ne pas être allés à l'église. Nous allons leur donner l'occasion de faire partie de quelque chose de nouveau et d'excitant.

Je ne veux pas être dupe, mais ses arguments sont valables. Je conviens d'un rendez-vous.

La vie (pas) très cool de Carrie Pilby

Quand je raccroche, tout est calme, de nouveau. J'entends une voiture dont le moteur broute.

Je regarde le supplément télé que j'ai récupéré dans mon journal. Que des feuilletons et des débats télévisés.

Le téléphone sonne.

J'espère que c'est Matt. Puis je m'en veux d'espérer que ce soit Matt. C'est peut-être A-Adam. Ou Kara. Au moins, maintenant, il y a des gens qui peuvent m'appeler.

J'attends la troisième sonnerie.

— Est-ce que… Carrie Pilby est là ?

La femme n'a pas écorché mon nom. Se pourrait-il que ce ne soit pas un appel commercial, pour une fois. C'est peut-être l'appel qui va changer ma vie.

— Oui ?

— Je vous appelle pour vous informer que vous avez gagné un mois gratuit d'abonnement à *Women's Week*.

Encore une déception.

— Au terme de ce mois gratuit, si vous souhaitez recevoir les quarante-six numéros suivants, c'est-à-dire un abonnement d'un an, vous pourrez le souscrire pour quatorze dollars quatre-vingt-quinze seulement.

— Si vous m'offrez un mois gratuit, cela correspond à quatre numéros, dis-je. Si je peux acheter quarante-six numéros supplémentaires et que c'est considéré comme un abonnement d'un an, ça fait cinquante. Le magazine s'appelle *Women's Week*, or il y a cinquante-deux semaines dans une année.

— Nous publions des numéros doubles pour Thanksgiving et à Noël, répond-elle.

— Et s'il se passe quelque chose qui concerne les femmes pendant les semaines où vous ne publiez pas ? Et si des femmes se posaient sur la Lune ? Et si un groupe de femmes pygmées en colère prenait d'assaut la Maison-Blanche ?

— Souhaitez-vous bénéficier de notre offre gratuite ?

Soudain, j'ai pitié d'elle. Les personnes qui font ce genre de boulot ont vraiment besoin d'argent. Sinon, ils chercheraient un boulot mieux payé ou qui n'implique pas de se faire raccrocher au nez la moitié de la journée. Pourquoi est-ce que je les harcèle toujours ?

— D'accord, je vais le prendre.

J'écrirai juste « annuler » sur la facture quand je la recevrai. Je sais que cette femme aura une commission si j'accepte. Et ça ne m'aura coûté que quelques secondes dans ma vie.

— Vraiment ? dit-elle. Je veux dire, merci. Laissez-moi prendre vos coordonnées, madame.

— Je vous en prie.

Pour une fois, j'ai le sentiment d'avoir fait une

bonne action. Au moment de raccrocher, je ne me sens pas aussi mal que d'habitude.

Je retourne au lit. Je me sens toujours seule, par contre. Peut-être que je vais rencontrer Michael samedi, que nous allons immédiatement nous entendre, et que je ne me sentirai plus jamais seule comme ça.

Je me demande ce que Matt est en train de faire. Je me sentais mieux quand je ne savais pas ce que je ratais.

Si j'étais la petite amie de Matt, je l'appellerais maintenant à son travail pour lui dire bonjour. Je lui demanderais comment se passe sa journée.

Je pense à Shauna. Et si c'était une fille bien ? Certainement, d'ailleurs. Suis-je horrible de vouloir l'attention de Matt, aussi ? Si Shauna ne suffit pas à le rendre heureux, peut-être vaudrait-il mieux qu'il s'en aperçoive maintenant. Il réalisera peut-être qu'il existe une personne qui pourrait le rendre heureux pour toujours, assez heureux pour ne pas avoir envie de la tromper. Simplement, ce n'est pas Shauna.

Je traîne au lit encore un peu. Ce silence est perturbant.

Je décide d'écouter les 78 tours que j'ai trouvés en emménageant ici. Je n'ai pas fait ça depuis un bail. J'en mets un, et c'est une polka. Le son est éraillé, j'adore.

Des sons étranges emplissent la pièce. Ils me

La vie (pas) très cool de Carrie Pilby

ramènent à la vie. Je tournoie dans la chambre, le séjour, la cuisine, la salle de bains. Je touche l'armoire à pharmacie, passe devant la fenêtre repeinte dans le mur et reviens vers ma chambre. La musique connaît des envolées, puis redescend. Je bondis dans les airs comme un immense jupon bouffant. Je saute sur mon lit. Quelqu'un sur le disque frappe trois fois dans ses mains, je fais de même.

Je suis à une soirée Pilby : une soirée pour une personne. J'adore les soirées Pilby. Je suis la seule invitée, et je suis toujours parfaitement à ma place.

Le téléphone sonne. Je baisse la musique puis je décroche.

— Qu'est-ce que tu es en train de faire ? demande Matt. Tu fêtes l'Oktoberfest en décembre ?

Je ris, heureuse de l'entendre.

— Ce sont de vieux disques que j'ai trouvés en emménageant ici.

— Tu as un tourne-disque ?
— Oui.
— Pourquoi ?
— J'aime les vieux objets.
— Est-ce que tu as un lecteur de CD ?
— Non.

Il y a un silence étrange.

— J'espérais un message de ta part. Tu travailles aujourd'hui ?

Je réfléchis rapidement.

La vie (pas) très cool de Carrie Pilby

— Je bosse de nuit ce soir, dis-je.

— Ah, dit-il en marquant un silence d'une seconde. Bon, je vais être franc avec toi. Je t'appelais parce que j'ai du mal à ne pas penser à toi. J'aimerais vraiment te voir.

Je ne sais pas ce que j'ai fait, mais je l'ai bien fait. Et il a pensé à moi en mon absence ! Exactement comme Harrison à l'époque.

— Est-ce que tu veux venir déjeuner avec moi cette semaine ? demande Matt. Demain ?

— Demain, je suis occupée, dis-je.

Je mens parce que je me demande si Shauna est absente demain, et si c'est l'unique raison pour laquelle il m'invite.

— Jeudi ou vendredi conviendraient aussi, dit-il, si ça marche pour toi.

Très bien. Il est flexible.

— Tu sais, je viens de réaliser, c'est bon pour demain.

— Super.

— Ça ne va pas te poser de problème avec ton boulot ?

— Ils ne font pas vraiment attention à la longueur de nos pauses-déjeuner, dit-il. Je suis consultant, de toute façon, donc je bouge. Ce n'est pas comme si j'étais à mon bureau toute la journée. Et je reste jusqu'à 18 heures certains soirs, ou alors j'arrive à 8 heures du matin. Ils savent que je fais mon boulot.

La vie (pas) très cool de Carrie Pilby

※ ※

Le bureau de Matt se trouve près de Harrigan's à Union Square, qui est une de ces brasseries familiales dont la carte décline des plats du sud du pays, de la cuisine cajun, des sandwichs ou cinquante parfums de margaritas. Je le retrouve devant l'entrée barrée par une maîtresse d'hôtel qui nous demande « Fumeurs ? ». Nous secouons tous les deux la tête. La salle est pleine.

— Des gens qui travaillent dans le coin, dit Matt. Ne t'inquiète pas, je t'invite. Les prix ici sont le double de ce qu'ils seraient dans une ville normale.

Nous nous glissons dans une alcôve. Matt est souriant. Il a l'air sincèrement heureux. Très léger. Je me demande s'il est en train de changer d'avis à propos de Shauna, maintenant qu'il découvre ce qu'il y a ailleurs. Je me sens à la fois coupable et pleine d'espoir. Ce n'est pas que je sois amoureuse de lui, ou quoi que ce soit, mais je l'aime bien, et je me sentirais encore mieux si je savais qu'il n'est pas sur le point de prononcer ses vœux et de passer dix jours à Hawaii avec quelqu'un.

Harrigan's est décoré avec des enseignes métalliques et des logos d'entreprise. Il y a une affiche rouge Reading Railroad, un thermomètre géant Pepsi en métal, une affiche publicitaire ronde pour le sel Morton et une affiche Maxwell House.

La vie (pas) très cool de Carrie Pilby

— Teddy Roosevelt venait parfois manger ici, dit Matt, en s'asseyant.

Il y a un miroir sur le côté, où je peux nous apercevoir, lui en chemise blanche, et moi en pull rouge. Nous allons plutôt bien ensemble.

— Teddy Roosevelt mangeait où ?

— Maxwell House. Le café Maxwell House a été inventé à l'hôtel Maxwell House dans le Tennessee, où toutes les célébrités avaient coutume de sortir au début du vingtième siècle. D'après la légende, Teddy Roosevelt était en train d'y manger, un jour, et il aurait dit quelque chose d'intéressant qui devait devenir un de leurs slogans.

— Pourquoi a-t-il fallu que ce soit Teddy Roosevelt qui dise cela ? Au lieu de, par exemple, Ernie le Groom ?

Matt rit.

— Tu dois avoir raison.

La serveuse se présente :

— Bienvenue chez Harrigan's. Nous avons plusieurs plats du jour, comme vous pouvez le voir devant vous, ainsi qu'une nouvelle margarita tutti-frutti.

— Tutti-frutti ? Il faut qu'on essaye ça, dit Matt.

— Deux ? demande la serveuse.

— Oui, répond Matt avant que j'aie le temps de dire un mot.

Quand elle part, je remarque :

— Je croyais que tu ne buvais pas.

— Oui, mais puisque nous sommes chez Harrigan's, et puisqu'on peut boire des margaritas qui ont des parfums pour enfants, et puisque nous célébrons notre premier déjeuner en semaine ensemble, c'est acceptable.

— J'espérais qu'il y aurait un parfum chewing-gum.

— J'aurais aimé merise ou Popsicle, dit-il. Alors, comment vas-tu ?

C'est gentil de sa part de me poser la question.

— Ça va bien, dis-je. Et toi ? Comment va le boulot ?

Matt hausse les épaules.

— Pas mal, si ce n'est qu'il y a ce nouveau type qui m'en fait voir de toutes les couleurs. Il s'appelle Tad. A-t-on déjà entendu quelqu'un s'appeler Tad ?

— Le fils d'Abraham Lincoln, dis-je.

— Je me doutais que tu aurais entendu parler d'un dénommé Tad.

— Nous avons joué une pièce sur lui à l'école primaire.

— Sur Tad Lincoln ? Ça devait être ennuyeux.

— Sur Abraham Lincoln.

— Je n'aurais pas aimé m'appeler Abraham non plus, dit Matt.

— Tu sais ce qui était bizarre ? dis-je. Mes profs à l'école disaient toujours qu'Abraham Lincoln était considéré comme laid à son époque. Pourtant, personne dans ma classe n'était d'accord avec ça. Mes profs disaient que nous étions sans doute habitués à son visage. Penses-tu qu'Abraham Lincoln soit laid ?

— Je ne sais pas, dit Matt. Il faudrait que j'aie un portrait de lui sous les yeux, pour me rendre compte.

— Je t'en aurais bien montré un, mais je ne trimballe pas d'images d'Abraham Lincoln avec moi.

— Moi, si, dit Matt en sortant un billet de cinq dollars de son portefeuille. Ouais, il n'est pas mal.

Je dois admettre que Matt est plutôt futé. Je crois que si je sortais avec lui, j'irais de surprise en surprise.

Quelques tables plus loin, on apporte un gâteau d'anniversaire à un convive, et nous attendons qu'il passe.

— J'espère qu'on ne me fera jamais ça, déclare Matt.

— Moi non plus. Je déteste les surprises.

— Pareil. Tous ceux qui me connaissent savent que j'ai horreur de ça. Mes parents en avaient organisé une il y a longtemps, et quand tout le monde a crié « surprise », je me suis mis à pleurer.

Il est mignon quand il dit cela.

— Horrible. Quel âge avais-tu ?

— Je ne sais pas. Cinq ans ?

La vie (pas) très cool de Carrie Pilby

Nous commandons tous les deux, et je remarque une enseigne métallique Esso.

— Tu sais d'où vient le nom Esso ?

— Non. Je sais juste que c'est devenu Exxon par la suite.

— Exact. Mais quand ils ont démantelé Standard Oil en 1911, Standard Oil est devenu un groupe de plusieurs sociétés, comme Standard Oil du New Jersey, par exemple. Finalement, ils ont voulu quelque chose de joli et ont abrégé en Esso, pour S.O., tu piges ?

— Ouah, dit Matt. C'est cool.

— Une autre filiale s'appelait Socony, pour Standard Oil Company of New York. C'est devenu Mobil.

— « Happy motoring ! » dit Matt en levant son verre de margarita.

Je trinque avec lui.

— « Happy motoring ! »

Je pense que je n'ai pas vu le slogan « happy motoring » écrit sur une station-essence depuis mon enfance, et c'est sûrement la même chose pour Matt. Je découvre combien il est agréable de partager les références culturelles de son enfance avec son partenaire. C'est quelque chose que je n'ai pas connu avec Harrison.

— La théorie antitrust m'intéresse, dit Matt, parce qu'elle est absolument antithétique avec la théorie de notre système capitaliste, et pourtant, si conforme.

La vie (pas) très cool de Carrie Pilby

Notre pays a été fondé sur l'idée, entre autres, qu'en travaillant dur, on peut réussir, et profiter des fruits de cette réussite. On peut dépasser n'importe quelle situation ou classe sociale par la sueur, la détermination et les idées. Mais il y a un point indéterminé où, si notre réussite est trop éclatante, on est puni. Ce qui est nécessaire, parce que si l'on détient un monopole, on peut faire des choses qu'un marché régulier n'autoriserait pas, donc il faut briser les monopoles. Mais l'idée que le gouvernement te punisse parce que tu as trop réussi, en Amérique, c'est curieux, n'est-ce pas ?

— Oui, dis-je, avant de boire une gorgée. Je dois avouer que l'économie n'était pas ma matière préférée, même si j'ai toujours voulu en savoir plus.

— L'économie m'ennuie, dit Matt, et pourtant, je passe mon temps à jouer en bourse. C'est aussi une affaire de psychologie, pas seulement de chiffres. Je n'achète pas de grands titres — j'achète de petites actions susceptibles de grimper à mon avis.

— Est-ce que tu es bon ?

Matt a soudain l'air timide. Il hausse les épaules.

J'ai le sentiment que c'est un de ses talents cachés, qu'il excelle dans ce domaine.

La serveuse nous apporte nos assiettes. Je termine ma margarita, alors que Matt en a encore un peu.

La vie (pas) très cool de Carrie Pilby

— Vous voulez boire autre chose ? demande la serveuse.

Matt cligne de l'œil.

— Pour mademoiselle, dit-il.

Quand la serveuse repart, Matt lève son verre.

— Je lève mon verre à… à…

— A de bons amis ?

— Tu sais quoi ? dit-il. C'est Millard Fillmore qui a dit ça.

— Je crois que c'est le président John Quincy Adams qui l'a dit en premier. Qu'est-ce que ce sera ?

— Tu as à peine touché à ton assiette, dit Matt

— Je suis trop excitée pour manger, dis-je. J'ai envie de te parler de Sanka.

— C'est quoi cette fois ? Une invention du président James Buchanan ?

— Non, c'est sérieux. Ce que ça veut dire. Ça veut dire sans caféine.

— Sans rire.

Je ne peux plus m'arrêter.

— La marque de produits ménagers Brillo vient de l'espagnol « je brille ».

— Tu es un puits de connaissances.

— 3M veut dire… devine.

— Je vais trouver celui-là. Ça veut dire mmm… mmm… c'est bon.

— Non, ça, c'est de la soupe, idiot. Ça veut dire Minnesota Mining and Manufacturing.

La vie (pas) très cool de Carrie Pilby

— Hmm.

— Necco est l'abréviation de New England Confectionery Company.

Ma deuxième margarita arrive et j'en bois une grande gorgée. Je repose le verre.

— Je lis toutes sortes de trucs loufoques tout le temps. En ce moment, je suis dans une phase où j'emprunte les cent plus grands films…

— Ah, la liste de l'AAFR ? Oui, ça fait un moment que je voudrais en emprunter quelques-uns. Souvent, quand je vais au vidéoclub, je ne sais pas quoi emprunter.

— Moi non plus. Bref, la liste m'a amenée à emprunter ce livre, sur les origines de Hollywood. Il disait que Samuel Goldwyn, le Goldwyn de Metro Goldwyn Mayer, ce n'était pas son nom. Son nom était Goldfish. Mais il avait un associé qui s'appelait Selwyn. Les deux ont combiné leur nom pour créer une société, Goldwyn. Et je me demandais pourquoi ils avaient décidé de les disposer dans cet ordre, pourquoi M. Selwyn n'avait pas mis son nom en premier, suivi de Goldfish ? J'ai réalisé à ce moment-là que s'ils avaient fait cela, la société se serait appelée Sel-Fish, Egoïste.

Matt rit.

— Donc, c'est un échantillon de ce qui te passe par la tête tous les jours.

La vie (pas) très cool de Carrie Pilby

— Non, seulement pendant la première heure de cours.

— Allez, ne me dis pas que tu organises tes journées par heures de cours, comme à l'école.

— Bien sûr que si. J'ai sept horloges dans ma chambre, chacune étant réglée sur une heure de cours.

— Tu mens.

— Divers, gym, déjeuner, sieste — mon préféré — art et musique. J'étais en musique quand tu as appelé.

— N'importe quoi.

— O.K., je viens de l'inventer.

Je finis ma deuxième margarita. Ce truc est divin. Je lèche le sel qui est collé sur le verre.

— Tu vas sortir tard du travail ?

— Je peux être en retard.

Je regarde ma fajita. Il faut que je fasse attention à ne pas en mettre partout, entre la crème, la sauce et le guacamole. J'ai tellement bu que le plat ne me semble même plus épicé.

— Parle-moi un peu de tes parents, m'interroge Matt.

Il doit m'apprécier pour me poser une question aussi sérieuse.

— Ma mère est décédée quand j'avais deux ans.

— Oh, je suis désolé.

La vie (pas) très cool de Carrie Pilby

— C'est bon. Elle a eu un cancer. Je ne me souviens pas d'elle, en réalité. Mon père me parle d'elle, quelquefois. Il a du mal à en parler.

— Si tu veux en parler.

— C'est gentil de ta part.

— Disons que je t'aime bien.

Je le regarde. Il sourit.

— Merci.

— Comment se sont-ils rencontrés, tes parents ?

Je réfléchis.

— Ils travaillaient dans la même boîte.

— Que fait ton père ?

— Il travaille pour des banques d'affaires. Il voyage beaucoup.

— Tu dois être très indépendante.

Je hausse les épaules.

— J'essaie.

Il me regarde avec bienveillance.

— C'est impressionnant.

— Ça fait grandir.

Comme pour nier ces paroles, je mets un peu de guacamole sur ma cuillère, que je fais semblant de vouloir projeter sur lui. Il rit.

— Je suis née à Londres, dis-je. Nous n'avons déménagé à New York que quand j'avais deux ans.

— C'est vrai ? dit Matt. Je suis né à Paris.

La vie (pas) très cool de Carrie Pilby

— Vraiment ?

— Ma mère était en train de passer sa thèse de français. Mes parents sont tous les deux professeurs d'université.

Les gens intéressants semblent toujours avoir eu des parents intéressants. Encore une fois, il y a des exceptions, certains ont eu des parents déplorables. De toute évidence, Matt a été très entouré dans son enfance.

— Est-ce que tu es allé à l'école publique ?

— Oui, répond Matt. Mes parents sont de grands fans de l'école publique. Ils m'ont aussi appris beaucoup de choses en dehors de l'école. Chaque soir, ils discutaient des actualités avec ma sœur et moi à l'heure du dîner. Et ma mère a commencé à nous enseigner le français avant nos dix ans. Elle fait partie de ces gens qui pensent qu'il faut apprendre une langue quand on est jeune.

— C'est vrai ? dis-je. Je déteste faire ça, mais dis-moi quelque chose en français.

— Sans caféine, dit-il.

— Très bien, dis-je. Malheureusement, c'est à peu près tout ce dont je me souviens de mon français de cinquième.

— C'est parce que tu n'as pas commencé à apprendre avant dix ans.

— Si.

— Ah.

La vie (pas) très cool de Carrie Pilby

— J'ai appris l'espagnol, aussi.
— Dis quelque chose en espagnol, m'interroge Matt.
— Mange-o ton burrito, gringo.
Il rit.
— Un truc marrant, poursuis-je, incapable de résister. Gringo vient de *Griego*, qui veut dire *Grec* en espagnol. Parce que *Grec* peut aussi désigner quelque chose d'étranger, comme dans l'expression « c'est du grec pour moi ». Donc ils ont pris le mot *Griego* et l'ont changé en *Gringo*.
— C'est assez intéressant, dit Matt.
— Comme cette margarita.
Je bois la dernière goutte.
— J'espère que tu ne vas pas conduire aujourd'hui, dit Matt.
Je hausse les épaules.
— De quel genre de sujets discutiez-vous au dîner ? Tu es né quand ?
— Fin des années soixante-dix. Donc d'ici que ma sœur et moi soyons en âge de comprendre, Nixon et tout le reste, c'était du passé. La plupart de nos discussions portaient sur Reagan. Mon père est professeur de sciences politiques et d'histoire. Il enseigne la théorie, pas les présidences ou les élections. Il se plaint que les étudiants à l'heure actuelle ne sont intéressés que par les campagnes. Ils veulent lire La Formation d'un président, de Ted

White, alors que lui veut enseigner L'Autre Amérique, de Michael Harrington.

— Ah, dis-je, même si je n'ai entendu parler d'aucun des deux.

Le fait qu'il pense que si, et qu'il ne s'arrête pas pour me les présenter, est flatteur. Je vais juste continuer à l'écouter, et apprendre. Le Pr Harrison était comme ça, aussi. Il parlait de choses dont je n'avais jamais entendu parler comme si le contraire semblait évident. Comme si j'étais un collègue. J'adorais ça. J'avais l'impression, après chaque conversation avec lui, d'avoir appris au moins trois nouvelles choses. Et je l'avais aussi impressionné en lui révélant mes connaissances sur trois autres sujets. C'était un défi, un formidable échange.

— Je ne suis pas d'accord sur tout avec mon père, dit Matt. Il est plutôt à gauche, alors que je me sens au centre. Mais il a toujours su se mettre en retrait pour nous laisser débattre. Il nous posait des questions, à ma sœur et moi, au lieu de simplement nous donner les réponses. Comme alors, je saisis pourquoi tu as dit ça, mais si X et Y s'étaient produits ? C'était formidable.

Je m'imagine rencontrant les parents de Matt. Je me mettrais à table avec sa famille à Noël, je passerais le plat de pommes de terre, je débattrais des doctrines du marxisme, avant de me servir une louche de sauce au milieu des interventions.

La vie (pas) très cool de Carrie Pilby

— Alors, tu veux un dessert ? demande Matt. Je crois que je vais faire l'impasse.

— Non.

— Une autre margarita ?

Il sourit en se moquant de moi, parce que j'en ai visiblement bu assez.

— Oui, une autre, dis-je, et je ne pourrai pas aller plus loin que la 14e Rue.

— Je vais te raccompagner, dit-il.

Il en commande une autre, qu'il me regarde siffler d'une traite.

J'ai beau insister pour payer ma part, il refuse. Je chancelle pour sortir de l'alcôve. Quand nous nous retrouvons dans le vestibule, il pose soudain ses mains autour de ma taille et m'embrasse.

— Désolé, dit-il. Je ne pouvais plus attendre. Je ne me suis jamais autant amusé un jour de semaine.

Je souris.

— Merci.

— Il faut que je retourne travailler, mais je n'ai vraiment pas envie.

— Je peux essayer de me glisser dans ton attaché-case.

— Je me sens vieux quand tu dis ça, dit Matt.

— Je peux essayer de me glisser dans ton cartable.

— C'est mieux.

Dehors, le soleil a percé les nuages. Un vent froid souffle.

— Tu es si adorable, dit Matt. Je le pense. Tu as l'air si jeune. Juste une jeune fille. Je veux dire, sans offense.

— Je ne me sens pas offensée par le terme fille.

— Et quand tu dis ces trucs pointus, aussi. J'adore.

— Merci.

— Tu veux passer chez moi rapidement ?

Je ne réfléchis pas une seconde à la sagesse de cette proposition.

— O.K.

Il me prend la main. Visiblement, aucun de nous n'est responsable, car Shauna pourrait nous voir.

Comme s'il pouvait lire dans mon esprit, Matt ajoute :

— Shauna n'est pas là aujourd'hui. Elle a une réunion à White Plains avec un collègue de son père pour parler de relations publiques. Il est cadre supérieur chez Kraft. Il pourrait lui refiler du boulot.

Super.

— Comment marchent ses affaires ?

— Elle devrait bientôt décrocher un contrat. Je ne suis pas trop inquiet, dit-il en levant les yeux vers le ciel. Nous n'avons pas forcément besoin de cet argent, mais elle se sent mieux en travaillant.

La vie (pas) très cool de Carrie Pilby

Je ne crois pas qu'elle ait envie de rester assise à la maison à m'attendre.

Ma main est froide dans la sienne. Il continue de parler de « nous ». Ou alors c'est une habitude.

Matt commence à balancer ma main, comme si nous étions deux enfants au parc, et je le laisse faire. C'est drôle. Je me sens bien de nouveau.

J'ai l'impression que nous mettons un temps infini à atteindre son appartement.

— Tu es sûr que ça ne va pas te poser de problèmes ?

— Non.

Il me précède dans l'escalier. A peine a-t-il refermé la porte d'entrée qu'il sort ma chemise de mon pantalon, s'agenouille et m'embrasse le nombril.

— Je suis désolé, dit-il. Je suis si excité.

Pendant une seconde, j'ai l'impression d'être un personnage dans un film, d'être au-dessus du mur en train de regarder la scène se produire. Puis cette impression s'évanouit.

— Viens, dit Matt. Par ici.

Je pénètre dans sa chambre et il referme la porte. Il me prend dans ses bras et m'attire sur le lit. Puis il me donne un long baiser langoureux.

— J'ai appris ça en France, chuchote-t-il.

— Tu veux dire, quand tu étais bébé ?

— J'avais une nanny ambitieuse.

La vie (pas) très cool de Carrie Pilby

Il laisse descendre sa main et déboutonne mon pantalon.

Ça fait des années que je ne me suis pas retrouvée nue devant quiconque. Sauf que je ne suis plus aussi complexée. J'ôte mon pantalon et nous regagnons le lit.

Je regarde les photos de Shauna.

Ignore-les, me dis-je. Pourquoi tous les autres s'amusent-ils ?

Matt pose avec fermeté ses mains sur mes épaules, et m'immobilise. Il s'allonge sur moi et a soudain l'air très fort. J'aime ça.

Après d'autres baisers, il se lève et se déshabille. Je suppose qu'il a compris que je ne le ferai pas pour lui. Je n'ai jamais déshabillé personne. Je ne suis pas si décomplexée.

Puis je commence à penser qu'il faut que j'entretienne son intérêt pour moi, pour ne pas qu'il pense à Shauna. Je devrais garder quelque chose pour la prochaine fois. C'est dur, mais je chuchote :

— Nous devrions en rester là.

Il lève les yeux :

— Pourquoi ?

— Je pense juste que nous devrions attendre la prochaine fois. La vérité, c'est que je ne suis plus complètement sûre de moi à propos de tout ça. Je ne veux pas le faire et me sentir mal après, comme c'est tout le temps le cas ces derniers temps.

La vie (pas) très cool de Carrie Pilby

— Je veux te revoir dès que possible, dit Matt. Je saisirai ma chance. Je suis sincère.

— Bien.

Je ramasse mes vêtements par terre, et Matt me regarde, assis sur le lit. Quand je me baisse pour attraper mes chaussures, je remarque quelque chose parmi les câbles de l'ordinateur emmêlés sous son bureau, et je ne peux m'empêcher de le lire : c'est un Post-it jaune poussiéreux qui est tombé là. On peut lire au crayon : *M — c'est pour te rappeler de téléphoné pour le câble. Je t'aime. — S.*

Ça me déprime. Sans doute la faute d'orthographe. Elle rend Shauna, je ne sais pas, plus douce, ou réelle ou quelque chose.

Je mets mes chaussures, et je me sens triste. Elle aime vraiment ce type, et lui fait confiance.

Puis je me dis qu'elle ne sent pas mal pour moi. Je parie qu'elle ne pense même pas aux gens qui ne peuvent pas partager leurs responsabilités quotidiennes et leurs problèmes avec quelqu'un d'autre. Les gens qui devront toujours se débrouiller tous seuls pour le Câble Machin Chose.

De retour chez moi, je trouve un message sur mon répondeur. C'est Matt, qui me dit qu'il a passé un bon moment et qu'il veut me revoir dès qu'il peut.

Une partie de moi est aussi impatiente de le revoir. Et une partie de moi se sent mal. Je sais que c'est mal, au moins en partie, quelles que soient les justifications que je pourrais imaginer. Les justifications sont pour les autres. Je suis censée être une personne qui ne se laisse pas duper. N'est-ce pas ce dont je me suis toujours vantée ? Je ne peux pas simplement m'extraire des événements, les refouler dans mon inconscient. Je ferais mieux de travailler dessus.

Est-ce que je blesse vraiment d'autres personnes en voyant Matt ? Ce devrait être mon critère. Me faire du mal, c'est peut-être stupide, mais au moins il y a des chances que cela ne touche que moi. Les questions de santé, comme fumer ou boire, sont des choses que les gens s'infligent essentiellement à eux-mêmes, donc on peut dire que ce n'est pas aussi grave que les questions morales. Du moins, tant que les gens n'imposent pas aux autres d'essayer, ce qu'ils font souvent, ou tant qu'ils ne commencent pas à blesser les autres indirectement. Mais ce que je fais avec Matt, lui tourner autour, pourrait blesser d'autres personnes directement.

Matt et Shauna sont fiancés. En le voyant chaque fois qu'il se déclare disponible, je lui fais peut-être croire à une sorte de fantasme irréel et sans engagement. Qui pourrait détruire sa relation avec Shauna. Tout ça pourrait l'empêcher d'apprécier Shauna et de faire autant de choses qu'il le ferait pour elle. Ils ont passé tant d'années ensemble.

La vie (pas) très cool de Carrie Pilby

Je ne sais plus ce qui est juste.

Je n'ai personne à qui parler de mes ennuis. Kara déteste les infidèles. Je n'ai pas d'autre amie fille. J'ai rendez-vous avec Michael des petites annonces prochainement, mais je ne crois pas que nous deviendrons bons amis. Je ne peux pas non plus en parler à mon père, ni à Ronald le pingouin, qui agit comme s'il avait envie de me connaître, mais qui est parfois un peu lent à la détente.

Il y a Petrov.

C'est un homme de confiance, n'est-ce pas ? Il est là pour écouter, pas vrai ?

Je n'ai pas à lui parler précisément de Matt, mais j'ai envie de lui poser toutes les questions morales qui me tournent dans la tête. Il est censé écouter mes problèmes, et pas m'aider à analyser le monde, mais peu importe. Vu ce que nous le payons, il doit faire tout ce que je veux. Il devrait prendre des cours de réflexologie et passer chaque séance à masser mes petons endoloris.

L'après-midi, Kara appelle.

Elle m'invite à une soirée chez son amie le samedi pendant les vacances. J'ai envie de la voir, mais il faut que je trouve la bonne distance dans notre relation. J'ai peur de dire une bêtise et qu'elle réalise alors que je ne suis pas assez cool pour m'entendre avec elle et ses amis. Je lui dis rapidement que j'ai un rendez-vous avec un homme.

Je ne sais pas pourquoi j'ai menti. C'est une décision qui a pris une demi-seconde, et que je regrette instantanément.

— Et qui est l'heureux élu ? demande Kara. Ce type de la dernière fois ? Est-ce que tu as couché avec lui ?

— Pas lui, dis-je en continuant à mentir. Un autre.

— Tu n'arrêtes pas ! Comment l'as-tu rencontré, celui-là ?

— Euh… par des amis.

Son téléphone émet un déclic.

— Oh, il faut absolument que je prenne cet appel ! dit-elle. Je te rappelle, et peut-être que nous pourrons nous voir à un autre moment.

— O.K., salut.

Je raccroche. Je me demande pourquoi j'ai été aussi incroyablement stupide. J'ai vraiment envie de sortir avec elle un autre jour.

Et si elle ne rappelait pas ? Qu'est-ce qui cloche chez moi ?

Je m'installe dans mon bow-window. Je me retiens de rappeler Kara. Je le ferai si je n'ai pas de ses nouvelles rapidement.

***

La vie (pas) très cool de Carrie Pilby

Je reste assise, à regarder passer les voitures. Les voitures sont plus attrayantes quand il pleut. Surtout les noires, avec des phares carrés et de petites perles qui s'amassent sur leurs capots. Comme dans un film noir. Je me demande si je devrais économiser pour m'acheter une voiture. Pourtant, avoir une voiture à New York, c'est comme avoir un bébé. Elles se mettent à crier au milieu de la nuit. Vous vous demandez constamment où elles sont. Vous devez nettoyer leurs fuites.

Ce serait l'après-midi parfait pour regarder un vieux film. Mais pour cela, il faudrait que je sorte en emprunter un. C'est le problème avec la pluie : le temps de réaliser combien il serait agréable de rester chez soi et de regarder un film, il faut temporairement sortir pour aller le chercher.

J'enfile mon imperméable et un chapeau. J'attrape mon parapluie et dévale l'escalier.

Le trottoir est plein de flaques. Je marche dans quelques-unes. Je fais ça tout le long de la rue. Si les flaques sont inévitables, autant en profiter.

Quand j'arrive à l'angle de la rue, je remarque une silhouette familière de l'autre côté de la rue.

Je me cache derrière une voiture garée pour ne pas qu'il me voie.

La personne porte un pardessus et une écharpe,

mais je ne suis pas sûre de savoir qui c'est. Il abaisse son parapluie et sa tête disparaît.

Je me faufile dans une allée pour observer le Dr Petrov grimper les marches vers le perron d'un immeuble à l'angle de la rue. Il reste un instant pour plier son parapluie et le secouer.

La porte d'entrée s'ouvre, et une grande jeune femme, avec une queue-de-cheval, apparaît sur le seuil. Tous deux s'embrassent avec fougue. Petrov la serre dans ses bras. Puis ils disparaissent à l'intérieur.

Je reste là, ahurie. La dernière fois que je suis tombée sur Petrov dans le quartier, il a dit qu'il avait un ami dans le coin. Est-ce que c'est sa compagne ?

Je lève les yeux. De la lumière s'allume à la fenêtre du premier étage. Pendant une seconde, je les aperçois à la fenêtre, avant qu'ils ne disparaissent.

La fille a l'air plutôt jeune.

J'attends qu'une voiture passe, puis je traverse la rue et m'engage dans le vestibule. J'utilise ma technique habituelle des boîtes à lettres.

Il n'y a qu'un seul appartement répertorié au second étage : S. Rubin/D. Leshko. J'ai peut-être aperçu cette fille dans le quartier avant. Mais je crois que je l'ai vue avec un type. Je ne suis pas certaine. Beaucoup de filles se ressemblent, dans mon quartier.

Quand je ressors, je retraverse la rue et lève de

nouveau les yeux vers la fenêtre. Je les aperçois de nouveau quelques secondes.

Une seule chose à faire.

Je rentre chez moi en courant et je parcours l'annuaire de Manhattan pour trouver le numéro. Il y a beaucoup de Rubin, mais aucun à cette adresse. Il y a en revanche un Leshko à l'adresse, sous le nom de Daniel Leshko.

Je tape *67 pour masquer mon numéro et je compose le leur.

Il sonne plusieurs fois. Aïe, j'espère que je n'interromps rien.

Une femme répond.

— Allô ?

— Est-ce que Daniel Leshko est là ?

— Il est en voyages d'affaires, répond la femme. Je suis Sheryl. Je peux prendre un message ?

— En fait, je mène un bref sondage téléphonique pour le magazine *Women's Week*, et je sais que vous êtes occupée, mais je voudrais juste vous poser deux questions, et ça m'aiderait beaucoup pour atteindre mon quota.

La femme soupire.

— Je ne veux pas que mon nom figure où que ce soit.

— Aucun problème.

— O.K.

— Nous appelons cent personnes en vue de

préparer notre prochain numéro. Tout ce que j'ai besoin de savoir, c'est si vous vivez seule, avec un colocataire, avec votre moitié, avec votre conjoint, ou rien de tout cela ?

— Euh, avec mon mari, dit-elle. Avec un conjoint.

— Bien, parfait, je vous remercie.

— Et la seconde question ? demande-t-elle.

Je n'ai pas pensé à celle-ci.

— Euh… pour gagner un abonnement de dix ans gratuit à *Women's Week*, il vous faut répondre à la question suivante : quelle est l'expression la plus couramment employée en anglais ?

— Euh… Je ne sais pas…

— Je suis désolée, c'est la seconde plus usitée. Bonne journée à vous.

Et je raccroche.

Cette femme est en train de s'envoyer en l'air avec Petrov pendant que son mari est absent ! Je pourrais lui poser des questions orientées lors de mon prochain rendez-vous, pour être sûre. Il est divorcé, donc il ne trompe personne, mais elle, certainement.

C'est peut-être elle qui était chez lui pendant la tempête de neige. C'est peut-être elle aussi qui lui achète toujours des chaussettes neuves. C'est peut-être à elle que Petrov pense quand il se réveille le matin.

Voilà qui explique pourquoi j'ai croisé Petrov dans mon quartier l'autre jour.

Ce qui me permet de dresser une liste d'objectifs pour Petrov : ne pas sortir avec une femme d'une vingtaine d'années mariée. Ne pas le faire dans le même quartier qu'un de vos patients.

J'ai fait la connaissance de beaucoup d'infidèles, ces derniers temps. Matt. Sheryl. Ou alors j'y prête trop attention. Ça ne veut pas dire que tout le monde est comme ça. Par exemple, Kara ne trompera jamais personne. Il suffit que j'y croie. Ce n'est pas parce que beaucoup de gens font quelque chose que tout le monde le fait. Pourquoi est-ce que j'oublie ça ? Je m'en souvenais assez bien à Harvard, quand les gens sifflaient de la bière et avaient des histoires d'un soir. Je veux rester fidèle à mon ancien moi. L'ancien moi savait où il en était.

Le nouveau moi regarde les règles s'étioler. Je n'aime pas ça. Comment prendre des décisions sans lignes directrices ? Comment avoir des lignes directrices si l'on change constamment ?

J'ai bien un guide : la liste de Petrov. Et je vais faire tout ce qu'il y a écrit dessus quoi qu'il arrive, et après cela, j'aurai assez d'expérience pour décider de mon mode de vie. Oui, ça me paraît être une bonne solution. Pour le moment, m'en tenir à la liste.

Le truc à propos de la liste, c'est qu'il s'agit pour

La vie (pas) très cool de Carrie Pilby

l'essentiel de choses que les gens font sans y penser. Sortir en rendez-vous. Adhérer à des associations. Ce sont des choses que je ne fais pas. La raison pour laquelle je ne les fais pas, c'est sans doute que les gens qui les font ne pensent pas. Peut-être que mon problème, c'est que je pense trop. Donc la liste de Petrov réunit des choses que les gens normaux, les gens moins intelligents, font sans penser, et je dois les faire afin qu'elles fassent partie intégrante de mon raisonnement, parce que la seule possibilité que je les accomplisse, c'est qu'elles figurent en noir sur blanc sur une liste raisonnée.

D'après ce que j'ai pu voir, cette fille est jolie, grande avec de longs cheveux. Pauvre Petrov. Un homme mûr de profession libérale, lunettes, cheveux gris, divorcé, deux enfants, qui essaie de garder l'attention de cette Barbie aux cheveux bruns et au regard sombre. On dirait cet animateur sur Network qui est tout impressionné quand les jeunes ménagères lui courent après.

Pourquoi est-ce que j'écoute les conseils de Petrov, après tout ? Est-il vraiment heureux ? Peut-être qu'il n'est heureux que lorsque le mari de sa compagne est absent et qu'elle peut alors lui accorder un peu d'attention.

**

La vie (pas) très cool de Carrie Pilby

Le matin, le soleil est levé, mais les flaques qui demeurent témoignent que la veille a été rude. Je me demande ce qui se passe dans le foyer Rubin/Leshko/Petrov. Ils sont probablement tous au travail.

J'espère que Sheryl n'est pas une de ses patientes. Ce serait perturbant.

Vers 9 heures, je reçois un coup de fil pour faire de la relecture juridique dans un cabinet où je ne suis jamais allée. Dans la journée, pour changer. Je remplis un sac à dos de magazines et de cartes à jouer, et j'ajoute mon journal intime et Une brève histoire du temps. Ce qui devrait couvrir au moins la moitié de ma mission.

Ça me fait bizarre d'être assise à un bureau alors que le soleil est levé. Tout le monde est en costume. On me confie quelques tâches, mais dans l'ensemble, je m'ennuie. Tout au long de la journée, je réussis à : lire les numéros des quatre derniers mois de *Atlantic Monthly* ; jouer au solitaire ; écrire la liste des dix derniers DVD que j'ai vus et la note que je leur donne sur une échelle de un à dix ; fantasmer que je tape sur la femme deux bureaux devant moi qui enregistre le message de son répondeur au moins quinze fois avant d'être satisfaite (qui se résume à « Bonjour, c'est Trudy ») ; créer un dessin à feuilleter sur les pages de l'annuaire du cabinet : créer un dessin à feuilleter sur les pages du Black's Law Dictionary ; créer un dessin à feuilleter dans les pages de l'annuaire ; et consulter mon répondeur six fois.

Toujours pour tuer le temps, je décide de composer le numéro de David Harrison à Boston. Ça fait un moment que j'en ai envie.

Je m'assure que personne ne regarde, puis je sors discrètement le téléphone de son étui noir pour appuyer sur les touches. Je me souviens toujours de son numéro par cœur. J'ai une excellente mémoire des chiffres, de toute façon. Chacun d'eux a une relation avec un autre nombre important. Je ne peux pas jouer au loto parce qu'il me viendrait trop de combinaisons en tête.

Le téléphone sonne, et j'entends une voix de femme sur le répondeur. « Bonjour, dit-elle, nous ne sommes pas là. Veuillez laisser un message. » Puis un bip. Elle ne dit pas qui est « nous ». J'ignore si c'est toujours le numéro de David. Je dois accepter cette éventualité. J'avais toujours espéré, ou plutôt supposé, qu'il ne trouverait jamais quelqu'un pour qui il aurait plus de sentiments que pour moi. Je sais que ce n'est pas réaliste. Mais j'imagine que quand on cesse d'avoir des relations avec quelqu'un, leurs personnes se figent dans votre mémoire. Bon, de toute façon, il ne me correspondait pas. Seulement les premières semaines. Et tout le monde semble faire l'affaire, dans les premières semaines.

La vie (pas) très cool de Carrie Pilby

***

Puisque j'en suis à surveiller les répondeurs des gens, j'ai une autre idée lumineuse. Je compose le numéro de téléphone de la compagne de Petrov, Sheryl. Je veux voir qui est sur son répondeur.

L'appareil décroche et dit : « Bonjour, vous êtes chez Dan et Sheryl. Veuillez laisser un message et nous vous rappellerons dès que possible. »

Une confirmation de plus de l'adultère au sein de ce couple.

Je pense un moment aux gens engagés dans des relations normales, qui n'ont pas à jouer à ces petits jeux avec le téléphone, qui n'ont pas à s'inquiéter des messages sur les répondeurs. A quoi ça peut ressembler de se sentir sûr de soi et comblé ? Y a-t-il alors d'autres problèmes ? Je pense qu'il y a des gens dans ce monde qui voudraient nous faire croire qu'il n'existe pas de relation sans problèmes, que les gens ne peuvent pas connaître un amour mutuel et réciproque qui soit infini, merveilleux, rationnel et véritable. C'est une vision faible. J'espère que les pessimistes sont dans l'erreur, mais peut-être que la réalité est ainsi, comme les hommes viennent d'une autre planète.

J'ai tout le temps devant moi pour m'en assurer. Le jour de mon rendez-vous avec Michael des petites annonces arrive. Je pars chez Barnes & Noble en avance pour réserver une table. Quelqu'un a laissé une petite pile de magazines sur le comptoir, et j'en prends un qui s'intitule *Rope*, que je commence à feuilleter. Il s'agit vraiment de cordes, c'est étrange. Je vois qu'à deux tables de là, un vieil homme lit *Puppies*. Je ne veux même pas savoir de quoi ça parle.

Chaque fois que quelqu'un franchit la porte d'entrée, j'espère que ce n'est pas Michael, car tous les gens ont l'air plus bizarre les uns que les autres. Il y a d'abord un type qui porte une barbe jusqu'à la taille. Puis un type avec des lunettes de soleil et un cigare. Puis un garçon de dix ans avec les cheveux en brosse. Je réalise que, comme je n'ai rien précisé à propos de l'apparence dans mon annonce, je pourrais très bien me retrouver avec un type barbu jusqu'à la taille, ou les cheveux verts, ou un pantalon fluorescent en lycra. Il y a un million de choses susceptibles d'être bizarres chez quelqu'un que vous rencontrez par petites annonces, surtout si vous essayez de ne pas être superficiel et que vous n'avez émis aucune exigence quant à l'apparence. O.K., j'admets que nous accordons tous de l'importance à l'apparence, c'est juste que nous avons tous des critères propres. Nous n'y pouvons rien. Une fille peut préciser qu'elle cherche un blond aux yeux bleus. Je pourrais dire que je ne souhaite personne ayant une coupe de Mohawk. Est-ce que ça fait de moi quelqu'un de plus superficiel ?

Enfin, un type d'un peu moins de trente ans entre. Il a un grand front et les cheveux bruns, avec de longues pattes. Il porte un blouson en cuir, qui ne fait pas punk ni rien, mais qui est bel et bien en cuir. Il regarde dans ma direction, et je ne détourne pas le regard. Puis il sourit et s'avance vers moi. Il s'était vanté de sa taille au téléphone, alors qu'en réalité il est plutôt petit.

Je me demande pourquoi les gens ont tant de mal à être simplement honnêtes.

— Heather ? demande-t-il.

— Oui, dis-je. Ravie de te rencontrer.

— Ravi de te rencontrer.

Il sourit et me dévisage des pieds à la tête. Sans discrétion. Aïe. Nous nous asseyons.

— Alors, que je me souvienne, dit-il. La tienne était celle avec les trucs intelligents.

— Et toi, celui qui disait ne jamais répondre aux petites annonces.

Il rit.

— Oui, jusqu'à ce numéro. Je me suis dit, tant qu'à dépenser de l'argent pour appeler le 900, autant écouter plusieurs annonces. Mais la tienne est celle qui m'a décidé à appeler.

Je prends un magazine sur la table.

— J'étais en train de regarder ça, dis-je. C'est un

magazine sur les cordes. Quel est le public de ce genre de publication ?

— Je ne sais pas, répond-il avec sérieux, comme si je lui avais demandé de mener des recherches approfondies.

Je cherchais plutôt à le faire rire. Ce n'est pas gagné.

« Est-ce que tu… », entonne-t-il ; je dis « Es-tu »… au même moment, et nous finissons tous les deux notre phrase.

— Quoi ? disons-nous en même temps.

— Je…, dis-je.

— Est-ce que tu…, dit-il, et je renonce.

— Tu veux un sandwich ? me demande-t-il. D'habitude, je ne prends pas de petit déjeuner.

— Le petit déjeuner est un repas important, dis-je.

— Ce n'est que du sucre. Des céréales sucrées. Du pain perdu. Des muffins. C'est comme si on se réveillait pour manger du sucre d'orge.

Il a l'air vraiment agacé.

— Fais-toi des œufs.

— C'est gras, dit-il, en secouant la tête et en se dirigeant vers le comptoir.

Je le suis.

— Dinde et fromage, dit-il, puis il se tourne vers moi. Qu'est-ce que tu prends ?

La vie (pas) très cool de Carrie Pilby

— Comme j'ai pris mon petit déjeuner, dis-je avec sarcasme, un Diet Coke devrait me suffire.

— Un Diet Coke pour elle, dit Michael, puis, à moi. Tu es sûre que tu ne veux pas un bagel ?

Je ne peux pas m'entendre avec les gens qui ne comprennent pas le sarcasme.

— Je vais peut-être prendre un sandwich aussi.

— Tu n'as pas à me demander la permission, dit Michael, c'est ton argent.

Si j'avais des amis, je pourrais leur raconter. Je me penche au-dessus du comptoir et dis à la serveuse que j'annule le Diet Coke, et que je prendrai un sandwich à la dinde avec du jus de pomme. Puis Michael et moi nous asseyons.

— Donc, dit-il, tu n'as rien précisé à propos de ton apparence dans l'annonce, mais tu n'es pas si mal.

— Merci.

— Comment tu me trouves… ? Est-ce que tu t'attendais à ça ?

A-t-il toute sa tête ?

— Nous pourrions trouver un sujet plus intéressant.

Pas la peine de préciser que le reste de la conversation ne s'est pas mieux déroulé. Nous nous interrompons, ne rions pas à nos blagues mutuelles (enfin, je ne peux pas vraiment rire aux siennes, puisqu'il n'en fait pas), et nous nous disputons sur le fait qu'il pense que toute la littérature classique est de la foutaise et n'a aucune pertinence dans la société actuelle. Je souligne qu'il y a beaucoup de thèmes et de phrases de la littérature classique qui passent dans nos conversations tous les jours, y compris dans la culture pop.

— Les gens paraphrasent : « Romains, compatriotes et amis » tout le temps pour un effet comique, dis-je.

Michael n'en a jamais entendu parler.

Donc je poursuis :

— Je suppose que c'est du grec pour toi. C'est aussi du Shakespeare, accessoirement.

— C'est quoi ?

Je renonce.

Quand nous avons terminé de manger, je me lève.

— Bon, dis-je, c'était sympa de te rencontrer.

— Ouais, dit-il. Je n'avais jamais vu quelqu'un boire du jus de pomme directement à la bouteille.

Je ne sais même pas quoi répondre à cela. Je plie ma serviette et essaie de ramasser les miettes avec. Il se lève et dit :

— Donc… je peux t'appeler ?

— Bien sûr, dis-je en pensant : Ce qui veut dire que tu as un critère bien bas pour ce qui est de la compatibilité.

La vie (pas) très cool de Carrie Pilby

Je sors de là déprimée et à cran. Je ne peux pas croire que ma vie se résume à ça.

Mais une seconde plus tard, je me sens si libérée que j'ai envie de sauter dans les airs. Je n'ai pas à accepter un autre rendez-vous, jamais ! Ça y est ! J'ai prouvé que c'était horrible ! Et maintenant, je peux cocher le rendez-vous sur ma liste. Je peux dire à Petrov que j'ai essayé.

Matt ne compte pas vraiment parce qu'il est pris. Celui-ci était un vrai rendez-vous ! Maintenant je peux rentrer chez moi et faire ce que je veux. Je peux avoir une soirée Pilby. Je n'ai plus de concession à faire pour personne.

Chez moi, mon répondeur clignote. Je prie pour que ce ne soit pas A-Adam. Si c'est lui, j'aurai une conversation avec lui, et si nous avons des choses en commun, alors nous nous rencontrerons. Sinon, je ne vais pas m'imposer un second cauchemar. Ce n'est pas lui. Comment Adam ose-t-il me repousser ? Pour qui se prend-il ? Bref, peu importe. C'est Eppie, qui confirme mon rendez-vous avec Natto après l'office demain. Je n'ai pas à rappeler sauf si j'ai un contretemps. Mais je n'en ai pas. Je suis libre et lucide.

J'ai eu un vrai rendez-vous et j'ai adhéré à une association. Ce qui représente deux points de la liste de Petrov. Il ne me reste plus que deux choses à faire : dire à quelqu'un que je tiens à lui et sortir pour le nouvel an. Alors je pourrai tirer le bilan de ce que j'ai appris.

Pour cocher le numéro quatre, je pourrais dire à mon père que je tiens à lui quand il viendra pour Noël. Mais c'est un peu bizarre avec mon père. Je ne lui ai pas dit « je t'aime » depuis que j'avais dix ans, et il ne me le dit pas non plus. Je suis quasi certaine qu'il m'aime, simplement, nous ne le disons pas. Je le dirai peut-être à quelqu'un d'autre. Je ne sais pas qui.

Je repense à mon rendez-vous d'aujourd'hui. J'aurais aimé que ce soit Matt, à la place. Matt aurait compris mes plaisanteries. Il en aurait dit aussi. Matt aurait au moins reconnu cette tirade de Shakespeare. Mais je ne peux pas l'appeler. Je dois attendre que lui m'appelle. N'importe quand.

Je décide de consulter le répondeur de mon annonce personnelle, qui m'informe qu'il y a une nouvelle réponse.

C'est le type de quarante-six ans qui a déjà téléphoné.

— Je voulais juste appeler pour dire que, si la raison pour laquelle vous ne m'avez pas rappelé, c'est à cause de l'âge (il prononce « côze » comme si ça rimait avec magicien d'Oz), tous les gens de mon entourage pensent que je fais beaucoup plus jeune. Donc j'espère que ça ne vous ennuie pas. Enfin, comme j'disais, si vous êtes intéressée, appelez-moi.

La vie (pas) très cool de Carrie Pilby

Il ne m'a toujours rien dit sur lui. Non merci.

Il y a beaucoup de femmes d'une quarantaine d'années qui cherchent des hommes dans les petites annonces ; pourtant, ce type de quarante et quelque lorgne sur une gamine de dix-neuf ans. Pas vraiment correct.

Le matin, mon père appelle. Nous parlons de Noël. Il me dit que, dernièrement, j'ai l'air plus heureuse. Ce qui m'inquiète. Peut-être qu'aller mal me fait du bien. Et si c'était bien de mal aller ? Et si on ne peut être heureux qu'en allant mal ? Est-ce que c'est pour ça que les gens ont inventé des religions qui vous font craindre l'enfer ? Parce qu'il n'y a que la peur, et non le bon sens ou la morale, qui puisse vous garder sur les rails ?

— Peut-être que je suis heureuse à cause de la saison, dis-je à mon père.

— C'est formidable, dit-il.

Il me parle de son travail. Il me raconte qu'un type qu'il a rencontré pourrait avoir besoin d'une relecture en free lance pour un rapport, et que je pourrais peut-être travailler pour lui. Nous raccrochons et je me dis que ce doit être le signe que je peux dépenser un peu d'argent. Il faut que je trouve un cadeau de Noël pour mon père.

Je prends mon parapluie rouge et sors de chez moi. La pluie s'est momentanément interrompue et

La vie (pas) très cool de Carrie Pilby

l'air, chargé d'humidité, me lèche les joues. J'ouvre mon parapluie et un type me crie en passant : « Il ne pleut pas ! » Les gens à New York ne peuvent pas s'empêcher de l'ouvrir. S'ils ne vous harcèlent pas sexuellement ou ne vous ordonnent pas de sourire, ils évaluent la manière dont vous utilisez votre parapluie. Puis, il faut courir. Essayez de courir vite dans les rues de New York, un jour, et voyez si un type ne va pas vous crier : « Cours, cours ! » dans les cinq secondes. Je parie mon rein droit là-dessus.

Les gens qui vous adressent la parole comme ça ne réalisent pas que, hormis le fait qu'ils vous mettent mal à l'aise en soulignant quelque chose que vous n'aviez pas remarqué, ils participent à cette vaste conspiration qui vise à vous uniformiser davantage comme eux. Et si vous étiez une personne différente ? Si vous n'aviez pas envie de sourire ou d'ouvrir et de fermer votre parapluie toutes les deux secondes ? Est-ce que c'est leur boulot de vous changer ? Pourquoi des étrangers se permettent-ils de vous rappeler que vous êtes différent ? Si je suis censée apprendre à accepter les autres, est-ce qu'ils ne doivent pas m'accepter aussi ? Ou est-ce que les règles d'indulgence ne s'appliquent pas lorsque vous êtes minoritaire ?

Deux dernières questions à ce sujet :

Comment peut-on, sincèrement, sourire sur

commande ? Est-ce que ce n'est pas comme recevoir l'ordre d'éternuer ?

Est-ce que c'est déjà arrivé à des hommes qui ne souriaient pas ou levaient leur parapluie, ou est-ce que ce sont des commentaires uniquement destinés à celles d'entre nous qui sont supposées répondre timidement ?

Comme je quitte mon quartier, je passe devant l'appartement de Sheryl, la compagne de Petrov. Je jette un œil à la fenêtre, mais je ne la vois pas, ni son compagnon. Je ne vois pas non plus Petrov.

Les décorations de Noël dans les magasins me remplissent de joie. Macy's a des Père Noël qui dansent, des blancs et des noirs — ce dont je me plaindrais si j'étais asiatique —, avec des boules de neige, des ours en peluche aux têtes pivotantes et des boîtes à musique qui égrènent avec grâce toutes les chansons que je chantais à l'église quand j'étais petite et que nous y allions. Sur les accords de Vive Le Vent d'hiver, tout le monde traverse la section parfumerie pour gagner le rayon des chapeaux et des écharpes. J'achète à mon père des articles de bureau, qu'il apprécie toujours (une belle horloge de bureau et un jeu de stylos). Dans l'épicerie, il y a une pyramide de boîtes de confiseries enveloppées de papier doré, avec des nœuds en velours rouge si jolis que je ne peux résister à l'envie d'en prendre une. Il y a des caramels, que mon père adore, et les autres sont des chocolats. J'en prends une boîte de chaque. Je ne sais pas trop à qui j'offrirai les chocolats mais, avec un peu de chance, quelqu'un méritera ce présent d'ici Noël.

Le Macy's de New York a une façade très désuète, avec ses différents niveaux, ses colonnes et les lettres qui disent « R. H. MACY & CO », mais son plus bel atout se cache à l'intérieur : les escalators de bois. Ils ont au moins cinquante ans d'âge. Les marches sont de bois, et elles passent l'une devant l'autre comme des mâchoires. Les escalators étaient une de mes nombreuses fascinations quand j'étais petite. Le fabricant d'ascenseurs Otis a inventé le mot escalator. A l'origine, c'était une marque. J'ai fait un exposé à leur sujet à l'école. Nous devions choisir une invention. Tous les autres ont choisi l'ampoule ou le photographe. Je parie qu'il n'y a pas un seul enfant vivant qui n'ait réalisé un exposé sur Thomas Edison. Il vient juste derrière les biographies d'Hellen Keller pour ce qui est des sujets d'exposé.

Je m'arrête ensuite dans une librairie, où j'achète une paire de dictionnaires en version intégrale pour mon père et moi. Si jamais je tombe malade et que je dois rester chez moi pendant une semaine, je pourrai m'adonner à sa lecture toute la journée. Que veut dire s'adonner à quelque chose ? Quand je serai chez moi, je pourrai chercher ça dans mon dictionnaire intégral.

Je remonte la rue avant de réaliser que je ne suis pas loin de Times Square. J'ai faim. Il y a une pizzeria, un vendeur de poulet, une microbrasserie géante (même s'il y a une contradiction dans les termes) et un mexicain, où j'ai rencontré Matt pour la première fois. Je devrais aller là, parce que l'endroit a une connotation positive pour moi. Peut-être qu'en mangeant seule, je vais rencontrer quelqu'un. Ce qui en fait définitivement une activité pro-Petrov.

Je fais un crochet à gauche dans la 42e Rue. Je me sens mal à l'aise à l'idée d'aller dans un immense restaurant seule, mais certaines personnes au bar ont l'air d'être seules également. Elles fixent leurs petites assiettes de nourriture ou parlent au barman. Je choisis un tabouret vide et commande des quesadillas et une margarita. Le barman me demande ma carte d'identité. J'ai pu consommer des boissons avant l'âge tant de fois que je prenais sans doute ça pour acquis. Je suppose que comme je sors d'ordinaire avec des gens plus âgés, personne n'y prête attention. Je lui dis que j'ai laissé ma carte d'identité chez moi, et il m'adresse un regard qui me dit qu'il sait que je sais qu'il sait que je mens. Je lui dis qu'en y réfléchissant, j'ai plutôt envie d'une limonade. C'est aussi efficace pour faire couler les quesadillas.

La vie (pas) très cool de Carrie Pilby

Le flot de clients ne fait que grossir. Je peux observer tout ce qui se passe dans le mur couvert de glaces derrière le barman. Le tain du miroir présente d'étranges défauts. Je regarde les gens rentrer. La progéniture des affreux parents des années soixante sont des jeunes d'une vingtaine d'années, enfants du vingt et unième siècle.

Enfin, quelqu'un attire mon regard. C'est Matt.

Il est avec une fille. Je pense que ce doit être Shauna. Le serveur les conduit vers une alcôve à l'autre bout de la salle.

Sauf que Shauna n'aime pas la cuisine mexicaine. Et cette fille ne ressemble pas à la fille que j'ai vue sur les photos. Elle a l'air d'avoir une trentaine d'années. Elle porte un tailleur. Elle a les cheveux courts, lisses et brillants. Elle et Matt rient ensemble. Matt ne me remarque pas.

C'est peut-être juste une de ses collègues. Plus je les regarde, cependant, plus ils ont l'air de passer un très bon moment.

Je mange mon plat sans les quitter du regard, dans le miroir. Ils rient. Matt acquiesce. Ils mangent. Matt montre quelque chose à l'extérieur. Sa partenaire secoue la tête.

Je finis mon assiette, je paie la note et je me lève.

La main de la femme est sur la table, posée dans celle de Matt.

La vie (pas) très cool de Carrie Pilby

— Salut, Matt, dis-je.

Matt a l'air surpris.

— Ah, bonjour, dit-il.

La main de la femme se retire doucement.

— Euh, voici Beth.

Beth me fait un signe de tête. Matt ne lui dit pas mon nom.

— Vous travaillez ensemble ?

Beth regarde Matt, comme pour savoir quoi répondre, et Matt secoue la tête.

— Nous... venons de nous rencontrer.

— A une soirée ?

Beth regarde Matt de nouveau. Matt ne dit rien.

— Par des amis, dit Beth.

— Des amis de l'université ?

— Des amis, euh, des amis, dit Matt.

— Bon, j'espère que vous vous amusez bien, dis-je, avant de partir.

Il ne me court pas après. Il l'a rencontrée par les petites annonces, de toute évidence. Quelle idiote étais-je de penser que j'étais la seule qu'il allait rencontrer de cette manière ? Et de penser qu'il n'allait pas me tromper comme il trompe Shauna ? Les infidèles sont infidèles. Et si vous trompez quelqu'un et que l'on vous trompe, vous n'avez pas le droit de vous plaindre. C'est comme si vous achetiez de la cocaïne, pour vous rendre compte une fois chez vous que ce n'est pas de la cocaïne. Vous ne pourriez pas aller déposer plainte au commissariat.

Je suis en colère. J'ai envie de hurler après Matt. Mais je ne peux pas. Je n'ai aucune relation officielle avec lui, aucune raison pour qu'il s'inquiète que je sois en colère après lui ou non, et aucune raison pour qu'il m'appelle. Je ne suis pas sa fiancée. L'unique chose que j'ai le droit de faire, c'est de dire oui ou non s'il m'appelle pour me proposer de sortir. C'est tout. Le reste de son temps appartient à Shauna ou à qui bon lui semble. Je ne peux pas être en colère. Je suis la numéro deux. Ou trois, quatre, ou cinq.

Je suis sincèrement incapable de comprendre que quelqu'un ait besoin de voir autant de gens. Se peut-il qu'il ait besoin de voir du monde de la même manière que j'ai souvent besoin d'être seule ? Kara a peut-être raison : ai-je le droit de juger, simplement parce que je n'ai pas le même désir ? Je n'en sais rien. Quelque part, ça ne semble pas juste. Dans quatre ou cinq mois, Matt va volontairement se présenter dans une église et jurer fidélité à Shauna. La seule chose à laquelle j'aie jamais prêté serment était le drapeau, tous les matins à l'école, et je ne le faisais pas vraiment, parce que c'est fasciste de réciter ça comme une machine tous les jours, donc je faisais semblant de bouger les lèvres. Parfois, je récitais le Vingt-troisième psaume à la place, ou le Sonnet 18 de Shakespeare ou le Checkers Speech du Président Nixon.

De retour chez moi, je m'allonge sur mon lit pendant un moment, déprimée. Mon estomac semble vouloir couler à travers le matelas jusqu'au sommier. Rien ne pourrait me faire sentir mieux.

A une exception près.

Je sors la boîte de chocolats de mon sac Macy's et j'en mange la moitié.

Le lendemain matin, je n'ai vraiment aucune envie d'aller à l'église. A quoi bon ? Pour quoi faire ? Plus vous connaissez quelqu'un, plus vous vous rapprochez de cette personne, et plus dure est la chute quand elle allonge le bras pour tirer le tapis sous ses pieds. Une fois de plus, je sais que c'est ma faute.

Je me force à me lever, je me sens vide à l'intérieur, puis je marche jusqu'au métro.

Je ne sais pas comment le dire autrement, mais le sermon de Natto est vibrant.

Il parle d'une série de crues et de coulées de boue dévastatrices survenues la semaine passée au Venezuela. Je n'en ai que vaguement entendu parler et je m'en veux, parce qu'elles ont causé la mort de milliers de personnes.

— Pourquoi Dieu ferait-il une chose pareille ?

demande Natto. Les bébés, les mères, les sœurs, les animaux, tout le monde a été traité à égalité par les inondations vénézuéliennes. Certaines victimes étaient pourtant vertueuses. D'autres étaient si jeunes qu'elles n'ont même pas eu la possibilité de mettre en œuvre leurs bonnes intentions. Pourquoi ont-ils tous été tués ? Quelqu'un a-t-il une explication valable ?

Pas vraiment, mais je parie que Natto en a une !

— Il y a un passage dans la Bible, dit-il, dans Esaïe 55 :8 et 9 : « Car mes pensées ne sont pas vos pensées, et vos voies ne sont pas mes voies, dit le Seigneur. Autant les cieux sont élevés au-dessus de la terre, autant mes voies sont élevées au-dessus de vos voies, et mes pensées au-dessus de vos pensées. » Ce que ce passage nous dit, c'est qu'il y a une raison, mais que nous ne la connaissons pas encore. Dieu la connaît. Il voit des choses que nous ne voyons pas. Il sait des choses que nous ne savons pas. Nous ne pouvons pas comprendre Dieu.

Natto marque une pause.

— Est-ce que je crois à cela ? demande-t-il. Est-ce que je crois que Dieu a une raison ? Pour expliquer des milliers de morts ? Je ne suis pas sûr. Même pour un spécialiste de la Bible, même pour quelqu'un qui essaie de croire, c'est très dur de déceler quel bien pourrait résulter de tant de dévastations et de destructions. De tant de carnages et de charognes.

La vie (pas) très cool de Carrie Pilby

Attention, gros mots !

— Donc comment ces personnes ont-elles été jugées ? Comment serons-nous jugés ? Nous nous levons tous les matins en pensant que si nous nous comportons bien, nous irons au paradis, et que si nous agissons mal, nous aurons des ennuis. Puis nous voyons une petite file de six ans mourir d'un cancer. Nous voyons des eaux déchaînées et de la boue engloutir des innocents en Amérique du Sud. Et nous voyons notre voisin, qui trompe sa femme ou vole son patron, s'enrichir. Nous voyons notre cousin, le menteur, gagner au loto. Quel sens y a-t-il derrière tout cela ?

Quelques personnes font un signe de tête. Je veux savoir, moi aussi.

— Je n'en sais rien, dit Natto. Je n'en sais rien. Mais je vais vous dire ceci : je veux savoir. Je veux découvrir la vérité. Et je vais vous dire deux autres choses. La première, c'est que d'une manière générale, nous l'avons constaté à de nombreuses reprises, les choses vont et viennent dans la vie, n'est-ce pas ?

Quelques personnes acquiescent.

— Dans le cas du Venezuela, il n'y a aucune explication valable. Mais nous voyons des pêcheurs jetés en prison tous les jours, et de braves hommes récompensés. Et la nuit dernière aux nouvelles, ils ont montré des héros, des gens qui ont sauvé des vies au Venezuela. Nous avons vu des gens travailler ensemble. Des sauveteurs. Des secouristes. Et c'est l'œuvre de Dieu.

Il arrête de marcher.

— C'est l'œuvre de Dieu, répète-t-il.

Il se remet à marcher. Sa démarche est assurée.

— Ces gens font le bien. Et si l'un de leurs avions s'écrasait sur le chemin du retour vers chez eux ? Quel sens y aurait-il à cela ? Je n'en sais rien. Je ne prétends pas avoir toutes les réponses. Et il y a sûrement des situations que je ne comprendrai jamais. C'est une chose que beaucoup d'églises refusent d'admettre, pourtant je pourrais bien ne jamais avoir la réponse. Et parfois, ça me met très en colère.

J'aime ça.

— Mais j'ai dit que j'avais deux autres choses à vous dire. La première, c'est que nous avons vu que les choses vont et viennent. Et voici la deuxième. Nous jugeons en nous. Ces gens au Venezuela, les mourants, s'ils ont mené une bonne vie, ils le savent. Ils sont morts en paix. Ils savaient qu'ils ne le méritaient pas, que c'est juste un fait qui s'est produit. Mais un type qui a blessé les gens, qui entend soudain un grondement et voit le ciel s'écrouler, il gît là, déchiré, et au-delà de la douleur physique, il sait dans son cœur, ou il sent dans son cœur, qu'il est puni. Il ne peut rester allongé là et dire, Je t'en prie, Seigneur, je ne mérite pas de mourir. Parce qu'il sait qu'il a mal agi, qu'il doit s'excuser et se repentir. Si bien que de cette manière, le jugement s'abat sur lui. Et nous savons tous dans notre cœur, que nous soyons jugés dans l'au-delà ou pas, que tant que nous sommes sur cette terre, nous sommes nos propres juges.

Tout ce qu'il dit a du sens.

— Aucun homme ayant eu une mauvaise vie peut, en toute conscience, implorer Dieu de sauver sa sœur mourante sans d'abord se repentir et promettre de mener une vie meilleure.

Il s'interrompt et regarde son public.

— Aucun homme qui est préoccupé par quelque chose ne peut demander à Dieu de l'aider sans retirer tout le mal qu'il a fait. Tôt ou tard, nous avouons tous les méfaits que nous avons commis. C'est pourquoi chacun d'entre nous, qu'il croie que la vie est orchestrée ou qu'elle est le simple fruit du hasard, doit s'en tenir à sa connaissance du bien et du mal. Ce qui correspond bien souvent au sens du bien et du mal selon Dieu. Mesdames et messieurs, j'ai lu la Bible, et certes, il y a des choses dedans que j'aimerais mieux comprendre, mais pour l'essentiel, tout est limpide. Ne soyez pas une bonne personne simplement parce que c'est écrit, ou parce que Joe Natto vous l'a dit, ou parce que vous l'avez lu dans mon livre, ou parce que vous avez peur de ne pas franchir les portes du Paradis.

La vie (pas) très cool de Carrie Pilby

Il se penche un peu et fait un drôle de geste avec ses mains en disant ceci :

— Soyez une bonne personne parce qu'après avoir lu la Bible, ou après avoir écouté un sermon, vous avez pensé que son contenu était juste. Pas par crainte. Pas par un apprentissage mécanique. Faites-le parce que vous y avez réfléchi, et que vous y croyez. Et si vous n'y croyez pas, venez m'en parler. Mettez-moi au défi. Je peux me tromper. Je veux que nous comprenions tous. Je veux que nous réfléchissions. Je veux que nous croyions.

Des applaudissements démarrent, sans doute lancés par Eppie, puis tout le monde applaudit.

— Je vois plus de gens dans cette église que la semaine dernière. La semaine dernière, j'ai vu plus de monde que la semaine précédente. Vous amenez tous des gens avec vous, donc déjà, vous faites une bonne action. Aucune catastrophe ne devrait jamais s'abattre sur aucun d'entre nous, tout est juste ; mais si c'était le cas, si cela nous tombait dessus, nous saurions que ce n'est pas notre faute. Nous saurions que nous étions bons. Et que nous avons fait de bonnes actions que nous n'étions pas obligés de faire. Nous ne quitterions pas ce monde en nous accablant. Nous devons faire de notre mieux pour rester fidèles à nous-mêmes, même dans ce monde parfois cruel. Nous sommes forts. Est-ce que je peux vous entendre dire : « Nous sommes forts » ?

La vie (pas) très cool de Carrie Pilby

— Nous sommes forts !

Natto hoche la tête d'un air résolu.

— Prenons un moment et prions en silence pour le peuple du Venezuela.

Nous nous exécutons et, quand nous avons terminé, Natto parle encore, puis c'est fini. Quelques personnes s'agglutinent près de la porte pour acheter son livre, et je remonte une des allées vers Eppie. « Par ici », dit-il, et je suis conduite dans un petit bureau avec un réfrigérateur miniature marron, un tableau d'affichage et trois tables couvertes de livres, de journaux et de magazines.

J'attends quelques minutes. Puis Natto fait son entrée, en s'essuyant le front avec une serviette.

— Je vais te dire, dit-il à Eppie, avec une voix cassée, et non plus sa voix de sermon.

— Ah, dit-il en me voyant. Vous êtes Carrie ?

Ça m'arrive rarement, mais j'ai presque l'impression qu'il est attiré par moi. Et je ne suis pas quelqu'un qui pense ça souvent. Il y a des femmes qui pensent être draguées par tous les hommes qu'elles croisent. Je crois qu'elles sont totalement dépourvues d'estime de soi, et donc qu'elles parlent de ça pour se rassurer. Mais la réaction que je suscite chez Natto lorsqu'il me voit est une surprise inattendue, comme s'il était cinglé au visage par une rafale de vent, comme lorsque le métro arrive et que vous pouvez le sentir dans le tunnel une minute avant.

La vie (pas) très cool de Carrie Pilby

— Je n'ai plus besoin de ton aide, Ep, dit Natto, et Eppie s'en va.

— M. Bronson m'a appelée au sujet du groupe des jeunes, dis-je.

J'essaie de deviner l'âge de Natto. Il n'a sûrement pas mon âge, mais il n'a pas non plus l'air d'avoir l'âge de Petrov. Il doit avoir une quarantaine d'années. Il a un nez romain et des cheveux foncés, soigneusement peignés sur le côté.

— En effet, dit Natto. C'est une tranche de population que nous n'arrivons pas à atteindre.

Il s'assied.

— Je suis désolé pour tout ce désordre.

— Ne vous en faites pas. Mon bureau chez moi ressemble à cela.

— Vous lisez beaucoup ?

— Oui.

Pour lui donner immédiatement toutes les raisons de m'apprécier, j'ajoute :

— C'est un de mes passe-temps favoris.

— Moi aussi. Où avez-vous fait vos études ?

— Harvard.

— Pas mal, sourit-il, en se redressant. Quand êtes-vous sortie ?

— Sortie ? Il y a un an.

— Et qu'est-ce qui vous a amenée à l'église ?

— J'ai reçu un tract dans la rue, et j'ai eu envie de savoir si vous étiez une secte.

La vie (pas) très cool de Carrie Pilby

— Et ?

Il se penche en arrière. Ses yeux pétillent.

— J'ai apprécié votre discours aujourd'hui. En particulier, quand vous avez admis que vous n'aviez pas toutes les réponses. J'avais un professeur en première année qui a avoué lors du premier cours d'anglais qu'il détestait Joseph Conrad, alors que je l'admirais. Je n'étais pas d'accord, mais j'ai apprécié qu'il ait le courage de le dire. Et le plus drôle, c'est qu'il nous a enseigné Conrad mieux qu'aucun autre professeur.

— Conrad était-il un des étudiants ? demande Natto.

— Ah. Non, euh…

— Je plaisantais, dit Natto, et il sourit. Je sais qui c'est. J'ai même lu Lord Jim.

— Je n'ai jamais lu Lord Jim, dis-je.

Maintenant, c'est moi l'imbécile.

— Ne lisez pas Lord Jim. C'est le pire, dit-il. Quelle est votre période littéraire préférée ?

— L'époque victorienne. Et les Modernistes.

— C'est un terme ridicule, pourtant, n'est-ce pas ? dit Natto. Tout le monde est moderne. Vous vous souvenez de l'anecdote à propos du directeur de l'Office des brevets américains, qui aurait dit en 1899 que tout ce qu'il était possible d'inventer avait déjà été inventé ? Eh bien, l'histoire est apocryphe, d'après ce que j'ai lu, mais le message est clair : les gens pensent toujours qu'ils sont en avance. Bon, à l'heure actuelle, nous sommes postmodernes. Est-ce que ce n'est pas la période dans laquelle nous sommes supposés nous trouver ?

— Si.

— Comment pouvons-nous être à l'époque « postmoderne » ? Ce terme n'a aucun sens. Et qu'est-ce qu'il y a après le postmodernisme ?

— J'imagine que cela ne s'arrête jamais.

Natto se penche en avant.

— Donc vous êtes venue ici pour vous assurer que nous n'étions pas une secte. Où avez-vous eu le tract ?

— Par un type avec… il est chauve et plutôt petit. Il les distribuait surtout aux personnes hispaniques, mais je lui ai tourné autour.

— Comment savez-vous que les gens étaient surtout espagnols ?

Je ris.

— Je veux dire qu'il donnait surtout les tracts aux personnes hispaniques. Désolée. Qui parlent espagnol. Pas d'Espagne.

— Ah, dit Natto. Et peut-être qu'il faisait ça parce qu'ils sont plus polis que les Yuppies. Les gens vous traitent mal, parfois, quand vous démarrez une église, ou quoi que ce soit de nouveau. Les Mormons ont vécu le pire. Mais je ne vais pas me lancer dans l'histoire des religions maintenant.

La vie (pas) très cool de Carrie Pilby

— Les Mormons sont intéressants.

— Très intéressants. J'ai fait des études religieuses. Religion, théologie, philosophie. Et un peu d'anglais.

— Où êtes-vous allé ?

— A l'université publique, répond-il. J'y ai passé un bon moment. Ça n'a aucune importance, l'endroit où vous allez à l'université ; ce qui compte, c'est ce que vous en faites.

Je sais qu'il a raison.

— Je suis allé dans trois familles d'accueil avant mes dix-huit ans, et les livres étaient la seule constante dans ma vie.

Je regarde autour de moi. Il y a des livres empilés sur le bureau de Natto, sur les étagères, sur le sol.

— Donc, pensez-vous que nous puissions attirer davantage de jeunes dans notre église ? me demande Natto.

Je sais qu'il veut vendre son livre. Je sais qu'il prétend avoir eu une sorte de vision. Mais je ne me sens pas le courage de le défier maintenant.

Attendez. Voilà que je me dégonfle encore une fois à cause de mes sentiments. Je vais vers la facilité, comme tous les autres. Je n'ai pas dénoncé Matt à Shauna (pas encore). J'ai bien embrassé Kara. Et Matt, aussi. Et maintenant, je me fais avoir par une secte. Au secours !

La vie (pas) très cool de Carrie Pilby

Je m'acclimate à l'endroit. Mais c'est comme ça que les sectes vous attrapent.

Encore une fois, peut-être que je devrais jouer le jeu pour voir ce qui se passe réellement.

— Je pense que vous pourriez toucher un grand nombre de jeunes, dis-je.

— Comment ?

— Demandez à vos disciples de distribuer vos tracts à tout le monde, pas seulement aux minorités, dis-je. Envoyez-les dans des endroits comme Wall Street, Union Square et Times Square, là où les jeunes travaillent.

— Et comment les empêcher de jeter les tracts à la poubelle ?

J'ai vraiment le sentiment que mon opinion compte.

— Eh bien, il vous faut quelque chose qui leur explique de quoi parle votre église, et en quoi elle est différente de toutes les autres églises. Comme les « Juifs pour Jésus », ils ont les meilleurs prospectus qui soient. Leurs tracts me donnent presque envie de me convertir au judaïsme pour faire partie des « Juifs pour Jésus ».

C'est la vérité. Leurs prospectus sont couverts d'illustrations, de dessins humoristiques et de références à la culture pop. Toutefois, j'imagine que se convertir au judaïsme juste pour faire partie des « Juifs pour Jésus » reviendrait à changer de sexe pour pouvoir être homo. Ce qui ne serait d'ailleurs pas une mauvaise idée pour certains d'entre nous. Si je changeais de sexe et devenais un homme, je pense que les types avec qui je pourrais sortir seraient bien plus intéressants. Je me demande s'ils seraient en mesure de deviner que j'ai été une femme. Que se passerait-il si j'étais habillée comme un homme, que je sortais avec un homo, et que je l'amène à tomber amoureux de moi ? Est-ce que cela voudrait dire qu'il est brusquement devenu hétéro ? Et si je lui révélais à ce moment-là que je suis une femme ? Est-ce qu'il perdrait tout à coup toute attirance envers moi ? Ou est-ce qu'il resterait sous le charme et deviendrait hétéro ? Je devrais écrire un film là-dessus.

— Que devraient dire les prospectus, à votre avis ? me demande Natto. Qu'est-ce qui pourrait inciter quelqu'un de votre âge à en prendre un ?

Je jette un œil à ce qui couvre ses murs. Des tracts d'église. L'affiche d'une pièce de théâtre jouée à CUNY, l'université publique. Des articles de journaux qui concernent les églises et les groupes évangéliques. Un coupon de pizza Domino's. Un rouleau avec une histoire intitulée « Empreintes ».

— Je ne sais pas. Quelque chose comme ce que vous avez dit aujourd'hui : « Nous n'avons pas toutes les réponses. » Ou, plus culotté : « L'église est cassepieds. » Puis vous ouvrez, et vous lisez « sauf les Premiers Prophètes. » « La nouvelle église en vogue qui attire les jeunes en masse. » Ou quelque chose de ce genre. Mais ce n'est pas seulement les mots. Vous avez besoin d'une mise en page bien pensée. Quelqu'un ayant une expérience en publicité ou en graphisme serait plus qualifié que moi.

— Hmm, répond Natto. A qui pourrais-je m'adresser ?

Je réfléchis.

Shauna.

Elle démarre sa propre agence publicitaire.

Elle cherche des clients.

— Je connais quelqu'un, dis-je. De loin, par des amis.

— Super ! dit Natto. Serait-il intéressé ?

— C'est une fille. Je ne la connais pas directement. Simplement, elle démarre son activité, donc peut-être qu'elle le ferait gratuitement, si elle pense que ça peut mettre un pied à l'étrier à son agence.

Je déteste ça, mais pendant que je parle, je cherche sur le bureau et les meubles de Natto une photo de sa femme et de ses enfants. Il me paraît bizarre qu'un célibataire démarre une église. Il y a certaines choses qui semblent impossibles à réaliser seul si vous n'avez pas un immense soutien derrière vous. Ou alors Eppie Bronson est son amant.

— Vous cogitez drôlement, dit Natto. L'esprit Harvard, je peux dire.

Il est amusé, et ses yeux ressemblent à des fentes

quand il m'observe, comme un écran de télévision à la seconde où il s'éteint.

— Je réfléchis.

Son commentaire me rappelle David, l'habitude qu'il avait de me demander à quoi je pensais. David Lance Harrison, professeur de littérature anglaise. Je me demande si le fait que Natto m'y fasse penser est un mauvais signe.

— Bien, dit Natto, en se levant et en frappant dans ses mains. Je dois parler à mes paroissiens. Je vous passerai un coup de fil, et peut-être vous pouvez parler à cette personne dans la publicité.

— Je vais essayer d'organiser un rendez-vous, dis-je.

Au moment de partir, je le vois marcher vers une petite femme rondelette, et lui serrer la main. Elle est là avec sa vieille mère, et il a la tête penchée, leur accordant toute son attention. Elle parle avec les mains et gesticule beaucoup. Il est incroyable, la manière dont il écoute sans montrer de condescendance ou d'ennui. Je pense qu'il est sincère, d'ailleurs. Il a l'air concerné. La manière dont les gens réagissent à sa présence est incontestable. C'est le genre de personne que j'ai envie de côtoyer. Comme tout le monde, visiblement.

J'ai un avantage pour attirer son attention parce que je suis jeune. Je me demande si c'est mon seul atout. Mais tout le monde a besoin de quelque chose,

La vie (pas) très cool de Carrie Pilby

et il faut se démener. Les hommes peuvent courir sur un terrain de foot, ou gratter une guitare, ou être candidat à la présidence et gagner des milliers de regards en adoration. Les femmes peuvent porter une jupe courte ou parler d'une voix de gorge et faire plier les hommes. Oui, je suis très sexiste. Mais parfois, c'est la vérité. Finalement, dans bien des cas, nous avons des différences, des forces et des faiblesses différentes, et elles correspondent parfois à nos stéréotypes. Est-ce qu'ils sont justes ? Non. Certains éléments le sont. Comme le Venezuela. Nous ne sommes pas obligés de l'accepter. Mais parfois, c'est comme ça.

10

Quelques jours plus tard, j'ai un rendez-vous le matin avec Petrov.

— J'ai besoin de toute l'heure, aujourd'hui, lui dis-je en m'asseyant. Je veux dire, je sais que c'est quarante-cinq minutes, une heure de quarante-cinq minutes. J'ai besoin de la totalité des quarante-cinq minutes. Je ne vais pas revenir là-dessus. Commençons maintenant.

— D'accord, dit-il en souriant. Est-ce que la liste progresse ?

— Pas mal. C'est vrai que j'ai rencontré Matt, par un moyen détourné, à cause de la liste, ce qui n'est pas nécessairement positif, mais au moins, ça a rendu les choses intéressantes. C'est vrai que j'ai adhéré à l'église à cause de la liste. Même si ce qui se passe n'est pas extraordinaire, ça a le mérite d'exister. Si j'étais restée assise chez moi, rien de tout ça ne serait arrivé. Et si je sors d'ici et que je vais à une soirée ou à un rendez-vous, même si ça ne me plaît pas, peut-être que ça finira par déboucher sur une invitation à une meilleure soirée ou un meilleur rendez-vous. J'appelle ça... le papillonnage social.

— Donc, qu'est-ce que vous avez fait ? Vous avez eu un rendez-vous ? Vous avez adhéré à une association ?

— Les deux. Je suis sortie avec ce type, Michael.

— Excellent ! Vous l'avez rencontré comment ?

Cette fois, je dois mentir.

— Par la relecture juridique. Le rendez-vous était minable, mais je suis optimiste, je suis sûre que je finirai par en décrocher un bon.

Pour la simple raison qu'on ne peut pas faire pire.

— Bien, dit Petrov. Vous voulez en parler ?

— Eh bien, nous étions assis dans la bibliothèque juridique, dis-je pour commencer.

Tous les chemins inappropriés que pourrait emprunter cette histoire me traversent l'esprit. Il faut que je résiste à la tentation. L'histoire doit être crédible.

Petrov se penche en avant. Il est impatient.

— Nous avons terminé vers 4 heures du matin. Il habite près de chez moi, donc nous avons pris la même voiture avec chauffeur.

Et alors, j'imagine, nous nous sommes arrêtés devant un immense manoir, et il a dit : « J'habite là. Voudrais-tu piquer une tête dans la piscine intérieure ? » Alors nous nous sommes déshabillés et avons couru dans l'eau. Au clair de lune, nous avons goûté chaque pore de nos corps mouillés. Après l'orgasme, je pouvais lire de l'amour dans ses yeux, ainsi que la rougeur due au chlore.

— Donc, il a commencé à me parler, et il m'a dit qu'il venait d'obtenir son diplôme, et nous avions quelques points en commun. Nous sommes convenus de nous retrouver au Barnes & Noble le week-end suivant.

— Bien, dit Petrov. Et comment c'était ?

— Ça a été. Nous n'avions pas beaucoup de sujets de conversation. Et il était bizarre. Il avait d'étranges préférences culinaires.

— Lesquelles ?

Mon Dieu, ce qu'il peut être curieux.

— Il saute le petit déjeuner tous les matins, et m'a culpabilisée parce que je voulais manger quelque chose de gras. Et, à la fin de notre rendez-vous, il a dit : « Je n'ai jamais vu quelqu'un boire du jus à la bouteille avant. »

Petrov rit. Je pense que le rire vise en partie à m'encourager, pour me donner l'impression que ce que j'ai fait est normal.

— C'était peut-être un compliment, dit Petrov. Il espère peut-être... peu importe.

Ah, donc je ne suis pas la seule à m'interroger. Mais je décide de feindre l'ignorance.

La vie (pas) très cool de Carrie Pilby

— Quoi ?
— Rien. Donc est-ce que vous allez vous revoir ?
— Non. Il est bizarre.
— Mais...
— Vous avez dit un rendez-vous. Si je dois aller à un deuxième, je veux une séance et demie.

Petrov recule.

— Bon, alors c'était une mauvaise expérience ? Honnêtement, étiez-vous contente de l'avoir fait ?

Voyons que je réfléchisse.

— Ça n'a pas changé ma vie, mais oui, je suppose que je n'aurais rien fait de plus intéressant chez moi.
— C'est l'esprit, dit Petrov. Quoi d'autre, à part ça ?
— Je suis allée à cette église, dis-je. Elle n'est pas trop mal, en fait. Je vais les aider à faire de la publicité pour leur groupe de jeunes. Ils veulent cibler les jeunes cadres citadins pour les attirer vers leur église.
— Magnifique !
— A première vue, je pensais que c'était une secte. Je ne veux pas me faire avoir. Mais ça a l'air d'aller.
— Vous devriez peut-être vous fier à vos instincts, dit-il. Vous semblez aller dans la bonne direction.
— On dirait, dis-je.

La vie (pas) très cool de Carrie Pilby

Il exulte.

— Mais il y a un sujet plus grave dont je veux vous parler aujourd'hui. Quelque chose me perturbe.

— Allez-y, dit-il.

— Eh bien, je connais un type qui trompe sa fiancée. Et je sais que beaucoup de gens sont infidèles. Toute cette histoire d'infidélité me perturbe. Vous savez que j'ai toujours dit que les gens étaient hypocrites et ne respectaient rien? Eh bien, je suis sûre que quand les gens se marient, ils n'ont jamais l'intention d'être infidèles. Ils se jurent fidélité. Pourtant, beaucoup de gens se retrouvent à tromper leur conjoint. Et je sais qu'un mariage dure longtemps, que la monotonie peut s'installer. Mais est-ce que ceci justifie cela pour autant?

Petrov prend une profonde inspiration.

— Eh bien, je suppose que cela dépend de la situation. Chaque personne doit décider en son for intérieur de ce qui est juste.

— Etes-vous en train de dire qu'il y a des cas où l'infidélité est juste? Même si l'autre personne n'en sait rien et serait blessée si elle l'apprenait? Même si vous prenez des risques?

— C'est une chose condamnable, dit Petrov. Oui, vous pourriez blesser quelqu'un.

— Donc, si vous avez envie d'être infidèle, si vous êtes très attiré par quelqu'un d'autre, devriez-vous briser votre mariage pour sortir avec l'autre personne ?

— Parfois, il y a des choses à prendre en compte, dit Petrov.

Je regarde la photo de Petrov avec ses deux enfants.

— Votre fille a vingt-huit ans, à peu près ?

— Oui, dit Petrov. Samantha, oui.

— Si elle sortait avec un type de cinquante ans, comment réagiriez-vous ?

— Je... ça me ferait drôle, dit Petrov. Je voudrais m'assurer qu'il ne cherche pas à abuser d'elle.

— Donc vous ne sortiriez jamais avec quelqu'un de l'âge de Samantha.

Il s'interrompt pour réfléchir.

— Tout dépend, dit-il. Les gens n'ont pas tous le même degré de maturité. Vous, par exemple. Vous avez dix-neuf ans et, à certains égards, vous êtes très très mûre.

— C'est ce que le Pr Harrison me répétait.

— Ça ne m'étonne pas.

— Mais pour en revenir à ce que je disais, l'adultère : c'est mal ? S'il n'y a aucune raison, que quelqu'un est marié et trompe son partenaire juste parce qu'il ou elle est attiré(e) par quelqu'un d'autre. Pas de conjoint violent ou de situation dramatique, par exemple ?

La vie (pas) très cool de Carrie Pilby

— Ce sont des questions… Carrie… auxquelles je ne peux…

— Il y a vingt ans, dis-je, il y a vingt ans, je parie que vous auriez su la réponse. Je parie que vous auriez pensé que l'infidélité était mal.

— Oui, dit Petrov. J'avais un ami qui trompait sa femme à l'époque, et je le trouvais minable pour cela.

— Eh bien maintenant, vous avez développé… quoi donc ? De la tolérance ? Ou de l'ignorance ?

— Eh bien…

— Au fond, nous changeons nos règles pour qu'elles s'accordent avec notre situation. Nous avons des croyances affirmées jusqu'à ce que quelque chose nous atteigne et nous transforme. Vous croyez en quelque chose qui est juste, puis cette chose devient inopportune. La morale est inopportune. Vous avez des sentiments pour cette fille qui vit un peu plus loin que chez moi, et soudain vous faites quelque chose que vous trouviez odieux dans une incarnation antérieure.

Petrov est nerveux. Ses yeux semblent humides.

— Je peux garder une confidence exactement comme vous. Vous n'avez pas parlé du Pr Harrison à mon père. Je ne dirai rien au père de Sheryl Rubin sur elle.

Il se redresse.

La vie (pas) très cool de Carrie Pilby

— Sheryl Rubin ?
— Elle habite plus haut dans ma rue.
— Et… ?
— Je vous ai vus vous embrasser à sa fenêtre.

Il pousse un soupir et regarde le sol.

— Vous pouvez me le dire, dis-je. C'est confidentiel. Vous avez ma promesse.
— Je n'ai aucune garantie de confidentialité. Vous en avez une. Et je suis ici pour vous aider.
— Vous avez dit l'autre jour que vous espériez qu'un jour je vienne en vous disant : « Tout va bien, mais je veux quand même parler », dis-je. Vous avez fait comme si vous vouliez me traiter en amie. Mais je ne peux pas à cause de l'inégalité de la situation. Vous savez tout de moi et je ne sais rien de vous. Je voudrais juste connaître votre justification. Ça m'aiderait. Ou peut-être n'avez-vous même pas de justification ? Je ne dis pas ça pour porter un jugement. Je veux juste mieux comprendre la morale, l'éthique de la situation. Passer de l'autre côté, voir qui est hypocrite, qui ne l'est pas. A propos de s'amuser, et pour savoir si on devrait vivre jusqu'à quatre-vingts ans sans jamais avoir rien fait de répréhensible. Pourquoi, si vous n'avez jamais fumé de joint, vous faites un formidable candidat à la présidence, alors que si vous avez fumé ne serait-ce qu'une fois, ça semble si terrible ? Pourquoi existe-t-il une telle différence entre un et zéro ? Pourquoi,

La vie (pas) très cool de Carrie Pilby

si vous n'avez jamais eu de rapport sexuel, vous êtes vierge, alors que si vous avez eu un rapport en tout et pour tout, vous ne l'êtes plus ? Est-ce qu'un rapport une unique fois vous place dans une catégorie complètement différente ? Si les drogues sont mauvaises et dangereuses, alors nous devrions tous mourir sans avoir jamais fumé de joint. Mais si quelqu'un arrive en fin de vie en n'ayant fumé qu'une seule fois, juste pour l'expérience, est-ce si horrible ? Y a-t-il des lignes que nous ne devrions jamais franchir, et est-ce que les franchir une fois est aussi mal que les franchir des milliers de fois ? Pouvons-nous les franchir une fois, puis décider de ne jamais recommencer, et toujours être moral ? Ou est-ce qu'il est simplement impensable de franchir certaines lignes ?

— Vous posez beaucoup de questions, répond Petrov.

— A cause de l'église. Ça m'a fait réfléchir.

— Normalement, ce n'est pas le cas.

— Vous pensez ça parce que vous êtes juif.

— Qui ne pratique plus, dit Petrov.

— Vous voyez, vous pouvez parler de vous.

Il se met à rire. Et je sais qu'il va dire quelque chose.

Il réfléchit une seconde. Il regarde ses mocassins marron, sertis de glands. Puis son tapis. Finalement, il relève les yeux vers moi.

— Je fais du consulting à temps partiel pour l'agence de Sheryl, dit-il doucement. Elle travaille avec des enfants maltraités. Nous avons passé beaucoup de temps ensemble.

Je fais un signe de tête.

— Je l'ai invitée à prendre un café, dit-il en haussant les épaules. Nous avons parlé, parlé. Nous voulions passer plus de temps ensemble.

— Et ?

— Nous ne devrions vraiment pas parler de ça ensemble.

— En théorie, nous ne devrions pas, dis-je. Mais vous êtes un ami de la famille. D'ailleurs, vous n'avez probablement personne à qui en parler. Et j'en ai besoin. Je vous promets que tout ce que vous me direz aujourd'hui ne sortira pas de ces murs. Et même, je dirai que vous avez tout inventé pour m'aider. Dites-moi juste. Est-ce que vous vous sentez coupable ? Je sais que Sheryl est mariée à un type nommé Leshko.

Petrov ne nie pas. Il a les yeux rivés sur ses chaussures.

— Est-ce que vous fermez les yeux sur vos propres agissements ? C'est ce que je voudrais savoir. Est-ce que c'est subitement devenu acceptable ?

Il reste silencieux pendant une seconde. Puis il dit doucement :

— Je ne ferme pas les yeux. Mais si nous n'avions

pas fait cela, je serais assis là, à penser à elle tout le temps, sans pouvoir me concentrer sur mon travail. J'étais épris. Il fallait que je la voie.

— Etes-vous amoureux d'elle ?

— Passons à autre chose…

— C'est difficile à dire, quand ce n'est pas une situation régulière. Si vous l'aviez rien que pour vous plutôt qu'un quart du temps, serait-ce aussi excitant ? Que se passerait-il si vous viviez le train-train quotidien, sans tous ces défis et toutes ces contraintes ?

Petrov continue d'observer le tapis.

— Je ne sais pas, avoue-t-il. Elle peut décider de tout arrêter demain.

— Et, dis-je sérieusement, en me penchant en avant, les mains jointes, comment vous sentez-vous ?

Il se débarrasse de moi sans ménagement.

— Vous devez arrêter cela.

— Je suis désolée. Je me pose tant de questions.

Il soupire.

— Je sais. Dites-moi ce que vous pensez.

— Que les gens disent que le monde n'est pas tout noir ou blanc, ce qui est peut-être un tort. Et s'il faut qu'il y ait des nuances de gris, ces nuances devraient avoir des limites.

— C'est vrai, dit Petrov.

— Il y a des choses qui paraissent condamnables,

puis les gens les font, et alors ils essaient de se justifier et de pousser les autres à faire pareil, aussi. Ce qui est encore pire.

Il hoche la tête.

— Donc il faut que je sache. Vous pensiez autrefois que tromper était mal. Aujourd'hui, vous le faites. Comment justifiez-vous votre comportement ?

Il marque une pause.

— Très bien, dit-il. Si vous voulez savoir… comment je me justifie… eh bien, j'étais croyant, et même si les juifs ne connaissent pas l'enfer et la pénitence et tout ça, j'essayais de respecter le code moral. Et ce que je me suis dit quand j'ai commencé à la fréquenter… c'est que peut-être Dieu ne me laisserait pas ressentir ces sentiments s'ils étaient répréhensibles. Et j'ai pensé que je l'avais rencontrée en travaillant avec des enfants. Ça ne peut pas être si terrible.

— Et vous y croyez ?

— Non, dit-il en regardant ses mains. Je suis probablement, comme vous dites toujours, un hypocrite. Je ne peux pas le nier. Et c'est sûrement mal. Mais ce n'est pas si terrible, pas aussi grave que d'autres choses. Les gens font des choses pires que cela. Ça ne blesse personne à l'heure actuelle.

— Ça pourrait blesser le mari de Sheryl.

— Il s'absente toujours plusieurs jours d'affilée.

— C'est une excuse.

— Il est peut-être aussi infidèle.
— Excuse.
— Peut-être que…
— Excuse.
— Mais je n'ai encore rien…
— Excuse.
— Je…
— Excuse.

Nous sommes assis dans nos fauteuils, tendus comme des joueurs de tennis épuisés qui se préparent pour le prochain lob.

— Peut-être qu'elle le quittera.

Il semble perdu dans ses pensées.

Peut-être n'a-t-il pas réellement envie qu'elle quitte son mari. Ou alors il en a envie et se déteste de penser cela.

Je ne sais pas ce qu'il veut. Mais lui non plus ne sait pas ce qu'il veut. Comme Natto ne sait pas ce que Dieu veut. Comme je ne sais pas ce que je veux.

Est-ce que je n'en ai vraiment aucune idée ?

Je veux faire ce qui est bien.

Je veux aussi être heureuse.

Est-il nécessaire d'être exclusive pour ces deux choses ?

Et si c'est le cas ? Faut-il que je fasse comme Petrov, que j'abaisse légèrement la barre ? Mais ne vais-je pas devoir l'abaisser sans fin, devant chaque situation que je rencontre ? Est-ce que ce n'est pas ce que tout le monde fait ? Quand les gens volent, mentent, trompent, enfreignent la loi, est-ce qu'ils ne finissent pas par perdre tout sentiment de culpabilité ou de répugnance parce qu'ils ont franchi la ligne tant de fois que leur nouvelle mentalité leur dit que tout est possible ?

Est-il vrai que les actions de Petrov ne blessent personne ? Y a-t-il des choses susceptibles de blesser les gens uniquement en théorie et pas dans la réalité ? Matt blesse-t-il réellement Shauna si elle n'apprend jamais ses incartades ? Est-ce que Sheryl Rubin fait du mal à Daniel Leshko ? Est-ce que Kara met en danger quiconque à part elle-même quand elle fume ? La notion que ces personnes en blessent d'autres se base-t-elle davantage sur des tabous sociaux plutôt que sur la réalité ?

Petrov pose son menton dans ses mains.

— Mon psychothérapeute, dit-il enfin, est psychanalyste. Ce qui, je l'admets, est un problème en l'occurrence. Mais il est intelligent. Il me répète en long et en large la vieille antienne que Sheryl me désire parce que je suis une figure paternelle. Comme si une femme d'une trentaine d'années ne pouvait être attirée par un homme d'une cinquantaine d'années. Or vous aimiez votre professeur, n'est-ce pas ? Il était plus âgé. Les médecins aiment ranger les choses dans des petites boîtes.

La vie (pas) très cool de Carrie Pilby

Je suis toujours sous le choc de la révélation que Petrov suit une thérapie.

— Est-ce que vous pensez que votre psy a lui aussi un psy ? Et ce dernier a-t-il un psy ? Si ça se trouve, vous êtes peut-être le psy du psy du psy du psy du psy du psy du psy de votre psy. Et la question n'est pas de savoir ce que ce chapelet de psy signifie pour vous, ou pour eux. La question est plutôt : qu'est-ce que cela révèle sur New York ?

Petrov et moi échangeons un regard.

Puis soudain, il dit :

— Notre temps est écoulé.

Je regarde l'horloge derrière moi. C'est la vérité. Nous avons dépassé l'heure de cinq minutes.

— Je ne vous en tiens pas gré, dis-je. J'écourterai simplement de cinq minutes notre prochaine séance.

Petrov se lève de façon mal assurée, comme s'il venait de se dégager des décombres après une catastrophe ferroviaire.

— C'était une séance intéressante, dit-il.

— Si vous le dites.

— Je crois que je vous revois la semaine prochaine.

— Je l'espère. Je sais que vous vous sentez bizarre, mais honnêtement, j'ai appris plein de choses.

— C'est un sarcasme ?

La vie (pas) très cool de Carrie Pilby

— Non, je suis sérieuse. Je suis sûre que vous aussi avez appris des choses.

— Oui, dit-il. J'ai appris que je devrais fermer les rideaux.

Petrov ne peut parler à personne de notre entretien. Il en retirera sûrement quelque chose. Ça le fera sûrement réfléchir. Sheryl en bénéficiera aussi. La prochaine fois qu'ils se verront, il sera perturbé et bouleversé. Et elle devra jouer les infirmières auprès de lui et multiplier les minauderies. Les femmes adorent ça.

D'un autre côté, je l'ai poussé à culpabiliser. Est-ce bien ou mal? Est-ce que ça fait une différence? Est-ce qu'en fin de compte, nous finissons toujours par suivre notre instinct?

En rentrant chez moi, je revis la séance dans ma tête, perdue dans mes rêveries, dont me tire l'enseigne lumineuse du café à côté de chez moi, où je lis: « Maintenant ouvert vingt-quatre heures sur vingt-quatre. »

Je rentre, et Ronald le pingouin est endormi sur le comptoir.

— Ronald! dis-je en criant.

Il se détend comme un ressort.

— Cappuccino?

— Je ne bois pas de « chinos ». Ce sont des

pantalons. Qu'est-ce que c'est que cette histoire de vingt-quatre heures sur vingt-quatre ?

Sa bouche est pâteuse, avec un filet de salive, comme les babines d'un chien. Il s'essuie avec son bras.

— Murray, notre manager, c'est sa dernière lubie. J'envisage de passer à cet horaire. Ça rapporte un dollar en plus par heure.

Il me fait de la peine. Comme tous ceux qui doivent faire quelque chose qu'ils n'aiment pas pour un dollar de plus par heure. Chaque fois que je vois un laveur de fenêtres perché à vingt étages au-dessus du sol, j'espère toujours que c'est un type intrépide, et pas juste un pauvre type qui a besoin d'arrondir ses fins de mois. Si j'étais aussi haut perchée, je sauterais pour mettre fin à ma douleur plus rapidement.

J'ai envie d'aider Ronald. Je me sens coupable de mon mode de vie, moi qui dors la moitié de la journée sans jamais avoir à payer le loyer. Et ensuite, je regarde de haut les gens qui sont forcés de se préoccuper de choses matérielles. Quel est mon problème ?

Je traverse de nouveau un de ces moments où je ressens un vide au creux du ventre, où je me sens un peu cotonneuse, comme si quelque chose n'allait pas, quelque chose de terrible. Il faut que j'attende que ça passe. Peut-être que je ne devrais pas. Peut-être que je devrais affronter ce problème et le résoudre.

Est-ce que je sais qui je suis ? Suis-je capable d'affronter ce que je n'aime pas chez moi ? Suis-je en train de juger les gens avec des critères noirs ou blancs pour justifier mon incapacité à leur parler ? Ronald n'est pas quelqu'un de brillant. Et alors ? Je peux toujours faire un effort pour lui parler.

— Tu as vu Cy dernièrement ?

— Une fois ou deux, me répond-il. Tu l'as cherché sur l'escalier de secours ?

— J'ai regardé, mais je ne l'ai pas vu.

— C'est un type bien, me dit Ronald. Cy est vraiment sympa. Il dit bonjour à tout le monde ici, quand il vient, même s'il ne connaît personne. Et il a de longues discussions avec moi.

Je souris.

— C'est sympa.

— Il a de drôles d'horaires. Je le verrai sûrement plus quand je travaillerai de nuit.

Suit un silence de plusieurs secondes. Pourtant, je ne veux pas renoncer. Je lui dois — et je me dois — de persévérer avec les gens.

— A part ça, comment ça va en général ?

Il sourit.

— Bien, je vais bien. Mes parents vont sûrement m'aider à déménager dans l'appartement au sous-sol de notre bâtiment. J'aurai un chez moi.

La vie (pas) très cool de Carrie Pilby

— Super, dis-je.

— Dis, je sais que tu es très occupée, mais est-ce que tu voudrais… prendre un café avec moi, un jour ?

— Ronald, nous sommes dans un café, et je viens ici tout le temps, et je ne commande jamais de café.

— J'avais juste pensé…

Je me sens méchante, une fois de plus.

— Qu'est-ce que tu voudrais faire d'autre, à part boire un café ?

— Oh, je n'en bois pas. Je pensais juste que ça te dirait. Je n'aime pas le café. C'est pour ça que Murray m'apprécie, il sait que je ne vais pas en boire.

— Un peu comme les eunuques qui gardent le harem.

— Quoi ?

— Rien. Tu aimes le cinéma ?

— Oui, mais je n'ai pas le câble.

— Je ne parle pas du câble. Nous pourrions aller voir un film, un jour. Ou sortir déjeuner, ou dîner.

— C'est une bonne idée ! dit Ronald. Nous pourrions manger avant mon service.

Je passe des journées entières sans aucun contact social, et ça pourrait être sympa d'avoir quelqu'un dans le quartier avec qui manger. Et puis j'aimerais vraiment en savoir plus sur Ronald que les banalités que nous échangeons quand nous nous croisons. Il pourrait même devenir, pourquoi pas, un ami.

— Je passerai te voir un soir quand tu seras en horaire de nuit et nous prévoirons quelque chose.

— Super !

— Tu as déjà vu Annie Hall ?

— Je n'ai pas le câble.

— C'est… laisse tomber. Bon, à plus tard.

— Hé, Carrie ?

— Ouais ?

— Tu sais, tu es une personne bien, toi aussi.

Sa dernière phrase m'arrête net. Non, je ne suis pas quelqu'un de bien.

— J'aimerais bien.

— Tu l'es. Bien sûr que tu l'es. Comme Cy. Comme ce jour où tu m'as demandé pourquoi j'empilais les gobelets. Et chaque fois qu'on se croise dans la rue, tu me demandes ce qu'il y a de neuf au café. Tu prends toujours de mes nouvelles. C'est gentil.

— Bon, merci, dis-je avec hésitation.

C'est vrai que je ne vois jamais personne, hormis Cy ou moi, prendre la peine de parler à Ronald. Mais il me semble que c'est la moindre des choses envers un voisin.

— Tu es quelqu'un de bien aussi.

Il sourit.

— A bientôt, dis-je.

La vie (pas) très cool de Carrie Pilby

Le soir venu, je me couche tôt, puis je me réveille à 4 heures du matin. Je ne me sens pas fatiguée, alors je me hisse au-dessus de ma fenêtre pour regarder dans la rue, en direction de l'immeuble où habitent Sheryl et Dan. Je me demande si Petrov est dans l'appartement. Ou alors il évite le quartier depuis que je l'ai pincé. Je me pose quand même la question.

Je me demande si, au-delà des lignes électriques, des corniches maculées de déjections de pigeons, des lampadaires et des antennes télévisées, Matt est endormi auprès de Shauna, la tête posée sur son corps, et si elle passe sa main dans ses cheveux, en pensant avec satisfaction que tout dans sa vie est exactement conforme à ses désirs. Je me demande si Kara est blottie contre un serveur ou une serveuse, si Stephen et Pat sont endormis côte à côte, si Natto est avec quelqu'un. Moi, non. C'est peut-être mieux ainsi, pour le moment. La simple idée d'être avec quelqu'un me paraît toujours terriblement perturbante.

Il reste une semaine avant Noël. Je n'ai pas le numéro du domicile de Matt et Shauna, mais je connais son nom de famille, et il se trouve qu'il figure dans l'annuaire. J'appelle vers 2 heures de l'après-midi, et je tombe sur Shauna.

— Allô ?

Elle a une voix douce, ce qui me met complètement mal à l'aise.

Je lui dis que j'ai travaillé avec ses anciens employeurs et qu'ils m'ont recommandé ses services pour un projet dont j'ai entendu parler dans mon église. Je lui explique de quoi il retourne et lui donne le numéro de Joe Natto. Puis j'appelle ce dernier immédiatement après. Il a l'air d'être en train de mâcher quelque chose.

— Je suis content d'avoir de vos nouvelles, dit Natto. J'attends donc son coup de fil. Vous savez, je sais que vous êtes probablement une demoiselle très occupée…

Pitié.

— Et si jamais j'empiète sur votre temps libre, faites-le-moi savoir. Seulement, je pense réellement que vous avez beaucoup d'énergie à apporter à notre église. J'envisage de vous rémunérer pour votre temps. Pourquoi pas, même, vous salarier. Vous pourriez être une sorte de consultante en relations publiques.

Un boulot ? Un vrai boulot ?

— Eh bien, vous n'avez pas à…

— Vous êtes instruite. Vous avez de bonnes idées. Vous êtes intelligente, vous lisez beaucoup, et vous pourriez représenter l'église à merveille. Vous méritez d'être payée pour votre expérience. Est-ce que vous écrivez ? Etes-vous une bonne rédactrice ? Vous avez dit que vous faisiez de la relecture juridique.

— Je pense que ça peut aller.

— Je ne suis pas en train d'essayer d'acheter votre dévouement. Je sais que vous êtes une cynique de nature, comme toutes les personnes intelligentes devraient l'être. Mais ce dont j'aurais besoin, c'est de quelques heures de travail en free lance ici et là. Pour les sermons, c'est difficile de penser à des sujets en permanence. Je veux dire, je sais qu'ils sont d'inspiration divine et tout, mais...

Je ris.

— Dieu ne vous donne pas des idées cinquante-deux semaines par an.

— C'est cela, dit-il. Vous pourriez définitivement m'être utile.

Je me sens acceptée et encouragée. Je n'ai pas ressenti ça depuis longtemps.

J'entends un clic sur la ligne de Natto.

— Oh, dit-il, c'est mon autre ligne.

— C'est peut-être Shauna, lui dis-je.

— Probablement. Je vous appelle bientôt et nous prendrons rendez-vous pour parler de différents projets.

— Ça me va.

— Au revoir.

La vie (pas) très cool de Carrie Pilby

C'est une bénédiction, pour ceux qui ne le savent pas. Goodbye veut dire « Dieu soit avec/ vous. » Pigé ?

Je prends mon dictionnaire, juste pour vérifier que l'information y figure, que je n'ai pas été trompée pendant toutes ces années. Puis je consulte le mot dictionnaire. Ce qu'il devrait théoriquement indiquer, c'est : « Vous êtes dedans, imbécile. » Mais bien sûr, les contraintes de l'étiquette professionnelle interdisent aux auteurs d'être aussi directs. La définition est, et je ne plaisante pas : « Un ouvrage de référence qui présente une liste de mots par ordre alphabétique et contient des informations pour chaque mot, dont le sens, la prononciation, l'étymologie et souvent des recommandations d'usage. » Puis suivent trois autres définitions qui veulent fondamentalement dire la même chose. Je suppose qu'ils sont censés ménager la chèvre et le chou.

J'ai acheté un arbre de Noël miniature pour mon minuscule séjour, que j'ai placé près de la porte de la cuisine. J'ai accroché des guirlandes autour, blanches comme du pop-corn, et déposé les cadeaux pour mon père au pied. J'ai même suspendu deux chaussettes au mur avec des clous. Je les ai remplies de bonbons, et bien que je sache déjà ce qu'il y a dedans, j'ai hâte de les décrocher le matin de Noël.

J'ai ouvert le canapé dans le séjour pour que mon

père puisse dormir. Je devrais faire en sorte qu'il soit assez loin de la porte d'entrée pour éviter que papa ne se réveille la nuit, sorte faire un tour, lève les yeux vers la fenêtre de Petrov et Sheryl et les surprenne en train de jouer au strip-poker.

J'ai dispersé de la fausse neige sur le sapin, mais je dois avouer que ça sent mauvais. Je le savais et je l'ai fait quand même. On ne m'y reprendra plus.

Alors que je traîne dans un gros pull vert bien chaud que je me suis acheté, en parlant tout bas, je reçois un coup de fil de mon père.

— J'ai décoré l'appartement. J'ai même acheté des chaussettes de Noël. Je n'ai plus qu'à acheter un édredon pour le canapé-lit.

— Ah, dit-il. Je ne savais pas si tu voulais que je dorme chez toi ou à l'hôtel.

— Tu devrais venir ici. J'ai envie que nous passions un Noël normal, comme tous les habitants de la ville. Les juifs y compris.

— Entendu. A quelle heure veux-tu que je vienne ?

— Tu veux que je nous prépare un dîner, ou tu préfères que nous nous fassions livrer quelque chose ?

— On peut se faire livrer. Je ne veux pas que tu te donnes de mal.

— Si tu viens vers 5 heures, on peut commander à manger puis regarder la télé ou un film. Je veux

La vie (pas) très cool de Carrie Pilby

qu'on ouvre nos cadeaux au réveil le matin de Noël, comme quand j'étais petite. Sans oublier les chaussettes.

— Les chaussettes ?

— J'ai mis nos caramels préférés dedans. Et... bon, c'est une surprise.

Il rit.

— Très bien. Ça fait du bien de te sentir si heureuse. A vendredi.

Lors de ma dernière visite à Petrov avant Noël, je lui dis :

— Mon père m'a dit que je semblais heureuse au téléphone.

— Et c'est mal ?

— Non, mais je n'aime pas que quelqu'un d'autre juge mes émotions. Si je ne suis pas heureuse, alors son jugement sonne faux.

— Donc vous êtes malheureuse.

— Non, je ne crois pas.

— Je ne le pense pas non plus. Je pense que les choses sont en train d'évoluer pour vous.

— Mes certitudes n'ont pas changé.

— Non, mais je crois que vous réalisez que vous avez besoin d'en parler et d'envisager de nouvelles idées. Je parie que si je vous demande quelque chose que je vous ai déjà demandé, vous allez me répondre.

La vie (pas) très cool de Carrie Pilby

— Comme quoi ?
— Dites-moi ce qui vous fait pleurer.
Je réfléchis un peu.
— Rien. Mais certaines choses me rendent triste.
— Soit. Qu'est-ce qui vous rend triste ?
Avant que je ne réponde, Petrov ajoute :
— Ne me dites pas ce que vous alliez dire.
— Pourquoi ?
— C'était sûrement un sarcasme.
Je hausse les épaules.
— Je…
— Ne dites pas celle-ci non plus, ajoute-t-il.
— Comment le savez-vous ?
— J'avais raison, n'est-ce pas ?
Je suppose que je n'ai plus d'autre choix que de lui dire la vérité.
— Le mot « maman ».
— Le mot « maman » vous rend triste ?
— Oui, depuis toujours.
— Pourquoi ?
— Je ne sais pas. Il est toujours prononcé par quelqu'un de vulnérable. Quelqu'un qui est en détresse. Un certain type de détresse.
— Hmm, dit Petrov. Et le mot « papa », alors ?
— Il est généralement prononcé par une princesse qui réclame une nouvelle voiture. Donc oui, il me rend triste aussi.

La vie (pas) très cool de Carrie Pilby

Petrov rit.

— Je vous ai presque eue. J'ai presque réussi à vous faire parler de vos émotions pendant deux phrases consécutives.

— Peut-être que nous arriverons à trois la prochaine fois.

Petrov se frotte les mains.

— Vous savez, dit-il, un jour, vous pourriez courir le danger de laisser quelqu'un vous connaître.

Je le regarde. Je suppose qu'il a envie de me connaître. Ce qui ne serait pas si terrible.

Pendant les deux jours qui précèdent Noël, mon téléphone ne sonne pas du tout. Ni missions de relecture, ni vendeurs téléphoniques.

Je décide de passer un dernier coup de fil aux annonces personnelles pour m'assurer que je n'ai pas reçu d'autre réponse à mon annonce. Il se trouve qu'il y a un petit dernier.

— Bonjour, je m'appelle John, dit la voix. Je suis un homme blanc de trente-huit ans, jamais marié, stable financièrement et sentimentalement, qui cherche une femme pour aller au restaurant, prendre des vacances et passer du bon temps. Je n'aime ni les prises de tête, les lourds bagages sentimentaux, ni les fainéantes et les intéressées.

Je devine qu'il lit son texte.

— Je mesure 1,78 mètre, je pèse 77 kilos, j'ai les

La vie (pas) très cool de Carrie Pilby

cheveux bruns et les yeux marron. Je recherche une femme active, séduisante, gaie et sexy, sans bagage. Une femme qui présente bien en robe comme en pantalon, en baskets comme en talons hauts. Si vous correspondez…

Je crois que ce qu'il devrait plutôt chercher, c'est sa propre personnalité.

Quelqu'un devrait l'appeler pour le lui dire. A trente-huit ans, c'est effrayant. Est-ce que les gens lui ont vraiment rendu service en ne lui disant rien de toute sa vie ?

Je note son numéro et l'appelle. Je tombe sur son répondeur.

— Salut, John, je voulais te dire que je ne vais pas donner de vraie réponse à ton annonce parce que tu lis tes notes. D'autre part, il faudrait élargir tes horizons. Tu devrais rechercher quelqu'un qui soit une vraie personne, avec des particularités, des passe-temps, des peurs et des rêves, pas simplement un mannequin en robe et en talons hauts. D'ailleurs, tout le monde a un bagage. Et si tu trouves une femme sans bagage, superbe et heureuse, que vous avez deux enfants et que l'un d'eux est handicapé, qu'est-ce qui se passera ? Ou si l'un de vous tombe malade : comment allez-vous faire ? Comment allez-vous gérer la situation ? La vie n'est pas parfaite, et tu ferais mieux d'apprendre à apprécier ses imperfections avant de finir par en découvrir une et que ce soit trop tard pour apprendre.

Je raccroche. Je n'ai pas été trop dure. D'ailleurs, ce conseil m'était à moitié adressé.

Quand je raccroche, le silence qui précède Noël me met mal à l'aise.

Je mets à profit ce temps pour penser à diverses choses.

Je me demande si l'expression « inconscient collectif » n'est pas paradoxale.

Je me demande si les brunes comptent vraiment pour des prunes.

Je me demande comment les avocats spécialisés en insolvabilité finissent par toucher leurs honoraires.

Je me demande s'il n'aurait pas été plus honnête de la part de George Washington de ne pas abattre le fameux cerisier, pour commencer[2].

Puis je sors louer des DVD : La Fin d'une liaison, Elle et Lui, Love Story, Jane Eyre. Je demande s'il n'y aurait pas un thème commun, là. Je me rappelle avoir lu une fois que la plupart de ce que nous choisissons de lire ou de voir est destiné à nous remonter le moral sur notre vie : nous pouvons ainsi

---

2. Anecdote célèbre aux USA sur l'enfance de Washington : il avait abattu un cerisier pour tester sa hache neuve, mais l'avait avoué à son père, qui ne l'avait pas puni pour sa sincérité.

contempler les errements et les échecs des autres, et nous réjouir de ne pas être à leur place. Je suppose que les films sur les liaisons interdites des autres m'apportent une sorte de réconfort.

La veille du réveillon de Noël, je suis nerveuse. (C'est vraiment bizarre de devoir dire réveillon de Noël, mais comment le dire autrement ?) Je me sens exactement comme quand mon père organisait un goûter d'anniversaire pour moi quand j'étais petite. Je courais à la fenêtre pour voir si quelqu'un arrivait, puis je revenais dans le séjour pour le regarder installer les jeux : « place la capitale sur le bon pays » ou « piñata spéciale vocabulaire ». J'ai arrêté d'organiser des goûters à huit ans, quand j'étais déjà trop jeune pour mes camarades de classe. Je crois que je n'ai jamais eu de vraies amies à l'école depuis cette date, mais plutôt des admirateurs — des gens qui avaient besoin d'aide pour leurs devoirs, des gens à qui leur mère avait dit d'être gentils avec moi, des gens qui se disaient qu'au moins je n'étais pas méchante. Je n'ai jamais vraiment su comment garder des amis parce que je n'ai jamais vraiment su comment m'en faire.

Je guette à la fenêtre, et j'aperçois une berline qui s'arrête devant mon immeuble. Je dévale l'escalier et pose les yeux sur mon père pour la première fois depuis l'été. Il a toujours été grand, les cheveux poivre et sel avec une barbe, si ce n'est que maintenant ses cheveux sont bien plus gris. Quand mon père est-il devenu vieux ?

Il me sourit, et je sais qu'il est heureux. Il a l'air d'un nounours. Je sors en courant et nous nous embrassons.

— Tu as l'air si mûre ! dit-il.

Je souris, et Bobby nous observe depuis sa fenêtre. Je ne crois pas que papa l'ait rencontré depuis qu'il loue cet appartement pour moi.

— Hé, Bob ! crie mon père. Comment ça va ? Vous protégez bien Carrie des gens du Village ?

Bobby fait un signe de tête nerveux. Puis il disparaît dans sa tanière.

L'imperméable de mon père traîne derrière lui tandis qu'il grimpe l'escalier avec ses deux valises et, suspendu à son bras, un sac isotherme de plats chinois qu'il a achetés en route. Il dépose ses affaires et nous mettons le couvert.

Une fois assis, il me dit :

— Bon, il faut que tu me racontes tout ce que tu as fait. Phil Petrov ne veut rien me dire.

— Il garde un œil sur moi, dis-je en étalant de la sauce aux prunes sur une côtelette.

— Je sais. Je sais qu'il le fait.

Papa me regarde.

— Il faut que je fasse des progrès de ce côté-là. Je serai à New York la majeure partie du temps l'année prochaine. Je m'en suis assuré. J'inviterai tous tes amis à dîner.

— Ça ne va pas te coûter cher.

Il sourit.

— Eh bien, dit-il, dis-moi ce qui se passe dans ta vie.

Je prends mes baguettes, et il fait de même, même si je n'ai jamais été douée pour m'en servir.

— Alors, il y a cette nouvelle église à laquelle je m'intéresse. Ils essaient d'attirer de jeunes cadres cyniques qui ont déserté l'église. C'est mieux que je ne pensais. Le type qui la dirige semble vouloir que les gens réfléchissent par eux-mêmes.

— Une église qui vous laisse penser par vous-même ? dit-il. Ça, c'est nouveau.

— C'est ce qu'a dit le Dr Petrov.

— Il est juif. Il n'est pas supposé dire ça. Au moins, nous pouvons choisir notre propre religion.

Il sort une cigarette.

— Ça te dérange si je fume chez toi ?

— Tu sais que tu es en train de te tuer ?

— Je ne fume que de temps en temps.

— Tu gagneras sept secondes de vie si tu ne fumes pas cette cigarette.

Il s'interrompt. Je sens que je vais avoir droit à un question-piège.

— Si je parviens à soixante-dix ans, quelle fraction de ma vie auras-tu sauvée en m'empêchant de fumer cette cigarette ?

Il avait l'habitude de me tester en permanence quand j'étais à l'école élémentaire. Il adorait ça. Soyons honnêtes, j'aime les défis. Je suis comme Matt. Et zut.

— Tu auras sauvé deux milliardièmes de ta vie, dis-je.

Il est sidéré.

— C'est incroyable.

— Mais non, je viens de l'inventer.

Je cours dans ma chambre et reviens avec une calculatrice.

— Oups, je me suis trompée d'un milliardième. C'est trois milliardièmes en réalité.

— Il n'empêche, je suis impressionné que tu saches quelle opération effectuer avec ta calculatrice.

— J'ai toujours aimé les maths.

— Je me suis toujours demandé pourquoi. Tu lis énormément, et pourtant, tes matières préférées à l'école étaient les maths, les sciences et la philosophie. Et pas l'écriture ou les arts. Pourquoi ?

— Les maths et les sciences sont exactes, dis-je.

— Tu aimes aussi la philosophie, et la philosophie n'est pas exacte.

— La philosophie est parfois une recherche de l'exactitude.

La vie (pas) très cool de Carrie Pilby

— De quelle manière ?

— Il y a des passages entiers sur la causalité. L'idée que si je laisse tomber une balle, elle va tomber par terre. Nous avons décidé, via la science, que la gravité attire cette balle vers le sol. Nous avons déterminé les formules qui permettent de calculer son accélération, et même combien de fois elle va rebondir, et à quelle hauteur. Mais c'est de la science. En philosophie, quand nous étudions les questions de causalité, nous nous demandons, « et si, même si ça se passe comme ça pendant cent milliards de fois, c'était une coïncidence ? Comment savons-nous que la cent milliardième et une fois, ça se passera aussi comme ça ? » En fait, la science suppose, et nous supposons, que c'est le cas. Toutes les choses, ou la plupart, obéissent à un ordonnancement, une formule. Ce qui ne satisfait pas le philosophe. Il veut être encore plus exact que le scientifique. Nous parlons d'un domaine dans lequel les gens doutent de leur propre existence pour la prouver. Un scientifique dit : « Je peux dire qu'une balle qui tombe accélérera au taux de 9,8 mètres par seconde au carré, parce que ça a toujours été le cas. » Mais le philosophe dira qu'il n'y a aucun moyen de prouver que ce sera toujours le cas. C'est peut-être une coïncidence que cela se soit produit cent milliards de fois. La philosophie cherche à être encore plus exacte que la science. J'adore et je déteste ça.

Il semble impressionné et préoccupé à la fois.

— Eh bien, répond-il, je suppose que les ignorants sont bienheureux. Nous aimons être convaincus que le soleil se lèvera demain.

— Et que la Bible a raison, et qu'il y a un paradis, et que nous devons être bons pour y aller, dis-je. Et que nous savons tous ce que le bien et le mal signifient, et que nous connaissons la réponse à toutes les questions de morale et de comportement. Mais ensuite, les lignes s'emmêlent, et nous ne sommes plus sûrs du tout de ces absolus.

Papa repose ses baguettes.

— Je n'y arriverai jamais, dit-il.

Je lui passe une fourchette.

Papa et moi regardons ensemble les quinze dernières minutes de *La Vie est belle* — le reste est d'un ennui accablant, si bien que chaque année depuis cinq ans, nous n'avons délibérément regardé que le dernier quart d'heure — puis il me demande si je veux m'asseoir dans la cuisine pour parler. Même si nous avons discuté pendant tout le dîner, je pense qu'il veut me dire quelque chose de sérieux. Nous n'avons pas eu de longue conversation depuis la fameuse tempête. Il prépare du chocolat chaud et nous nous asseyons.

La vie (pas) très cool de Carrie Pilby

Il se frotte le visage avec les mains.

— A propos du Grand Mensonge, entonne-t-il.

Je secoue la tête :

— Je...

— Je pensais que c'était vrai quand je l'ai dit. Je pensais...

Mon plan a toujours été de le culpabiliser à propos du Grand Mensonge. Pour une raison ou une autre, ça m'aidait à me sentir mieux. Mais maintenant qu'il aborde le sujet, je me sens mal. Je n'ai pas envie de penser que tout est sa faute.

— Tu avais pleinement le droit d'être déçue, dit-il en regardant la table.

— Peut-être que je l'ai pris trop à la lettre, dis-je. A l'époque, je pensais que tu voulais dire que tout le monde à l'université serait exactement comme moi. J'aurais tellement voulu que ce soit vrai. J'étais impatiente d'arriver enfin dans un endroit où je pourrais m'intégrer. Je n'avais pas envisagé qu'il y aurait un tel fossé, qu'il faudrait que je fasse tellement d'efforts pour comprendre les gens.

Il a l'air de crouler sous le poids d'avoir passé presque toute sa vie à éduquer quelqu'un sans connaître encore le verdict.

— A l'école élémentaire, tu étais tellement en avance sur tes camarades de classe. Ton professeur et le proviseur étaient d'accord que c'était mieux pour toi de te faire sauter une classe. Une fois que nous avons trouvé le bon niveau, tu as excellé sur le plan scolaire. Donc, oui, j'ai supposé qu'une fois à l'université, avec tous ces brillants étudiants, tu allais aussi te plaire socialement.

— Je suis arrivée à l'université en me sentant juste un peu différente, j'admets. Mais j'espérais en même temps que les gens auraient des centres d'intérêt intellectuels, des passions dévorantes, et de vrais principes moraux. A mesure qu'ils faisaient connaissance, ils changeaient encore davantage. Plus ils changeaient sans explication, plus je me sentais marginale. Et plus je me demandais pourquoi suis-je différente ?

Papa pose son menton dans ses mains et me sourit.

— Tu es quelqu'un de bien, dit-il. Tu sais quoi ? Je ne savais pas quel genre de personne tu deviendrais, mais tu es une belle personne. Et je suis heureux. Je ne crois pas que tu devrais faire de compromis sur le bien qui est en toi.

Il se rassied.

— Je n'ai pas su t'enseigner comment te faire des amis parmi les enfants de ton âge. Si tu ne fais pas de compromis avec tes propres critères, peux-tu accepter les autres qui ne sont pas comme toi, intellectuellement et moralement ? Peux-tu accepter les pécheurs et pas leurs péchés ?

Il a raison — c'est un des plus gros points sur

lesquels je dois travailler. Pourtant, même si je cesse d'espérer que les gens soient comme moi, je sais qu'ils vont continuer à insister pour que je sois comme eux. Pourquoi les personnes libérées voudraient-elles que personne n'ait le droit de porter de jugement sur leur libéralisme, alors qu'il est parfaitement normal pour eux de censurer la rigidité des autres ?

Papa me regarde avec un drôle d'air. Pour finir, il dit :

— Tu me rappelles ta mère, parfois. De plus en plus, à mesure que tu grandis. C'est peut-être logique.

Il parle rarement de ma mère. Je ne dis rien.

Il poursuit :

— Elle et sa sœur lisaient de tout quand elles étaient petites : littérature, histoire, tout. Tu sais qu'aucune femme n'avait fait d'études dans sa famille. Mais ta mère a décidé in extremis d'économiser de l'argent pour aller à l'école afin de pouvoir enseigner l'anglais. Elle a obtenu un poste administratif dans notre entreprise. Je n'aurais pas fait attention à elle, mais un soir, je me suis disputé avec quelques types de la comptabilité à propos de l'histoire politique de la Grande-Bretagne. Un des types insistait sur un point en essayant de me faire passer pour un idiot. Alors ta mère est venue vers nous. Je pensais qu'elle allait nous demander quelque chose à propos du travail, mais elle nous a juste dit doucement : « Ce n'est pas vrai. »

» Elle nous a fait tout un discours pour justifier que mon collègue avait tort. Plus elle parlait, plus je tombais amoureux d'elle. Et pas seulement parce qu'elle était de mon côté. Chaque jour, j'attendais que tout le monde parte pour pouvoir lui parler. Au départ, ça n'avait aucun sens, mais nous parlions pendant des heures. Elle était incroyable. Elle disait tout ce qu'elle pensait à tout le monde. Elle aurait attrapé le directeur de la société si elle avait pensé que c'était juste. Je ne lui arrivais pas à la cheville en tant que personne. Et Dieu, quel esprit.

Je regarde les volutes dans son chocolat chaud.

— On s'éloigne du sujet. Il n'y a probablement aucun endroit ni aucune époque qui ait permis à une personne brillante d'être parfaitement intégrée. Il y a un siècle, ta moralité aurait été plus accord avec celle des autres, mais tu ne te serais probablement pas sentie plus intégrée pour autant. Tu aurais tout fait pour éclore et déverser ton intellect sur le monde, et tu aurais été réprimée. Alors qu'aujourd'hui, nous vivons dans une société où tu peux tout faire. La conséquence de cela, c'est que la morale est devenue relative. Et toi, avec tes préoccupations sur ce qui est juste et comment t'y conformer, tu es une anomalie. Est-ce terrible ? J'aimais ta mère à en mourir. Elle était différente, aussi. Et moi aussi. Nous étions différents en ce monde, et pourtant similaires l'un et l'autre. Je n'aurais pas souhaité qu'elle change ou renonce à quoi que ce soit qui lui importait. C'est pareil pour toi. Réévaluer les choses ? Peut-être, parfois. Mais ne te sens pas contrainte d'en tirer aucune conclusion de facilité. Il y a des personnes qui passent leur vie à débattre des questions qui te préoccupent.

— Je serai cette personne, dis-je, résignée. Je serai celle qui en débat toute sa vie.

Il sourit.

— Tu as reçu un sort. Le sort d'avoir une cervelle. Sers-t'en. Ne la crains pas. Mais ne laisse pas toutes tes réflexions te détruire.

Cette nuit, mon père s'allonge sur le futon du salon et je me retire dans ma chambre. Je grimpe sur le rebord de mon bow-window et reste assise là, en serrant un des coussins noirs. De l'autre côté de la rue, dans l'appartement des Guarino, les ampoules clignotent à vive allure : rouge, vert, jaune foncé, blanc. C'est paisible. Stimulant.

J'éteins les lumières de ma chambre et fais quelque chose que je n'ai pas fait depuis avant mes dix ans : je m'agenouille au pied de mon lit et je prie.

— Dieu, je ne vais pas mentir. Je ne sais pas si tu existes, ni comment je devrais te traiter si tu existes. Je veux être une bonne personne. Je ne sais pas vraiment ce que cela implique. C'est un peu moins clair pour moi chaque jour. Je suis allée à une nouvelle église, dernièrement. Donc d'une certaine manière, tu m'aides, que tu existes ou non. C'est peut-être exactement de ça qu'il s'agit. Tu m'aides à penser à ce que je peux faire pour être une bonne personne. Bon, c'est la veille de Noël, alors je sais que tu reçois beaucoup de demandes (« S'il Te plaît, aide tout le monde à prononcer in excelsis Deo »), etc. J'aimerais prier pour les sans-abri, les vieux, les malades et bien sûr tous ceux qui ne vont pas très bien. Et je suis désolée qu'il m'arrive de juger les gens. Je regrette également certaines choses que j'ai faites ces derniers temps... ça paraît si difficile de les éviter. Ce n'est pas une excuse. Si ? Je sais que non.

Je pense à Matt. Il ne m'a pas appelée depuis que je l'ai surpris en train de flirter avec Beth. S'il m'avait rappelée, je l'aurais rejeté. Uniquement parce que je l'ai surpris, ce qui est effrayant. Il fallait cela. Cela ne suffisait pas qu'il soit fiancé avec Shauna. Il a fallu que je le voie avec une tierce personne pour enfin m'arrêter. Une partie de moi sait que si je ne l'avais pas surpris avec Beth à ce moment-là, j'aurais probablement couché avec lui. Qu'est-ce qui a fait de moi le genre de personnes qui se rendent complices de l'infidélité de quelqu'un ? Si c'est parce

La vie (pas) très cool de Carrie Pilby

que je deviens plus tolérante, plus compréhensive, est-ce que c'est bien ou mal ?

— En tout cas, Dieu, merci de m'offrir une belle vie. Je l'apprécie, et je vais poursuivre mes efforts pour devenir une meilleure personne. Amen.

A ajouter sur la liste des excuses : « Je vais m'efforcer. »

Je vais être une meilleure personne.

A partir de demain, Noël.

Quand j'aurai terminé ma liste.

11

Il ne me reste plus qu'à dire à quelqu'un que je tiens à lui, et à sortir pour la Saint-Sylvestre.

Sauf que deux jours avant le jour J, je n'ai toujours pas reçu d'invitation à une soirée.

Il faut que je fasse quelque chose. Je pourrais passer la nuit dehors toute seule, mais ce serait une échappatoire. Tant qu'à le faire, je dois le faire bien. Ce n'est que pour une nuit.

Je rassemble mon courage et laisse un message à Kara. « Je sais que tu es occupée, mais je me demandais si tu avais entendu parler de soirées sympathiques pour la Saint-Sylvestre... » Mon ton est horrible, mais il faut bien en finir avec cette liste.

Si elle ne rappelle pas, je trouverai un autre moyen de sortir.

Kara rappelle un peu plus tard.

— Carrie ! dit-elle. Où étais-tu passée ?

— Nulle part, dis-je.

Elle m'explique qu'elle va à une « soirée progressive », ce qui veut dire qu'elle et ses amis vont migrer

La vie (pas) très cool de Carrie Pilby

d'appartement en appartement toute la nuit, en buvant et en mangeant. Le point de départ est son appartement. Je lui dis que je viendrai.

Le matin de la Saint-Sylvestre, une partie de moi regrette mon ancienne vie. Si j'étais dans mon ancienne vie, je serais tout excitée à l'idée d'aller chercher de la cuisine chinoise et de la glace pour ce soir, de louer un DVD et de m'enfouir au fond de mon lit. Ou j'écouterais de la musique et danserais chez moi. J'aurais une Soirée Pilby sympa et tranquille. Tout ce que j'aime, sans désastre possible. Très tentant. Mais je suis déjà passée par là récemment.

Si je restais chez moi aujourd'hui, je ne me sentirais pas déplacée. Seulement, si je reste chez moi jusqu'à ce que j'aie quarante ans, je pourrais bien sortir et découvrir que le monde m'a oubliée. Pourquoi suis-je confrontée à un tel dilemme ?

Je pourrais retourner à l'université, s'ils proposaient un mastère en socialisation réparatrice.

Je commence à m'habiller vers 7 heures. Je glisse mon argent et ma carte d'identité dans ma poche. Je laisse mon journal intime sur mon lit pour pouvoir raconter la soirée tout à l'heure. Après ce dernier regard à mon magnifique lit si confortable, j'ai du mal à m'en détacher. Il m'appelle. Ce serait si facile de me glisser sous la couette pour m'y blottir.

J'éteins la lumière et je sors.

La vie (pas) très cool de Carrie Pilby

* *
*

Il fait froid.

Très froid.

Je suis à deux doigts de changer d'avis. Monsieur l'Hiver me pince le nez, les doigts, les coudes, les orteils, les oreilles et mes fesses rondes et fermes. Si je dois passer la nuit dehors, il me faudrait cinq pulls et une écharpe. Mais personne à la soirée progressive ne portera cinq pulls et une écharpe. De fait, certaines femmes qui me doublent dans la rue ne portent même pas de manteau. Le bon sens a cédé le pas à la mode, comme d'habitude.

Je descends les marches de mon perron. Je me retourne et je remarque à travers la fenêtre que la télé de Bobby est allumée. Je suppose qu'il est seul pour le réveillon de la Saint-Sylvestre.

Moi non, pour une fois.

Des individus bizarrement accoutrés peuplent les rues ce soir, des gens parés de boas roses duveteux, de chapeaux en peau de panthère, de cheveux verts, de chaînes, de colliers et de pantalons en cuir. Pourquoi suis-je dégoûtée par tout ce bazar ? Pourquoi les différences sont-elles un problème pour moi ? Elles me font peur. Elles représentent des risques.

Je me surprends à espérer que les gens à la soirée seront normaux. Mais qu'est-ce qui est normal ? Si

La vie (pas) très cool de Carrie Pilby

je connaissais la réponse à cette question, j'aurais réponse à tout.

J'arrive chez Kara sans être en avance, dix minutes seulement après l'heure officielle de lancement de la soirée, en croyant ne pas être à la mode pour une fois. Il faut croire que ces gens ne connaissent pas les règles de ce monde. Ils font la queue pour entrer dans l'appartement. Derrière la porte d'à côté, j'entends la musique hurler à plein volume. C'est la chanson « Get Off » des années 1970, et tous les gens d'à côté, parmi lesquels se trouvent sûrement Stephen et Pat, chantent « Ah, ah, ah, ah ». Je suis heureuse de ne pas avoir connu les années 1970, j'aurais détesté. J'aurais détesté les années soixante aussi. C'est étrange d'imaginer combien nous aurions été tous différents si nous étions nés dans une autre décennie. Dans les années 1950, Matt et Shauna auraient été un vrai petit couple modèle.

Je finis par entrer chez Kara. Son salon est un micmac de tables de bois couvertes de nachos, de bols de légumes à tremper dans des sauces, de bretzels, de petits pots et de bouteilles de toutes les formes, tailles et couleurs. Dans un coin, trois filles aux jambes interminables sont assises par terre en train de fumer, les jambes croisées et l'air défoncées. Un grand type maigre en T-shirt orange est en train de peloter une fille blonde debout contre un mur. Je m'approche et réalise qu'il s'agit de Kara. Elle s'est teinté les cheveux.

— Carrie! s'exclame-t-elle. Tu es magnifique!

Puis elle dit au type efflanqué, dans un hoquet :

— Comment tu t'appelles, déjà ?

— Barn, répond-il, et elle éclate de rire.

— Dis, me dit-elle en levant les bras vers lui, t'as besoin de te rincer le gosier pour pas un rond ?

— Non, merci.

— Il n'est que 20 h 15 et elle est déjà soule. Ce qui n'est pas bon signe.

— Combien d'appartements allons-nous visiter ?

— Quoi ? hurle-t-elle par-dessus le vacarme.

— Combien d'appartements ?

Il ne faut pas me demander de poser une question censée dans un environnement complètement loufoque.

— Je — hic — ne sais pas.

— Soixante-quinze, dit Barn, puis il se penche et l'embrasse encore.

Il porte ce qui ressemble à des brassards noirs tatoués sur les deux biceps, et, pour une raison étrange, ça lui va bien. J'aurais trop peur de me faire tatouer, mais les tatouages m'attirent. Je ne sais pas pourquoi. Effrayant.

Kara se dégage et m'appelle.

La vie (pas) très cool de Carrie Pilby

— Je ne vais pas dans les autres appartements, crie-t-elle. Carrie ! Reste ici. D'accord ?

— O.K.

C'est la seule personne que je connaisse, de toutes les façons.

— Bon, j'y vais, dit Barn, en s'essuyant la bouche.

— Bien, dit Kara. Ce ne sera pas une perte.

Quelques personnes s'en vont, tandis que d'autres arrivent en plus grand nombre. Kara s'assied à une table et me fait signe de faire de même.

— Je n'ai même pas encore fumé, me dit-elle ; je veux dire, de l'herbe. Et pourtant je me sens stone. On dirait de la gnôle de la prohibition.

Puis elle rit.

— Je suppose qu'elle fait effet.

Elle hoquète.

— Tu veux quelque chose ? On t'a servi quelque chose à boire ?

Un pichet contient une boisson glacée et bleue. Elle m'en verse dans un gobelet plastique géant et j'en bois une gorgée. C'est bon. On ne dirait même pas qu'il y a de l'alcool dedans, alors qu'il doit y en avoir.

— C'est quoi ?

— Je ne sais pas. Du poison. Aïe !

Elle se lève et jette une capsule de bouteille hors du fauteuil, puis se rassoit.

— On veut vraiment ma peau, ici.
— Je ne suis pas sûre qu'on essaie de te tuer avec une capsule.
— Ça a l'air d'être une capsule, dit-elle sans finir sa pensée.

Elle tend son index et le plonge dans la sauce. Puis elle en dépose sur chacune de ses joues.

— Mon nom est Conchita Rivera de Salsa.

Elle se lève et frappe des mains.

— Olé ! Il me faut un Latin Lover.

Elle se tourne vers moi.

— Veux-tu être mon Latin Lover ?
— Nenni.
— Je ne parle pas le petit nègre.

Je lève mon verre de Blue Je-ne-sais-quoi et le termine.

— Voilà ! hurle Kara. Vas-y, Carrie !

Elle en remplit un autre et me le tend, puis ôte la sauce de ses joues et s'approche jusqu'à se trouver en face de mon visage. Son nez touche presque le mien. Si seulement la perfection de son nez pouvait déteindre sur le mien.

— Viens sur le toit avec moi, dit-elle.

Il y a une trappe avec un loquet au-dessus de ses toilettes, qu'elle tire vers le bas. Une échelle de bois naturel apparaît. Joli. Kara l'escalade et je la suis, en faisant attention de ne pas renverser ma boisson. L'échelle craque et doit être poussiéreuse, parce que j'ai envie d'éternuer. Je pense au fait d'éternuer et ça me bloque. Diantre. Je régresse et progresse en même temps.

Il n'y a personne derrière nous, et Kara referme le loquet après elle.

Une fois sur le toit, je suis saisie par une bourrasque d'air froid. Les étoiles parsèment le ciel, en une glorieuse galaxie infinie.

Je reste debout. Dessous, j'aperçois les jardins suspendus de New York, entretenus avec soin, qui sont parfois plus verts qu'en banlieue ; au loin, on distingue des feux d'artifice, des avions, et les feux de contrôle aérien rouges qui apparaissent et disparaissent.

J'ai l'impression que nous sommes les plus grandes personnes du monde. Le ciel tournoie au-dessus de moi. Kara se tient à mes côtés. Je bois mon verre. Il fait toujours froid mais je le sens à peine.

— Regarde la lune, dit Kara.

— Ka-ra, où es-tu ? l'appelle quelqu'un en bas.

— Je n'ai pas envie de leur parler, dit-elle.

Elle se dirige vers une chaise pliante qui porte une couverture enroulée.

— Apporte une chaise, dit-elle.

J'en tire une sur le toit, qui bringuebale et résiste. Beaucoup plus bas, la rue est livrée aux festivités : du tapage, des braillements, des rires, des cris.

— La Saint-Sylvestre, grosse affaire, dit Kara,

en s'asseyant, comme si ce n'était pas elle qui avait proposé d'organiser une soirée dans son appartement pour l'occasion.

— Ce n'est qu'un artifice sur les calendriers des hommes. Rien à voir avec l'équinoxe ou le solstice. Ça, c'est le cosmos. C'est spirituel. Nous devrions organiser des soirées pour ça.

Elle lève son poing dans les airs.

— Une soirée pour le solstice !

Sa voix s'élance dans le ciel de New York, passe devant le Chrysler Building, traverse le Bronx et gagne peut-être même Westchester.

Kara tire la couverture posée sur la chaise et la pose par terre. Elle s'installe dessus et s'allonge sur le dos, pour admirer le ciel.

— Viens-là, dit-elle en allongeant les jambes. La vue est meilleure.

Je me lève de ma chaise et m'allonge aussi, à deux doigts de vomir. Je m'installe sur la couverture, la tête perpendiculaire à celle Kara. Tout d'un coup, je me dis qu'il y avait beaucoup d'alcool dans ces boissons bleues.

Enormément.

Elle me regarde.

— Je ne pensais pas que tu me rappellerais un jour, dit-elle. Je veux que tu sois ma meilleure, meilleure amie au monde.

La vie (pas) très cool de Carrie Pilby

— Fallait-il que je te donne mon argent de poche pour ça ?

— C'est ce que tes amis te forçaient à faire ? C'est méchant.

— Je n'étais pas populaire comme toi.

— Tu es populaire ici.

Elle prend ma main et l'embrasse. Puis elle s'allonge.

— Kara ! crie une voix depuis l'étage inférieur. Où es-tu ?

— Oh, mon Dieu, hurle-t-elle. Vous êtes tous si gays ! Fermez-la, et retournez à votre fumette ou vos activités perverses.

J'entends une sirène passer. Les pauvres policiers doivent vivre un enfer.

— Asseyons-nous, dit Kara. J'ai froid.

Nous nous asseyons et elle serre ses bras autour d'elle.

— Je n'aime pas mes amis, dit-elle.

— Fais-t'en de nouveaux.

— Où ?

— A l'église.

— Certains de mes amis sont si immatures, dit-elle. Je ne ferai plus de soirées. Ça attire les mauvaises personnes.

— Ça attire les gens qui aiment les soirées.

Elle me regarde.

La vie (pas) très cool de Carrie Pilby

— Tu es si intelligente. Tu es juste si intelligente. Tu as les lèvres bleues.

J'ai peur qu'elle tente de nouveau de m'embrasser, mais, au lieu de cela, elle se contente de me regarder sans bouger.

Le vent souffle. Je scrute le ciel.

Kara lève les yeux.

— Qu'est-ce que tu as envie de faire ? me demande-t-elle.

— Rester assise.

— Non, dans la vie ?

— Qu'est-ce qui te fait penser que la réponse est différente ?

Elle rit.

— C'était quoi ta matière principale ?

— La philosophie.

— Oh, alors je suppose que ta réponse était exacte. Ils devraient combiner cette manière avec quelque chose qui te permette de gagner ta vie. Comme la philosophie de la friture.

Je me rallonge pour observer les étoiles. Le toit est froid sous mon dos.

— Quel boulot ne voudrais-tu surtout pas faire ?

— La personne qui chante l'hymne national au golf. Est-ce que tu imagines, le sport le plus ennuyeux au monde, et tu dois chanter la chanson la plus ennuyeuse du monde ?

— The la-a-a-nd of the free !
— And the home of the…
— Braaaave ! chantons-nous ensemble.
— Voilà, tu y es ! Tu es un drapeau géant !
— Tu es un drapeau qui flotte !

J'ai une voix affreuse, terrible. Mais à cet instant, pendant que nous chantons ensemble, rien ne pourrait me faire plus plaisir. Je comprends pourquoi tant de gens recherchent un hobby musical, que ce soit un groupe, une chorale ou un instrument. Quand quelqu'un chante avec vous, vous n'êtes jamais déplacé.

Quand nous avons épuisé les rares chansons de notre répertoire dont nous connaissons les paroles, y compris « Yankee Doodle » et l'incontournable « Great Green Gobs of Greasy Grimy Gopher Guts », Kara me demande :

— Quelles sont tes résolutions pour la nouvelle année ?

Je devine ce qui fait qu'elle est aussi populaire. Elle propose toujours de bons sujets de conversation.

— Me faire de nouveaux amis et moins porter de jugements.

— C'est déjà pas mal, dit Kara. Je veux trouver un vrai boulot stable. Fini l'intérim précaire.

Elle donne un coup à l'étroit culot marron de sa bouteille de bière, qui se met à tourbillonner.

— Tu sais, la semaine dernière, ils m'ont appelée

pour remplacer quelqu'un en urgence pour de la saisie dans un autre cabinet. Le lendemain, ma patronne m'a appelée et m'a dit : « Nous ne pourrons jamais te renvoyer dans ce cabinet. »

— Pourquoi ?

— Un chef d'équipe a prétendu que j'étais allée dans le bureau de quelqu'un en écoutant de la musique. Et j'ai fait, genre, je ne sais même pas de quoi vous parlez.

Elle se tourne vers moi.

— Je te jure que je n'en ai aucune idée.

— Je te crois, lui dis-je.

— Donc je lui ai dit ça. Elle a répondu : « Ils sont sûrs que c'était vous. »

La voix de Kara se brise.

— Elle ne m'a pas crue. Depuis tout le temps que je travaille pour eux. Et je me tenais à carreaux, avec eux…

Sa voix diminue.

Je ne l'ai jamais vue si malheureuse. Je suppose que l'alcool peut vous entraîner dans des directions opposées.

— Et si je n'arrivais jamais à être stable dans quoi que ce soit ? me demande-t-elle.

Je l'enlace. Je ne me souviens pas avoir enlacé quelqu'un d'autre que mon père auparavant.

— Est-ce qu'ils vont te virer de chez Dickson et Monroe ?

La vie (pas) très cool de Carrie Pilby

— Non. Mais ma patronne à l'agence d'intérim me snobe, maintenant. Avant, j'étais la star de l'intérim.

Elle s'essuie le nez.

— C'est comme si tu ne travaillais plus pour personne. Tu n'es plus qu'un morceau de viande qui sait taper. Et il faut que je paie ma sécu. J'ai des amis qui font de l'intérim, leurs parents paient pour eux.

Elle pose sa tête sur mes genoux. Je regarde un avion traverser le ciel, avec son phare avant qui illumine des groupes de nuages.

— Kara ! appelle quelqu'un.

— Oh, qu'est-ce que je suis en train de faire ? dit Kara. C'est la fête, aujourd'hui.

Elle se lève.

— Tu es une si bonne amie.

Elle m'enlace.

— Il faudra qu'on reparle de tout ça quand nous aurons dessoulé. Descendons.

A l'intérieur, j'ai de nouveau froid. Dans le séjour, quelqu'un appelle Kara. Je la suis vers un groupe de gens qui discutent.

Je me tiens dans le cercle et j'écoute, mais les sujets changent si rapidement que je n'arrive pas à suivre la conversation. Ils parlent de cinéma, de musique, en évoquant plutôt des styles que des personnalités, et je n'ai jamais su réellement participer à ce genre de discussion. Ça me rappelle le lycée, quand les gamins discutaient de noms de la pop culture, et que, même si je regardais un peu la télévision et connaissais quelques-uns des artistes dont ils parlaient, je ne faisais jamais le commentaire ou le jugement qu'il fallait. Ils disaient « Machine a grossi » et « Je n'aime pas sa coupe de cheveux », et « Regarde avec qui elle sort ! » et je ne comprenais pas pourquoi certaines choses étaient cool et d'autres pas du tout, et pourquoi la plupart des gamins savaient exactement ce qu'il fallait dire. Je crois que la pop-culture peut être aussi importante que la culture tout court, et pourtant, je pourrais regarder une sitcom cent fois et ne pas être à l'aise pour déclarer que le nouveau petit copain de l'héroïne est mignon. Et je saurais peut-être que telle chanteuse est celle qui a fait un tube qui passe en boucle sur les quarante premières radios, mais je ne saurais pas dire si sa coupe de cheveux est cool. Je comprends les bases, mais je n'arrive tout simplement pas à m'intéresser aux critères — pas pour faire la bêcheuse, mais tout simplement parce que ça ne fait pas partie de moi, exactement comme certains de mes pairs ne partagent pas mes centres intérêts. La seule différence, c'est qu'il y a plus de gens comme eux que comme moi, si bien qu'il faut que j'arrive à leur parler.

Maintenant, chez Kara, je me trouve dans une situation identique.

La vie (pas) très cool de Carrie Pilby

— Il faut qu'il coupe ses pattes, dit une fille dans le cercle.

— Sa copine est une sorcière, dit quelqu'un d'autre.

— Dans la vraie vie, ou dans le feuilleton ?

— Les deux !

— Elle aurait dû en rester aux films.

— Il faut absoulument qu'elle travaille avec untel.

— Il est maigre, en tout cas.

— Je le trouve mignon.

— Il n'a pas un groupe de musique ?

— Si. Il est à peu près aussi bon musicien qu'acteur.

— Il ressemble à machin.

— Il est si craquant, et pourtant il ressemble à un homme de Neandertal dans les films où il joue, commente Kara. Il a un trop grand front.

Elle a l'air totalement absorbée par la discussion. Je me sens bête à rester là debout, sans savoir quoi dire. Je décide d'aller me chercher une autre boisson pour tuer le temps. Peut-être que, dans l'intervalle, Kara en aura marre de ces gens. Je me dirige vers la cuisine.

La cuisine est très étroite. Des gens se tiennent contre les deux murs comme des coupables alignés au commissariat de police, en face les uns des autres. Une bouteille de vin est posée sur le dessus de la cuisinière. Je m'en verse un peu dans un gobelet en plastique.

Un grand type qui était en train de parler à la fille à côté de lui me regarde verser le vin puis m'explique qu'enchaîner des alcools plus doux après des alcools forts rend ivre plus vite, ou rend malade, ou rend malade plus vite, ou que sais-je encore. Je suis sidérée devant toutes ces règles du bien boire. Quand les gens les ont-ils apprises ? Sans doute en 4e.

Je trouve une place contre le mur.

— Alors, qui est-ce que tu connais, ici ? me demande une fille.

— Kara, dis-je.

La fille se tourne vers le type avec un air interrogateur.

— Qui est Kara ?

— Je ne sais pas.

— C'est son appartement, dis-je.

— Ah. Bien !

Un autre type dit :

— Tu penses qu'elle le loue combien ?

— J'ai entendu quelqu'un dire onze cents dollars.

— J'adore, dit le grand type. J'adore quand les gens obtiennent un bon prix pour leur appartement. C'est comme un bon coup au lit.

— A New York, c'est exactement ça !

La vie (pas) très cool de Carrie Pilby

La fille chuchote quelque chose à l'oreille du grand type. Il acquiesce. Il se penche et me dit :

— On va aller se taper une dose. Tu veux venir ?

Bien sûr, mon premier réflexe est de dire non, d'autant que je ne sais même pas de quoi ils vont se faire une dose, mais j'ai envie de savoir. Je veux les regarder faire, car je n'ai jamais vu quelqu'un prendre de drogues. Je ne suis même pas assez cool pour avoir eu un jour ne serait-ce que la possibilité de me droguer. Sauf à Washington Square, où on entendait tout le temps chuchoter « de l'herbe, de l'herbe » quand on passait là, et où on était supposé savoir qu'il s'agissait de marijuana. Pourtant, la police n'a jamais embarqué personne ; il faut croire que chuchoter « de l'herbe, de l'herbe » n'est pas contraire à la loi.

— Bien sûr, dis-je, avec une politesse exagérée.

Le grand type me fait un signe de tête. Il a les cheveux courts ondulés, emmêlés sur son front et porte une sorte de collier de perles de bois autour du cou. La fille lui prend la main et l'entraîne vers l'extérieur. Je les suis.

Nous dépassons le cercle de gens où se trouve Kara. Je fais un signe pour attirer son attention.

— Tu pars ? me demande-t-elle.

— Ouais, mais je vais peut-être revenir.

La vie (pas) très cool de Carrie Pilby

— OK ! hurle-t-elle. Bon, très bonne année, si tu ne reviens pas. Appelle-moi ! Vraiment !

Je souris.

— Bonne année !

— Appelle-moi vite... aïe ! Dégage de mon pied !

J'attrape mon manteau et me dirige vers le couloir.

Dans le couloir, je remarque quelques personnes qui attendent pour rentrer dans l'appartement voisin. Je reconnais un visage familier.

— Carrie !

Je plisse les yeux, puis je me souviens : Douglas P. Winters !

— Oh, ça me fait plaisir de te voir, dit-il. Embrasse-moi !

Il m'enlace. Le type qui l'accompagne, qui porte un nœud-papillon noir, nous regarde d'un air bizarre.

— C'est un chic type, dit Doug de moi à son compagnon.

— Bienvenue au club, dit son ami, et il me tape dans la main.

La fille et le type de la soirée de Kara s'arrêtent dans le couloir.

— Je vous retrouve, leur dis-je.

— On est au 3B, dit le type. N'amène aucun flic.

La vie (pas) très cool de Carrie Pilby

Il sourit et la fille me fait un clin d'œil.

Doug me fait entrer dans l'appartement de Stephen et Pat. Des gens dansent et un type chante, assis sur un buffet de bois. Doug passe un bras sur mon épaule, et l'autre autour de son compagnon, et nous nous joignons aux autres. C'est agréable, de chanter. Il me présente aux autres.

— C'est ma copine, dit-il à quelqu'un.

Son interlocuteur lui répond :

— Ouais, et je suis Elvis Presley.

Il me vient à l'esprit que dans la journée, au travail, certains des invités de cette soirée doivent masquer leur identité. Maintenant qu'ils sont entre amis, ils peuvent baisser la garde et se divertir en toute liberté. Il y a quelque chose d'attirant là-dedans.

Je me faufile jusqu'à la table des boissons et me verse un verre d'un breuvage rose. Ce n'est sûrement pas de la limonade. La fumée me pique les yeux. Je cherche Doug du regard, mais je suppose qu'il n'est pas venu ici pour me voir.

Un type s'approche et chante avec moi. Je me sens étonnamment décomplexée. En fait, je vois à peine les autres. Tout est un peu flou. Tout ce que je sais, c'est qu'il y a un type en face de moi, et que la musique est bonne, que ma boisson est bonne, et que tout le monde est gentil. La pièce est comble et enfumée. Et je m'en fiche, parce que pour la première fois depuis longtemps, je suis trop engourdie pour penser à ma petite personne.

Le type qui chantait avec moi repart. Je fais quelques pas et me sens bizarre, tout à coup. Je regarde autour de moi et remarque que je suis une des trois seules filles. Correction : deux. Je viens juste de remarquer la pomme d'Adam de l'une d'elles.

Oh. Correction, une.

Je franchis la porte d'entrée et j'entends quelqu'un qui entre dans la pièce dire à quelqu'un d'autre :

— Bon, je vais peut-être plutôt garder ma veste et t'enlever toi sur le lit.

Je retrouve enfin Doug. Il est occupé à arracher sa chemise. Je me dirige vers lui et lui crie au revoir, par-dessus la musique. Il se penche et m'embrasse sur la joue, en me disant de revenir bientôt faire de la relecture juridique. Il a l'air bien plus décontracté qu'au cabinet. Qu'avons-nous tous au fond de nous pour passer tout notre temps à nous cacher ?

Le plancher du couloir est lisse, brillant et blanc. Mes chaussures le font grincer.

J'ai oublié le numéro de l'appartement où le couple est parti.

Je me sens drôle. Je n'ai plus envie de voir de drogues de près. Ça ne me ressemble pas. Je peux accepter l'idée que certaines choses dangereuses ne soient pas forcément immorales, même si elles peuvent être stupides et représentent un risque inutile, mais ça ne veut pas dire pour autant que je sois obligée de le faire si je ne me sens pas à l'aise. Encore une fois, je peux observer. Cette nuit, je vais enfin voir de quoi il retourne.

L'étrange sensation revient : cette impression de vide au creux de l'estomac, cet étrange sentiment de tristesse. Je réalise que quand il me saisit, c'est généralement parce que je ne me sens pas bien à propos de quelque chose, en particulier, à propos de moi.

Je crois que le couple a dit 3B.

Malgré mon intuition, je monte l'escalier et je frappe. Pas de réponse. J'attends, puis je frappe de nouveau. Rien.

Tant mieux.

Je descends l'escalier en finissant mon gobelet de liquide rose. Je me sens exaltée, trop exaltée pour rentrer chez moi. J'hésite à retourner à la soirée de Kara. Pour quoi faire, si je reviens ? Boire encore ?

J'ai envie de danser toute la nuit, de sautiller sur les trottoirs comme dans Singing in the Rain, que j'ai emprunté la semaine dernière. J'ai envie de prendre la main de quelqu'un pour voltiger autour. J'ai envie de chevaucher une rame de métro comme si c'était un taureau mécanique.

Je laisse mon gobelet vide sur les marches et sors dans le vaste monde bruyant et froid.

La vie (pas) très cool de Carrie Pilby

Les rues sont bondées. Les gens se déplacent en bandes, certains sont déguisés. Tous parlent fort. Le réveillon du Jour de l'an est un peu la rencontre entre Halloween et un bizutage d'étudiants.

Il gèle dehors, mais il n'y a pas de vent. Je flotte au milieu d'un groupe et me laisse porter. Malgré tout, je n'oublie pas que je suis seule. Les gens que j'ai croisés en haut étaient sympas, mais je ne me suis pas sentie proche d'eux. Je ne dis pas que je ne peux pas les apprécier, seulement il y a une différence entre des amis avec qui vous pouvez vous amuser et des amis avec qui vous vous sentez de vraies affinités. Je ne mettrais personne parmi les gens que j'ai côtoyés ce soir dans la deuxième catégorie. En réalité, je ne connais personne à mettre dans cette catégorie.

Je me dirige vers l'ouest et remonte une petite rue, en passant devant une école élémentaire. En haut, un ballon de foot est coincé dans une fenêtre à battant horizontale. En bas, un tract indique qu'un hamster cherche un foyer ; il y aura aussi prochainement une vente de gâteaux et la représentation d'une pièce de théâtre. Pendant quelques instants, j'ai l'impression d'être en banlieue.

Je continue vers l'ouest. Je comprends soudain vers où je me dirige : Times Square. Juste pour dire que je l'ai fait. Histoire de fermer son clapet à Petrov une bonne fois pour toutes.

La vie (pas) très cool de Carrie Pilby

Quand j'arrive à la Sixième Avenue, j'entends quelque chose que j'ai beaucoup entendu dans ma vie : les basses à l'arrière-plan. Les basses à l'arrière-plan désignent le martèlement qui vient d'une soirée à laquelle vous n'êtes pas invité. Les coups étouffés résonnent depuis des haut-parleurs destinés à d'autres personnes, des personnes qui font partie d'un groupe. Ils remplissent l'air et font vibrer vos tympans.

L'alcool m'envahit de nouveau. Je me sens bien. Il y a eu une petite chute momentanée de mon taux d'alcoolémie. Maintenant, je suis prête à affronter tout ce que la nuit me réserve. Je titube. Devant moi, une fille porte des couettes couleur magenta. Les monstres sont de sortie, ce soir. Même parmi les monstres, je suis un monstre. Parmi les gens normaux, aussi. A quelle catégorie j'appartiens ? Les P.I. Les prodiges inadaptés.

J'atteins la Sixième Avenue et commence à me diriger vers le nord. Certains pâtés d'immeubles sont miraculeusement parvenus à conserver le charme d'antan de Greenwich Village, avec les faux réverbères à gaz, les ruelles pavées, les balustrades en fer forgé. Les immeubles en grès brun mesurent quatre étages de haut, précédés d'un large perron en pierre, comme les genoux d'une mère. Les portes de garage peintes étaient, j'en suis sûre, des écuries il y a quelques décennies seulement. Mais à mesure que les numéros de rues passent de un à deux chiffres, les magasins empiètent sur le terrain et les immeubles sont de plus en plus hauts.

J'enfonce les mains dans mes poches, en essayant de ne bousculer personne, ce qui n'est décidément pas facile, toujours en direction du nord. Les bâtiments reflètent les aléas du zonage. L'un d'eux comporte des colonnes blanches, des escaliers de secours roses et des bardeaux vert d'eau ; l'immeuble voisin a des briques si tachées qu'elles semblent presque noires, avec une paire de gros réservoirs à eau gris sur le toit, qui évoquent des jumeaux potelés coiffés de chapeaux chinois coniques ; puis, pris en sandwich entre ces archétypes architecturaux, s'étendent des vidéoclubs voyants avec des enseignes lumineuses façon Technicolor des années soixante-dix, et des murs qui se dédoublent en publicités pour des jeans. Agacée, je continue et passe successivement sous des échafaudages munis de panneaux « Prière de ne rien afficher », devant des échoppes de diseuses de bonne aventure, des bijouteries et un marchand d'électronique qui propose de réparer les magnétoscopes et les micro-ondes, là où un ancien panneau parlait sans doute de radios et de télévisions. Je distingue un immeuble blanc de type hôtel particulier, avec des millions de lézardes et de niches, et je me demande qui habite là. En m'approchant pour regarder de plus près, je m'aperçois qu'il est

La vie (pas) très cool de Carrie Pilby

occupé par un magasin. J'hésite entre retourner dans le passé à une époque plus simple ou m'écraser la tête la première contre ce pare-brise incassable qu'est le futur.

Il y a une chose que je remarque de plus en plus. Sur les bâtiments en brique qui bordent les deux côtés de la rue, des lettres peintes décolorées rappellent quelles sociétés les occupaient autrefois. Beaucoup sont des entreprises de confection, et je parviens à retrouver certaines lettres. Probablement parce que je me trouve maintenant dans le district de la confection. Je remarque tellement d'anciennes réclames, en fait, que je me demande comment j'ai pu passer à côté en grandissant ici.

Je ralentis mon pas, légèrement bousculée par les gens, de manière à pouvoir lire.

Sur la 26e Rue, c'est Goldstein Fourrures & Peaux. Sur la 27e, Hollander Co., Lingerie féminine. A la 28e, Brucker Bros. & Aronof / Robes & costumes / Fourreurs / Freedman & Clotzer / Fourrures Manchurian. Près de la 29e, Maid Rite Dress Co. / Hoffman & Horwitz Costumes & Manteaux. Plus loin, d'autres fourrures, peaux, soies, grossistes et teinturiers. Sur un bâtiment, il est écrit en jaune « Pour réserver un espace publicitaire ici, veuillez appeler Berley & Co., Inc, 11 East 36e Rue », avec un numéro de téléphone. Je suis déçue que ce soit un numéro normal, et non un numéro qui commence

La vie (pas) très cool de Carrie Pilby

par deux lettres, comme MU6-5000. J'adore les anciens numéros de téléphone.

Où sont M. Aronof et les frères Brucker aujourd'hui ? Sont-ils consternés devant toutes les femmes qui portent des jeans ? Qu'est-il arrivé aux anciens associés Freedman et Clotzer, Hoffman et Horwitz ? Est-ce que leurs familles se parlent toujours ? Est-ce que leurs petits-enfants passent devant les bâtiments en réalisant que ce sont les noms de leurs grands-parents qui figurent ici ? Je me demande quel genre d'anecdotes ces hommes nous raconteraient, s'ils étaient encore là.

Je me demande aussi si d'autres que moi pensent à ce genre de choses. Je regarde autour de moi et note que personne d'autre ne lève les yeux sur ces bâtiments. Tous les gens regardent droit devant eux.

Quelqu'un me donne un coup de coude et je continue d'avancer. Des taxis se klaxonnent mutuellement, des gens baissent leur vitre et s'insultent, des chiens aboient. Maintenant, je suis sortie du territoire aux murs peints pour entrer dans une sorte de paradis pour les amateurs de shopping. Je passe devant un magasin de jouets et plusieurs boutiques de vêtements. En l'air au-dessus de la 32e Rue, reliant le dixième étage d'un immeuble de bureaux au dixième étage d'un grand magasin, s'étend une superbe passerelle couverte couleur vertde-gris, dont l'origine et la finalité sont connues, je suppose, de ceux qui travaillent ici. Je passe devant une rangée bleue de cabines téléphoniques, contre laquelle un couple s'embrasse. Le combiné de la troisième cabine téléphonique pend dans le vide. Quand je suis rentrée à New York après l'université, je raccrochais systématiquement les téléphones. Puis une fois, je venais de raccrocher le combiné, quand un type surgi de nulle part s'est mis à hurler qu'il y avait quelqu'un à l'autre bout du fil. Maintenant, quand je vois un téléphone, je le laisse pendre, et quand je vois quelqu'un raccrocher un combiné, je me demande plutôt d'où vient cette personne.

Je continue, émerveillée par les lampadaires noirs en forme de M comme des mouettes, leurs ampoules claires suspendues à l'extrémité comme des gouttes qui tomberaient des ailes. Je traverse un nuage de parfum avec un arrière-goût épicé qui me rend heureuse et doit me rappeler quelque chose de mon enfance.

Je remarque les enseignes peintes les plus effacées que j'aie jamais vues sur un immeuble : Lingerie de luxe Mfg / Enfants / Distinctive / Lingerie / Robes / Pyjamas / Bo-Peep Mfg Co / Frère / & / Sœur / Individual & Companion / Vêtements / Nippes. Que veut dire nippes ? Il faudra que je vérifie. Je ne supporte pas de ne pas connaître un mot. Avec mon excellent score en orthographe à l'examen d'entrée à l'université, aucun mot ne devrait m'être inconnu. J'essaie de voir si le N ne serait pas plutôt FR, mais quelqu'un me bouscule. L'arrêt, l'immobilité n'ont plus cours le 31 décembre.

Je continue vers le nord en passant devant des immeubles de bureaux, des magasins de chaussures, des clubs de gym. Collé derrière un lampadaire, un petit carré de papier blanc indique : « Pas de stationnement aujourd'hui, avis de la police. » Et dessous, il y a un autocollant orange fluorescent réalisé par un génie du marketing qui indique : « Dépannage 24 h/24. »

Ensuite, vers la 38ᵉ Rue, j'aperçois le serpent.

Un serpent multicolore illuminé court en tremblant le long de l'arête d'un immeuble. En m'approchant, je m'aperçois que c'est la silhouette d'une enseigne lumineuse de Times Square vue de profil.

A mesure que je m'approche de la créature polychrome, je découvre les autres enseignes de Times Square : le bandeau défilant orange du Dow Jones qui affiche les actualités ; les fenêtres de bureau qui réfléchissent des millions de petites ampoules ; le ESPN Zone, des fast-foods, des vendeurs de marrons, des caricaturistes et des stands d'encens qui dégagent de minces filets de fumée qui flottent sous nos narines afin de nous inciter à mettre la main au portefeuille.

La vie (pas) très cool de Carrie Pilby

Le bruit est une pollution — un tintamarre étourdissant ponctué de sirènes, de signaux, de cris, de grincements. La foule s'épaissit et, bientôt, je peux à peine bouger.

La foule semble en liesse. Les gens rient, parlent, s'enlacent. Je me sens de nouveau très malheureuse. Les gens sont grands, les immeubles encore plus grands, et je suis plus petite qu'eux tous réunis.

Soudain, une voix me dit :

— Tu es seule ?

Je me retourne.

— Viens avec nous !

C'est une femme en manteau de laine noire, qui parle dans son téléphone portable.

— Eddie et moi nous retrouvons à 10 heures. Non, c'est bondé ici, je peux à peine avancer. Aïe. Quelqu'un vient encore de me rentrer dedans. Ouais, il vaut mieux que j'y aille.

Je hais les téléphones portables.

— Allô, Ed ? Je ne sais pas ce qui m'a pris. Je viens d'inviter Jessica. Eh bien, elle a appelé et elle faisait des allusions. Je sais. Tu n'as qu'à lui parler. Euh, attends une minute. Allô ? Jess ! Oui, sur Broadway. Oui, c'est ça. Très bien, on t'attend avec impatience ! Salut. Allô, Ed ? C'était elle encore. Donc, j'ai eu pitié d'elle. Qu'est-ce que tu veux ?

J'ai envie de continuer à écouter la conversation, mais les sifflets recouvrent sa voix. Les gens ne peuvent-ils pas être polis quand quelqu'un téléphone ?

Elle se faufile à travers la foule, et je la suis, bien décidée à jouer les espionnes. Je vais essayer de repérer les conversations d'autres personnes, de saisir leurs expressions, pour voir si elles parlent de trucs qui valent la peine. Je parviens à capter quelques bribes :

— Non seulement leur chien n'est pas dressé, mais ils ont laissé le fromage sorti pour que tout le monde en prenne.

— Des urinoirs ? Oublie. Je suis incapable de me concentrer si quelqu'un est dans la cabine voisine.

— J'ignorais complètement que ça voulait dire autre chose en Angleterre, et plus personne ne m'a adressé la parole jusqu'à la fin du voyage.

— Tu n'étais pas supposé garder cet argent pour l'université ?

— Je crois qu'il a fait semblant pour me faire du bouche-à-bouche.

— Donc, carrément, elle a acheté des fringues au New Jersey, parce que les taxes sur les vêtements ne sont qu'à trois pour cent là-bas, et elle voulait les retourner au Macy's à New York pour qu'on lui rende les 8,5 % de taxes, et on lui a dit, attends, d'abord tu ne gagnerais que 5 % par article, et en plus, qu'est-ce que tu crois, Macy's connaît la combine. C'est sur le ticket. Elle est vraiment débile.

La vie (pas) très cool de Carrie Pilby

Petrov pense que je suis négative sur les gens, mais voyez comme tout le monde parle dans le dos de tout le monde ! Je ne parle pas des gens dans leur dos — alors pourquoi est-ce qu'être secrètement agacée par eux serait mal ?

Je presse le pas pour suivre la Fille au Téléphone Portable jusqu'à sa soirée. Elle n'est pas loin de moi. Elle semble passer son temps au téléphone.

— Tous ceux de l'émission ! dit-elle. Même David, et Alcott. Il faut absolument que tu viennes ! Oui, au sixième étage !

Elle indique un croisement de rues sur Broadway. Je pourrais peut-être la suivre. Et rencontrer son « amie » Jessica, qui a clairement besoin de changer d'amis. Le croisement qu'elle indique est près du cœur de Times Square. Où nous sommes en ce moment même.

Puis nous sommes complètement immobilisées.

Nous ne pouvons plus faire un pas. Les gens jouent des épaules. Les lumières nous agressent : rouge, bleu, rose, vert. Les conversations se mêlent pour ne plus former une unique clameur. Des confettis pleuvent de partout et retombent doucement. Les publicités de l'enseigne Coca Cola explosent. Nous sommes au cœur d'un merveilleux kaléidoscope imaginaire et fantasmagorique.

— Je suis carrément arrêtée, dit la Fille au Téléphone

La vie (pas) très cool de Carrie Pilby

Portable. Si ça se trouve, je vais devoir ramper sous les jambes de quelqu'un.

« Ce soir ! » hurle un présentateur. La foule se resserre, épaule contre épaule. « Nous vous présentons… » Je réussis à me retourner et continue de penser que personne d'autre n'a l'air seul. Les types enlacent des filles en robes lamées ; des hommes costauds rient avec leurs amis. Est-ce que les gens n'ont aucun courage ? Pourquoi suis-je la seule au monde à avoir le courage de faire des choses seules ? Pourquoi Petrov pense que c'est moi qui ai un problème, alors que je suis la seule à avoir du courage ? Est-ce qu'il y a une seule autre personne seule à Times Square ?

Je ne sais pas si je peux blâmer quiconque, pourtant. La solitude est pesante. Ce qui est étrange, c'est qu'une seule personne suffirait à vous donner l'impression que vous êtes intégré dans ce monde, même si un couple, ce n'est jamais qu'une personne de plus que un. Le simple fait d'ajouter une personne améliore votre vie à huit cents pour cent, et vous permet soudain de vous intégrer à la structure de la société. Pourquoi est-ce que un plus un équivalent à un bond de huit cents pour cent de votre qualité de vie ? Sans cette personne, vous devez marcher seul, manger seul, voyager seul, dormir seul. Si j'avais quelqu'un avec qui je m'entends et qui tienne à moi, je n'aurais plus rien à prouver au

La vie (pas) très cool de Carrie Pilby

reste du monde. Je suis sûre qu'il y a des couples d'inadaptés, mais ils s'entendent entre eux, si bien que ça n'a plus d'importance.

Soudain, je réalise que je suis flanquée de deux grands échalas.

— Euh, je crois qu'on est en train d'écraser cette fille, dit l'un d'eux à l'autre.

— C'est bon, réussis-je à leur dire en criant.

Le premier type dit :

— Jim, viens de ce côté-là.

Puis, à moi :

— T'es toute seule ?

— Je dois retrouver des amis.

— Ici ? dit le premier type. Qu'est-ce que tu leur as dit : « On se retrouve à Times Square » ? Tu peux oublier.

— Je crois que t'as raison, dis-je en essayant de paraître enjouée.

Je me dis que je devrais saisir l'opportunité avant qu'elle ne se referme :

— Et vous, qu'est-ce que vous faites ?

— On attend qu'ils lâchent la boule, dit Jim en reniflant.

Je vois la buée sortir de sa bouche. Il porte une chaîne autour du cou.

— Il fait toujours aussi froid ici ? demande-t-il en soufflant entre ses mains.

— Le 31 décembre, oui. Tu viens d'où ?

La vie (pas) très cool de Carrie Pilby

— Fresno, répond l'ami de Jim. On rend visite à des amis à l'université. Ils nous ont posé un lapin.

Il me tend la main.

— Je m'appelle Rudy, au fait.

— Carrie, dis-je en serrant sa main potelée.

— Comment ? Shari ?

— Carrie.

— Je m'appelle Jim.

— T'as un copain ? me demande Rudy.

— Non.

Ils me regardent, et j'ajoute :

— C'est parfois difficile pour moi de rencontrer des gens à qui parler.

Jim dit :

— Ben, tu sais, peut-être que tu ne devrais pas exclure le sexe pour le sexe.

Je ris.

— Non, je suis sérieux, dit Jim.

— Très drôle.

Il est absolument sérieux. Tous les deux sont sérieux.

— C'est le nouvel an, dit Rudy. Pourquoi tu ne vas pas draguer ?

— Tu pourrais coucher avec quelqu'un que tu ne connais pas ?

Rudy lance un regard à Jim, puis me répond :

— Ouais, bien sûr. Si elle est mignonne.

La vie (pas) très cool de Carrie Pilby

— Et si elle n'est pas mignonne, mais que tu aimes sa personnalité ?

— Comment pourrais-je connaître sa personnalité ?

— Tu n'adresserais pas la parole à une fille pas mignonne ?

Jim et Rudy se regardent et rient.

Je les observe. Rudy pèse à peu près cent cinquante kilos. Jim porte un sweat-shirt imprimé avec Clifford le gros chien rouge. Et ils se permettent de faire la fine bouche.

— Et pourquoi pas un 4-9-1 ? dit Rudy à Jim.

— Naaaaan, dit Jim.

— C'est quoi un 4-9-1 ?

Jim s'approche de mon oreille assez près pour que je puisse sentir sa forte haleine de bière :

— C'est une fille qui a l'air d'un quatre quand tu bois, d'un neuf quand tu es soûl, et d'un un le lendemain matin.

— Ouah ! hurle Rudy. Je ne vois aucun neuf pour l'instant.

— Continue de chercher, lui dit Jim.

— Ou continue de boire.

Ils s'esclaffent.

Rudy pose sa main gauche sur mon épaule.

— Dis-moi, articule-t-il, est-ce que Jim serait ton type ?

La vie (pas) très cool de Carrie Pilby

Je regarde Jim, en essayant de faire preuve d'ouverture d'esprit.

— Peut-être, dis-je. Si je découvrais que nous avons des choses en commun.

— Tu es juste un rayon de soleil, tu sais ça ? dit Jim avec sarcasme. Tu te tiens très bien. C'est vraiment incroyable que tu n'aies pas de petit copain.

Je ne comprends pas ce qui me vaut ce mépris. N'est-ce pas intéressant que les gens n'aient aucun problème à juger leur partenaire potentiel sur l'apparence, alors que si vous mentionnez un critère non physique à la place, vous devenez soudain la snob ?

— Bien, dis-je, ravie de vous avoir rencontrés. J'espère que vous trouverez ce que vous cherchez.

Je passe devant eux. J'entends l'un d'eux qui m'interpelle, « Hé ! », mais je ne suis pas intéressée. Je suis découragée, à vrai dire. Au moment où je commençais à penser que les choses n'allaient pas si mal, je rencontre cette paire d'abrutis. C'est tout ce qu'il y a dans ce monde ?

Si oui, pourquoi ai-je tellement envie d'en faire partie ?

Je regarde derrière moi, et Jim adresse un regard à son ami comme pour dire « pauvre fille ».

Même quand j'essaie de trouver un terrain d'en-

La vie (pas) très cool de Carrie Pilby

tente, je rencontre des gens qui sont aux antipodes de ma personnalité. Ce qui me déprime.

J'essaie de me souvenir de l'immeuble où se déroule la soirée de la Fille au Téléphone Portable. Il y a un grand hôtel dans lequel s'engouffre une nuée de gens. Je les suis. L'un d'eux m'adresse un bref regard, mais ils sont occupés les uns avec les autres et n'ont pas l'air de se formaliser que je les suive. Le concierge ne remarque rien. Nous nous entassons dans un ascenseur.

Ils appuient sur le bouton du quatrième étage. Il y a peut-être une salle de conférence, à cet étage.
Le type qui m'a regardée une première fois me regarde de nouveau.
— Quel étage ? me demande-t-il.
Je regarde les numéros et lui réponds le plus élevé. De cette manière, je peux attendre que tout le monde descende avant de décider où m'arrêter.
Quand les portes de l'ascenseur s'ouvrent au quatrième, le groupe descend. Ils parlent fort, et j'entends quelqu'un avec un microphone annoncer quelque chose. Il y a des ballons et des serpentins dans le hall. Les portes se referment. Je suis seule ici.
Une émotion m'envahit.
Je dois aller plus haut.

La vie (pas) très cool de Carrie Pilby

Et encore plus haut.
Au-dessus du monde entier.

A chaque fois que je franchis un étage, j'entends de la musique ou du silence.

Je décide de m'arrêter au dixième étage. C'est calme. Je marche jusqu'au bout du couloir. Je passe devant des chambres silencieuses, des chambres avec la télévision allumée, des chambres où l'on discute à voix basse, avec quelques éclats de rire. Puis, j'arrive devant la porte rouge de la cage d'escalier.

Je la pousse.

A l'intérieur, les murs de la cage d'escalier sont blancs et grossièrement peints, avec une tache marron qui s'étend sur l'un d'eux.

Je me dirige vers le haut. Il y a un autre étage, qui donne sur une porte grise indescriptible, avec un trou à l'emplacement de la serrure. Je la pousse de nouveau.

Le vent glacial me saisit. Je sors, et c'est comme si j'avais atterri sur la Lune. C'est une sorte de sous-toit plein de tuyaux métalliques coudés et de quartz. Au-delà, j'aperçois la ville, éclairée comme une forêt d'arbres de Noël. Et plus loin encore, les étoiles.

J'avance sur le revêtement en plastique noir posé sur des gravillons vers des cagettes en plastique pour les bouteilles de lait qui sont renversées à quelques centimètres du bord du toit. Je me demande si quelqu'un a déjà été arrêté pour détention illégale de caisses de lait. Il y avait des étudiants à Harvard qui se faisaient une table et des chaises avec.

J'aperçois des mégots et une cannette de bière sur le rebord mais personne ne semble être venu ici ce soir. Est-ce que je me soucie qu'il puisse être dangereux pour moi d'être seule ici ce soir ? Non. Est-ce que je suis inquiète d'être ici sans permission ? Non.

Est-ce que j'ai bu des trucs bizarres ?

Oui.

Je m'assieds sur une des cagettes bleues, dix étages au-dessus de Times Square, et j'entends plus bas les Klaxons, les sirènes, les acclamations se mêler dans un tintamarre étourdissant. Puis des sifflets, comme pendant les matches de football. L'air froid tourbillonne autour de moi, mais je me sens bien. Je suis enfin assez haute pour pouvoir lire les panneaux de la Parental Hotline, ceux qui disent « Pour être un parent efficace, vous devez travailler » et « Pour être un parent efficace, vous devez rester à la maison ». Cette fois, je peux lire le numéro de téléphone : 1-855-NYC-COPE.

C'est un numéro qui pourrait me servir.

Je regarde autour de moi. Je vois des escaliers de secours en fer noir. Je regarde en contrebas les toits encombrés de débris, de plantes et, sur l'une d'elles, une table cassée dont les pieds sont aplatis et enroulés autour du corps comme une araignée écrasée ; encore plus bas, derrière des fenêtres illuminées, j'aperçois des têtes, des couples en train de danser, des chats, des lampes et des ordinateurs. Il y a des lumières noires, des lumières bleues, des lumières rouges et des lumières claires. Derrière une fenêtre, je distingue une femme qui regarde dehors, puis un homme qui lui tend un verre.

Je comprends alors quelque chose.

J'aime cette ville. Dieu, que je l'aime.

Ce qui n'a aucun sens. Les gens qui déblatèrent leur poésie mièvre sur New York m'ont toujours agacée. C'est comme avoir de la nostalgie pour les vaccins qu'on vous faisait petit. C'est une ville. Qu'y a-t-il à aimer dans la pauvreté et la crasse ? C'est de la foutaise artistique que de parler de prédilection pour un endroit pareil. Woody Allen a dit dans Manhattan, qui figure sur la liste de l'AAFR, que c'est une ville magnifique et qu'il se fiche de ce que les autres en disent. Eh bien, peut-être que c'est une belle ville si vous êtes un homme de quarante-cinq ans qui a une aventure avec une adolescente, et que vous avez « Rhapsody in Blue » en permanence en arrière-plan comme dans ce film ; mais dans la vie réelle, vous auriez plutôt une douzaine de sans-abri à l'arrière-plan. Comment peut-on aimer un endroit pareil ?

Et pourtant, je l'aime.

La vie (pas) très cool de Carrie Pilby

Je m'écarte de la cagette, je m'agenouille puis je m'allonge sur le revêtement en caoutchouc, pour regarder le ciel. Quelques gravillons sur le revêtement s'enfoncent dans mon dos, mais à part ça, c'est plutôt confortable. Un voile blanc recouvre maintenant les étoiles, comme de minces rideaux à la fin d'un spectacle.

L'air froid m'enveloppe. Des lumières illuminent les gratte-ciel. Rouge. Bleu. Vert. Jaune. Je ne fais qu'un avec tous les autres, désormais. Nous sommes tous encapsulés dans une énorme lampe Lava.

Allongée sur le dos, je suis prête à accueillir des choses positives en moi. Je veux que les ampoules explosent pour projeter des éclats scintillants de jaune, de violet et de blanc. Je me sens exubérante. Je me demande si c'est comme ça que se sentent les autres en général.

Peut-être que je souffre de dépression. Peut-être que mon état d'esprit en ce moment est celui des autres individus la majeure partie du temps, ce qui expliquerait qu'ils soient bien plus à l'aise dans ce monde que moi. C'est peut-être chimique. Petrov a peut-être raison. Comment pourrais-je le savoir, si je n'ai jamais connu d'autre état que mon état habituel ? Et cette émotion qui me traverse maintenant, pourrais-je la répliquer avec des antidépresseurs ? Même si ce sont des médicaments, et alors, si je me sens bien avec, pourquoi pas ? S'il suffit de cela…

La vie (pas) très cool de Carrie Pilby

Je n'arrive pas à croire que je suis dépressive, pourtant. Il n'empêche, l'idée vaut le coup d'être explorée : devrions-nous rejeter tout ce qui est susceptible de nous aider à aller mieux ? Même si c'est un médicament.

Cependant, ce soir, allongée sous le ciel noir étoilé, j'ai besoin de réfléchir à quelque chose de plus important.

J'ai besoin de réfléchir à la manière dont je vois le monde.

D'accord, je pense que je suis plus intelligente que les autres. Certes, je n'ai pas beaucoup de patience avec eux. J'ai déjà commencé à y remédier. Mais pourquoi suis-je comme ça ?

Il est vrai qu'avant, toute mon assurance découlait de mes notes. Un sourire d'un professeur était comme un baiser pour moi. Je réussissais à les obtenir de manière régulière, juste en m'appliquant de mon mieux dans mes devoirs ou en composition. J'étais capable de reproduire ça plusieurs fois par semaine. C'était en mon pouvoir. Travailler dur, obtenir un baiser.

Il y avait des dates limites, des devoirs, des questionnaires, des concours. Les compliments abondaient. Les professeurs s'épanchaient sur mes bulletins. Chaque A étant comme une caresse dans le dos. C'est aussi arrivé à l'université.

Sauf qu'aujourd'hui, je ne vais plus à l'école. Quand

je finirai par savoir ce que je veux faire, je n'obtiendrai certainement pas d'accolade en échange.

Au lieu de ça, je reste assise chez moi. C'est un endroit structuré et à l'abri.

Je dois vraiment accepter que la valeur des gens, comme la mienne, a peu à voir avec des résultats d'examen ou les universités dans lesquelles ils sont allés, si jamais ils ont fait des études. Je suppose que je le sais, au fond de moi. Je suis capable d'accepter des personnes différentes. C'est quelque chose que je sais.

Je dois aussi reconnaître que ce qui m'excite réellement, ce qui me fait planer, c'est d'apprendre et de comprendre de nouvelles choses. Je ne peux pas m'en empêcher. Quand l'ampoule s'allume au-dessus de ma tête et que je vois quelque chose sous une nouvelle perspective, c'est grisant. Et quand quelqu'un est excité de partager cette perspective avec moi, qu'il m'a ouvert un nouveau monde fascinant et que je peux apporter mes propres idées, quand il y a un échange frénétique et exalté de connaissances, alors c'est merveilleux. C'est comme ça que je suis. Si les gens veulent que je les accepte, ils doivent m'accepter en retour.

Je sais aussi que la partie de moi qui a besoin de tout analyser à mort est reliée à la partie de moi qui a besoin de comprendre et de se sentir à l'aise avec la moralité qui sous-tend mes actes. Si je dois renoncer à ces principes, ce n'est plus moi. Si je dois me contenter de me conformer à tous les autres, quelque chose ne va pas. Je peux éventuellement faire un compromis. Je peux décider de ne pas tourner les talons à ceux qui ne sont pas comme moi, tout en restant fidèle à mes propres convictions. Je peux faire ça sans me dénaturer. Je peux être forte et réussir à décourager ceux qui font pression sur moi. Je peux identifier des terrains d'entente.

D'ailleurs, il y a d'autres choses que je sais.

Je sais, ici ce soir, que je ne serai jamais la personne adossée à un mur dans une soirée à subir un détartrage par Barn.

Je ne serai jamais celle qui batifole à Harvard Square avec un copain et son saint-bernard.

Je ne serai jamais celle qui capte l'attention de quatre garçons à une soirée d'anciens élèves.

Je ne serai jamais celle qui fume un joint assise par terre dans l'appartement 3B.

Et c'est très bien comme ça.

J'ai besoin de savoir que je fais ce qui est juste, voire d'apprendre quelque chose si j'ai de la chance. Si les autres estiment que ça n'aucun intérêt, tant pis pour eux.

J'ai adoré être avec le Pr Harrison. Je ne me suis jamais sentie déplacée quand j'étais avec lui. Je l'étais certainement, mais il l'était aussi, et deux marginaux ne sont plus marginaux quand ils sont entre eux.

La vie (pas) très cool de Carrie Pilby

Tout ce qu'il disait, dont je savais pertinemment que ce serait considéré comme déplacé en société, et qu'une personne normale ne dirait pas, ne faisait que me rendre plus amoureuse. Il semblait penser la même chose de moi. Quand il me racontait comment il avait eu du mal à grandir, j'avais envie de l'embrasser. Nous partagions une ressemblance confortable que j'aurais voulu ne jamais quitter.

Les gens peuvent penser qu'une telle relation, la jeune femme avec une figure masculine autoritaire plus âgée, est forcément nocive. Ils n'ont peut-être pas tort. Il y a des éléments d'inégalité qui ajoutent à une excitation peut-être incomparable, ce qui présage des déceptions et des souffrances. Toutefois il serait malhonnête de ne lui faire que des reproches. Si je n'avais pas rencontré David, j'aurais probablement passé tout l'hiver dans ma chambre, à étudier et lire sans parler à personne. Je ne serais pas sortie pour rencontrer d'autres étudiants. Je serais restée en ma compagnie.

Quand il m'arrive d'être seule, ce n'est pas si terrible.

Je ne suis pas la meilleure compagnie du monde, mais je m'aime bien.

Je m'assieds. Le vent souffle. Il fait froid. La clameur de la foule augmente.

Je me suis bien amusée ce soir ; je ne l'aurais jamais

admis avant. Je n'ai rien fait de trop horrible, et je suis restée fidèle à moi-même.

Pourtant, je suis toujours seule.

Qui pourrait croire qu'une personne puisse être assise toute seule au-dessus d'une foule de cinq cent mille individus, dans une ville de huit millions d'habitants, et pourtant se sentir seule ?

Je reviens vers la cage d'escalier, je redescends par l'ascenseur et me fraie un chemin à travers la foule vers la station de métro. Il est bondé.

En attendant sur le quai, j'entends une conversation au beau milieu du vacarme.

— Ouais, il ne buvait jamais, à l'université, parce que son père était alcoolique, mais il n'a jamais dit à quiconque la raison de son abstinence, et ils lui ont fait vivre un enfer pendant tout le temps qu'il y a passé.

Ce qui me rappelle que je me fiche que le millier de gens qui m'entourent soient complètement différents de moi. Je comprends ce type, quel qu'il soit, qui ne voulait pas boire et s'y est tenu. Je l'aurais accepté. Le problème, c'est que je ne le rencontrerai probablement jamais.

Lorsque la rame de métro s'arrête devant nous, la foule s'entasse à l'intérieur. Il y a tant de monde qu'il est difficile de respirer. Enfin, je descends à ma station et marche dans l'air froid.

La vie (pas) très cool de Carrie Pilby

Je n'ai toujours pas envie de dormir. Le monde est en pleine folie et j'ai envie d'en faire partie. De toute façon, j'entendrai le bruit à ma fenêtre.

Devant mon immeuble, je note que les stores de Bobby sont baissés. Il est endormi ou sorti. Je grimpe tranquillement l'escalier et enfonce la clé dans la serrure. Mon appartement est accueillant.

Il est à peu près 23 h 30. Et maintenant ?

Je consulte mon répondeur, il n'y a aucun message. Je devrais prendre l'option identification de l'appelant, histoire de voir si quelqu'un m'a appelée juste pour entendre le son de ma voix. La moitié des gens qui prennent cette option le font pour des raisons psychologiques, de toute façon.

J'ai une idée. Je compose le 1-855-NYC-COPE.

Un homme répond :

— Permanence COPE.

— Pourquoi n'êtes-vous pas dehors pour le nouvel an ?

Il marque un arrêt.

— Je suis bénévole pour la permanence téléphonique COPE.

— C'est gentil de votre part.

— Il faut bien que quelqu'un le fasse.

— Comment vous vous appelez ?

— Bob.

— Bob… ? Je crois que je vous aime.

Il rit.

La vie (pas) très cool de Carrie Pilby

— Il y a autre chose dont vous aimeriez parler ?

— Beaucoup de choses, mais j'ai la situation en main. Je veux vraiment vous souhaiter une très bonne année. C'est gentil de faire une bonne action ce soir.

— Nous sommes plusieurs, en réalité. Nous sommes heureux d'être là.

— Bon, je suis heureuse que vous soyez heureux. Ce qui fait quelques personnes en moins dehors sous l'emprise de drogues ou de l'alcool. Et qui sacrifient leurs réjouissances pour quelque chose de positif !

— Très bonne année, mystérieuse anonyme, dit-il.

— Bonne année, Bob.

Je raccroche.

Et maintenant ?

Je prends mon journal et ma lampe frontale et je sors sur l'escalier de secours. Je ne suis pas inquiète qu'il n'ait pas été inspecté. Je m'assieds sur une des marches en métal rouillées, ce qui me gèle les fesses. Il y a tant de lumière dehors que je n'ai pas besoin de la lampe. J'écris : « Résolutions pour la nouvelle année : déterminer les règles à suivre. Philosopher. »

La vie (pas) très cool de Carrie Pilby

Il faut que je trouve une meilleure résolution que ça.

Soudain, j'entends le faible grincement d'une charnière. La porte de quelqu'un est en train de s'ouvrir. Au troisième escalier de secours à ma droite, quelqu'un sort.

C'est Cy, sans son chapeau, cette fois. Il a des bretelles et ses cheveux sont plus lisses que jamais. Mon Dieu, il est superbe. Je m'attends presque à ce qu'une femme en talons aiguilles sorte derrière lui et qu'ils commencent à danser joue contre joue au clair de lune. Mais il est seul avec une de ses partitions de musique. Je l'interpelle.

— Hé !

— Hé ! crie-t-il, en me remarquant. J'allais m'entraîner dehors. Je pensais que personne ne s'en apercevrait, ce soir.

Incroyable, un individu capable de parler sans hoqueter ou bégayer à 11 h 30 le soir de la Saint-Sylvestre.

— Tu es sorti ?

— Pas encore, crie Cy.

Plus bas, un homme enrobé coiffé d'un béret danse avec un cochon en peluche.

— Il y a un peu trop d'agitation pour moi, crie Cy. Je suis d'une autre décennie. Je suis une réincarnation.

Il sourit. Il est rasé de si près.

— Tu connais « Man of La Mancha »?
— Oui.

Il regarde sa partition, tend la main et chante « The Impossible Dream ».

J'entends des sirènes au loin.

— Tu vois ce que tu as fait?

Il rit.

— D'habitude, je ne casse que les verres.

J'entends quelque chose s'écraser.

— Tu veux venir chez moi? dit-il. C'est le réveillon du nouvel an. Je veux dire, les gens normaux ne le passent pas seuls. Non pas que je sois normal.

Il me fait sourire.

— Je sais que tu dois t'entraîner pour ta musique.

— Je m'entraîne trop. 4R.

C'est un numéro d'appartement que je ne suis pas près d'oublier. Je rentre à l'intérieur, et me regarde dans la glace. A part un confetti bleu-vert dans les cheveux, je suis plutôt présentable. On entend un rythme rapide, qui vient sans doute de la voiture de quelqu'un, et j'ôte un petit morceau de chips sur mon pull. Je ferme la porte et descends l'escalier de secours à toute allure, puis encore trois portes plus bas.

L'appartement de Cy ne devrait pas me surprendre, et pourtant, il m'étonne par son goût. Dans sa cuisine, il a encadré des affiches de spectacles de

La vie (pas) très cool de Carrie Pilby

Broadway, une pile de disques, un phonographe et un clavier de piano.

— Je ne peux pas croire que j'habite enfin à New York, dit Cy. C'est génial.

— Il t'a fallu du temps ? dis-je en essayant de deviner son âge.

— Ronald t'a dit, n'est-ce pas ? J'habitais dans le sud du New Jersey. Je ne devrais pas l'avouer, mais je squattais le garage de mes parents. Ce qui était ridicule. Je voulais venir à New York uniquement selon mes conditions, en gagnant ma vie grâce à la scène. Il était hors de question que j'aie des dettes envers mes parents ou que je vive avec quatre colocataires. On ne peut pas toujours faire ça.

— Certaines personnes n'y parviennent jamais. Tu peux être fier.

Son menton est tout près de mon nez. J'ai envie de toucher son visage rasé. Je ne me demande même pas si ça pourrait être un effet de l'alcool.

— Tu as étudié le théâtre à l'université ?

— Oui, dit-il. A Mason Gross.

Il me dit l'année, ce qui me permet de déduire qu'il doit avoir vingt-neuf ou trente ans. C'est onze de plus que moi, mais Petrov dit que je suis mûre pour mon âge.

Il marche jusqu'à la cuisine. Elle est grande, avec son plancher blanc immaculé.

— C'est la seule pièce spacieuse de la maison.

La vie (pas) très cool de Carrie Pilby

Vise un peu ça, dit-il en posant un 78 tours sur le phonographe. Il appartenait à ma grand-mère. C'est à cette époque que j'ai commencé à apprécier ce genre de choses. J'étais un drôle de petit garçon.

Je ne peux m'empêcher de sourire à la vue de quelqu'un de si passionné par autre chose que l'alcool ou la drogue. Il tourbillonne, s'arrête, puis me tend les bras.

Cy est la personne la plus atypique que j'ai rencontrée depuis que j'ai emménagé ici, ce qui est une bonne chose. Nous dansons un moment, lentement, puis il me fait asseoir sur un canapé et me montre un demi-million de choses. C'est comme s'il avait attendu dix ans pour les montrer à quelqu'un. Il a une pile de 78 tours, un clavier électronique, et il écrit une comédie musicale. Ce garçon peut jouer toutes les chansons que vous lui demandez au piano.

Je ne détecte aucun calcul, aucun complexe chez lui. J'ai le sentiment que, au-delà d'essayer d'éviter les mauvais comportements, il n'est tout simplement pas attiré par ces comportements. Il est comme ça. Je ne peux m'empêcher d'être aux anges.

Je ne lui demande pas ses résultats d'examens. Je ne lui demande pas s'il évite les indiscrétions morales ou s'il a lu Rabelais. Il n'est peut-être même pas réel.

— Regarde, dit Cy en attrapant son chapeau. Je porte ça dans la revue.

La vie (pas) très cool de Carrie Pilby

Il exécute quelques pas de danse. Maladroit et drôle.

— Je t'ai vu avec ce chapeau la première fois. Tu étais dans le métro en train de marmonner dans ta barbe. J'ai pensé que tu étais fou.

— Je le suis, dit-il, et il monte sur une chaise, puis sur la table basse, et enfin sur le comptoir de la cuisine. As-tu déjà fait ça quand tu étais petite, de prétendre que le sol était l'océan, et que si tu le touchais, tu coulerais, donc il fallait que tu voies jusqu'où tu pouvais aller sans toucher le sol ?

Pas étonnant qu'il ne boive pas : il n'en a pas besoin.

— Sûrement. Je sais que j'ai joué aux fugitifs sur un radeau.

— Et le lit était le bateau ? dit Cy. Ça marchait jusqu'à ce que tu doives poser le pied à terre pour aller remplir ton bol de chips.

Il saute par terre et approche son visage près du mien.

— Tu sais comment ça s'appelle quand tu fais ça ?

— Comment ?

— De la triche.

Il me fait rire. Cy s'agenouille devant moi et me demande quelle est la blague la plus consternante que je connaisse.

La première qui me vient en tête est celle de

La vie (pas) très cool de Carrie Pilby

Pinocchio que Douglas P. Winters m'a racontée en relecture juridique l'autre jour. Je ne peux pas lui répondre ça. Je lui raconte une blague que j'ai entendue une fois à propos d'une fusillade chez les Amish. Il rit. Je l'avais racontée à Michael au café du Barnes & Noble, et il n'avait pas compris.

Cy pose le chapeau sur ma tête.

— Ça te va bien.

— Il est un peu grand sur moi.

— C'est Victor/Victoria, dit-il en s'asseyant sur le canapé. Une femme qui prétend être un homme…

— Qui prétend être une femme, qui prétend être un homme, qui prétend être une femme, qui prétend être un homme, qui prétend être une femme…

Il sourit :

— Tu la connais !

— Oui, elle est assez célèbre.

— Tu serais étonnée de ce que les gens ignorent. Tu avais des comédies musicales au lycée ?

— Non. Ils organisaient des auditions et commençaient les répétitions, puis tout tombait à l'eau. Personne ne se présentait aux répétitions. Tous les gens doués pour la scène sont partis en lycée artistique. Ils ont pompé tous les talents de mon école.

— Sauf toi, dit-il.

— Je n'ai pas de talent.

— Bien sûr que si. Je le sens.

La vie (pas) très cool de Carrie Pilby

— Non.
— Si.
Il presse mon nez une seconde, puis le lâche.
— Que faisais-tu au lycée ? A quoi ressemblais-tu ?
— Polarde et ringarde.
— Allez, dit-il. Tu as bien dû faire quelques activités périscolaires.
— Equipe de maths, équipe de sciences, Championnat du collège, Décathlon du savoir, Mathlétiques, Olympiques de l'esprit, Excellents Exégètes, Harvard Model Congress, Quiz Kids, Physique académique, semi-finales du concours de sciences de Westinghouse...
— Polarde, polarde, polarde, dit-il.
— Théâtreux.
— Polarde, polarde.
Nous sommes nez à nez.
— Polarde.
— Théâtreux.
— Ce n'est pas le bon terme, dit Cy Le terme approprié dans mon école était « travelo de scène » ou « reine du drame ». J'ai aussi fait partie du groupe de musique à une époque, donc j'étais considéré comme une « tapette de musicien ». Qui invente des trucs pareils ?
— Je ne sais pas. Espèce de tapette et de travelo de scène.

La vie (pas) très cool de Carrie Pilby

— Je ne suis coupable que d'une partie de ces accusations, dit-il en se rapprochant.

Il est encore plus séduisant de près.

— Et tu es ravissante telle que tu es.

Il met sa main droite dans la mienne, puis attrape l'autre.

— Tu as une envie particulière ? dit-il en se tournant vers les 78 tours.

— Polka, dis-je.

— Polka quoi ?

— Polka toi.

Il trouve un disque. La pile sent le renfermé, mais j'aime cette odeur, qui me rappelle chez mes grands-parents. Cy le pose avec précaution sur le tourne-disque. Après les premiers crissements, la musique démarre avec quelques notes sonores, longues et agréables. Nous dansons de la cuisine au couloir pour finir sur le canapé.

Il place sa main gauche autour de ma taille.

Puis il me regarde intensément.

Un énorme bang interrompt nos activités.

— Bonne année !! crie quelqu'un plus bas.

On entend des cris, des martèlements, des Klaxons, des rires. Je n'ai pas entendu un tel raffut depuis que les Yankees ont gagné le 4e match.

Cy me regarde de nouveau. Nous sommes calmes.

La vie (pas) très cool de Carrie Pilby

— J'espérais que tu finirais ici tôt ou tard, dit-il.

Puis il se dirige vers ma nuque. Je sens son nez et ses lèvres en même temps. Il est chaud.

— Je suis sûre que tu étais une grande Mathlète.

— Le carré de la sécante moins le carré de la tangente est égal à un, dis-je.

— Dis-le tout bas, dit Cy, en m'embrassant à travers ma chemise.

— Le carré de la sécante moins le carré de la tangente est égal à un.

Il se lève et m'embrasse de nouveau sur les lèvres. Je sens un frisson parcourir ma bouche et mon corps.

— Viens avec moi, dit-il en me prenant la main.

— Comment t'appelles-tu ? Cy est le diminutif de quoi ?

Il sourit.

— Cyclone. Est-ce que je reprends la première place dans tes Olympiades de la mauvaise blague ? Quoique tu faisais sûrement partie d'une équipe au lycée.

— Ils ont dû y renoncer parce que tous les comiques étaient partis en lycée artistique.

Il s'arrête à la porte de sa chambre :

— Et Carrie est le diminutif de quoi ?

La vie (pas) très cool de Carrie Pilby

— Carrie.
— Et tes autres prénoms ?
Oh, il veut connaître mes autres prénoms.
— Mon nom est Carrie Constance Pilby.
— Joli nom.
— Et ton nom complet ?
— Cyril George Panatogolous.
— Je t'appellerai Cy.

La chambre est très sombre. Dans les tons de noir. Peut-être parce qu'il est debout tard le soir et dort la journée. Exactement comme moi.

Il ferme la porte jusqu'à ce que le noir soit complet et, le temps d'une seconde, j'ai peur, mais il me prend les mains et nous dansons de nouveau, doucement. J'ai l'impression que ça dure éternellement. Cy a l'air bien plus fort qu'il y a une demi-heure.

Nous nous arrêtons. Il m'embrasse dans le noir.

En fin de compte, il s'avère qu'il est bien meilleur en tout que le professeur Machin-Chouette.

Vers 4 heures du matin, un camion-poubelles passe dans la rue. Je me réveille. Je suis à côté de Cy, qui est blotti en position fœtale, endormi, et tous les draps sont en désordre. Je m'assieds et découvre que je porte un T-shirt de la comédie musicale *Godpsell*. Comment tout ceci est-il arrivé ? Quand Dieu reviendra-t-il sauver les gens ? Oh, Dieu quand ?

Je ne me sens pas mal, mais je me sens bizarre,

et ceci n'est évidemment pas mon mode opératoire habituel.

Je me lève. Qu'est-ce que je viens de faire ?

Soudain, je pense à autre chose : j'ai tout fait sur ma liste !

Sauf une chose.

Je rassemble mes vêtements.

— Où est-ce que tu vas ? demande Cy la tête dans l'oreiller, en me cherchant avec sa main gauche.

— Je reviens, lui dis-je, et je descends l'escalier.

Des gens traînent en bas de chez moi mais, dans l'ensemble, le seul bruit qu'on entend, ce sont les camions, qui s'activent pour effacer les traces de débauche de la nuit dernière. Dans la rue, des papiers, des morceaux d'emballages et des sifflets écrasés sont presque incrustés dans le bitume. Un peu comme ces canons de fusils, ces pièces et ces objets métalliques incrustés dans le gravier, parfois. Quelle est leur histoire ? Je tourne à l'angle de la rue et note que le café est ouvert. Même à 4 heures du matin, Ronald est à l'intérieur.

Son visage s'éclaire quand il m'aperçoit.

— Hé, Carrie, dit-il, l'air excité.

Il a l'air tout excité. Je suis heureuse. Il y a quatre ou cinq tables pleines de gens, ici, mais personne ne dit mot. Ils jouent avec des bouts d'emballage de paille ou se regardent, de toute évidence en proie à la gueule de bois.

La vie (pas) très cool de Carrie Pilby

— Salut, Ronald !

Un homme aux cheveux en bataille me regarde. Ronald me sourit.

— Dommage que tu doives travailler le jour de l'an, lui dis-je.

— Je m'en fiche, dit-il doucement. C'est trop bruyant dehors.

— Tu sais, tu es mon genre de personne. Je n'avais pas réalisé ça.

Il sourit et regarde le comptoir d'un air embarrassé.

— J'étais chez moi, je savais que tu étais là, et je voulais te dire quelque chose. Je pense que tu es un type super, et je t'aime vraiment beaucoup. Tu es toujours sincère. Tu es vrai. Il n'y a plus beaucoup de gens comme ça. Et je crois que tu ne dois surtout pas changer.

Ronald m'adresse un large sourire.

— J'apprécie, Carrie. Ce que tu dis me rend heureux.

— Je tiens à toi.

Il se penche et nous nous embrassons.

— Je t'aime beaucoup aussi, dit-il.

— Tu veux qu'on aille déjeuner demain ?

— Demain demain, ou demain aujourd'hui ?

— Je veux dire… demain demain.

Il sourit de nouveau.

La vie (pas) très cool de Carrie Pilby

— Ouais, c'est bien. Parfait, on va passer un bon moment.

— Voilà mon numéro, lui dis-je en le gribouillant sur une nappe en papier. Appelle-moi demain. Demain demain.

Je lui tends le numéro.

Cette fois, je ne ressens pas ce creux bizarre au fond de moi. Je pense qu'il m'aime vraiment bien. Il ne joue pas la comédie.

Il me regarde d'un air bizarre tandis que je me tiens là :

— Tu veux un café ?

— Non, merci, je n'en bois vraiment pas. Au fait, bonne année !

Je souris.

— Bonne année.

Ce pourrait très bien être une bonne année, après tout.

En revenant devant mon immeuble, j'aperçois Bobby à sa fenêtre, en caleçons, et je lui fais un signe de la main. Bobby sourit. Un sourire gentil, pas lubrique.

Quelques immeubles plus loin, Cy est assis sur son perron dans une chemise et des Dockers froissés, des cernes sous les yeux. Quand il m'aperçoit, il se lève et me tend les bras. C'est du dévouement, de sortir du lit à 4 heures du matin pour m'attendre.

12

Je me réveille de nouveau à 9 h 15 et Cy dort.

Maintenant que j'ai évacué l'alcool, je me sens embarrassée. Les événements de la nuit dernière me semblent surréels.

La manière dont la lumière tombe sur les draps de Cy est étrange ; la manière dont ses meubles se reflètent dans le miroir accroché au mur est étrange ; l'odeur de sa pile de linge est étrange. Je ne sais pas comment les gens peuvent se réveiller régulièrement à différents endroits. Peut-être qu'ils s'habituent. Je ne crois pas que je pourrais.

Je m'assieds. Le visage de Cy est froissé, comme s'il était en train de rêver profondément. Il est mignon. Je vais être en retard à l'église.

Je ne peux pas manquer le sermon d'aujourd'hui. J'ai faxé quelques idées à Natto et je sais que son discours va être bon.

J'enfile mes vêtements sans bruit. Je cours chez moi prendre une douche. J'arrive en retard à l'église et me glisse au dernier rang. Il y a beaucoup de gens sur les bancs. Malgré la foule, Natto me voit, me sourit et me fait un clin d'œil. Je me demande pourquoi il y a tant de monde un jour de l'an. Tous ces gens doivent se sentir coupables de quelque chose.

Plusieurs rangées devant moi, je repère quelqu'un qui doit se sentir coupable. C'est Matt, assis à côté de Shauna. Elle a les cheveux blonds, courts, et semble très douce. Elle se tourne vers Matt, et je reconnais sur elle les vêtements et le visage de quelqu'un qui n'a jamais eu à lutter pour attirer l'attention des hommes, qui ne porte pas beaucoup de maquillage et ne s'en est jamais soucié. Elle n'aura jamais à changer ou à s'adapter, sauf si Matt la quitte. Elle n'aura jamais à s'endurcir ou à faire des compromis. Elle a de la chance. Je suppose.

Je déteste devoir dire ça, mais Matt a plutôt belle allure dans son costume. Ses cheveux sont encore mouillés. Ceux de Shauna, non. Je me dis que ça signifie sûrement qu'ils n'ont pas pris leur douche ensemble. Je ressens un soulagement, quelque part. C'est bête. Je ne devrais plus me soucier de lui. C'est un infidèle.

— L'éthique de la situation, dit Natto, en marchant sur la scène, est-elle juste ?

Tout le monde écoute.

— Pouvons-nous faire quelque chose si nous savons pertinemment que c'est mal, et nous en tirer avec une bonne excuse ? Par exemple, qu'à ce moment-là, ce n'était pas aussi mal que si ça s'était produit dans une autre situation ? La nuit dernière, c'était la Saint-Sylvestre. Combien de gens dans cette salle ont fait des choses dont ils ne sont pas fiers ?

Tout le monde se regarde. Je m'enfonce dans ma chaise pour ne pas que Matt me voie.

— Mais c'était le nouvel an, n'est-ce pas ? Vous étiez ivres. Donc vous n'avez pas pu vous empêcher de faire ce que vous avez fait. Et ce matin, vous vous êtes dit, je vais aller à l'église et effacer tout ça.

Personne ne bouge.

— Contrairement à vous tous ici, la plupart des gens ce matin ne se sont même pas levés. Je suis impressionné par cette congrégation. Sincèrement impressionné. Mais pourquoi êtes-vous ici ? Pour donner quelque chose ou pour demander quelque chose ?

Il s'arrête. Il sait exactement quand marquer une pause. Ses silences nous permettent de réfléchir et provoquent un malaise momentané. J'apprends beaucoup de choses sur la rhétorique en l'observant.

— Combien de gens ont vraiment fait quelque chose de mal tout en sachant qu'ils allaient venir demander pardon ensuite ? Combien de films avons-nous vus, dans lesquels quelqu'un brandit un pistolet ou une batte de base-ball en disant : « Seigneur, pardonne-moi pour ce que je vais faire »? Eh bien, si vous devez dire ça, ne le faites pas !

Il se redresse.

— Le pardon ne concerne que les erreurs honnêtes. Et, oui, nous sommes humains. Nous avons des besoins et des sentiments qui entrent en conflit avec notre conscience, et parfois nous cédons à la tentation. Seulement, si nous faisons quelque chose de mal en toute connaissance de cause, et que nous le faisons tout de même, c'est répréhensible. Si nous faisons une erreur, nous pouvons demander pardon, mais si nous blessons volontairement quelqu'un, nous faisons quelque chose de pire. Vous n'obtiendrez pas l'absolution simplement parce que ça vous chante. Sinon, vous pourriez faire ce que vous voulez, puis courir à l'église chaque dimanche et expier vos fautes.

« Dis-le », je pense.

— L'adultère, dit Natto. L'infidélité. Quelle est la probabilité, si vous rencontrez un homme brillant, marié depuis trente ans, la cinquantaine ou la soixantaine, quelle est la probabilité que sa femme soit restée sa seule partenaire depuis leur rencontre ? Cela semble presque impossible de nos jours, n'est-ce pas ?

Matt se raidit.

— Qu'y a-t-il de mal à s'autoriser une petite incartade ? Pourquoi est-ce qu'on appelle ça « tromper » ?

La vie (pas) très cool de Carrie Pilby

Nous savons que notre conjoint n'apprécierait pas. Nous faisons des choses que nous n'aimerions pas qu'on nous fasse. Nous avons fait des promesses que personne ne nous a forcé à faire. Nous nous exposons peut-être à des risques pour notre santé en étant infidèles. Nous dépensons du temps, de l'argent ou de l'affection qui reviennent à notre conjoint, ou à nos enfants. Vous pouvez vous trouver des excuses. Aujourd'hui, certaines personnes diront par exemple qu'une petite infidélité vaut mieux qu'un divorce.

Shauna regarde Matt en souriant, puis Natto. Je suppose qu'elle sait qu'il ne la tromperait jamais. Oh, non.

Une pensée me vient à l'esprit. Je parie que Shauna est fanatiquement opposée à l'infidélité. La plupart des femmes qui sont engagées dans une relation le sont probablement. Pourquoi pas ? C'est très facile d'être contre l'infidélité quand vous êtes en couple. C'est facile d'être moral si vous avez exactement ce que vous désirez.

— Est-ce que c'est juste ? demande Natto. De tromper son conjoint pour ne pas avoir à divorcer ? Si tromper s'appelle tromper, c'est que vous faites quelque chose à quelqu'un derrière son dos. Quelque chose qui pourrait le blesser. En n'étant pas honnête, vous blessez cette personne. Dans certains cas, vous la blessez un peu. Dans d'autres, beaucoup.

La vie (pas) très cool de Carrie Pilby

Je repense au film Out of Africa, qui était aussi sur la liste de l'AAFFR. Dans ce film, Karen Blixen se rend en Afrique pour épouser un baron, puis elle tombe malade et découvre qu'il s'agit de la syphilis. N'ayant jamais connu d'autre homme que son mari, elle en déduit qu'il la lui a transmise. Et il doit reconnaître qu'il l'a contractée avec une autre femme. Le mufle.

Natto s'arrête et regarde un homme en costume élimé.

— Je ne suis pas là pour porter de jugement. Je ne suis pas Dieu. Vous seuls connaissez votre situation personnelle. Mais qu'en est-il de la Règle d'Or ? Vous pensez que vous pouvez tromper, mais vous savez que vous n'aimeriez pas que votre conjoint vous trompe. Si vous acceptiez tous les deux l'infidélité, alors vous auriez une union libre. Ce qui personnellement me met mal à l'aise… mais à beaucoup d'égards, c'est plus honnête que l'infidélité.

Je me demande si c'est une bonne tactique, d'avoir presque l'air de défendre cette cause. C'est une bonne question.

— En étant infidèle, vous faites quelque chose à un autre vous-même que vous n'aimeriez pas que l'on vous fasse.

Il agite l'index.

— « Traitez les autres comme vous aimeriez que les autres vous traitent. » Dans beaucoup de religions, c'est une maxime fondamentale. Dans le judaïsme et dans certaines religions orientales, la formulation diffère un peu. C'est : « Ne faites pas aux autres ce que vous ne voudriez pas qu'on vous fasse. » Ce qui revient à la même chose : traitez les gens avec respect. Donnez-vous un code et ne le changez pas pour vous adapter à telle situation ou telle époque. Et si vous faites une erreur, bien sûr, vous pouvez demander pardon. Ne faites pas quelque chose en sachant pertinemment que c'est mal pour vous trouver une excuse ensuite.

Je vois que Matt regarde Shauna. Il ne sourit pas. Je suis sûre qu'il se trouvera une justification plus tard, pour pouvoir continuer à multiplier les conquêtes sans culpabiliser.

Natto arrive à la conclusion. Quand il a fini, il saute de la scène et prend une serviette que lui tend Eppie pour s'essuyer le front. L'épouse d'Eppie est là aujourd'hui, une femme pas très grande, et quelque part, je suis heureuse que cela signifie qu'Eppie n'est pas l'amant de Natto. Quoiqu'on ne sait jamais.

Je vois Shauna et Matt remonter l'allée. C'est ma chance de dénoncer Matt.

J'envisage cette possibilité pendant une seconde. Si je dis quelque chose, je sais que ce ne sera pas pour les bonnes raisons. Ça n'aidera pas Shauna. Ce sera pour satisfaire un besoin malsain de vengeance. Son méfait n'est plus qu'à moitié mal. A moitié, parce qu'il la blesse, et dans un sens, elle devrait le savoir. Donc lui dire pourrait être une bonne chose pour une mauvaise raison, mais je ne suis même pas sûre que ce serait une bonne chose — parce que je ne sais pas si ensuite elle le quitterait, ni s'il changerait vraiment d'attitude. Elle serait peut-être davantage sur ses gardes, ce qui serait une bonne chose, mais pourrait aussi être négatif. Elle serait simplement blessée. Il faudrait plutôt qu'il change de lui-même. Je ne sais pas vraiment quelle serait la bonne solution. Tout lui dire serait à la fois une bonne et une mauvaise chose.

Est-il possible qu'il n'y ait pas de bonne réponse à propos de ce que je devrais faire ? Que ce soit peut-être précisément une de ces situations où tout n'est pas noir ou blanc ?

Est-ce possible ?

Je me tiens dans l'allée, sur leur trajectoire, comme j'attendais au bord de l'océan que la vague vienne me frapper.

Quand Matt m'aperçoit, les yeux semblent lui sortir de la tête.

— Bonjour, Shauna, dis-je en lui tendant la main.

Matt est abasourdi.

— Carrie ? dit-elle. Voici Matt. Matt, Carrie.

Matt me serre la main, comme s'il venait de voir un fantôme.

— Shauna et moi faisons de l'excellent travail, ici, dis-je.

Matt ne sait toujours pas quoi dire.

— Quelque chose ne va pas ?

— La frousse qui précède le mariage, dit Shauna en souriant. Nous nous marions en avril.

— C'est très excitant, dis-je.

Matt me salue.

Shauna éclate de rire.

— Pas de panique !

Je lui demande s'il a aimé le sermon.

— J'ai adoré, dit-il sans sourire.

— Vous allez beaucoup à l'église ?

Shauna sourit et lève les yeux vers Matt.

— On y allait, avant. Je crois que nous allons recommencer à y aller.

— Bon, c'est bien que tu aies eu ce boulot.

— Je suis très contente, dit Shauna.

— J'apprécie vraiment Joe Natto, dis-je. Il ne fait pas semblant de détenir toutes les réponses.

Je regarde Matt.

— Nous devons apprendre à juger par nous-mêmes.

Natto nous rejoint et fait la connaissance de Matt. Puis Natto, Shauna et moi nous retirons dans son bureau et Matt s'en va retrouver des « amis » pour déjeuner. J'ignore si les « amis » sont une autre femme, et je m'en fiche. Espérons que Matt saura opter pour la bonne conduite.

Je ne vais rien dire à Shauna. Pas pour l'instant, en tout cas. Pas avant que j'aie pu déterminer ce qui est juste.

Shauna, Joe et moi avons une bonne conversation. Shauna est très excitée à l'idée de décrocher son premier gros compte. Qui pourrait la blâmer ? Elle va faire partie de quelque chose de nouveau et de potentiellement important. Elle et moi allons être l'Eglise des premiers prophètes. Tous ceux qui y viendront la verront à travers le prisme de notre marketing. Je participerai au texte. Nous allons attirer plus de jeunes cadres new-yorkais que tous les mouvements religieux de ces dernières années.

Oh, et j'ai lu le livre de Joe. Il est brillant. Je n'aimais pas la manière dont il mettait ses livres en avant, mais leur contenu est en réalité plus philosophique que spirituel. Si nous étions à une autre époque, il essaierait probablement de faire publier son travail sous forme de traités de philosophie, une forme qui n'a plus grand sens de nos jours. Je suis fière de connaître quelqu'un qui travaille sur des choses qui n'ont rien à voir avec le Dow Jones ou un disque dur de 40 gigabits. Quant à la « vision » qu'il aurait eue, il m'a confié que c'était plus un ensemble de conclusions auxquelles il était arrivé qu'un truc qui l'aurait submergé suite à une apparition. Ce n'est donc pas un illuminé. Du moins, pas complètement. Et pourquoi serait-ce un problème d'être illuminé ?

Après le départ de Shauna, je m'attarde un peu. Je dis à Joe que j'ai aimé son livre, et que je suis soucieuse parce qu'en général, quand je rencontre quelqu'un en qui je pourrais croire, je dois juguler avec la peur de découvrir des choses négatives à mesure que j'apprends à le connaître. Ce qui est la vérité.

Il rit.

— Vous êtes incroyablement rusée pour quelqu'un de dix-neuf ans, dit-il. Parfois, j'ai l'impression d'être le plus jeune, quand je suis avec vous.

— J'aime que les gens se sentent jeunes, dis-je.

— Et j'aime me sentir rajeunir. Je ne me suis pas senti comme ça depuis un bout de temps.

Je souris.

— Je ne veux pas vous mettre mal à l'aise, et vous pouvez refuser, mais il est l'heure de déjeuner, et je me demandais si vous voudriez déjeuner avec moi. Eppie et sa femme se joindront peut-être à nous, s'ils sont toujours là.

— Bien sûr, dis-je en espérant égoïstement qu'ils seront partis.

Quand nous quittons l'église, des gens continuent de venir voir Joe, et il leur parle. Il donne quelques conseils à un couple et leur rend le sourire. Je n'arrive pas à croire que je vais passer du temps avec quelqu'un de si charismatique.

La vie (pas) très cool de Carrie Pilby

⁂

Lors de mon rendez-vous suivant avec Petrov, je lui parle du nouvel an, de Cy (en omettant les détails les plus salaces) et de Natto. Je lui demande ce qu'il a fait pour le réveillon du nouvel an. Il me dit qu'il l'a passé avec sa fille, son gendre et leurs enfants. Je suis sûre qu'il aurait aimé le passer en compagnie de Sheryl. Elle était probablement avec son époux pour la Saint-Sylvestre.

J'ai l'impression qu'il devine ce que je pense.

— Elle était sortie…, commence-t-il.

— Je sais.

Il ne dit rien.

— Je ne connais pas la réponse.

Si les psychologues n'ont pas les réponses, les prêcheurs non plus et moi non plus, qui les a ?

Certainement pas ceux qui prétendent les détenir. Ce sont eux qui en savent le moins.

— Docteur Petrov, quel est le second prénom de Sheryl ?

Il se redresse.

— C'est… Stéphanie.

Il est accro.

Peut-il s'en empêcher ?

Cette nuit-là, j'écris enfin quelque chose de long dans mon journal.

La vie (pas) très cool de Carrie Pilby

Il y a des choses que je sais avec certitude. Il y en a d'autres que j'ignore. Je sais que nous sommes responsables de nos actes. Respecter un ensemble de principes moraux ne nous permet pas toujours de porter un jugement sur les autres, mais il est important de défendre ses valeurs. Même si c'est douloureux, parfois. Il y a probablement des choses qui sont bonnes ou mauvaises dans l'absolu. Nous ne savons pas toujours lesquelles, et nous nous trompons parfois en essayant de les distinguer. Mais nous devons essayer.

C'est un prétexte que de dire qu'il n'y a aucun absolu. Celui qui dit cela prétend que c'est un absolu, donc il a tort d'emblée. Nous devons respecter certaines choses. Nous apprenons en grandissant ce qui est important et ce qui ne l'est pas. Et nous régressons parfois.

Est-ce que respecter certaines convictions veut dire que nous ne serons jamais intégrés ? Et si nous ne trouvions jamais personne qui soit d'accord avec nous ? Je suppose que nous devons veiller à ne pas devenir trop rigides. Nous pouvons aussi trouver d'autres personnes en accord avec nos convictions et voir si ces convictions résistent à différents tests. D'une manière générale, nous devrons faire de notre mieux et tenter de nous en sortir.

*
* *

La vie (pas) très cool de Carrie Pilby

Je repose mon crayon et ramasse mon exemplaire de *Mr. Smith au Sénat* à rendre au vidéoclub. J'ai été déçue par celui-ci. Les hommes politiques d'aujourd'hui citent Jefferson Smith comme s'il était une sorte d'inspiration, alors qu'en vérité, il se contente de trainer avec de jeunes garçons et se battre avec des journalistes. Ce n'est pas cool du tout.

En sortant de mon appartement, j'aperçois Ronald.

— Carrie ! dit-il.

— Ronald !

— Qu'est-ce que tu veux manger ce soir ?

— Je ne sais pas. Qu'est-ce que tu en penses ?

Il hausse les épaules :

— Italien ? Chinois ? Mexicain ?

— Pas mexicain.

— On va bien s'amuser, dit Ronald.

Son optimisme sans prétention est assez charmant.

— Tu veux me retrouver au café à 6 heures ?

— D'accord. C'est quoi, ce DVD ?

— Oh, dis-je.

Je le tiens le long de mon corps. Je suppose qu'il a oublié notre discussion précédente.

— Je suis désolée, je n'aime pas dire quels DVD j'emprunte. Ça n'a rien de personnel.

— O.K. Je suis désolé.

— Non, ne sois pas désolé. Beaucoup de gens

me posent la question. Je suis juste quelqu'un de bizarre. Ce n'est pas ta faute.

Il sourit.

— Je suis content que tu sois bizarre.

— Bon, à tout à l'heure.

— A tout à l'heure.

Je marche jusqu'au vidéoclub, je restitue le film et j'emprunte quelques comédies musicales. Mon projet, maintenant, c'est de faire croire à Cy que je suis une experte. J'aime bien être l'ignorante. C'est agréable, pour une fois. Comme une sorte de défi.

(Au fait, je n'ai pas eu de rapport sexuel avec lui cette nuit, si c'est ce que vous pensiez. Certes, nous avons fait plein de choses, mais nous nous sommes arrêtés juste avant. Voyez comme vous avez l'esprit mal tourné !)

Lorsque la caissière me tend les DVD, elle ne me propose pas de sac, si bien que je dois lui en demander un. Ils ne progresseront donc jamais.

De retour chez moi, j'écris dans mon journal : « On ne doit jamais renoncer à un principe qui est logique, solide, important et nécessaire à sa constitution, même si le monde entier est contre. » C'est aussi vrai aujourd'hui qu'il y a trois mois.

Je referme le journal, j'enclenche le DVD, j'enfile des chaussettes neuves toutes chaudes et je me mets au lit. Le film n'est pas mal mais, de toute façon, je m'endors.

REMERCIEMENTS

Un énorme merci à :
Cheryl Pientka, mon agent, pour sa sagacité, sa patience et son humour,
Farrin Jacobs, pour avoir si méticuleusement édité mon texte, et pour sa vivacité d'esprit,
Marc Serges, cet authentique sage, pour sa perspicacité et sa persévérance,
Matthew Greco, Jeff Hauser et Stacie Fine, pour leurs si précieuses suggestions,
Dawn Eden, Eileen Budd, Dan Saffer, Jim Damis, Barry Macaluso, Mary Beth Jipping, Julia Hough, Jonathan Blackwell, Michael Malice, Robert Donnell et Jodi Harris, pour leurs conseils et leur indéfectible soutien littéraire,
Lucha Malato, Dave Hunger et Joe Barry, qui m'ont rappelé de m'habiller et de me nourrir,
Jennifer Merrick, pour ses idées artistiques,
mon frère, Todd,
mes parents,
et Al Sullivan.

Dès le 1ᵉʳ juin,

4 nouveaux romans à découvrir
dans la collection

DARKISS

11.50 €
seulement
le roman

Le poison écarlate
de Maria V. Snyder — 560 pages

Dans les geôles d'Ixia, Elena attend son exécution. Mais, au dernier moment, le fascinant Valek, puissant dignitaire secrètement amoureux d'elle, lui propose un étrange marché : si elle entre à son service, elle aura la vie sauve. Néanmoins, qu'elle ne songe pas à s'enfuir — car pour être certain de la retenir près de lui, Valek lui fera avaler une dose mortelle du poison écarlate, dont il est seul à connaître la formule et surtout l'antidote…

Le Tome 2 : *Le souffle d'émeraude*
à découvrir dès le 1ᵉʳ septembre

De toute mon âme
de Rachel Vincent — 512 pages

Apparemment, Kaylee est une fille comme les autres. Pourtant, depuis quelque temps, elle pressent la mort imminente de jeunes filles de son entourage. Pourquoi ? Et à qui confier ses sombres intuitions sans passer pour folle ? Alors qu'elle se croit désespérément seule, c'est Nash, le garçon qu'elle aime en secret depuis des mois, qui va lui tendre la main — et lui révéler que, comme lui, elle est une *banshee*…

Le Tome 2 : *La voleuse d'âmes*
à découvrir dès le 1ᵉʳ septembre

La prophétie maudite
de P.C. Cast   544 pages

Comme l'amour, le danger a parfois le visage d'un ange — un ange déchu prêt à faire couler le sang de celle qu'il aime…

Pour échapper au destin qui fait d'elle une divinité, Elphame part fonder son propre royaume dans la forêt profonde. Mais elle ignore que, sur les ruines où elle a choisi de vivre libre comme une jeune femme ordinaire, plane une ancienne prophétie qui lui promet la mort : Lochlan le banni, l'ange déchu, doit, pour sauver son peuple, sacrifier une déesse…

La vie (pas) très cool de Carrie Pilby
de Caren Lissner   544 pages

Pas facile de vivre sa vie quand on se sent une fille à part, et qu'on trouve le monde hypocrite. Sans cesse déçue et fatiguée de se poser mille questions, Carrie se réfugierait bien définitivement sous sa couette. Pourtant, une voix secrète lui souffle de se donner une seconde chance… en se lançant quelques défis. Notamment, « Faire une rencontre importante » et « Dire 'Je t'aime' à quelqu'un »…

Retrouvez toutes vos héroïnes préférées sur www.darkiss.fr !

Composé et édité par les
éditions **Harlequin**

Achevé d'imprimer en Allemagne
par GGP Media GmbH, Pößneck
en mai 2010

Dépôt légal en juin 2010
N° d'éditeur : 15008

Bibliothèque de Saint-Constant

Bibliothèque de Saint-Constant